W0353768

Blind Date

Joy Fielding

Blind Date

Traduit de l'anglais (Canada)
Par Jean- Sébastien Luciani

Titre original :
All the wrong places

Éditions de Noyelles,
avec l'autorisation des Éditions Michel Lafon

31, rue du Val de Marne, Paris

ISBN : 978-2-298-16872-3

À Warren, avec mon amour, toujours.

Chapitre 1

« Alors, parle-moi un peu de toi », dit-il. Il affiche un sourire qu'il espère tendre – ni trop grand ni trop petit. Un sourire qui évoquerait un sens de l'humour original, décalé même, qui, selon lui, pourrait lui plaire. Il veut la séduire. Il veut qu'elle l'apprécie.

La jeune femme, assise en face de lui à la table dressée pour deux, hésite. Quand elle parle, sa voix est douce, tremblante. « Que voulez-vous savoir ? »

Elle est magnifique : la vingtaine, un teint de porcelaine, des yeux d'un bleu profond, de longs cheveux bruns et juste ce qu'il faut de décolleté. Exactement comme sur l'annonce, ce qui n'est pas toujours le cas. D'habitude, les photos que les femmes postent ont quelques années, elles-mêmes sont plus âgées. « Eh bien pour commencer, pourquoi un site de rencontres ? Je veux dire, tu es sublime. Je ne peux pas croire que tu aies des difficultés à rencontrer des gars, surtout dans une ville comme Boston. »

Elle hésite de nouveau. Elle est timide, attentionnée, pas égocentrique. Encore une chose qu'il apprécie. « Je me suis juste dit que ça serait amusant », admet-elle. « Toutes mes amies y sont inscrites. Et ça fait un moment que je n'ai pas été sur le marché de la séduction…

– Tu avais un petit ami ? »

Elle acquiesce. « Nous avons rompu il y a à peu près quatre mois.

– Tu as rompu ?

– En fait, non. C'est lui qui m'a quittée. »

Il rit. « Je trouve ça difficile à croire.

– Il a dit qu'il n'était pas prêt à s'engager », poursuit-elle sans qu'il l'y pousse. Les larmes lui montent aux yeux. Plusieurs s'échappent sans prévenir et s'accrochent à ses cils.

Il se penche instinctivement au-dessus de la table pour les essuyer du doigt en faisant attention de ne pas abîmer son mascara. « Il te manque ? dit-il.

– Non, répond-elle rapidement. Pas vraiment. C'est davantage être en couple qui me manque, nos amis communs…

– Êtes-vous restés longtemps ensemble ?

– Un peu plus d'un an. Et vous ? »

Il sourit. *Elle essaye*, se dit-il. Même s'il peut voir que le cœur n'y est pas. Cependant, certaines femmes ne pensent même pas à poser la question. « Moi ? Non. Cela fait bien longtemps que je n'ai pas été dans une relation sérieuse. Mais nous étions en train de parler de toi. »

Elle regarde son assiette. Elle n'a pas touché à la nourriture qu'il a passé des heures à préparer. Laisser mariner les steaks de premier choix tout l'après-midi, envelopper les pommes de terre d'Idaho dans le papier aluminium pour les cuire, disposer soigneusement la pastèque et la salade de feta sur la délicate porcelaine de Chine aux motifs fleuris dans le but de l'impressionner. *Peut-être est-elle végétarienne*, pense-t-il, bien que rien dans son profil n'ait indiqué ça.

Il aurait dû lui demander au moment de l'invitation. « Parle-moi de ton enfance », dit-il maintenant.

Elle a l'air surpris. « Mon enfance ?

– Je suppose que tu en as eu une. » De nouveau, le tendre sourire induisant une grande bienveillance.

« Elle était plutôt ordinaire. Pas grand-chose à en dire.

– Classe moyenne supérieure, j'imagine », tente-t-il en espérant nourrir la conversation. « Une vie confortable, peut-être une nounou ou une gouvernante, des parents qui t'aimaient et se sont assurés que tu avais tout ce que ton petit cœur pouvait désirer.

– Pas vraiment. Disons, peut-être au début, admet-elle timidement. Jusqu'à ce que j'aie six ans et qu'ils divorcent. Ensuite, tout a changé.

– Comment ça ?

– Nous avons dû déménager. Ma mère a été obligée de se remettre à travailler. Mon père a épousé une femme que nous n'aimions pas. Nous étions trimbalés de l'un à l'autre.

– Nous ?

– Mes frères et moi.

– J'aime que tu dises "nous", l'interrompt-il. La plupart des gens diraient "on". Ils n'ont aucun respect pour la grammaire. Ou peut-être ne savent-ils simplement pas la différence entre un singulier et un pluriel. Je ne sais pas. » Il hausse les épaules sentant la gêne qui monte en elle. Tout le monde n'est pas aussi à cheval sur la grammaire que lui. « Combien de frères as-tu ? demande-t-il pour revenir sur un terrain plus sûr.

– Deux. Un à New York. L'autre à Los Angeles.

– Et ta mère ? Où est-elle ?

– Ici. À Boston.

– Sait-elle où tu es ce soir ? Enfin, comment pourrait-elle ? » demande-t-il, répondant à une question par une autre. « Je ne crois pas qu'elle approuverait que tu aies accepté de te rendre dans l'appartement d'un inconnu, si ? Es-tu toujours aussi aventureuse ? » Il penche sa tête sur le côté, dans un geste qui se veut charmeur, et attend sa réponse.

Une autre hésitation. « Non.

– Dois-je être flatté ? Parce que je me sens plutôt flatté du coup, je dois bien l'admettre. »

Elle rougit, sans qu'il puisse dire si les couleurs qui lui montent aux joues sont dues à la gêne ou à l'anticipation.

« Est-ce parce que je suis particulièrement séduisant ? » dit-il avec amusement, avec un nouveau sourire, plus agicheur encore. Et, bien qu'elle ne réponde pas, il sait qu'il a raison. Il *est* très séduisant (« beau gosse », disait malicieusement son père). Bien plus séduisant que sur la photo qu'il a postée sur le site de rencontre. Ce n'est en fait pas du tout une photo de lui, mais celle trouvée dans le magazine *Men's Health*, d'un mannequin torse nu, montrant de magnifiques caractéristiques génétiques et des abdominaux sculptés en tablettes.

Suffisamment séduisant pour faire taire dans la tête d'une femme la voix insistante qui invite à la méfiance, pour qu'elle le suive hors du bar bondé où ils avaient convenu de se rencontrer puis dans son appartement près de Sargent's Wharf où il promettait un festin de gourmet.

« Tu ne manges pas, dit-il. Le steak est trop saignant pour toi ?

– Non. C'est juste que je ne peux…

– S'il te plaît. Il faut au moins que tu goûtes. » Il coupe un morceau de steak de sa propre assiette et lui tend sa fourchette au-dessus de la table. « S'il te plaît », répète-t-il, alors que du sang goutte du steak sur la nappe blanche.

Elle ouvre la bouche pour recevoir le morceau de viande presque crue.

« Mâche doucement, recommande-t-il. Je ne voudrais pas que tu t'étouffes.

– S'il vous plaît… lui dit-elle tandis que son portable à lui se met à sonner dans sa poche.

– Attends. J'en ai pour une minute. » Il sort le téléphone et balaie son écran tactile de gauche à droite avant de le porter à son oreille. « Hé, salut toi », dit-il, en baissant la voix sur un ton séducteur, ses lèvres frôlant la surface lisse du téléphone. *Enfin*, pense-t-il.

« Salut, répond la femme à l'autre bout de la ligne. Est-ce… Monsieur Maintenant ou Jamais ? » Elle pouffe et il rit. Monsieur Maintenant ou Jamais est le nom qu'il a adopté sur les multiples sites de rencontre sur lesquels il est inscrit.

« C'est moi. Est-ce… Fleur sauvage ?

– C'est moi », répond-elle un peu embarrassée, moins à l'aise avec son pseudonyme que lui avec le sien.

« Eh bien, Fleur sauvage, dit-il. Je suis bien content que tu aies appelé. » Il attend ce moment depuis ce qui lui semble une éternité.

« Tu es toujours en Floride ? demande-t-elle. Est-ce que je tombe mal ?

– Non. C'est parfait. Je suis revenu en ville il y a tout juste une heure.

– Comment va ta mère ?

– Beaucoup mieux. Merci de demander. Comment vas-tu ?

– Moi ? Je vais bien. » Elle hésite. « Je me disais que tu avais peut-être raison, qu'il est temps de faire une nouvelle tentative.

– Il n'y a pas de *peut-être*, dit-il. Du moins en ce qui me concerne. Que dirais-tu de mercredi ?

– Mercredi, c'est bien.

– Super. Connais-tu l'Anthony's Bar sur Boylston ? Je sais qu'en général c'est bondé et cela peut être assez bruyant, mais…

– Antony's est très bien », dit-elle, il était sûr qu'elle approuverait. Les bars bondés et bruyants sont toujours les endroits préférés des femmes pour une rencontre.

Il sourit à celle assise en face de lui, remarque que les larmes ruissellent à présent abondamment sur ses joues. Il consulte sa montre, sans un geste pour essuyer ses pleurs. Anthony's est le bar où il l'a rencontrée, il y a moins de deux heures. Il se montre grossier et insensible.

« Disons dix-huit heures ? dit-il au téléphone.

– Dix-huit heures, c'est bien.

– Plus d'annulation de dernière minute ?

– Je serai là à dix-huit heures pile.

– Non ! » crie de manière inattendue son invitée. Ne... »

Il se lève immédiatement et la gifle avec force. L'impact est tellement violent que la chaise sur laquelle elle est solidement ligotée, les mains derrière le dos, tangue sur ses pieds arrière et menace de basculer, resserrant le nœud coulant passé autour de son cou. Elle suffoque sous ses yeux en cherchant à reprendre sa respiration. Si elle s'agite une minute de plus elle perdra connaissance.

Il n'est pas encore prêt. Il n'en a pas fini avec elle.

« Qu'est-ce que c'était ? demande la femme qui se fait appeler Fleur sauvage.

– Quoi donc ? » demande-t-il à son tour sur un ton naturel en contournant la table. Il stabilise la chaise avant de couvrir la bouche de la femme indisciplinée de sa main libre. « Oh, sûrement juste un gars à la télé qui se fait botter le cul. Pardon pour la grossièreté. »

Un instant de silence. Il peut presque sentir Fleur sauvage sourire.

« Vas-tu me dire ton vrai nom ? risque-t-elle.

– Je te le dis si tu me dis le tien », répond-il d'un ton taquin. Il ment. Il ne dit jamais son vrai nom aux femmes. « Mais je t'avoue que j'aime bien Fleur sauvage.

– Alors restons-en là pour le moment.

– Jusqu'à mercredi, dit-il.

– Jusqu'à mercredi.

– J'ai hâte d'y être. »

Il remet le téléphone dans sa poche et retire sa main de la bouche de la femme. « Si tu cries, je t'enfonce ce couteau à viande dans l'œil », dit-il calmement en approchant la lame dentée de son visage. Il doute qu'elle ait assez de souffle pour crier, même si elle en avait envie. Cependant, il l'a déjà sous-estimée une fois.

Tout avait été tellement facile. Presque trop facile. Hypnotisée par son apparence, elle avait acquiescé à toutes ses propositions, accepté de quitter le bar sombre et plein de monde pour savourer un repas fait maison dans son appartement. Ensuite elle s'était précipitée pour s'asseoir à la petite table ronde nappée de lin blanc déjà dressée, sans comprendre la situation avant que ses mains soient attachées dans son dos et qu'elle ait, littéralement, la corde au cou.

Elle avait fait de son mieux, été si docile, se prêtant à son jeu idiot, comme s'ils étaient vraiment à un rendez-vous. Elle avait répondu à ses questions stupides, en avait même posé quelques-unes, de toute évidence dans l'espoir de sauver sa peau. Et même quand elle avait réalisé que c'était illusoire, quand le coup de téléphone lui avait confirmé qu'elle n'était qu'une parmi d'autres, qu'elle n'avait rien de spécial et qu'il était déjà en train de passer à la suivante, qui aurait pu imaginer qu'elle aurait assez de rage pour prévenir sa prochaine victime ? Il était impressionné.

Non que cela importe.

Il regagne sa place à table et termine calmement son repas, mâchant précautionneusement chaque morceau de viande trente fois, comme son père le lui a enseigné. Il espère qu'elle ne fera rien de stupide, quelque chose qui nécessiterait d'en finir rapidement avec elle. Il veut prendre son temps, lui montrer qu'il est plus qu'une belle gueule.

Il sourit, dans l'espoir qu'elle comprenne qu'elle a toute son attention. Elle le mérite. Mais alors qu'il porte un morceau de steak à sa bouche, il est déjà ailleurs.

Mercredi.

Il pense à celle qui sera son triomphe : Fleur sauvage.

Chapitre 2

Trois semaines plus tôt

Paige Hamilton se réveilla juste après sept heures et découvrit sa mère assise sur le bord de son lit en pyjama. Ses traits, d'habitude juvéniles, étaient déformés par des froncements inquiets qui révélaient chacune de ses soixante-dix années.

« Maman ?

– Comment s'est passé ton rendez-vous hier ?

– Tu m'as réveillée pour me parler de mon rendez-vous ?

– Comment ça s'est passé ?

– Pas bien. » Paige se redressa sur les coudes en se remémorant le malheureux rendez-vous de la veille. Elle chassa de ses yeux ses cheveux bruns, qu'elle portait jusqu'aux épaules. L'homme faisait au moins dix kilos de plus et dix centimètres de moins que ne l'indiquait son profil sur Meetic. Qu'est-ce qui ne tournait pas rond chez ces types ? Imaginaient-ils que les femmes étaient aveugles, qu'elles ne verraient pas la différence ?

« C'est dommage, dit sa mère. Tu étais pleine d'espoir.

– Maman... que se passe-t-il ?

– Je ne veux pas t'inquiéter.

– C'est trop tard.

– Je suis désolée.

– Ne t'excuse pas. Dis-moi ce qui ne va pas. »

Le soupir que poussa sa mère ébranla le lit double. « Je crois que je suis en train de faire un AVC. »

Paige fut immédiatement debout, tournant en rond sur le parquet. « Qu'est-ce que tu racontes ? Qu'est-ce qui te fait croire que tu fais un AVC ? » Elle chercha sur le visage de sa mère le moindre signe de déséquilibre. Une paupière tombante, une lèvre tremblotante. « Tu ne bafouilles pas. As-tu la nausée ? As-tu mal quelque part ?

– Je n'ai mal nulle part. Je n'ai pas la nausée, répéta sa mère. Tu as si belle allure », dit-elle, comme si c'était une chose parfaitement normale à dire en pareilles circonstances.

Paige saisit son peignoir en soie rose au pied du lit et en enveloppa son corps nu en essayant de trouver un sens à ce qui était en train d'arriver.

« Je ne savais pas que tu dormais nue, poursuivit sa mère. J'en ai toujours eu envie, mais ton père préférait les pyjamas, alors j'ai fait ce qu'il désirait.

– Maman ! Concentre-toi ! Pourquoi penses-tu faire un AVC ?

– C'est ma vue, dit sa mère. Elle est bizarre.

– Comment ça, bizarre ? Bizarre comment ?

– Je vois des éclats lumineux et des vagues ondulées et je me souviens avoir lu qu'un changement dans la vision est souvent un signe précurseur d'un AVC. Ou peut-être d'un décollement de rétine. Qu'en penses-tu ?

– J'en pense que j'appelle les secours.

– Vraiment ma chérie ? Crois-tu que c'est nécessaire ?

– Oui, maman. Je le crois vraiment, vraiment. » Paige saisit son téléphone portable sur la table de nuit et composa le numéro d'urgence. « Essaie de rester calme », conseilla-t-elle à sa mère, bien qu'elle-même fût sur le point de basculer dans l'hystérie. Son père avait été emporté par un cancer deux ans auparavant. Elle n'était pas encore prête à perdre sa mère. À trente-trois ans, elle était bien trop jeune pour devenir orpheline. « Que fais-tu ? demanda-t-elle à sa mère qui se levait.

– Il vaut mieux que je m'habille.

– Rassieds-toi », lui ordonna Paige qui écoutait la tonalité obstinée du téléphone contre son oreille. « Ne bouge pas. » Elle leva son bras libre dans un mouvement de frustration. « Qu'est-ce qui cloche là-bas ? Je pensais que c'était un numéro d'urg…

– Police secours », annonça une voix de femme interrompant la tirade de Paige. « Quelle est l'urgence ?

– Ma mère fait un AVC.

– Enfin, ça pourrait être un décollement de rétine, nuança sa mère.

– Nous avons besoin d'une ambulance immédiatement. » Paige donna rapidement à son interlocutrice l'adresse de la copropriété cossue de Back Bay où vivait sa mère. « Ils seront là dans cinq minutes », dit-elle en se dirigeant vers la salle de bains attenante pour s'arroser le visage d'eau fraîche et mettre du déodorant. Elle enfila la première chose qu'elle vit dans son placard.

« Quelle jolie robe, dit sa mère. Elle est nouvelle ? »

Paige baissa les yeux sur la robe à fleurs sans forme que Noah avait toujours détestée. Il lui revint soudain en mémoire que ce que Noah détestait ou pas n'était plus son problème. « Non, je l'ai depuis un moment. » Elle sortit une culotte en dentelle du tiroir supérieur de sa commode, et la fit remonter sur ses hanches étroites.

« Tu ne portes pas de soutien-gorge ? demanda sa mère.

– Disons que je n'en ai pas vraiment besoin », dit Paige. Elle décida que la tentative de sa mère de mener une conversation normale était une façon de se rassurer. Que quand bien même elle aurait un décollement de rétine ou, que Dieu l'en garde, si elle faisait un AVC, elle s'en sortirait.

Sauf que tout n'allait pas bien. Rien n'allait bien depuis un bon moment.

« Je n'en ai jamais eu besoin non plus », dit sa mère, presque nostalgique. Elle regarda sa poitrine imposante. « Et soudain je me suis retrouvée avec ça. Maintenant ! Quand plus personne ne regarde. Que tout le monde s'en fiche. »

En d'autres circonstances, Paige aurait peut-être ri. Pour le moment elle ne pouvait que se retenir de pleurer. « *Moi*, je ne m'en fiche pas. » Elle s'assit à côté de sa mère et l'enlaça.

« Tu es une gentille fille. » Sa mère posa sa tête sur son épaule. « Je t'aime plus que tout au monde, tu le sais ?

– Je le sais. » Paige ressentit une pointe de culpabilité. Non qu'elle n'aimât pas sa mère. Elle l'aimait. C'était juste qu'elle s'était toujours sentie davantage une fille à papa. La personnalité exceptionnelle de son père avait eu tendance à éclipser tout ce qui se trouvait sur son passage, même quand il était sur son lit de mort. « Je t'aime aussi.

– Ne t'en fais pas. » Sa mère lui tapota le genou. « Ça va aller.

– Tu le promets ?

– Je le promets. »

Paige sourit, elle savait que de telles promesses étaient futiles. Sa mère n'avait-elle pas fait la même promesse quand on avait diagnostiqué chez son père un cancer qui le tuerait à peine un an plus tard ?

« Ne vous en faites pas. Votre père va s'en sortir », avait-elle assuré Paige et son frère... Michael, plus vieux qu'elle de presque quatre ans et cardiologue accompli à Livingston, dans le New Jersey, n'avait d'ailleurs très certainement pas été dupe.

Sa mère jeta un œil vers la porte de la chambre.

« Je devrais au moins enfiler un chemisier.

– Je vais m'en occuper, dit sa fille, ne bouge pas.

– Prends des vêtements de rechange pour quand ils me renverront à la maison », lança sa mère dans son dos alors que Paige se dirigeait vers la chambre principale au bout du couloir. Le soleil de juillet filtrait déjà à travers les volets roulants électriques du salon. Il traçait des rais, comme des éclairs, sur le sol en marbre beige.

Ses parents avaient emménagé dans ce trois-pièces cinq ans plus tôt, quittant leur maison de cinq cents mètres carrés dans la banlieue de Weston. (« Qui a encore besoin d'autant d'espace ? » avait demandé sa mère à l'époque. « Vous, les enfants, êtes partis depuis longtemps, et le chien est mort. »)

Avait-elle toujours eu un humour aussi sarcastique ? se demandait désormais Paige. Pourquoi ne l'avait-elle pas remarqué avant ?

L'appartement, situé dans un des quartiers les plus prestigieux de Boston, était spacieux et moderne, avec de hautes baies vitrées ainsi qu'une bibliothèque qui avait aussi servi de bureau à son père. La petite pièce jouxtait la grande cuisine. Les deux chambres à coucher se trouvaient hors de l'espace principal, de l'autre côté de l'appartement. Elles offraient chacune une vue époustouflante sur la ville.

Paige traversa la pièce principale, foulant le tapis ivoire en laine et soie, et, se précipitant vers le dressing, se cogna la hanche contre l'une des quatre colonnes du lit king size. *Cette pièce pleine de placards !* se dit Paige et elle se demanda si les vêtements de son père en occupaient toujours la moitié ou si sa mère avait fini par les donner à une œuvre de charité. Robert Hamilton avait été un homme particulièrement élégant, qu'il porte un costume et une cravate ou des vêtements plus décontractés. *Et ses chaussettes*, pensa Paige avec un sourire. Des années avant que ce soit devenu tendance, son père avait possédé une imposante collection de chaussettes chatoyantes, à motifs qui complétaient parfaitement sa personnalité tout aussi imposante et haute en couleur.

Elle balaya d'un geste les larmes qui s'étaient mises à couler. Son père lui manquait tant.

Était-elle sur le point de perdre sa mère aussi ? Était-elle vouée à être abandonnée par tous ceux qu'elle aimait ?

« Bon sang, quelle garce égoïste tu es », marmonna-t-elle. Elle saisit une robe en éponge bleue sur le crochet à l'intérieur du placard puis en choisit une autre en coton rose et des sous-vêtements étonnamment osés dans la commode encastrée – sa mère avait-elle toujours porté de pareilles culottes et des soutiens-gorge pigeonnants ? – et ramena le tout dans sa chambre.

Non que la deuxième chambre lui ait été destinée. À l'origine ce devait être une chambre d'amis, pour les visites de Michael et sa famille. Mais l'emploi du temps de ministre de son frère l'empêchait de venir souvent et sa femme préférait séjourner à l'hôtel. Aussi la chambre était restée vide et inutile. Mais ensuite le père de Paige était mort. Six mois plus tôt Paige avait perdu son emploi et, deux mois plus tard, son petit ami, avec qui elle vivait, l'avait quittée pour une autre – enfin, techniquement, c'était *elle* qui avait dû partir –, donc sa mère avait suggéré qu'elle s'installe avec elle. « Temporairement », avait-elle souligné. « Le temps de te remettre sur pied. »

Est-ce que cela arriverait ? se demandait désormais Paige. Elle entra dans sa chambre et trouva sa mère debout devant la fenêtre, regardant la rue à trois voies, dix étages plus bas. « Maman, que fais-tu ? Je t'ai dit de ne pas bouger.

– J'admire juste la vue. Il n'y a pas un nuage dans le ciel.

– Est-ce que tu vois bien ? demanda Paige. Où en es-tu avec tes yeux ?

– Toujours beaucoup de feux d'artifice. C'est un peu comme un de ces spectacles son et lumière. Mais sans le son. » Ses lèvres se retroussèrent en un faible sourire.

« Tu me fais peur.

– Je suis désolée, chérie. C'est la dernière chose que je veuille. Ça va aller. Je te promets. »

Le téléphone sonna au moment où Paige aidait sa mère à enfiler sa robe. Paige écouta la voix inquiète du concierge puis raccrocha et prit une grande respiration avant d'essayer de sourire à son tour.

« L'ambulance est là. »

Chapitre 3

« Joan Hamilton ? » demanda l'homme en entrant dans le petit bureau impersonnel avant de refermer la porte derrière lui. Il fixait Paige et sa mère. Il était jeune et agréable à regarder, avec ses épais cheveux noirs et bouclés. Il portait une blouse blanche sur un pantalon en toile kaki et une chemise à carreaux blancs et bleus.

« C'est moi », dit la mère de Paige. Elle leva la main et agita ses doigts. Elle avait troqué sa blouse pour les vêtements de rechange que Paige avait emmenés.

« Je suis le docteur Barelli », dit le médecin en souriant pendant qu'il s'installait à son bureau, face aux deux femmes. « Comment vous sentez-vous ?

– Je me sens plutôt bien, dit Joan Hamilton. Un peu sonnée peut-être. Mes yeux sont… disons qu'ils ont l'air de bien aller. »

Le docteur Barelli ouvrit le dossier qu'il tenait et en examina le contenu pendant que Paige et sa mère, pleines d'appréhension, l'observaient. Il n'y avait d'ailleurs pas grand-chose d'autre à regarder – les murs gris pâle étaient nus à l'exception d'une reproduction insipide d'un paysage ennuyeux ; les meubles étaient minimalistes et purement utilitaires ; le bureau était vide d'objets personnels ou de photos de famille ; la fenêtre derrière lui donnait sur un mur de brique. Cette pièce, probablement une sorte d'espace partagé, utilisé pour des discussions et des consultations rapides offrait pourtant un répit bienvenu après les couloirs interminables et les chaises en plastique sur lesquelles Paige avait été assise depuis son arrivée au Mass General. Elle ne supporterait plus la vue d'un vieux numéro du magazine *Star*.

Il était presque treize heures. Elles étaient à l'hôpital depuis bientôt cinq heures. Sa mère avait passé une batterie d'examens, y compris une IRM et un scanner rétinien. Une série de tests pour vérifier si son cœur fonctionnait correctement avait complété le tout. Le personnel hospitalier lui avait prélevé tellement de sang que Paige était épatée qu'il lui reste des couleurs.

« Bien », commença le docteur. Il releva les yeux de son dossier et sourit de nouveau. Des fossettes se creusèrent dans ses joues, sous les yeux. « Rien que des bonnes nouvelles d'après ce que je vois.

– Des bonnes nouvelles ? répétèrent en chœur Paige et sa mère.

– Vos examens sanguins sont normaux, au point que c'en est ennuyeux, si vous me permettez. Votre tension artérielle est un peu élevée, mais rien de particulièrement alarmant. Vos deux rétines sont en parfait état. Votre vue est excellente pour une femme de votre âge. Tout comme vos fonctions cérébrales et tout ce que nous avons examiné. En fait, vous êtes probablement la personne qui jouit de la meilleure santé ici.

– Eh bien, si ce n'est pas formidable ! » dit Joan Hamilton.

Paige soupira de soulagement. « Mais… ses yeux…

– Une banale migraine ophtalmique, expliqua le médecin.

– Une migraine ? répéta Joan. Mais je n'ai pas eu mal à la tête.

– Vous êtes chanceuse, dit le docteur Barelli avec des yeux pétillants.

– Je ne comprends pas, dit Paige.

– Votre mère a été confrontée au voile qui accompagne souvent les migraines. Elles sont souvent accompagnées de taches et d'éclairs de lumière, qui commencent généralement doucement et gagnent en intensité avant de disparaître, habituellement en vingt ou trente minutes.

– C'est exactement ce qui est arrivé, acquiesça Joan Hamilton.

– Elles ne sont pas rares, surtout quand on prend de l'âge. Et la bonne nouvelle est qu'elles ne sont pas graves. Plus une gêne qu'autre chose. Vous n'en aurez peut-être pas d'autres avant des années », continua le médecin en s'adressant directement à la mère de Paige. « Ou vous en aurez peut-être une demain. »

Il poursuivit en expliquant que, malgré plusieurs théories, on ignorait précisément leur origine. Il existait un traitement mais les troubles disparaissaient généralement avant qu'il ne fasse effet. Il était donc préférable d'attendre que ça passe. « Bien sûr, si cela vous arrivait au volant, je vous recommande de vous arrêter immédiatement.

– C'est tout ? demanda Paige alors que sa mère se levait.

– C'est tout. » Le docteur Barelli tendit la main au-dessus du bureau pour les saluer.

« Une migraine ophtalmique », dit Joan, presque avec fierté, alors qu'elles attendaient l'ascenseur. « Qui aurait pu s'en douter ?

– Tu dois être affamée », dit Paige en parlant pour elles deux quand elles sortirent dans la rue quelques instants plus tard. Elle n'avait rien avalé d'autre que du café pour survivre depuis qu'elles étaient descendues de l'ambulance et, de mémoire, sa mère n'avait rien bu ni mangé depuis la veille au soir.

« Je meurs de faim, confirma l'intéressée. Trouvons-nous un endroit sympa pour manger. As-tu le temps ? »

Paige regarda sa montre. Elle avait un entretien à trois heures, le premier en plus de deux semaines, il était donc important qu'elle ne soit pas en retard. Habituellement, elle préférait arriver en avance, mais elle avait appris avec l'expérience que ce n'était pas toujours une bonne idée. Elle ferma les yeux, se revit avancer sur la pointe des pieds dans le couloir de son ancien appartement vers la chambre qu'elle partageait avec Noah et entendre le rire trop familier qui parvenait de l'autre côté de la porte. « Il y a un joli petit café sur Charles Street », dit-elle assez fort pour essayer d'étouffer le souvenir de ce rire.

« Pourquoi est-ce que tu cries ? demanda sa mère.

– Désolée », dit Paige en faisant signe à un taxi qui approchait.

Malheureusement, le petit café était plein de touristes attirés par la réputation de la rue, pleine de boutiques de prêt-à-porter originales et de ravissants magasins d'antiquités. « Il va falloir attendre pour avoir une table. »

« Le docteur Barelli était très mignon, tu ne trouves pas ? demanda sa mère quand elles furent finalement assises et eurent passé commande.

– Un peu jeune.

– Ils sont *tous* jeunes. *Tu es* jeune. »

Le téléphone de Paige sonna avant qu'elle puisse réfléchir à une réponse adéquate. Elle fouilla dans son sac beige et en extirpa son téléphone, ravie de cette interruption. Sa mère pensait à son bien, mais Paige n'était pas d'humeur pour un de ces laïus habituels – *tu es une fille intelligente et super, il y a plein d'autres poissons à attraper.* « Salut, Chloé, lança-t-elle à sa meilleure amie.

– Est-ce que tu peux venir ? dit Chloé sans perdre de temps en plaisanteries inutiles.

– Quelque chose ne va pas ? » Paige imaginait son amie écartant ses cheveux blonds et raides de ses yeux bleu clair et se mordant la lèvre inférieure.

« Rien ne va. »

Merde, pensa Paige qui comprit sans que Chloé ait besoin de développer. « J'ai un entretien d'embauche à trois heures. Je peux venir après.

– Parfait. On se voit tout à l'heure. »

« Quelque chose ne va pas ? » demanda sa mère en répétant la question de sa fille qui remettait son téléphone dans son sac.

Paige haussa les épaules. « *Rien ne va* », entendit-elle à nouveau dire Chloé.

« Au sujet du docteur... commença sa mère. Je voulais juste dire...

– Je sais ce que tu voulais dire, maman, la coupa Paige. Mais ce n'est pas comme si je m'enfermais dans une tour d'ivoire. Je sors. Je suis inscrite sur des dizaines de sites de rencontre. J'ai vu six gars en autant de semaines...

– Peut-être que tu es trop exigeante.

– Peut-être », dit Paige, trop épuisée et affamée pour débattre. Était-ce trop exiger que d'attendre d'un homme qu'il soit... honnête ? Étaient-ils *tous* menteurs ? « Et toi ? » demanda-t-elle, détournant la discussion vers sa mère.

« Comment ça, et moi ?

– Ça fait deux ans que papa est mort. As-tu déjà envisagé ?... » Elle pouvait difficilement terminer sa phrase, l'idée de sa mère s'intéressant à un autre que son père était trop ridicule.

« Ne sois pas bête, ma chérie. Je suis une vieille femme.

– Soixante-dix ans, ce n'est pas vieux. Plus de nos jours. Et tu es magnifique. Le docteur Barelli a dit que tu étais en pleine forme.

– Pour une femme de mon âge », précisa Joan Hamilton même si quelque chose dans son ton disait que l'idée de fréquenter quelqu'un n'était après tout pas si absurde. Elle tapota le côté de sa coupe au carré d'un blond élégant.

« Peut-être que *tu* devrais t'inscrire sur Match Sticks », dit Paige, de plus en plus gênée, se demandant pourquoi elle continuait. « Oh, mon Dieu », dit-elle brusquement en s'enfonçant profondément dans sa chaise et en masquant son visage de la main. Est-ce que cette journée pouvait encore empirer ?

« Qu'est-ce qu'il y a ?

– Ne regarde pas. »

Sa mère se retourna immédiatement sur sa chaise pour jeter un œil derrière elle.

« J'ai dit ne…

– Désolée, chérie. C'est un réflexe quand quelqu'un vous dit de ne pas regarder, dit timidement Joan Hamilton. Elle nous a vues ? Est-ce qu'elle vient ?

– Oh oui », dit Paige qui se redressait. En voyant sa cousine s'approcher elle pensait à l'expression « c'est comme se voir dans un miroir ». Sauf qu'elle était presque sûre que l'expression était ironique, alors que regarder sa cousine était *vraiment* comme se voir dans un miroir, tant leur ressemblance était frappante. Ce qui n'était pas surprenant, compte tenu que leurs pères étaient de vrais jumeaux et que les deux filles étaient nées à quelques jours d'intervalle.

« Hé, salut vous deux », dit Heather en se penchant pour embrasser la joue de sa tante, comme ignorant le froid entre elles. « C'est fou de vous croiser ici. »

Paige se demanda si le cliché était intentionnel ou si sa cousine ne pouvait pas s'en empêcher, elle qui, de sa vie, n'avait jamais eu une idée personnelle. Elle se maudit d'avoir oublié que sa cousine ne travaillait qu'à quelques pâtés de maisons.

Ou peut-être n'avait-elle pas oublié. Peut-être qu'elle avait provoqué le destin et que le destin avait relevé le défi et lui avait répondu par un doigt d'honneur.

« Pas de bonjour ? demanda Heather. Bon, très bien. Comme vous voulez. Comment se passe la recherche de travail ? » Elle sourit à Paige, comme si elle attendait une réponse.

Paige lutta contre l'envie de lui coller son poing dans la figure.

Heather se balança d'un pied sur l'autre et rangea une de ses mèches brunes derrière son oreille. « Bon, très bien alors.

Sympa d'être tombée sur vous. J'imagine que je vous croiserai à la soirée. »

Et merde, pensa Paige en regardant Heather s'éloigner en se déhanchant sur ses talons de dix centimètres.

« Tu n'as pas une jupe comme celle-là ? demanda sa mère.

– Je n'irai pas à cette stupide soirée, dit Paige.

– Oh, chérie. C'est pour les quatre-vingts ans de ton oncle. Je sais que ça ne sera pas facile, mais comment pourrais-tu ne pas y aller ?

– Parce que je ne peux pas », dit Paige. C'était déjà assez difficile pour elle de voir son oncle dans les meilleurs moments, de voir cette réplique vivante de son père respirer et profiter de la vie alors que son père n'était plus. Comment son oncle osait-il avoir quatre-vingts ans quand son frère jumeau, en tout point supérieur, n'avait pas eu cette chance ? Comment sa mère pouvait-elle supporter de voir cet homme ?

Bien sûr, ce n'était pas la seule raison pour Paige de ne pas y aller. Peut-être même pas la principale.

« Tu pourrais venir accompagnée, suggéra sa mère alors que le serveur approchait avec leur repas.

– Deux salades Cobb, annonça le jeune homme en déposant leurs bols sur la table.

– Peut-être quelqu'un que tu fréquentes sur l'un de ces sites… » dit sa mère.

Paige planta sa fourchette dans sa salade et ne pipa mot.

Chapitre 4

Elle était rentrée tôt à la maison.

Ça avait été sa deuxième erreur.

La première avait été de ne pas l'appeler pour le prévenir.

Bien sûr, elle ne s'était pas rendu compte à ce moment-là qu'il était nécessaire de prévenir Noah. Mais était-ce vrai ? N'était-elle pas au moins un peu suspicieuse ? N'était-ce pas la vraie raison pour laquelle elle ne l'avait pas appelé pour lui dire que Chloé et Matt étaient rentrés une heure plus tôt que prévu de leur soirée hebdomadaire en amoureux – Chloé, sans doute possible, avait pleuré ; elle avait une marque rouge suspecte sur la joue – et qu'elle rentrait à la maison ?

Sa baby-sitter habituelle l'ayant lâchée au dernier moment et Chloé avait appelé Paige, affolée – Matt l'attendait déjà au restaurant et il détestait les changements de dernière minute –, pour la prier de venir. « Je demanderais bien à ma mère, mais elle est… tu sais bien… c'est ma mère. »

Paige avait accepté, ravie. Elle aimait les deux jeunes enfants de Chloé comme s'ils étaient les siens et adorait passer du temps avec eux. En plus, elle aurait fait n'importe quoi pour Chloé dont la mère était une véritable catastrophe, une femme incapable de voir plus loin que le bout de son nez. C'était un miracle que Chloé s'en soit aussi bien sortie. C'était, pour le dire simplement, une des personnes les plus gentilles que Paige eût jamais rencontrées.

Peut-être trop gentille.

Trop gentille pour un homme comme Matt, ça ne faisait aucun doute.

Trop gentille pour son propre bien, craignait Paige.

Noah n'avait pas émis d'objection à ce que Paige annule leur soirée à la dernière minute. En fait, il semblait soulagé et lui avait dit qu'il n'était, de toute façon, pas très motivé pour voir le film proposé par Paige. Il pourrait passer la soirée à préparer le dossier sur lequel il travaillait puis se coucher tôt dans l'espoir de rattraper son sommeil en retard. « La semaine s'annonce très chargée », avait-il ajouté.

Paige comprit le message codé, « pas de sexe ce soir », alors que c'était le week-end et que leur vie sexuelle était quasi inexistante ces derniers temps. « J'ai tellement de pain sur la planche », s'était-il excusé la dernière fois qu'il avait repoussé ses tendres avances. Paige avait souri et dit qu'elle comprenait. Mais ce n'était pas tout à fait vrai. En tant qu'avocat qui espérait accéder au statut d'associé au sein du gros cabinet qui l'employait, Noah avait l'habitude d'être épuisé et débordé depuis le jour de leur rencontre. Ça ne l'avait jamais empêché d'être un amant avide et passionné. Mais quelque chose avait changé au cours des derniers mois, une chose sur laquelle elle ne parvenait pas à mettre le doigt.

Ou peut-être savait-elle exactement où le mettre.

Et sur qui le pointer.

Peut-être était-ce là le problème.

Et c'est pourquoi elle ne l'avait pas appelé pour le prévenir qu'elle était sur le chemin du retour, qu'elle n'avait pas crié son « salut » habituel en rentrant dans le petit appartement qui était leur foyer ; qu'elle n'avait pas jeté un œil dans le salon pour voir s'il y était en avançant sur la pointe des pieds vers la porte close de leur chambre. Elle n'avait pas non plus hésité en entendant les gloussements qui provenaient de la chambre, elle savait avant même d'ouvrir la porte et de découvrir le corps nu qui chevauchait Noah, à qui il était, à qui appartenait le visage stupéfait qu'elle découvrirait.

« C'est une blague ? » avait hurlé Paige à sa cousine qui avait bondi, trébuché et manqué de tomber en sautant dans ses sous-vêtements. « Je n'arrive pas à y croire. »

Sauf qu'elle *arrivait* à y croire. En vérité, Paige aurait été choquée si la femme qu'elle avait découverte à cheval sur son petit ami n'avait pas été Heather. Sa cousine avait toujours convoité ce que possédait Paige, que ce soit ses vêtements, ses coupes de cheveux ou ses petits amis. Quand Paige, adolescente, s'était inscrite à des cours de poterie, Heather avait fait de même. Quand Paige avait appris la guitare, Heather avait immédiatement trouvé un professeur. Quand Paige s'était acheté une paire de baskets à clous brillants, Heather s'était précipitée pour s'offrir exactement les mêmes.

Lorsque Paige avait partagé son agacement à ce sujet avec son père, il avait souri et lui avait rappelé que « l'imitation était la forme la plus sincère de l'admiration ». Son frère s'était comporté de la même manière avec lui. « Mais il ne m'a jamais égalé », avait-il ajouté avec un clin d'œil. « Et tout le monde le savait. »

Aussi personne n'avait été surpris lorsque, au moment où Paige s'était lancée dans la publicité après ses études, Heather lui avait emboîté le pas en intégrant une agence plus grande mais moins prestigieuse. Elle y avait stagné en bas de l'échelle pendant des années avant d'être promue à l'un des six postes de gestionnaires de compte adjoints. Paige, et ça ne surprit personne non plus, avait rapidement progressé dans la hiérarchie de sa plus petite structure pour devenir directrice de planning stratégique.

Puis, coup de tonnerre inattendu, sa société avait été avalée par une entreprise new-yorkaise plus imposante qui avait débarqué avec son propre personnel. Paige s'était alors retrouvée licenciée sans plus de cérémonie, avec presque tous les cadres supérieurs.

« C'est tellement affreux », avait compati Heather, l'air presque sincère malgré la petite lueur de joie dans son œil. « Après toutes ces années. Tu dois être dévastée.

– Je trouverai autre chose.

– Bien entendu. »

Sauf qu'il s'était avéré qu'il n'y avait pas beaucoup d'opportunités pour une directrice de planning stratégique. En fait, il n'y en avait aucune. Les quelques entretiens que Paige avait passés concernaient des postes subalternes. Bien qu'elle eût été heureuse d'être retenue pour l'un d'eux, tout particulièrement quand un mois sans travail s'était changé en six, elle était chaque fois considérée comme « trop qualifiée ».

À cette époque, Heather avait commencé à passer de plus en plus de temps chez Paige, débarquant à l'improviste avec des pistes hypothétiques pour des emplois potentiels, chargée de plats à emporter qu'elle prenait chez Eataly après le travail. Elle écoutait, captivée, Noah raconter sa journée, riait aux plus nulles de ses blagues et manquait si peu de subtilité dans ses efforts pour le flatter et l'impressionner que Noah et Paige en plaisantaient parfois après son départ.

Il s'avéra que Noah aimait le manque de subtilité.

Il s'avéra aussi qu'ils couchaient ensemble depuis plus d'un mois quand Paige les avait surpris.

« Je ne peux même pas dire qu'il m'a quittée pour une femme plus jeune, s'était lamentée Paige auprès de Chloé. Elle a deux jours de plus que moi. Et on est quasiment jumelles, nom de Dieu, alors ça ne peut pas être pour son physique.

– En tout cas, ce n'est sûrement pas pour sa personnalité, dit Chloé.

– Oh, mon Dieu, gémit Paige.

– Quoi ?

– Elle doit être extraordinaire au lit.

– Tu crois ?

– Qu'est-ce que ça pourrait être d'autre ?

– Ça ne peut pas être ça. Elle n'a pas assez d'imagination.

– Alors elle doit avoir quelque chose que je n'ai pas, avança Paige.

– Non. Noah est juste un imbécile.

– Très bien, concéda Paige. Disons que c'est ça. »

Heather et Noah vivaient ensemble depuis quatre mois maintenant et leur liaison avait provoqué une brouille indéniable entre les deux familles. Paige n'avait pas parlé à sa cousine depuis le soir où elle l'avait découverte avec Noah malgré les tentatives, guère motivées de réconciliation de Heather, pour se réconcilier. Par loyauté, sa mère avait décliné toutes les invitations de son beau-frère et de sa femme.

Et voilà que Ted Hamilton fêtait ses quatre-vingts ans et qu'une grande soirée se tenait en son honneur à l'hôtel Ritz-Carlton le samedi suivant. Sa mère se sentait obligée de s'y rendre et voulait que Paige l'accompagne. « Tu pourrais emmener un cavalier », suggéra-t-elle, sachant que Heather serait là avec Noah.

« Ouais, c'est ça », murmura Paige, en consultant son téléphone alors qu'elle sortait du Prudential Building sur Boylston Street, pour vérifier si elle avait un message. Ce n'était pas le cas. Elle fit signe à un taxi et prit place sur la banquette arrière en donnant au chauffeur l'adresse de Chloé à Cambridge. Elle repensa en silence à l'entretien qu'elle venait de passer, se remémorant les questions qu'on lui avait posées et les réponses qu'elle avait données. Elle savait que ça ne s'était pas aussi bien passé qu'elle l'avait espéré, que ses réponses avaient été, au mieux, hésitantes : après six mois de chômage, elle avait perdu toute confiance en elle.

Elle n'était tout simplement pas aussi expérimentée qu'elle voulait l'être, qu'elle *devait* l'être, si elle voulait décrocher un nouvel emploi. En plus, elle n'avait pas l'air professionnel dans la robe à fleurs qu'elle avait enfilée sans réfléchir le matin même. Elle aurait dû au moins rentrer pour se changer. Elle ne portait même pas de soutien-gorge, bon sang. Même Heather aurait eu le bon sens de mettre une tenue plus appropriée.

Qu'avait dit son père en la comparant à sa cousine, déjà ? « Tu as la confiance en toi sans avoir l'attitude. Heather a l'attitude sans la confiance en elle. »

Aujourd'hui Paige n'avait plus ni l'une ni l'autre.

Et Heather avait Noah.

Et elle s'afficherait certainement avec lui à la soirée de son père.

« Merde, dit Paige plus fort qu'elle ne l'aurait voulu.

– Vous avez dit quelque chose ? demanda le chauffeur alors qu'ils approchaient d'Harvard Bridge.

– Non, pardon », s'excusa Paige en reportant son attention sur son téléphone. Elle cliqua sur Match Sticks et fit défiler la liste toujours grandissante des prétendants potentiels. *À croquer*, se vantait l'un d'eux à côté de la photo d'un homme malheureusement torse nu en train de mordre dans un gros gâteau au chocolat. Paige fit glisser vers la gauche l'image qui disparut. *Romeo*, disait l'identifiant d'un homme entre deux âges au visage épaté qui prétendait aimer les longues promenades sous la pluie. « Sérieusement ? » murmura Paige en la faisant glisser elle aussi vers la gauche. Il y avait des gens qui aimaient marcher sous la pluie ? *Romeo* fut suivi de *Villon*, *Luther* et *Tout simplement Alan*. « Tout simplement, non », dit Paige en balayant son écran vers la gauche chaque fois. Peut-être sa mère avait-elle raison. Peut-être *était-elle* trop difficile.

« Attends un peu. Qui va là ? » demanda-t-elle en s'arrêtant sur la photo d'un homme qui se nommait Monsieur Maintenant ou Jamais. Paige rit. Au moins ce gars-là avait le sens de l'humour. Et il était exceptionnellement beau. En supposant qu'il ressemble à la photo qu'il avait postée, il serait la revanche idéale à emmener à la soirée de son oncle. « Non », dit-elle, une alarme imaginaire résonnant dans sa tête en repensant au fiasco de la veille. « Tu es carrément trop beau pour être vrai. » Elle quitta le site et remit le téléphone dans son sac.

Qu'était-il advenu des rencontres avec le partenaire idéal au travail ou grâce à des amis communs, ou même des rencontres dans les bars ? Est-ce que la simplicité et la disponibilité de la technologie actuelle avaient rendu les contacts humains les plus basiques obsolètes ? « Ah, le bon vieux temps !

– Vous avez dit quelque chose ? demanda de nouveau le chauffeur de taxi.

– Il y a beaucoup de circulation, improvisa Paige.

– Comme toujours. »

Paige acquiesça et regarda la longue file de voitures qui avançaient au pas sur Charles Rivers vers Cambridge. Peut-être que la disponibilité n'était qu'une partie du problème, se dit-elle. Peut-être que tout le monde se sentait simplement seul. Elle se renversa contre le dossier du siège en vinyle marron et ferma les yeux. Elle fut surprise de voir Monsieur Maintenant ou Jamais l'attendre derrière ses paupières. Trop seul pour compter sur la chance d'une rencontre au travail ou sur suggestion d'un ami. Trop paresseux pour sortir dans un bar, trop craintif pour risquer un rejet en face.

Peut-être qu'elle retournerait sur Match Sticks plus tard. Peut-être qu'elle glisserait vers la droite la photo de Monsieur Maintenant ou Jamais et attendrait de voir si sa curiosité était réciproque. Y avait-il une chance qu'il soit aussi parfait qu'il en avait l'air ? « Ouais, c'est ça, marmonna Paige. Tu peux toujours rêver. »

Chapitre 5

Chloé attendait sur le seuil quand le taxi de Paige s'arrêta devant l'étroite maison à un étage sur Binney Street. Elle portait un short blanc et un vieux tee-shirt des Rolling Stones arborant une langue géante auréolée de bandes rouges et d'étoiles. Ses cheveux blonds étaient attachés en queue-de-cheval haute et lui donnaient plus l'air d'une baby-sitter adolescente que de la maîtresse de maison. Mais, même de loin, Paige put voir que quelque chose n'allait pas. Les jolis traits de Chloé étaient déformés par le chagrin, ses yeux magnifiques étaient vides et agités, ses lèvres parfaites tremblaient.

« Viens », dit cette dernière en invitant Paige à entrer dans le petit vestibule avant de refermer la porte.

« Qu'est-ce qui se passe ? » Paige suivit son amie dans la petite cuisine toute blanche. « Est-ce que tu vas bien ?

– Pas vraiment, dit Chloé. Enfin, je ne suis pas malade ni rien.

– Les enfants ?

– Ils vont bien. » Elle pointa du doigt l'escalier au fond de la maison. « Ils sont dans ma chambre. Je leur ai dit qu'ils pouvaient regarder des dessins animés. Tu veux boire quelque chose ?

– Un peu d'eau peut-être. »

Chloé alla immédiatement à l'évier remplir un verre. « Des glaçons ?

– Non, ça ira. Chloé…

– C'est Matt », dit Chloé en lui tendant le verre d'eau et faisant signe de prendre place à la table de la cuisine.

« Est-ce qu'il t'a… frappée ? » Paige retint son souffle en se posant sur une des quatre chaises blanches en plastique rassemblées autour de la petite table ronde.

« Non. Bien sûr que non. »

Chloé avait toujours nié que Matt fût physiquement violent malgré tous les indices qui témoignaient du contraire. Paige but une gorgée d'eau et attendit que son amie continue.

« Mais tu ne vas pas croire ce qu'il a fait. »

Je le croirai, pensa Paige. « Qu'est-ce qu'il a fait ?

– Tu ne vas pas le croire, répéta Chloé.

– Dis-moi.

– Non. Je vais te montrer. » Chloé saisit l'ordinateur portable posé sur le plan de travail près de la cuisinière. « Regarde un peu ça. » Ses doigts experts dansèrent sur le clavier. Quelques secondes plus tard la photo d'un couple souriant apparut – tout en dents brillantes et en yeux scintillants – sous le logo : PARFAITS INCONNUS.

Paige sut immédiatement que c'était un site de rencontre. Ils se ressemblaient tous vaguement. Des noms différents ; des buts identiques. *Vous êtes peut-être de parfaits inconnus pour le moment*, promettait le site, *mais qui sait ? Vous pourriez être parfaits l'un pour l'autre.*

« Qu'est-ce que c'est ? demanda Paige.

– Attends un peu », dit Chloé.

Laissez-nous vous aider à découvrir si un parfait inconnu pourrait être LE BON. Inscrivez-vous maintenant, lut Paige, avant que quelques clics de plus n'aient envoyé les mots dans les tréfonds du cyberespace, remplacés par un écran de photos d'hommes au format timbre, accompagnées de brèves descriptions.

Chloé fit rapidement défiler la liste des douzaines d'hommes disponibles. Elle s'arrêta sur le profil d'un homme aux cheveux brun clair, aux yeux noirs ténébreux avec de profondes fossettes encadrant son sourire. « Ça te dit quelque chose ?

– Merde.

– Sans blague, dit Chloé.

– Peut-être que ce n'est pas lui. » Paige le dit sans conviction, même à ses propres oreilles.

« Matt et moi sommes mariés depuis huit ans. Je pense que je peux le reconnaître après tout ce temps.

– Peut-être est-ce juste quelqu'un qui lui ressemble beaucoup, suggéra Paige.

– Tu crois vraiment ? Attends. » Chloé sortit de la pièce.

« Putain ! » dit Paige en se penchant pour mieux voir la photo. Elle savait pertinemment que c'était Matt. « Espèce de misérable petite ordure. Qu'est-ce qui ne tourne pas rond chez toi ? »

« Voilà », dit Chloé de retour dans la cuisine en claquant une photo sur la table devant Paige. « Tu penses toujours que c'est quelqu'un qui lui ressemble ? »

Paige se retrouva en train de regarder une version plus grande de la même photo.

« Elle a été prise l'an dernier, dans la maison de campagne de Pete et Sandi. Matt l'aimait tellement qu'il l'a fait imprimer. Ce connard narcissique. Tu veux savoir comment je l'ai su ? »

Avant que Paige ne puisse répondre, la maison explosa sous le bruit des pas des enfants de Chloé qui couraient en descendant l'escalier et déboulèrent dans la pièce. Chloé ferma immédiatement l'ordinateur portable.

« Maman ! » cria Josh, âgé de six ans de sa bouche identique à celle de sa mère.

« Moi d'abord ! » cria Sasha, qui avait quatre ans, et était la digne héritière du physique ténébreux de son père avec ses grands yeux noirs et ses profondes fossettes.

Ces putains de fossettes, pensa Paige. C'était un signe incontestable.

« Doucement », dit calmement Chloé aux deux enfants littéralement accrochés à ses pattes. « Avez-vous dit bonjour à Paige ?

– Salut, lança négligemment Josh par-dessus son épaule.

– Bonjour, dit Sasha, toujours la plus polie des deux. Nous avons un tour de magie.

– Il vient de passer à la télé, dit Josh. Vous voulez le voir ?

– Moi d'abord, protesta Sasha, au bord des larmes.

– Pouvez-vous nous le montrer ensemble ? » demanda Chloé.

Josh et Sasha se fixèrent des yeux. Sasha fut la première à baisser les yeux. « Très bien », dit Josh dont le regard alla de sa mère à Paige avant de revenir sur sa sœur. « Vous êtes prêtes ? »

Les enfants levèrent leur main droite et l'agitèrent cérémonieusement de haut en bas, comme une baguette magique. « Soyez poires », entonnèrent-ils avec emphase à l'unisson. « À être époustouflées.

– Quoi ? dit Chloé avec un léger sourire.

– Soyez poires », dirent-ils de nouveau, encore plus solennellement. « À être époustouflées.

– Soyez poires ? répéta Paige.
– Je pense que vous voulez dire "soyez prêtes", leur dit Chloé.
– Non, insista Josh. Soyez poires.
– À être époustouflées, poursuivit Sasha.
– Très bien, dit Chloé. Je suis une poire.
– Moi aussi », dit Paige.

Satisfaits, les enfants partirent en courant, dans un éclat de rire satisfait.

« Est-ce que je me trompe, ou est-ce qu'ils ont oublié de nous montrer leur tour ?

– Je crois que nous transformer en poires époustouflées leur a suffi », dit Chloé en riant avant d'éclater en sanglots. « Oh, Seigneur. Qu'est-ce que je vais faire ? Mes pauvres bébés…

– Tout ira bien pour les enfants, dit Paige. Pour le moment, c'est pour toi que je m'inquiète.

– Comment peut-il faire ça ?

– Parce que c'est un homme, dit Paige en repensant à Noah au lit avec sa cousine, et les hommes font des choses stupides. Dis-moi comment tu as découvert ça. »

Chloé s'assit sur la chaise à côté de Paige. « Après le départ de Matt au travail ce matin, il devait conclure cette affaire de propriété à Newton qu'il essaie de débloquer depuis des mois… enfin, aucune importance ; comment même savoir si c'est vrai… enfin », dit-elle encore en bredouillant. Elle s'arrêta pour reprendre son souffle. « Dix minutes peut-être après son départ, le téléphone a sonné, j'ai décroché et cette femme a dit, "je crois que vous devriez savoir que votre mari est sur un paquet de sites de rencontre", et elle a raccroché. Je n'ai pas compris de quoi elle parlait. Alors, j'ai choisi de l'ignorer. Je veux dire, c'était forcément une cinglée, pas vrai ? Mais, bien sûr, j'ai voulu vérifier, je ne pouvais pas m'en empêcher, et j'ai pris mon ordinateur pour aller sur Parfaits inconnus, parce que je suis une idiote et que c'est gratuit. Et j'ai navigué sur le site et… bingo ! Il était là. Mon cher mari, le père de mes deux enfants, sur un site de rencontre. Et pas qu'un seul, mais tout un tas, poursuivit Chloé. Parfaits Inconnus, Tinder, eHarmony, Match Sticks… cite-moi n'importe lequel, il y est. » Elle secoua la tête. « Comment a-t-il pu penser que je ne l'apprendrais pas ? La moitié de mes amies sont sur ces sites. *Tu es* sur ces sites ! » Soudain, Chloé fixa Paige. « Tu le savais ?

– Moi ? Non. Bien sûr que non ! Je te l'aurais dit. Tu le sais bien.

– Vraiment ? Même après ce qui s'est passé la dernière fois ? »

Paige lui avait dit avoir vu Matt avec une autre femme quand Chloé était enceinte de Sasha. Et Matt, nimbé de vertu indignée, s'était tiré d'affaire en assurant que Paige était soit jalouse soit dans l'erreur. Et cela avait quasiment coûté leur amitié aux deux femmes.

« Regarde-moi ces salauds », dit Chloé en rouvrant l'écran de son ordinateur et en faisant rapidement défiler la série de photos apparemment interminable. « Tu savais qu'ils avaient un site spécialement dédié aux adultères ? C'est sûrement le plus honnête du lot. Regarde *ce* mec », s'exclama Chloé. Elle s'était arrêtée sur la photo d'un homme qui se présentait comme *Le Mec qui surfe*. « Et *celui-là*, Monsieur Maintenant ou Jamais. »

Les yeux de Paige s'écarquillèrent devant la photo familière. Monsieur Maintenant ou Jamais la regardait, la défiant presque de détourner le regard.

« Celui-là aussi est sur tous les sites. » Chloé eut un rire dur et sans émotion. « Comme si un type qui ressemble à ça avait besoin d'un site de rencontre. Qu'est-ce que je raconte ? corrigea-t-elle immédiatement. Matt est aussi canon que lui. Merde. »

Paige se tourna vers son amie. « Qu'est-ce que tu vas faire ?

– Je ne sais pas, reconnut Chloé. Peut-être que je devrais m'envoyer un de ces gars. Pour rendre à Matt la monnaie de sa pièce.

– Je ne crois pas que ce soit une très bonne idée. »

Josh revint dans la cuisine en bondissant. « Qui est-ce ? » demanda-t-il avant que Chloé puisse refermer l'ordinateur.

« Personne, dit Chloé en rabattant l'écran. Que se passe-t-il ?

– Est-ce qu'on croit en dieu ? demanda le garçon.

– Est-ce qu'on croit... ? Pourquoi cette question ? demanda sa mère.

– C'est ce garçon, au centre, aujourd'hui. Il parlait de dieu, et du paradis et tout. On croit en ça, nous ?

– Ce n'est pas vraiment le bon moment pour me poser cette question.

– Et pourquoi ?

– Je ne sais plus vraiment en quoi je crois », répondit Chloé, bien trop épuisée pour faire semblant.

Josh écarquilla les yeux. « Mais nous *croyons* à la petite souris », dit-il prudemment.

Paige sourit. « Nous croyons évidemment à la petite souris », dit Chloé, retenant ses larmes.

Chapitre 6

Sa mère était dans le salon en train de lire en écoutant les nouvelles du soir quand Paige entra dans l'appartement entièrement éclairé. Joan se leva d'un bond, les yeux pleins d'espoir.

– « Comment s'est passé l'entretien ? »

Paige s'écroula dans le fauteuil à côté d'elle et regarda distraitement l'écran géant de la télévision sur le mur face à elle. « Pas génial.

– Oh. » Le sourire de Joan s'évanouit. « Je m'étais dit que, vu l'heure, ça s'était bien passé, que tu étais peut-être encore là-bas.

– Non. En fait, ça a été assez vite bouclé. Je suis allée chez Chloé. Désolée, j'aurais dû t'appeler.

– Non, bien sûr que non. J'ai oublié que tu allais la voir. Comment va-t-elle ?

– Pas génial non plus », dit Paige encore une fois.

Sa mère comprit qu'il ne fallait rien forcer. Les deux femmes reportèrent leur attention sur la télévision. La photo d'une jolie jeune femme aux longs cheveux noirs remplissait l'écran. « Tiffany Sleight, vingt-huit ans, est maintenant portée disparue depuis cinq jours », disait le présentateur. « Elle a dit à des collègues qu'elle rejoignait un ami en sortant du travail et n'a plus été revue depuis. Quiconque ayant des informations est invité à contacter la police au... »

« N'y a-t-il pas une autre fille qui a disparu il y a à peu près un mois ? » demanda Joan.

Paige haussa les épaules. C'était comme si les femmes disparaissaient tout le temps. Parfois elle aurait aimé être l'une d'elles. Se volatiliser en un pschitt.

Être une poire...

Joan saisit la télécommande sur le pouf en cuir qui faisait face au canapé et coupa le son. « Bon, assez avec ça. Tu as faim ?

– Pas vraiment.
– J'ai fait des lasagnes.
– Peut-être plus tard.
– Est-ce que tu veux aller au cinéma ? Il y a un nouveau film avec ce bel acteur… Comment il s'appelle ? Chris quelque chose… Tu sais, celui…
– Matt trompe encore Chloé, dit Paige.
– Oh ! Tu en es sûre ? »
Paige fouilla dans son sac pour en sortir son téléphone, se leva de son fauteuil et rejoignit sa mère sur le canapé en velours bleu pour s'asseoir à côté d'elle. Elle ouvrit Parfaits Inconnus, fit défiler les différentes photos et s'arrêta sur celle de Matt. « Oh que oui, j'en suis sûre. »
Sa mère poussa un soupir. « Qu'est-ce qui ne tourne pas rond chez ces hommes ? demanda-t-elle. Est-ce qu'ils cherchent à se faire prendre ? »
Paige savait que sa mère pensait à Noah.
Joan hocha la tête. « Tu as montré ça à Chloé ?
– C'est elle qui me l'a montré.
– Pauvre chérie. Comment prend-elle la chose ? »
Paige haussa les épaules dans un mouvement qui signifiait *pas très bien.*
« Regarde-moi tous ces hommes », s'émerveilla Joan après un silence de plusieurs secondes. « Jamais je n'aurais imaginé. » Elle prit le téléphone des mains de Paige. « Oh, celui-ci a l'air bien », dit-elle, arrêtée sur la photo d'un homme qui se présentait sous le nom de Samson. « Il a les cheveux un peu longs, mais un très beau sourire. De très belles dents. Peut-être que tu devrais… Qu'est-ce qu'il faut faire quand on veut rencontrer quelqu'un ?
– Glisse l'image vers la droite.
– Comme ça ? » demanda sa mère en balayant l'écran du doigt l'air de rien.
« Maman ! Qu'est-ce que tu as fait ? » Paige arracha le téléphone des mains de sa mère.
« Qu'est-ce que j'ai fait ?
– Tu viens juste de lui dire que tu aimais sa photo.
– Ce qui veut dire ?
– Ce qui veut dire que s'il est intéressé… Oh, Seigneur…
– Quoi ?

– Il est intéressé.

– Quoi ? Comment le sais-tu ?

– Il était connecté, expliqua Paige. Tu vois ? » Elle lui montra l'écran. « Ça signifie qu'il est sur son ordinateur, donc qu'il a tout de suite vu que j'ai retenu sa photo et lui aussi a retenu la mienne.

– C'est fascinant. Et maintenant ? Il appelle ?

– Il *envoie un message*, corrigea Paige. C'est l'usage. On discute par messages un moment ; puis, si on aime les messages, on se met d'accord pour s'appeler ; puis, éventuellement, on se voit pour prendre un verre.

– Pourquoi ne pas vous voir tout de suite ? demanda sa mère, pour ne pas perdre tout ce temps à s'écrire.

– Parce que… oh, Seigneur ! » dit-elle quand son téléphone bipa indiquant qu'elle avait reçu un message. « Il veut qu'on aille boire un verre.

– Cet homme me plaît, dit Joan.

– Alors *tu* vas aller le rencontrer.

– Ne sois pas bête, ma chérie. C'est *ta* photo qui lui a plu. Réponds-lui.

– C'est ridicule. Non. » *Quand ?* tapa Paige.

Que dis-tu de ce soir ? répondit-il très vite. *Vingt heures ? Murphy's sur Somerset ?*

« Parfait, dit sa mère. C'est quasiment au coin de la rue. Dis oui. Allez, ma chérie. Tu as eu une dure journée. D'abord moi à l'hôpital. Puis ta cousine, ensuite l'entretien, et, après ça, Chloé. Tu as le droit de t'amuser un peu.

– Ça n'aura rien d'amusant.

– Tu n'en sais rien. Allez. Qui ne tente rien n'a rien.

– Je pourrai te citer ?

– Oui, tu peux. Allez, dis-lui oui.

On se voit à vingt heures, écrivit Paige. « Je dois avoir perdu la tête.

– Nom de nom, ma chérie ! Pour quelle autre raison es-tu sur ces sites ? Sur combien de sites es-tu, d'ailleurs ?

– Je ne sais pas. Quelques-uns », dit Paige. *Plus que quelques-uns*, pensa-t-elle en lâchant le téléphone sur le coussin derrière elle. Comment faisaient les gens avant ces sites ? « Comment as-tu rencontré papa ? » demanda-t-elle en se blottissant contre sa mère.

« Tu le sais. Ton père a dû raconter cette histoire cent fois.

– Je ne t'ai jamais entendue, *toi*, la raconter.

– Disons que c'est parce que je n'ai jamais su la raconter aussi bien que lui. Et puis, ajouta-t-elle, je n'ai jamais voulu le contredire.

– Que veux-tu dire ? Il ne disait pas la vérité ?

– Disons simplement qu'il l'a un peu arrangée. »

Paige s'écarta de sa mère. « Comment ça ?

– Eh bien, tu sais que ton père a toujours clamé que nous nous sommes rencontrés quand j'ai passé un entretien d'embauche pour être sa secrétaire, et qu'il m'avait dit tout de go qu'il ne pouvait pas me recruter car il avait l'intention de m'épouser.

– Et ce n'est pas vrai ?

– Ça l'est… sans l'être, nuança Joan. S'il ne m'a pas embauchée c'est parce que j'étais une piètre dactylo. » Elle sourit. « Mais il a gardé mon numéro et, environ une semaine après l'entretien, il m'a appelée pour me proposer de sortir avec lui. Quelques semaines plus tard, il s'est présenté devant ma porte et a dit à mes parents que nous allions nous marier. Il a dit qu'il avait su au moment où il m'avait vue que j'étais celle qu'il voulait. »

Son sourire s'élargit pour illuminer tout son visage. « Au fil des années l'histoire… eh bien, disons qu'elle a… évolué. Comme quand on dit qu'un film est basé sur une histoire vraie. Ils changent quelques détails, compriment le temps pour qu'on ait l'essence de la vérité, mais en plus romanesque. Et ton père était tellement romanesque.

– Il doit tellement te manquer, dit Paige.

– Tellement, répondit simplement sa mère.

– Je n'arrive toujours pas à réaliser qu'il n'est plus là.

– Je sais, ajouta sa mère. Quand ce truc avec mes yeux a commencé…

– Ce matin, tu veux dire ? Ta migraine ophtalmique ? »

Sa mère acquiesça. « Je me suis tournée vers ton père… enfin, là où ton père aurait dû être… de son côté du lit… et j'ai commencé à dire "Robert…" Je voulais qu'il me rassure en me disant que j'étais juste idiote, que je n'étais pas en train de faire un AVC… comme s'il était toujours allongé là contre moi. Mais, bien sûr, il n'y était pas. Alors, *là*, j'ai été sûre d'être en train de faire un AVC parce que, clairement, j'étais en train de perdre la tête…

– Oh, maman.

– Ma chérie. Tu as l'air de tellement t'inquiéter. S'il te plaît, ne t'en fais pas. Je vais bien. C'est ce qu'a dit le docteur. C'est juste que…

– Juste que… quoi ?

– Disons que ce qui s'est passé ce matin m'a donné à réfléchir. Non, ce n'est pas vrai, corrigea-t-elle immédiatement. J'y réfléchis depuis un moment pour être honnête. »

Paige n'appréciait pas beaucoup l'expression « pour être honnête ». Rien de vraiment bon ne suivait jamais. « Réfléchis à quoi ? »

Joan Hamilton prit une profonde inspiration. « C'est juste que la vie est une chose si précieuse, ma chérie, tout particulièrement quand on arrive à mon âge. Rien n'est acquis. On ne sait jamais combien de temps il nous reste.

– Où est-ce que tu veux en venir, maman ? »

Sa mère reprit son souffle et soupira. « Eh bien, pendant le repas tu as dit…

– Qu'est-ce que j'ai dit ? Bon sang, qu'est-ce que j'ai dit ?

– Tu m'as demandé si je n'avais jamais pensé à rencontrer quelqu'un… »

Avait-elle demandé ça ?

« Et tu as suggéré que j'aille sur ton site…

– Je plaisantais », protesta Paige, d'une voix plus forte qu'elle ne l'aurait voulu.

« Je sais. » Sa mère sourit, ses lèvres tremblaient, elle était au bord des larmes. « Bien sûr, tu plaisantais. »

Les deux femmes se turent pendant un long moment.

« Oublie ce que je viens de dire. Je suis une idiote.

– Oh, mon Dieu, maman. Je suis tellement désolée. » Paige pleurait. « Je ne voulais pas…

– Je sais que tu ne voulais pas. Oublions tout ça.

– Tu te sens seule ? C'est ça ?

– Je me sens bien.

– Écoute, je vais répondre à ce type et annuler pour ce soir. On va aller voir le film avec l'acteur que tu aimes, puis on rentrera à la maison et on finira ces lasagnes.

– Non, ma chérie, dit sa mère. Certainement pas. Tu as ta vie. Je veux que tu la vives. »

Paige éclata en sanglots. « Mon Dieu. Je ne suis qu'une gamine.

– Tu n'es pas une gamine. Tu es une magnifique jeune femme sensible que j'aime plus que tout au monde. » Elle prit les mains de Paige. « Je ne cherche pas un mari, ma chérie. J'ai connu le grand amour de ma vie. Personne ne pourra jamais remplacer ton père ; tu le sais. Et si l'idée que je fréquente quelqu'un te rend malheureuse, alors je ne le ferai pas.

– Non, dit Paige. Ce n'est pas ce que je veux. » Elle essuya ses larmes et saisit son téléphone. « Je ne veux pas que tu sois seule. Je veux que tu sois heureuse.

– Qu'est-ce que tu fais ? Tu n'as pas intérêt à annuler ton rendez-vous !

– Je n'annule pas. Je vais te prendre en photo et te créer un profil, te donner un pseudonyme…

– Qu'est-ce qui cloche avec mon vrai nom ?

– Personne n'utilise son vrai nom sur ces sites.

– Ah non ? »

Paige fit non de la tête.

« Quel nom utilises-tu, *toi* ? »

Paige grimaça. « Tu me promets de ne pas rire ? » Elle attendit l'acquiescement de sa mère. « C'est Fleur sauvage.

– Oh, c'est si joli ! » dit sa mère.

Paige se sentit étonnamment satisfaite de l'approbation de sa mère. « Alors, quel nom est-ce que tu veux choisir ? »

Joan prit délicatement le téléphone des mains de sa fille. « On a tout le temps de faire ça un autre jour. Mais maintenant tu vas aller essuyer ces larmes, mettre du mascara et un peu de rouge à lèvres, peut-être changer de robe et te préparer pour ton rendez-vous. Allez, vas-y. Active-toi. C'est un ordre. » Elle prit la télécommande de la télévision et remit le son avant de zapper sans but sur toutes les chaînes. « Oh, revoilà cette pauvre fille », dit-elle alors que le visage souriant de Tiffany Sleight s'affichait plein écran.

Puis, d'une nouvelle pression sur un bouton de la télécommande, *pchittt*, elle disparut.

Chapitre 7

Paige le reconnut tout de suite.

Il se tenait près du bar encombré et riait à une boutade du barman. De temps en temps seulement, il jetait un œil vers l'entrée. Étonnamment, il ressemblait exactement à sa photo sur Parfaits Inconnus. Pas beau au sens habituel, mais pas non plus *pas beau*. De taille moyenne, habillé décontracté mais avec goût, d'un pantalon noir et d'une chemise rayée, de longs cheveux bruns bouclés. *D'où le pseudonyme Samson*, se dit-elle. Joli sourire, comme sa mère l'avait souligné, même si, de là où elle était, il était difficile de juger de l'état de ses dents.

Paige s'était glissée dans le Murphy's Bar à la suite d'une demi-douzaine de jeunes hommes déjà alcoolisés et s'était rapidement frayé un chemin jusqu'à une table dans un coin, tête baissée, espérant être arrivée avant son rendez-vous, pour pouvoir le repérer en premier. « Comme ça s'il ne t'inspire pas, lui avait dit Heather une fois, tu peux t'échapper sans même qu'il sache que tu as été là. »

Sauf que Paige ne pourrait pas faire une chose pareille. Contrairement à sa cousine qui n'avait jamais eu aucun scrupule à planter les prétendants du temps où elle était une abonnée régulière et enthousiaste des sites de rencontre, Paige comprenait trop bien la douleur du rejet. Chacun ne méritait-il pas au moins une chance ? Très bien, un gars mesurait 1,75 mètre et pas 1,95 – ça pouvait être une faute de frappe. Les gens faisaient des fautes de frappe tout le temps. Et s'il était plus proche des soixante ans que des quarante et si les muscles affichés sur les photos de son profil s'étaient changés en bourrelets depuis longtemps ? Elle n'avait pas à épouser le type. Elle n'avait même pas à se rendre à un second rendez-vous. Peut-être qu'il aurait une personnalité très intéressante. Peut-être que la soirée ne se révélerait pas une perte totale de temps.

Sauf que ça l'était le plus souvent. Les hommes qu'elle rencontrait n'arrivaient que rarement à la cheville de ce que leur profil virtuel laissait espérer, et ceux qui y parvenaient n'avaient généralement qu'une seule idée derrière la tête. Paige gloussa en se demandant d'où elle avait sorti cette vieille expression.

Non qu'elle ne fût pas intéressée par la même chose. Ça faisait simplement longtemps – quatre mois, une semaine et deux jours, pour être précis – et elle avait besoin au moins d'entretenir l'illusion que son nouvel amant chercherait plus qu'une aventure d'un soir. Quoique, qui pouvait savoir ? Elle penserait peut-être autrement d'ici à quelques semaines.

« Qu'est-ce que vous désirez ? » demanda une blonde enjouée qui portait un chemisier décolleté et une minijupe noire. Elle fit sursauter Paige. « Pardon, je ne voulais pas vous faire peur !

– Désolée », s'excusa à son tour Paige par réflexe. Il lui semblait qu'elle était désolée de tout ces derniers temps. « Un gin tonic s'il vous plait.

– Je vous apporte ça tout de suite. »

Paige regarda de nouveau vers le bar. L'homme qui se faisait appeler Samson était maintenant penché sur le long comptoir en verre et lui tournait le dos. Elle l'observa jeter un œil à sa montre et fit tout de suite la même chose. Vingt heures cinq. Elle savait ce qu'il se disait : qu'il lui donnait encore dix minutes avant de lui envoyer un message pour savoir si elle était en chemin, puis régler le barman s'il ne recevait pas de réponse et partir. *Qu'est-ce que j'attends ?* se demanda-t-elle. *Lève-toi et vas-y. Finis-en avec cette journée pourrie.*

Elle s'était à moitié levée de sa chaise en bois inconfortable quand la porte d'entrée s'ouvrit et qu'un homme qu'on ne pourrait décrire que comme beau à tomber par terre entra. Dieu, qu'il était magnifique ! Peut-être même trop beau, se dit-elle. Davantage encore que Monsieur Maintenant ou Jamais, mais du même genre. Le genre d'hommes qui cherchait son propre reflet quand il vous regardait dans les yeux.

Il capta son regard et lui sourit, en se dirigeant droit sur elle. « Vous m'attendiez ? » demanda-t-il avec un sourire timide.

L'intensité de son regard lançait des picotements tout le long de la colonne vertébrale de Paige.

Elle était partagée entre deux envies contradictoires. L'une était d'effacer d'une gifle le sourire de cette trop belle petite gueule, et l'autre de le prendre par le bras et de quitter le bar au plus vite avant qu'il ne réalise son erreur.

Ne pouvait-elle pas faire les deux ? se demanda-t-elle. Elle sentit du mouvement derrière elle et se tourna pour découvrir l'homme avec qui elle avait rendez-vous s'approcher, un verre à la main.

– Fleur sauvage ? demanda-t-il avec hésitation.

– Samson ? demanda-t-elle à son tour en sentant l'autre homme s'éloigner.

– Je me disais bien que c'était toi, » dit Samson en lui tendant le verre de gin tonic qu'elle avait commandé. « Je crois que ce verre est à toi.

– Merci, dit Paige. Tu ne crois pas qu'on peut laisser tomber les pseudos ?

– Avec plaisir. » Il lui tendit la main. « Sam Benjamin.

– Paige Hamilton, dit Paige en la lui serrant.

– Ravi de te rencontrer, Paige.

– Ravie de te rencontrer, Sam.

– J'espère que je ne t'ai pas dérangée. Non, ce n'est pas vrai, corrigea-t-il. Je t'ai vue parler à ce confrère plutôt séduisant et je me suis dit qu'il fallait que je me ramène avant de laisser passer ma chance. »

Paige sourit, ravie que le *confrère plutôt séduisant* se soit gentiment éloigné. Les hommes aussi beaux l'avaient toujours rendue nerveuse. Le mari de Chloé, Matt, était très beau, et le pire des salauds.

Sam Benjamin n'était peut-être pas du genre à faire rêver, mais il était pas mal et bien plus intéressant de près que de loin. Il avait une voix douce et calme. Son sourire semblait sincère. Même si ses cheveux avaient besoin d'une petite coupe, ses dents étaient admirablement blanches et bien alignées.

« On s'assoit ? » demanda-t-il en faisant un signe à la serveuse alors qu'ils prenaient place à la petite table ronde. « Une Molson's Golden, s'il vous plait. Merci. » Il reporta son attention sur Paige. « Alors, que fais-tu dans la vie, Paige Hamilton ?

– Je suis dans la publicité. Enfin, *j'étais*, corrigea-t-elle. J'ai été remerciée il y a quelques mois, donc je suis en ce moment… comment dit-on ?

– Au chômage ?

– Entre deux emplois, corrigea-t-elle. Ça sonne un peu plus optimiste. Tu ne serais pas directeur d'une agence de publicité à la recherche d'une bonne directrice de planning stratégique par hasard ?

– Je suis dentiste. »

Paige éclata de rire.

« Il y a quelque chose de drôle à être dentiste ?

– Ma mère a dit que tu avais de belles dents.

– Ta mère ?

– Elle a aimé ta photo. C'est une longue histoire », dit-elle pour répondre à son regard perplexe.

« J'aime les longues histoires.

– Peut-être une autre fois.

– Une autre fois, répéta-t-il. J'aime vraiment l'idée. »

La serveuse arriva avec sa bière.

« Merci », fit-il. Il ignora le grand verre qu'elle posa sur la table, il but directement au goulot. « Désolé, je préfère la boire comme ça.

– Non, je comprends, dit Paige. J'aime boire mes sodas directement à la canette. Pour avoir plus de pétillant. Pas très bon pour les dents, je suppose, ajouta-t-elle. Tout ce sucre ! »

Sam sourit. « On a tous besoin d'un peu de douceur. » Il marqua une pause légèrement embarrassante. « Alors, tu es nouvelle dans les rencontres en ligne ?

– Oh, mon Dieu ! Ça se voit tant que ça ?

– Pas du tout, lui assura-t-il. Enfin, peut-être un peu…

– Tu as raison. Je *suis* nouvelle. Disons, relativement nouvelle. Quelques mois.

– Récemment célibataire, ou juste curieuse ? demanda-t-il.

– Un peu des deux, je pense », dit Paige. Elle continua sans qu'il l'y invite. « J'ai passé trois ans avec quelqu'un, jusqu'à ce qu'il décide de me préférer quelqu'un d'autre. Ma cousine, en fait. » Elle scruta le visage de Sam en quête d'une réaction et vit son sourcil droit se relever légèrement.

« Ma femme m'a quitté pour son coach.

– Oh, dit Paige. Je suis désolée.

– Ne le sois pas. Ça fait presque deux ans. Elle est heureuse. Et à part le coup de poing à mon ego au début, je suis plus heureux aussi. Et les enfants vont bien, ce qui, au final, est tout ce qui compte.

– Combien as-tu d'enfants ?

– Deux garçons de six ans. Dustin et Caleb. Des vrais jumeaux.

– Mon père était vrai jumeau », dit Paige. Elle ressentit tout de suite une affinité.

« *Était ?*

– Il est mort il y a deux ans.

– Et son frère ?

– Il va avoir quatre-vingts ans. » Paige essaya, sans succès, de ne pas avoir d'amertume dans la voix. « Il organise une grande fête pour son anniversaire samedi prochain.

– Ça doit être difficile pour toi.

– Ça me met plutôt en colère », admit-elle. Elle but une grande gorgée de son gin tonic. « Ce qui ne fait pas de moi la personne la plus sympa sur terre, j'imagine.

– Ça, je n'en sais rien, dit Sam. Après la mort de ma mère – et elle est morte plutôt jeune, à soixante-deux ans, je ne pouvais pas voir de personnes âgées sans leur souhaiter toutes sortes de morts atroces. Je me disais : *Comment as-tu réussi à survivre alors que ma mère n'a pas eu cette chance ?* Un jour, ma sœur m'a surpris en train de regarder une vieille femme dans un ascenseur et elle m'a dit que j'avais une expression purement maléfique. »

Paige gloussa, but une nouvelle gorgée et reposa son verre sur la table avec plus de force qu'elle ne pensait. *Tout compte fait,* décida-t-elle, en jetant toute prudence par la fenêtre et en regardant Sam droit dans les yeux. Il ne ressemblait peut-être pas à l'idée qu'on se fait d'une vengeance, mais… « À ce propos, commença-t-elle. Cette soirée d'anniversaire dont je te parlais… »

Sam tendit le bras au-dessus de la table pour lui prendre la main. « Oui, dit-il. Je serai très content de venir. »

Chapitre 8

Il la remarque dès qu'il passe la porte.

Elle est assise toute seule à une table dans un coin de la salle pleine de monde, essayant de se faire discrète et quand elle se lève de sa chaise il se dit que c'est peut-être elle qu'il doit rencontrer, la femme qu'il connaît sous le nom de Louloubelle. Il se dirige vers elle et réalise son erreur avant même d'arriver à elle.

C'est une jolie fille. Pas sublime, du moins selon ses critères, bien qu'elle puisse être considérée comme telle par d'autres aux goûts moins exigeants, à la sensibilité moins développée. Mais elle a quelque chose de remarquable, quelque chose qui lui donne envie de changer son plan de départ et de laisser tomber Louloubelle. Quelque chose dans ses yeux, réalise-t-il. Une étincelle qui dit qu'elle est plus intelligente que la plupart des femmes qu'il rencontre habituellement, qu'elle pourrait lui offrir un challenge, une adversaire plus digne. Gagner sa confiance sans les semaines habituelles de préliminaires en ligne serait un vrai défi à ses talents, à sa capacité de séduction.

Et puis, un peu de spontanéité ne peut faire de mal à personne.

Sauf que, bien entendu, dans ce cas-là, ça en ferait. Ça ferait beaucoup de mal.

« Vous m'attendiez ? » demande-t-il, en veillant à rester charmant malgré son audace.

Elle se tourne vers lui.

Mais avant qu'elle puisse répondre, une voix inattendue se fait entendre. « Fleur sauvage ? » demande l'inopportun.

« Samson ? » elle se détourne comme s'il n'existait pas.

Les pseudonymes confirment qu'ils se connaissent *via* un site de rencontre, sans aucun doute un des nombreux sur lesquels il est inscrit. Il devrait être assez facile de la retrouver, se dit-il en s'éloignant.

« Tu ne crois pas qu'on peut laisser tomber les pseudos ? » entend-il Fleur sauvage demander.

– Sam Benjamin, répond l'autre, un nom aussi insignifiant que l'homme qui le porte.

– Paige Hamilton », dit-elle.

Paige Hamilton, répète-t-il en silence. Il arrive à l'autre bout du bar et prend mentalement note de la rechercher sur Facebook et Instagram. Il regarde de nouveau vers elle, attend qu'elle remarque son absence et une colère sourde gronde en lui quand il la voit absolument captivée par cet homme à l'air aussi extraordinairement ordinaire.

Il se demande si elle a été vexante à dessein et envisage de retourner jusqu'à sa table pour lui lancer son cocktail au visage et lui écraser son verre sur la tête pour voir son sang couler lentement sur ses joues. Ça lui apprendrait. Mais il aperçoit alors une main aux doigts lourdement bagués lui faire signe à l'autre bout du bar et il se recentre rapidement pour revenir à son plan initial. Il a passé des semaines à entretenir cette relation. Il serait dommage que ça ne paye pas.

Paige Hamilton, dit Fleur sauvage, devra attendre.

Il se ressaisit, redresse ses épaules et avance, fort d'une détermination renouvelée, vers la jolie brune enrobée au bout du comptoir. Il se sent comme une flèche traçant vers sa cible – rapide, concentré et fatal.

« Oh, je suis désolée », s'excuse la femme à son approche. Son visage vire du rose au rouge, pour presque s'assortir à la couleur de la robe d'où s'échappe son imposante poitrine. « Je vous ai pris pour quelqu'un d'autre.

– Louloubelle ? » demande-t-il, d'une voix douce comme le miel. Il accompagne son nom du même sourire ravageur qu'il a adressé à Paige Hamilton. C'est un des nombreux sourires qu'il a à son répertoire. Il peut les convoquer à l'envi mais, quand même, il est important de rester consciencieux, de ne rien considérer comme acquis. « C'est l'entraînement qui mène à la perfection », comme disait sa mère. Une des nombreuses platitudes qui jaillissaient tous les jours de sa bouche idiote. On pouvait difficilement en vouloir à son père de se servir de ses poings pour la faire taire.

« Monsieur Maintenant ou Jamais ? » demande Louloubelle en guise de réponse, sa gêne initiale disparaissant dans un grand sourire, du genre qui dit qu'elle n'en revient pas d'avoir autant de chance. Contrairement à ceux de Fleur sauvage, il n'y a rien derrière ses gros yeux bovins.

« Appelle-moi Éric », lui dit-il, bien que ce ne soit pas son vrai prénom. Ce n'est même pas un prénom qu'il aime particulièrement. Cependant il ne l'a jamais utilisé auparavant et il est important pour lui de se renouveler. Méticuleux sur certains aspects de son plan, il aime se laisser de la marge par ailleurs. Ça lui permet de rester toujours vigilant et de rendre toute cette comédie plus excitante. Donc il ne choisit jamais un prénom à l'avance, il préfère prendre le premier qui lui vient spontanément à l'esprit. Il a appris à savourer des petites surprises comme celle-là.

Les femmes – à l'inverse de Fleur sauvage – le surprennent rarement.

« Loulou, dit-elle. Bon, en fait, c'est Louise. Mais personne ne m'appelle comme ça.

– Tu ne m'as pas reconnu », dit-il. Il attend le compliment qui, il le sait, va suivre.

« Ta photo ne te fait pas honneur, dit-elle.

– La tienne non plus », répond-il. Il baisse le menton et relève les yeux, en une posture qui suggère à la fois la timidité et la sincérité. C'est faux, bien entendu. La photo que Loulou a postée sur son profil – *adore Drake et tout Star Wars* – a clairement été prise quelques années et dix kilos auparavant.

« Bon, j'ai pris un peu de poids depuis cette photo, admet-elle.

– J'aime les femmes bien en chair », lui assure-t-il.

Encore un mensonge. Il n'aime pas le surpoids. C'est signe d'un esprit fainéant, d'un manque de volonté. Il préfère ses femmes minces et bien faites, comme Fleur sauvage. Mais Loulou sera punie bien assez tôt pour sa malhonnêteté. Il se penche vers elle, pour saisir une bouffée de son parfum. Il reconnaît Miss Dior. Pas mal, mais il préfère Chanel. « Qu'est-ce que tu bois ?

– Un spritzer au vin blanc ? » demande-t-elle comme si elle n'en était pas sûre.

Encore une chose qu'il déteste, cette manie de tourner une affirmation en question. Soit elle veut boire un spritzer au vin blanc, soit elle ne le veut pas. Où est le doute ? De telles habitudes dénotent un manque de confiance en soi. Et la confiance en soi est une chose qu'il a toujours admirée chez les femmes.

La voir se dissoudre ajoute encore au plaisir.

Il commande un spritzer au vin blanc, une syrah haut de gamme pour lui et trinque avec elle. Une nouvelle fois, il jette un œil en direction de Fleur sauvage dans l'espoir de la voir le chercher du regard. Au lieu de ça, il la découvre en pleine conversation avec Monsieur Personne. Elle semble l'avoir complètement oublié. Il se raidit et se promet de le lui faire payer.

« Éric ? » l'appelle une voix.

Il lui faut un moment pour réaliser que c'est Loulou. « Hmm ? Quoi ?

– Je demandais, à quoi trinque-t-on ?

– Et si on disait, au début d'une délicieuse soirée ? répond-il aussitôt de nouveau concentré.

– Je veux bien boire à ça. » Elle prend une gorgée. « Alors, Éric, ton profil dit que tu es investisseur.

– C'est ce que je suis.

– Tu veux dire, genre, comme dans *Shark Tank*[1] ?

– Exactement comme dans *Shark Tank* », confirme-t-il. Il remercie silencieusement l'émission d'avoir popularisé le concept d'investisseur, le rendant moins flou, moins nécessaire à expliquer.

« Donc les gens, genre, viennent te voir avec leurs idées et tu investis de l'argent ?... »

Il essaie de ne pas blêmir à sa manière de répéter le mot « genre ». Une autre habitude paresseuse dont il compte bien la guérir.

« Ouais. C'est à peu près ça. Tu n'imagines pas les idées dingues qui viennent à certains.

– Comme quoi ?

1. *N.d.T.* Littéralement *L'Aquarium à requins*. Émission de télévision américaine dans laquelle les candidats présentent des idées d'entreprise ou de produit à un jury d'investisseurs (les « requins ») qui choisissent ensuite d'investir ou non dans le projet.

– Oh, ce type qui est venu me présenter son projet de développement d'une gamme d'accessoires de plongée pour chiens. »

Loulou éclate de rire. « Vraiment ? C'est ridicule.

– C'est ce que je lui ai dit. » Il boit une gorgée de son verre. « Il a fait breveter son idée. »

Elle a l'air fasciné, évidemment, et son dégoût à lui ne fait que s'intensifier. Un putain de brevet pour des accessoires de plongée pour chiens ! Est-elle idiote à ce point ?

« Et, genre, comment as-tu gagné ta mise de départ ? Si tu permets que je demande.

– Bien sûr », dit-il, ayant prévu la question. Elles la posaient toutes. Les femmes sont si transparentes. L'argent et une belle allure – ça suffit pour qu'elles te mangent dans la main. Il rit intérieurement. Cette partie-là viendra plus tard. « J'avais une petite affaire que j'ai vendue à une grosse société pour une somme d'argent obscène. Je l'ai réinvestie judicieusement et ça m'a rapporté encore plus et, très vite, un investisseur était né.

– Ouah », dit-elle.

Le mot éclate sur le côté de son cerveau comme un écho déplaisant et il prend une grande inspiration pour réprimer l'envie d'étrangler Loulou à mort ici même. « Et si on parlait de tout ça autour d'un bon repas ?

– Un bon repas ?

– Je ne sais pas toi, mais moi, je meurs de faim. Et je connais un endroit formidable où nous pourrions aller et vraiment apprendre à nous connaître. En plus, le chef est un excellent ami.

– Vraiment ? Quel est cet endroit ?

– Chez moi », dit-il avec le plus charmant de ses sourires, celui qui convainc généralement même les plus sceptiques.

« Chez toi ? » Il note une vague d'hésitation qui passe sur son visage.

Il feint la gêne. « Au risque de paraître un peu présomptueux… »

Loulou penche la tête sur le côté, soulignant son double menton et attend qu'il continue.

« Je suis sorti cet après-midi et j'ai acheté deux steaks. Je n'étais sûr de rien. Mais j'ai été tellement séduit par ta photo. Et tu es encore mieux que j'espérais… » Il manque de s'étouffer.

« On peut aller ailleurs si tu préfères. Dans un endroit avec plus de monde. »

Un nouveau moment d'hésitation. « Non, ça va », dit-elle finalement, la proposition d'aller ailleurs ayant balayé ses réserves. Il pousse un imperceptible soupir de soulagement. « Je détesterais voir deux steaks gaspillés.

– Génial », déclare-t-il en terminant son verre. Il le pose avec assurance sur le bar et attend qu'elle fasse de même.

Elle avale sa dernière gorgée puis lui tend le verre avec un sourire avant de fouiller dans son sac Louis Vuitton contrefait – il se targue de toujours reconnaître les copies – et en sort son téléphone.

« Qu'est-ce que tu fais ? » demande-t-il en levant la main pour cacher son visage quand elle lève l'appareil pour le prendre en photo.

« Pardon. Ce n'est pas que je ne te fasse pas confiance, objecte-t-elle. Mais une fille n'est jamais trop prudente, de nos jours. On vient juste de se rencontrer. Et si je vais quelque part avec toi, chez toi, à plus forte raison je dois prendre quelques précautions. Et tout ce qu'il me faut c'est de quoi t'identifier.

– C'est une plaisanterie, n'est-ce pas ?

– Je sais que ça a l'air idiot, mais c'est ce que je fais toujours. Je prends une photo, ton adresse et je les envoie à mes amis pour qu'ils sachent où je suis…

– Et si je refuse ? » demande-t-il taquin, dans l'espoir que son charme l'emporte et lui fasse changer d'avis.

Loulou a un faible sourire. « Pourquoi refuserais-tu ?

– J'imagine que c'est parce que je n'ai pas l'habitude de voir mon honnêteté remise en question. » La colère l'étouffe. Il est vraiment offensé par sa requête.

« Bon », dit-elle en remettant son téléphone dans son sac en faux cuir. « Disons que tu y réfléchis un peu pendant que je vais au petit coin. »

Avant qu'il puisse répliquer, elle s'éloigne, chacun de ses pas clamant qu'elle est, elle, aux commandes. Il voudrait la suivre *au petit coin*, coincer son gros cul dans la première cabine et lui enfoncer la tête dans la cuvette. Comment ose-t-elle douter de lui ? Elle ?! Avec son physique, qui atteindrait au mieux un six sur dix, qui ne pourrait jamais espérer attirer légitimement l'attention d'un homme aussi beau que lui, elle a l'audace de lui demander ses papiers ! Non, pas de demander, d'exiger ! « C'est une putain de blague », murmure-t-il en regardant la salle, comme s'il cherchait une confirmation de la part des autres clients.

Il voit Paige Hamilton, *alias* Fleur sauvage, toujours en pleine conversation avec Monsieur Banal. Est-il possible qu'elle l'ait si vite oublié ? Il sourit, l'imagine les mains fermement attachées derrière le dos et son cou délicieux pris dans un nœud coulant.

Son attention est attirée par deux femmes plus âgées qui rient sous un néon lumineux Coors Light. Il envisage de les aborder pour se présenter et leur offrir quelques frissons, à ces vieilles radasses.

Normalement, il ne s'intéresse pas aux femmes plus âgées, mais, bordel, ça pourrait lui offrir une distraction bienvenue. Il a entendu dire qu'elles faisaient de formidables maîtresses, que leur expérience compensait largement leurs rides. Les femmes matures sont tellement reconnaissantes de ces attentions inattendues. Tout particulièrement celles de plus de soixante ans, assez vieilles pour être sa mère.

Mais pas ce soir. Ce soir il a des recherches à faire. Il compte bien trouver tout ce qu'il peut sur Paige Hamilton. Cette Fleur sauvage est prête à être cueillie.

Il jette un œil vers le couloir qui mène aux toilettes au fond. Il est à Boston depuis trois mois et il n'en passe jamais plus de six dans une ville. Peut-être est-il temps de penser à partir. Les femmes ici sont un peu plus sophistiquées qu'elles ne l'étaient à Denver. Et on comprend qu'elles soient prudentes étant donné que deux femmes ont déjà été portées disparues. La photo de cette petite idiote de Tiffany Sleight passe sur toutes les chaînes depuis plusieurs jours. C'est sûrement ce qui a fait peur à Loulou.

Il lui commande un autre spritzer au vin blanc et règle la note au barman. « Souhaitez à la grosse bonne chance et bonne soirée », dit-il au jeune homme perplexe derrière le comptoir. Puis il se dirige d'un pas résolu vers l'entrée sans un regard vers Fleur sauvage. Il ouvre la porte et disparaît dans la nuit.

Chapitre 9

Chloé entendit le gloussement de l'autre côté de la porte de la salle de bains.

« Qu'est-ce qui se passe là-dedans ? » demanda-t-elle. Elle marqua une pause avant d'ouvrir, priant pour qu'ils ne soient pas en train de jouer à un de leurs jeux « Si tu me montres la tienne, je te montrerai la mienne » comme lorsqu'elle les avait surpris la semaine précédente. Elle avait été d'un calme exemplaire et prit garde de ne pas les culpabiliser ou les embarrasser. Elle leur avait assuré que, bien qu'il soit naturel d'être intrigué par les différences physiques entre les garçons et les filles, leur corps leur était propre et qu'il était important de respecter leur intimité.

« Qu'est-ce que c'est "respecter" ? » avait immédiatement répondu Sasha du haut de ses quatre ans.

Chloé n'arrivait pas à se souvenir de sa réponse. Son cerveau n'était qu'un chaos agité de pensées et d'émotions contradictoires : son mari était un homme à femmes incurable ; un menteur et un tricheur ; elle le détestait ; elle allait divorcer, lui prendre jusqu'au dernier *cent*. Et pourtant, comment pourrait-elle le quitter ? Ils avaient deux enfants magnifiques. Et malgré tout, elle l'aimait encore. Son amour n'avait pas disparu en une nuit, ça ne se passait pas comme ça quand on avait vécu quasiment toute sa vie adulte avec quelqu'un.

Il ne voulait pas vraiment se marier. Elle l'avait pratiquement contraint à s'engager quand elle était tombée enceinte. Ils sortaient ensemble depuis le lycée. Le moment était venu d'arrêter de tourner autour du pot, lui avait-elle dit, à deux doigts de lui poser un ultimatum. Mais il n'était pas prêt. Et elle le savait.

Donc elle ne pouvait complètement lui reprocher sa manière d'agir sans se reconnaître une partie des torts.

« *Non, en aucun cas* », entendit-elle dire Paige. « *Tu n'es en aucun cas responsable du mauvais comportement de Matt. Il est le seul fautif.* »

Mais peut-être que si j'avais été plus attentive, se dit Chloé en poursuivant sa discussion silencieuse avec sa plus ancienne et meilleure amie. Peut-être que si je m'étais plus intéressée à son travail, moins concentrée sur les enfants et plus sur lui, si j'avais été un peu plus audacieuse au lit…

« Non ! » s'interrompit-elle à voix haute. Elle poussa la porte de la salle de bains si fort qu'elle alla cogner le mur. « Oh, mon Dieu », dit-elle en écarquillant les yeux, affolée du spectacle qui s'offrait à elle.

« Pardon maman, gémit Sasha en reculant vers la baignoire blanche en émail.

– Qu'est-ce que vous avez fait ? » Les yeux de Chloé allaient de Sasha à son frère, sa voix déraillait et menaçait dangereusement de monter en cri.

« On ne faisait que jouer », dit Josh.

Chloé remarqua la totale absence d'excuse dans son ton. Les hommes étaient-ils incapables d'assumer leurs erreurs ? Cela commençait-il si jeune ? Ou était-ce quelque chose dans leur ADN ? « Regardez ce bordel ! cria-t-elle, en sentant tout semblant de contrôle disparaître. Il y a du dentifrice partout.

– On leur brossait juste les dents », dit Sasha. Elle présenta à sa mère un lapin rose en peluche pour qu'elle l'inspecte.

Chloé regarda la douzaine de poupées et de peluches qui jonchaient le carrelage blanc, couvertes d'une épaisse couche de dentifrice bleu. « Elles sont foutues.

– Tu peux les laver, dit Josh comme une évidence.

– Alors là, tu rêves », répliqua Chloé.

Sasha eut un hoquet. « Maman est très en colère », murmura-t-elle, ses grands yeux marron arrondis dans un mélange de surprise et de crainte.

Chloé sentit son corps se contracter d'horreur quand elle reconnut la peur sur le visage de sa fille. C'était une expression qu'elle ne connaissait que trop bien. N'avait-elle pas regardé sa mère avec cette même expression ? Bien que sa mère ait eu l'excuse de l'alcool pour expliquer ses explosions, dont on ne pouvait prédire que la fréquence. Quelle était son excuse, à elle ?

Arrête ça, se dit Chloé. *Arrête ça tout de suite. Il y a des choses pires que du dentifrice sur quelques peluches. Des choses comme un mari infidèle, des choses comme un mari qui respecte si peu sa femme qu'il affiche son infidélité sur des douzaines de sites de rencontre, en utilisant une vraie photo de lui.*

« *Qu'est-ce que c'est, respecter ?* » Les mots de Sasha résonnaient encore dans sa tête.

Qu'avait-elle répondu ? Que savait-elle du respect ?

« Tout ça va à la poubelle, dit Chloé.

– Non ! » cria Josh. Il fondit en larmes quand Chloé commença à ramasser les jouets.

Ils s'enfouirent dans son tee-shirt des Rolling Stones, le dentifrice s'étala sur les grandes dents et la langue saillante.

Et soudain elle se mit à rire de l'absurdité de la scène. Elle tomba à genoux, s'adossa au placard sous le lavabo et laissa les jouets tomber autour d'elle. Sasha se jeta immédiatement sur Chloé, ses petits bras autour de son cou. Elle attirait le visage de sa mère dans ses délicates boucles blondes alors que Josh s'affairait à mettre les jouets en peluche à l'abri du courroux de sa mère.

« Je suis désolée, maman », répéta Sasha.

Chloé embrassa le front de sa fille, un sentiment d'épuisement soudain chassa sa colère. « Je suis désolée aussi, ma chérie. » Elle leva les yeux vers Josh. « Ça va, Joshy. Je ne vais pas les jeter.

– Tu peux les mettre dans la machine à laver », dit-il. Il effaça ses larmes du revers de la main. « C'est écrit ici qu'ils peuvent aller à la machine. » Il montra l'étiquette pleine de dentifrice qui dépassait de la couture d'un ourson bleu poudré.

Elle ressentit une bouffée de fierté devant l'intelligence de son fils. « Je sais. Je suis désolée d'avoir crié. » Elle lui fit signe de la rejoindre pour un câlin.

Il lui fallut quelques secondes pour se laisser amadouer par les bras tendus de sa mère et, même après, il refusa de lâcher les peluches, au cas où ce serait un piège.

« Ce que vous avez fait n'était pas bien, dit Chloé aux enfants en prenant garde de garder une voix calme et posée. Vous avez mis le bazar partout, vous avez gaspillé tout le dentifrice, ça va faire beaucoup de travail pour maman…

– Tu as crié, dit son fils, qui n'était pas prêt à lui pardonner.

– Je sais. J'étais très en colère.

– Tu es toujours en colère ? demanda Sasha.

– Non.

– Tu es contente ?

– Ce serait exagéré », dit Chloé. Les larmes coulaient sur ses joues.

« Ne pleure pas, maman », dit Sasha. Elle utilisa ses cheveux comme mouchoir pour essuyer les pleurs. « Sois contente. On va tout nettoyer.

– Non, ça ira. Je vais le faire, dit Chloé. Mais, s'il vous plaît… ne le refaites plus. Il faut prendre soin des choses, il faut les respecter… *encore ce mot*, se dit-elle.

– Comme on doit respecter nos pénis », confirma solennellement Sasha.

Mon Dieu, pensa Chloé.

« Tu n'as pas de pénis », dit Josh à sa sœur en levant ses yeux noisette au ciel. « Tu as un vacherin ».

Au secours, implora Chloé. « C'est vagin », dit-elle. Elle s'extirpa doucement de l'étreinte de ses enfants et se remit péniblement sur ses pieds. « Maintenant, pendant que je vais mettre tous ces doudous dans la machine à la laver, j'ai besoin que vous enleviez vos vêtements sales et vous mettiez en pyjama. Et que vous vous brossiez les dents. En espérant qu'il reste assez de dentifrice. Vous pouvez faire ça pour moi ?

– Tu promets que tu ne vas pas jeter les doudous à la poubelle ? demanda Josh, toujours méfiant.

– Tu promets que tu ne referas plus jamais ça ? » répondit Chloé. Elle porta inconsciemment sa main à sa joue.

Je promets que je ne ferai plus jamais ça, entendit-elle dire Matt.

Les deux enfants acquiescèrent.

« Très bien, dit Chloé, chassant la voix de Matt de sa tête. Je promets aussi. Maintenant, en avant. Je reviens dans cinq minutes. »

Les enfants disparurent chacun dans sa chambre pendant que Chloé finissait de ramasser les jouets. Elle les emmena jusqu'à la machine à laver dans la petite buanderie carrée voisine de la pièce principale et en fourra autant que possible dans le tambour. Le reste devra attendre, se dit-elle, en laissant les peluches par terre avec son tee-shirt. Puis elle se dirigea dans sa chambre à coucher pour enfiler un sweat-shirt gris léger.

Elle aperçut son reflet dans le miroir au-dessus de la commode en face du lit queen size. « Tu as l'air minable », dit-elle à son image. Elle était hirsute, des touffes de cheveux éparses s'échappaient de sa queue-de-cheval. Son visage sans maquillage était marqué par les larmes qui menaçaient encore de jaillir. « Pas étonnant que ton mari te trompe. Peut-être que si tu te maquillais et t'habillais de temps en temps… »

« *Arrête ça*, entendit-elle Paige lui ordonner sévèrement, comme elle se l'était à elle-même ordonné plus tôt. *Arrête ça immédiatement.* »

« J'ai besoin d'un verre », dit-elle. Elle descendit dans la cuisine et ouvrit le frigo pour en sortir la bouteille de vin qu'elle et Matt avaient partagée en mangeant la veille.

Non, un verre est bien la dernière chose dont j'aie besoin, décida-t-elle en rangeant la bouteille et refermant la porte du réfrigérateur. L'alcool était la solution de sa mère pour traverser les épreuves. Elle n'avait pas conscience que ça ne l'aidait en rien. Ou peut-être qu'elle n'en avait rien à faire.

Chloé chassa le souvenir de sa mère. Elle n'avait pas de temps à perdre en distractions inutiles. Ce n'était pas sa mère le problème, mais son mari. Et elle devait être sobre quand il rentrerait à la maison. Elle avait besoin d'être lucide et d'avoir du sang-froid, pas de lui donner une raison de s'en prendre à elle.

Non qu'il en eût besoin.

Elle regarda sa montre. Presque sept heures. Matt serait bientôt à la maison, fatigué d'avoir fait visiter des maisons toute la journée, à se plaindre des acheteurs capricieux, des vendeurs bornés. Il dévorerait le plat qu'elle avait préparé – un pain de viande, son repas favori – puis retournerait à son ordinateur, pour revoir ses dossiers et préparer le programme du lendemain.

Du moins était-ce ce qu'il lui dirait, mais comment le vérifier ? Il pourrait tout aussi bien parcourir tous ses sites de rencontre pour voir quelle femme avait manifesté la volonté de faire sa connaissance. Combien de fois s'était-il retrouvé près d'elle à balayer l'écran vers la droite ?

Était-ce ce qui le faisait frissonner ?

Le téléphone sonna.

Chloé décrocha le combiné qui était posé sur le plan de travail au milieu de la deuxième sonnerie.

« Salut bébé, dit Matt.

– Quoi de neuf ? demanda Chloé en sachant déjà ce qu'il allait répondre.

– On dirait bien que je suis coincé au bureau pour un bon moment, lui dit-il. Mes clients ont quelques changements à apporter à leur offre et je ne peux pas prendre le risque de confier ça à mon assistante. Tu sais à quel point elle est incompétente.

– Je comprends. » Chloé saisit son ordinateur de sa main libre et cliqua sur Parfaits Inconnus. Elle passa le profil de son mari pour parcourir l'étalage de perfection masculine qui semblait infini. Ça serait bien fait pour Matt si elle *swipait* l'un d'eux vers la droite. Comme elle aimerait rendre à son mari la monnaie de sa pièce !

« Je risque d'être assez en retard, dit Matt.

– Très bien.

– Tout va bien ? Tu as l'air bizarre.

– Je vais bien.

– Les enfants te donnent du fil à retordre ?

– Rien que je ne puisse gérer. » Elle faillit rire.

« Très bien. Bon, je devrais rentrer vers vingt-deux heures. »

Chloé ferma son ordinateur et prit une grande inspiration. « Je t'attendrai. »

Chapitre 10

Ils s'étaient rencontrés lors de sa première année de lycée et presque aussitôt mis en couple.

Elle avait quatorze ans et était vierge. Il en avait dix-sept et avait déjà eu de nombreuses partenaires. Le mauvais garçon par excellence, cheveux rasés sur les côtés, aussi prompt à user de ses poings que de ses charmes. Il était capitaine de l'équipe de football, de l'équipe de natation, de l'équipe de basket. « Le capitaine de tout ce bordel », disait Chloé pour le taquiner et essayer de paraître moins gamine. Quel meilleur challenge pour le « capitaine de tout ce bordel » que la plus jolie fille du lycée ? Et pas seulement la plus jolie, mais aussi celle avec la plus grosse poitrine, les lèvres les plus pulpeuses, les yeux les plus bleus. Elle était intelligente aussi, même si ça semblait moins important.

Il avait commencé presque tout de suite à insister pour qu'ils aient des rapports sexuels. « Les hommes ont des besoins », lui avait-il dit avec toute l'assurance qu'un garçon de dix-sept ans pouvait manifester. « Allez, Chloé. Tu es ma petite amie. Tu ne peux pas me demander d'attendre éternellement. »

Elle avait essayé d'en parler à sa mère, mais on pouvait rarement compter sur Jennifer Powadiuk pour un avis parental, quel qu'il soit. Son deuxième mari venait de la quitter et elle buvait encore plus que d'habitude. Chloé la retrouvait souvent inconsciente sur le canapé en rentrant de l'école. « On appelle ça une sieste de récupération », répliquait sa mère quand Chloé évoquait le sujet. « Et ne me regarde pas comme ça. Tu me fais penser à ton père quand tu me regardes comme ça. Et tu sais quel connard c'était. »

En fait, Chloé n'avait pas la moindre idée du genre d'homme qu'était son père, puisqu'il avait disparu de sa vie quand elle avait tout juste trois mois. Elle n'était même pas sûre que le premier mari de sa mère fût son père biologique. Elle ne ressemblait pas du tout aux photos de lui qu'elle avait trouvées, rangées dans une boîte au fond du placard de sa mère, et Chloé pensait souvent qu'il était parti parce qu'il avait réalisé qu'il avait été dupé.

« Quelle différence ça fait ? avait demandé sa mère quand Chloé lui avait posé la question. Ils sont tous pareils. » Elle s'était servi un autre scotch. « Ils finissent tous par partir. »

Chloé ne pouvait pas prendre le risque que Matt parte.

À l'approche de son quinzième anniversaire, elle n'était plus vierge. Et Matt, avec son grand sourire, était toujours le capitaine de tout ce bordel.

Bien sûr, il y avait des rumeurs, même à l'époque. Chloé entendait les bruits de couloirs. « J'ai vu Matt embrasser Shannon Philips au Common[1]. » « Krista dit qu'il a le plus gros tu-sais-quoi qu'elle ait jamais vu. » « Tu crois que Chloé est au courant pour Eva ? Est-ce qu'on doit lui dire ? » Mais elle était déterminée à les ignorer. Les autres filles étaient simplement jalouses, s'était-elle convaincue. Matt l'aimait. Il ne partirait nulle part.

Ils emménagèrent ensemble après le lycée et Chloé décrocha une place dans un magasin de prêt-à-porter haut de gamme sur Newsburry Street, grâce au troisième mari de sa mère, qui en connaissait le propriétaire. Elle aida Matt à faire ses études en reportant les siennes à plus tard. Et finalement à jamais. Matt, toujours aussi turbulent et indiscipliné n'arrêtait pas de changer de voie, puis laissa complètement tomber. Deux modules lui manquaient pour obtenir son diplôme, quand il décida de se lancer dans l'immobilier.

« Le marché est chaud et moi aussi », lui avait-il dit en riant.

Une blague – mais pas vraiment.

« À prendre au pied de la lettre », aurait dit la mère de Paige.

Chloé sourit en pensant à elle. Combien de fois avait-elle souhaité avoir une mère comme Joan Hamilton – douce, chaleureuse, attentionnée. Le genre de femme qui pensait au bonheur

1. Lieu de promenade et d'histoire, le Boston Common est le plus vieux parc public des États-Unis.

de sa fille avant le sien, le genre de mère qui était là quand sa fille avait besoin d'elle.

Elle avait toujours trouvé curieux que Paige soit plutôt une fille à papa. Bien qu'elle appréciât et aimât sincèrement le père de Paige, elle l'avait toujours trouvé un peu écrasant. Son énergie de mâle Alpha avait tendance à aspirer tout l'oxygène autour de lui. Le genre d'homme dont on pensait qu'il vivrait toujours. Et soudain il ne fut plus là.

« Ils finissent tous par partir », entendit-elle dire sa mère.

Elle avait rencontré Paige dix ans plus tôt, quand cette dernière avait emménagé dans le studio en face du deux-pièces que Chloé partageait avec Matt. Elles étaient rapidement devenues amies, ce qui était inhabituel pour Chloé qui n'avait jamais vraiment eu d'amies. Mais elle aima instantanément Paige. Paige regardait son interlocuteur dans les yeux quand elle lui parlait. Elle semblait sincèrement s'intéresser à ce qu'on lui disait. Son attention ne se focalisait pas sur Matt dès qu'il entrait dans la pièce.

Peut-être était-ce pour ça que Matt ne s'était jamais vraiment entendu avec Paige. « Je ne comprends tout simplement pas ce que tu lui trouves », disait-il en haussant les épaules, un refrain qu'il avait seriné pendant la dernière décennie. « Je veux dire, elle est très bien. Ce n'est pas que quelque chose cloche chez elle. Mais je trouve juste sa cousine Heather bien plus intéressante. »

Par intéressante, bien sûr, il voulait dire *intéressée* – par lui.

Bien qu'elle n'eût jamais confié ses doutes à Paige, Chloé avait toujours soupçonné que quelque chose s'était passé entre Matt et Heather. Heather avait, semblait-il, un faible pour les hommes des autres.

Chloé n'avait pas prévu de tomber enceinte. Elle prenait la pilule. Mais elle l'avait oubliée quelques jours, ce qui avait foutu tout son cycle en l'air. Ou peut-être qu'elle l'avait oubliée « par accident intentionnel » comme Matt l'avait toujours clamé. Et donc elle et Matt se marièrent – une petite cérémonie à la mairie à laquelle n'avaient assisté que Paige et quelques collègues de Matt. Ses parents à lui étaient divorcés depuis longtemps et vivaient à deux extrémités du pays. Il n'était proche d'aucun de ses deux frères. Quant à la mère de Chloé, elle avait développé une passion soudaine et intense pour la danse de salon et était trop occupée à s'entraîner pour un événement imminent en Floride pour assister au mariage de son unique enfant.

Puis Chloé fit une fausse couche et Matt fut tout naturellement fâché et amer. Il l'avait insultée et avait jeté des objets à travers la maison. Quand elle avait essayé de le raisonner, il l'avait giflée si fort que son oreille avait bourdonné pendant des heures après ça. Bien sûr, il s'était abondamment excusé, il avait juré que ça ne se reproduirait plus. Puis suivirent beaucoup de nuits à travailler tard au bureau, de nombreux coups de téléphone raccrochés soudainement. Les commérages recommencèrent. Chloé faisait semblant de ne pas les entendre. C'était sa faute, après tout.

Il lui fallut presque deux ans pour tomber à nouveau enceinte. Puis Josh arriva et Chloé quitta son travail – de directrice du magasin – pour devenir le genre de mère au foyer que sa propre mère n'avait jamais été. Matt avait eu raison sur la température de l'immobilier à Boston et s'en sortait très bien. Mais Chloé était désormais complètement dépendante financièrement de son mari, et même s'il pouvait être aussi généreux que prompt à s'énerver, elle avait toujours soupçonné que sa générosité était directement liée à ses infidélités. Néanmoins, les soupçons n'étaient pas des preuves.

Mais même si Chloé était quelque peu aveugle en ce qui concernait Matt, elle n'était pas bête. Elle ouvrit son propre compte en banque et commença à économiser en secret. Durant les huit années de leur mariage elle avait réussi à épargner presque cinq mille dollars. En cas d'urgence, se disait-elle. Si Matt avait des ennuis, elle serait là pour l'aider.

Après la naissance de Sasha, Chloé et Matt emménagèrent dans une maison, de l'autre côté du fleuve[1], à Cambridge, et un an plus tard Paige rencontra Noah et s'installa dans son appartement du centre-ville. Chloé et Paige restèrent les meilleures amies du monde même si leur amitié fut soumise à rude épreuve quand Paige lui confia avoir vu Matt embrasser une autre femme, un soir où il était soi-disant au bureau « accablé de travail ».

« J'ai pensé que tu devais le savoir, lui avait dit Paige, en larmes. Moi, je voudrais que tu me le dises. »

---

1. *N.d.T.* La Charles River est le fleuve qui sépare les villes de Boston, au sud et Cambrige, au nord.

Il s'avéra que personne n'eut besoin de dire quoi que ce soit à Paige. Elle était rentrée chez elle, avait trouvé sa cousine au lit avec Noah et avait immédiatement fait ses bagages. Pas d'hésitations pour elle. Pas de seconde chance. Pas de fierté mal placée. Pas d'attente. Elle était partie.

Et Heather était restée.

Noah avait remplacé un diamant par un zircon.

Les hommes ! pensa Chloé qui se demandait si Noah regrettait. Matt la regretterait-il quand elle *le* quitterait ? *Si* elle le quittait, corrigea-t-elle immédiatement. Il pouvait toujours y avoir une explication, quelque chose qui la persuaderait d'ignorer l'évidence qui éclatait encore une fois à ses yeux.

Son portable sonna, interrompant sa réflexion. Elle était penchée sur sa table de cuisine, avec son troisième verre de vin, à parcourir Parfaits Inconnus et Match Sticks sur son ordinateur. Les enfants dormaient. La machine à laver avait bientôt fini son cycle, les peluches allaient quasiment retrouver leur douceur habituelle. Il était presque dix heures et demie et Matt n'était toujours pas à la maison.

Chloé regarda le nom du correspondant avant de décrocher. « Il n'est pas encore rentré, dit-elle au lieu du "allô" habituel.

– Comment tu te sens ? demanda Paige.

– Pas très bien. Je suis désolée de ne pas t'avoir appelée. Je sais que j'avais dit que je le ferais.

– Ce n'est rien. J'étais sortie de toute façon. J'étais inquiète, c'est tout.

– Ce n'est pas la peine.

– Je peux faire quelque chose ?

– Comme quoi ? demanda Chloé.

– Je ne sais pas. Le frapper ? Façon Solange dans l'ascenseur avec Jay-Z[1] ? »

Chloé pouffa à travers ses larmes. « Nous n'avons pas d'ascenseur. » En plus, « façon Solange » aurait plus été le style de Matt que de Paige.

---

1. *N.d.T.* En mai 2014, Solange Knowles, la sœur de la chanteuse Beyoncé, avait attaqué dans une cabine d'ascenseur son beau-frère, le rappeur Jay-Z à qui elle reprochait, dit-on, d'avoir trompé sa femme.

Mais elle ne pourrait jamais l'avouer à son amie. C'était trop humiliant.

« Écoute, dit Paige, il est tard. Pourquoi ne vas-tu pas te coucher ? Tu n'es pas obligée de faire quoi que ce soit ce soir. La nuit porte conseil.

– Tu ne pourrais pas dormir si tu étais à ma place, et tu le sais.

– Non, mais… tu dois faire ce qui est bon pour *toi.* Pas ce que *moi*, je ferais. Ni ce que *je* pense que tu devrais faire. C'est ce que *tu* penses qui compte.

– Et qu'y a-t-il à penser ? Mon mari est un menteur et un tricheur, dit Chloé, sa voix frôlant l'hystérie. Il est sur des tas de sites de rencontre, nom de Dieu ! Qui sait à quel genre de MST il s'est exposé, il *m*'a exposée. Comment veux-tu que je reste avec quelqu'un comme ça ? Quelqu'un qui ne peut pas respecter notre mariage. Ni moi. Comment pourrais-je me respecter si je reste ? »

« Respecter » – encore ce mot.

Il y eut un moment de silence. Chloé savait ce que pensait Paige parce qu'elle pensait la même chose : *Parce que tu es restée jusque-là. Parce que tu restes toujours.*

Cette fois, c'était différent, réalisa-t-elle. Cette fois il était allé trop loin.

Chloé entendit la clé tourner dans la porte. « Il est là, murmura-t-elle au téléphone.

– Appelle si tu as besoin de moi. »

Chapitre 11

Paige posa son téléphone et se figura la scène qui se déroulait chez Chloé. Elle essaya d'imaginer la réaction de Matt confronté aux preuves de son infidélité. Rirait-il en haussant les épaules, et disant qu'il s'agissait là d'un gigantesque malentendu ? Ou reconnaîtrait-il l'évidence pour se jeter aux pieds de Chloé et lui demander pardon ? Ou pire, réagirait-il avec colère, avec violence, même ? Malgré le déni de Chloé, Paige était certaine qu'il avait déjà levé la main sur elle à plus d'une occasion.

Et quelle serait sa propre réaction si, malgré tout, Chloé décidait de rester avec Matt ? Oui, elle avait dit à Chloé qu'elle devait faire ce qui était le mieux pour elle et pour personne d'autre. Mais le pensait-elle vraiment ? Serait-elle capable de se tenir à l'écart et de continuer à voir sa meilleure amie se faire humilier et maltraiter sans agir ? Est-ce que cela ne la rendrait pas, en partie au moins, complice ?

Paige secoua la tête. Elle ne pouvait pas laisser son esprit s'aventurer dans ces eaux-là. Elle divaguait déjà en pensant à Sam et à la bêtise qu'elle avait faite.

« Qu'est-ce qui cloche chez toi ? » demanda-t-elle à son reflet dans le miroir au-dessus du lavabo de la salle de bains.

C'est vrai, leur rendez-vous s'était bien mieux passé qu'elle s'y attendait. Sam était séduisant, avait de la personnalité, une voix calme et il était étonnamment modeste. Il ne monopolisait pas la conversation ; il ne s'étendait pas sur ses réussites ; il semblait sincèrement intéressé par les siennes. Et c'était facile de parler avec lui. Peut-être trop facile, même. Mais pourquoi lui avait-elle parlé de sa cousine ? Et qu'est-ce qui lui avait pris, de l'inviter à la soirée de son oncle ? Elle le connaissait à peine.

Bien sûr, il avait l'air sincère, mais tout ce qu'il lui avait dit pouvait être un mensonge. Il aurait même pu être un tueur en série.

Elle rit. « Là, tu débloques. » Sam Benjamin avait été incroyablement poli. Il n'avait même pas essayé de l'embrasser pour lui souhaiter bonne nuit. Quel genre de tueur en série ferait ça ?

Elle entendit un SMS arriver pendant qu'elle se brossait les dents. Elle pensa immédiatement à Chloé. Mais il était sûrement trop tôt et puis Chloé aurait téléphoné, elle n'aurait pas envoyé de message.

Noah ? se demanda-t-elle en retournant dans sa chambre, fâchée contre elle-même d'envisager cette possibilité.

Elle prit son téléphone sur la table de nuit et vit que le message venait de Sam. Sans doute pour dire qu'en y réfléchissant, il avait changé d'avis au sujet de la soirée de son oncle.

Sauf que ce n'était pas le cas.

Je voulais juste te dire à quel point j'avais apprécié notre soirée. J'espère qu'on pourra bientôt remettre ça.

Paige lut le message, somme toute quelconque, plusieurs fois, puis plusieurs fois encore. Était-il possible que cet homme fût aussi bien qu'il en avait l'air ? *Dis-lui que tu es désolée, que c'est prématuré, que tu y as repensé, que tu dois annuler ton invitation et que tu espères qu'il comprendra.* Au lieu de cela elle écrivit : *Moi aussi.* Mais merde ! Elle déraillait complètement.

Dors bien, répondit-il immédiatement.

Paige coupa son téléphone avant d'être tentée de lui répondre de nouveau. Elle éteignit sa lampe de chevet et se glissa sous les couvertures. Mais après dix minutes à se tourner dans tous les sens, ses pensées allant de Sam à Chloé, elle comprit qu'elle ne trouverait pas le sommeil. Sans même parler de sommeil réparateur. Elle s'assit sur son lit, alluma la lumière, reprit son téléphone, et parcourut Match Sticks pour voir s'il y avait de nouveaux contacts sur son profil.

« C'est mieux que compter les moutons », chuchota-t-elle en passant les trois premières réponses avant de s'arrêter, incrédule, sur la quatrième. « C'est une blague. »

Monsieur Maintenant ou Jamais l'invitait d'un sourire sans équivoque.

« Oh, merde », murmura-t-elle quand elle remarqua que Monsieur Maintenant ou Jamais était en ligne et qu'il saurait immédiatement si elle balayait sa photo vers la droite. « Non, dit-elle. Tu es bien trop beau. Il y a forcément une arnaque. » Les hommes qui ressemblaient à des mannequins fréquentaient des femmes qui ressemblaient à des mannequins. Et même si Paige se savait attirante, elle était aussi consciente qu'elle ne ferait pas la une de *Vogue* de sitôt. Pourtant, il avait aimé *sa* photo, donc il devait être intéressé.

Et elle ?

Et Sam ?

« Et Sam ? » demanda Paige. Ce n'était pas parce qu'ils étaient sortis un soir, qu'elle l'avait invité à la soirée de son oncle, qu'il lui avait écrit *Dors bien*, qu'elle lui devait quelque chose. Elle sortait à peine d'une histoire sérieuse et désastreuse. Elle ne prendrait pas le risque d'avoir de nouveau le cœur brisé en se précipitant dans une autre. On pourrait difficilement lui reprocher de tromper un homme qu'elle venait juste de rencontrer.

Elle retint son souffle et balaya l'écran vers la droite. « Oh, mon Dieu. Qu'est-ce que je viens de faire ? »

On frappa à la porte de sa chambre. « Paige ? » dit sa mère.

Paige prit sa robe de chambre et était en train de s'en envelopper quand la porte s'ouvrit. « Maman ? Qu'est-ce qu'il y a ? Tout va bien ?

– Je vais bien ma chérie. J'allais juste chercher quelque chose à grignoter dans la cuisine et j'ai cru entendre des voix.

– Ce n'est que moi, la rassura Paige. Je parle encore toute seule.

– Il y a un problème ?

– Je n'arrive pas à dormir.

– Moi non plus. Ça doit être quelque chose dans l'air. Comment s'est passé ton rendez-vous ? »

Paige vit l'espoir briller dans les yeux de sa mère. « Très bien. Vraiment très bien, ajouta-t-elle pour faire bonne mesure.

– Oh. C'est tellement... bien. » Joan regarda sa fille, comme si elle attendait qu'elle en dise plus. « Bon, je suppose que je te vois demain matin, dit-elle après quelques secondes. Je te ramène quelque chose de la cuisine ?

– Non, merci, ça ira.
– Bonne nuit, ma chérie. Dors bien. »

Dors bien.

« Toi aussi », lança Paige à la porte qui se refermait. Elle entendit le bip familier de son téléphone et découvrit un message de Monsieur Maintenant ou Jamais.

Salut, Fleur sauvage, disait le message.

C'était tout.

Salut, répondit-elle.

Pas de réponse.

Curieux, pensa-t-elle. Elle fixa son téléphone pendant encore deux minutes avant de se rallonger et était sur le point d'éteindre la lumière quand un autre message arriva.

Désolé, disait le message. *J'hésitais sur ce que je devais écrire ensuite. Je débute là-dedans. Ça se voit.*

Mignon, pensa Paige. *Moi aussi*, répondit-elle.

Alors, que se passe-t-il ensuite ?

Pourquoi ne me parlerais-tu pas de toi ? répondit Paige, intriguée.

Bon, j'ai trente-six ans, je suis originaire de San Francisco, fils unique, mes parents sont mariés depuis plus de cinquante ans, j'ai un master de Berkeley. Une autre longue pause, puis, *Il faut sûrement que je te dise que j'ai déjà été marié. Trois ans. Ma femme est morte il y a deux ans*, poursuivit-il sans s'interrompre. *Un cancer.*

C'est terrible, lui écrivit Paige en pensant à son père. *Je suis désolée.*

Ouais, ça a été dur. Il m'a fallu du temps pour m'en remettre. J'ai quitté mon boulot, voyagé un moment. Je suis arrivé à Boston il y a quelques mois, donc je ne connais pas grand monde. Je commence juste à sortir. Je me suis inscrit sur plusieurs sites de rencontre en espérant trouver quelqu'un. Qu'est-ce que je peux te dire d'autre ? J'aime le jazz.

J'aime le jazz aussi, lui dit Paige.

Une autre pause qui parut interminable.

Puis, *Écoute, de toute évidence je ne suis pas très doué pour ça. Partante pour une rencontre en chair et en os ?*

L'était-elle ? Et Sam ? *Bien sûr. Quand ?*

Que dis-tu de mercredi ? Dix-huit heures ? Le Bleacher Bar, dans le parc Fenway ?

Ça me dit bien. Je n'y suis jamais allée.

Parfait. J'aime faire découvrir de nouvelles choses aux gens.

Alors, très bien. On se voit mercredi.

À mercredi. Bonne nuit, Fleur sauvage.

Paige reposa son téléphone sur la table de chevet et se rallongea. Enthouiaste, elle avait complètement oublié Sam et sa culpabilité. Au bout quelques secondes, elle dormait profondément.

Chapitre 12

Chloé était assise à la table de la cuisine, son ordinateur portable ouvert devant elle, le superbe visage de son mari lui souriant sensuellement quand il entra dans la pièce.

– Salut bébé, dit-il, d'une voix douce et calme. Tu n'étais pas obligée de m'attendre. »

Chloé nota la mèche de cheveux qui tombait négligemment devant les yeux sombres de Matt. Un soupçon de barbe assombrissait ses joues et son menton et soulignait la moue naturelle de sa bouche. Elle essaya d'imaginer ne plus jamais embrasser cette bouche, ne plus jamais voir ces yeux plonger amoureusement dans les siens. Merde. Fallait-il qu'il soit si beau ? Et pouvait-il tomber si bas qu'elle le trouverait moins désirable ? Était-elle vraiment si superficielle ? « J'ai pensé que tu aurais peut-être faim », dit-elle en refermant l'ordinateur. Était-elle prête à tout envoyer balader ? « J'ai fait un pain de viande. » Elle se dirigea vers l'assiette de nourriture sur le plan de travail à côté du micro-ondes.

« Oh, bébé. Je suis désolé. J'ai pris un sandwich au bureau. Tu aurais dû me prévenir que tu préparais un pain de viande.

– C'est de ma faute, conclut Chloé, acceptant le reproche.

– Disons que ce n'est la faute de personne, la corrigea-t-il en souriant. Ce sont des choses qui arrivent. Je suis désolé. Tu es formidable. » Il fit le tour de la table pour l'embrasser sur le haut de la tête.

Elle saisit l'effluve d'un parfum inconnu. « À quoi, le sandwich ? s'entendit-elle demander.

– Quoi ?

– Tu as dit que tu avais pris un sandwich au bureau. À quoi ?

– Sérieux ? »

Elle redressa la tête pour lever les yeux vers lui. « Sérieux.

– Jambon, fromage. » Il éclata de rire. « Tu veux savoir quel genre de fromage ? C'était du cheddar, dit-il avant qu'elle puisse répondre.

– Est-ce que tu as conclu l'affaire ? »

Il parut surpris par le soudain changement de sujet. « Eh bien, nous avons fait une offre. Ils ont vingt-quatre heures pour répondre. Est-ce que tout va bien ?

– Pourquoi ça n'irait pas ?

– Je ne sais pas. Tu as l'air un peu... bizarre. Les enfants ont été difficiles ce soir ?

– Rien que je n'aie pu gérer », dit-elle répétant mot pour mot leur discussion précédente.

Il mit soudain ses mains sur les épaules de Chloé et joua habilement de ses doigts entre ses muscles noués, à la base de la nuque. Il savait exactement où la toucher, exactement comment. Pourrait-elle vraiment renoncer à ça ? Pourrait-elle supporter de ne plus jamais sentir ces mains sur son corps ?

Elle avait été trop impulsive, décida-t-elle à cet instant, elle l'avait jugé avant de connaître tous les faits. Il y avait forcément une explication logique, quelque chose qui pouvait justifier son comportement, une bonne raison à sa présence sur ces sites de rencontre. Peut-être que quelqu'un le piégeait, des collègues de travail, peut-être jaloux de la beauté et de l'insolente réussite de Matt. Quelqu'un aurait pu facilement s'inscrire sur tous ces sites sous le nom de Matt. Quelques semaines plus tôt, ils avaient reçu plusieurs de ses collègues pour un barbecue. L'un d'eux aurait pu découvrir cette photo de Matt et s'en servir, puis trouver un moyen de la remettre en place sans que personne ne s'en aperçoive. C'était possible.

Ce n'était pas possible.

Peu importait sa façon de tourner la chose, peu importaient ses efforts aussi alambiqués qu'irrationnels pour disculper son mari, elle connaissait la vérité. Et la vérité était que Matt était coupable. De mensonge, de tromperie, de tout. Et depuis des années. La seule inconnue dans l'équation était comment réagir face à ça.

« Je vais me coucher », dit Matt en laissant glisser ses mains des épaules de Chloé.

Non. Ne me laisse pas, pensa-t-elle en sentant leur contact planer au-dessus de sa peau, comme une sensation irréelle. Elle lutta contre le désir ardent d'attraper ces mains, de s'en entourer, de les serrer contre elle.

« Tu viens ? demanda-t-il, déjà sur le seuil de la pièce.

– Bientôt. J'ai quelques trucs à ranger. » Elle lui montra du menton l'assiette sur le plan de travail.

« Bon, essaie de ne pas être longue. Il faut que je dorme. Je suis épuisé. »

Chloé sentit sa propre fatigue l'envelopper comme une couverture. « *Tu n'es pas obligée de faire quoi que soit ce soir*, lui avait dit Paige. *La nuit porte conseil.* » Et elle avait bien besoin d'une bonne nuit, décida-t-elle. Elle avait besoin de temps pour digérer ce qui s'était passé, pour réfléchir. Elle ne pouvait pas déguerpir seulement à moitié préparée. Après tout, elle n'était pas la seule affectée par ses décisions à venir. Elle devait considérer qu'elle avait deux jeunes enfants, deux enfants qui aimaient leur père, elle ne pouvait pas bouleverser leur vie sans y avoir sérieusement réfléchi. Il fallait qu'elle ait les idées claires, elle le devait à ses enfants. Quoi qu'elle eût à dire, cela pouvait attendre le lendemain matin.

Sauf qu'elle ne le pouvait pas.

« Attends », dit-elle.

Matt s'arrêta, s'appuyant au chambranle de la porte d'une manière qui soulignait sa carrure souple mais musclée. Comme s'il voulait la tenter, lui montrer ce qu'elle allait perdre. Comme s'il savait ce qu'elle avait en tête. Comme s'il la défiait de cracher le morceau.

Chloé prit une grande respiration et ouvrit son ordinateur. « Tu peux m'expliquer ça ? » dit-elle.

Il ne bougea pas. « Expliquer quoi ? »

Chloé tourna l'ordinateur vers lui. « Ça.

– Qu'est-ce que c'est ? » Il resta obstinément où il était et ne jeta qu'un bref coup d'œil à l'écran.

« Tu veux vraiment que je te le dise ?

– On dirait bien, dit-il. Qu'est-ce que tu crois avoir compris, Chloé ?

– Je ne *crois* pas avoir compris quelque chose », dit-elle, luttant pour rester calme, pour garder sa colère croissante sous contrôle, même si elle sentait sa voix monter. « Je *sais* ce que je vois. Je vois une photo de toi sur un putain de site de rencontre. Sur un tas de sites de rencontre.

– S'il te plaît, surveille ton langage et baisse d'un ton.

– Ne me dis pas de parler moins fort, merde !

– Tu veux réveiller les enfants ? Tu veux qu'ils entendent leur mère jurer comme un charretier ?

– Tu veux bien m'expliquer ça ?

– Non, je ne veux pas. Je travaille comme un fou jour et nuit. Je n'apprécie pas de subir de folles accusations en rentrant à la maison.

– De folles accusations ? » Chloé saisit l'ordinateur portable sur la table et le brandit pour l'agiter vers lui. « Tu vas vraiment nier que c'est toi sur la photo ? » *S'il te plaît, nie ! Je te supplie de nier. Je trouverai un moyen de te croire. Dis juste que c'est un grand malentendu, que tu peux tout expliquer.*

« Qu'est-ce que tu fais sur un site de rencontre ?

– Quoi ?

– Tu m'as bien entendu. Est-ce que tu cherches des mecs derrière mon dos ?

– Tu te fous de moi ? Tu es en train de me la faire à l'envers ?

– On ne peut pas aller sur ces sites sans en être membre », dit-il. Il se déplaça rapidement vers la table, lui prit l'ordinateur des mains et pianota immédiatement sur le clavier. Quelques secondes plus tard, Chloé se retrouva devant le selfie qu'elle avait pris le matin même et posté avec une brève description. *Sociable et curieuse. Adore les enfants et voyager.* « Eh bien, qui l'eût cru ? dit-il. Regarde qui voilà. C'est l'hôpital qui se fout de la charité. »

Chloé luttait pour garder le contrôle d'elle-même alors qu'elle sentait le sol se dérober sous ses pieds. « Ce n'est pas moi qui ai des choses à expliquer.

– Je crois que si.

– Très bien. Je vais t'expliquer. Au moins je *peux* expliquer. Je me suis inscrite sur ces sites ce matin après l'appel d'une femme qui m'a dit que tu y étais…

– Une certaine Paige Hamilton ? Tu sais que cette salope essaie toujours de remuer la merde…

– Paige n'est pas une salope et ce n'était pas elle. Je ne sais pas qui c'était. Ça n'a d'ailleurs *aucune importance.* Ce qui est important c'est que tu ailles sur ces sites, comme si tu étais célibataire…

– Ce qui est important c'est que tu te sois inscrite sur ces sites pour m'espionner.

– Tu n'es pas sérieux ?

– Tu ne me fais pas confiance, Chloé. Tu ne m'as jamais fait confiance.

– N'essaie pas de tourner la situation.

– Tu as toujours été fragile et en demande, quoi que je fasse, peu importent mes efforts pour te satisfaire, pour te rassurer…

– C'est ça, ta manière de me rassurer ? » Chloé porta les mains à sa tête, comme pour l'empêcher d'exploser. Leur discussion devenait de plus en plus surréaliste. « En cherchant à rencontrer des femmes en ligne ?

– Pas maintenant, dit Matt et lui tournant le dos. Je suis fatigué. Je vais au lit.

– Ne t'avise pas de me tourner le dos.

– Ça ne sert à rien de poursuivre cette conversation maintenant, dit-il. Tu es hors de toi, tu es irrationnelle, et tu réagis de façon disproportionnée.

– Je réagis de façon disproportionnée ? répéta-t-elle d'une voix au moins une octave plus haut que l'instant précédent.

– Je n'apprécie pas qu'on me gueule dessus.

– Je n'apprécie pas qu'on me mente, le contra-t-elle.

– Je ne t'ai pas menti. »

Chloé frappa l'écran de l'ordinateur du dos de la main.

« Ce *n'est pas* toi ? »

S'il te plaît, dis-moi que ce n'est pas toi. Trouve un moyen de me faire croire que ce n'est pas toi.

Le silence qui suivit fut presque insupportable. « C'est moi, dit finalement Matt.

– Putain ! » Chloé sentit les larmes qu'elle avait réussi à retenir jusque-là – elle ne savait comment – couler maintenant sur ses joues.

« Oh, bébé. S'il te plaît, ne pleure pas », dit-il en revenant vite à la table pour s'asseoir sur la chaise à côté d'elle. « Tu sais que je ne peux pas supporter que tu pleures.

– Pourquoi ? demanda-t-elle quand elle put retrouver sa voix. Je ne comprends pas pourquoi.

– Moi non plus, dit-il, ses propres yeux s'embuant de larmes. Je le jure devant dieu, je ne comprends pas moi-même. Ça a commencé comme un jeu, une blague. Ce type au travail – Tony Marshall, tu te souviens de lui, je crois que tu l'as rencontré à ce cocktail l'an dernier, ce n'est pas un super beau mec – enfin, ce n'est pas important… Mais il va sur ces sites et il est toujours en train de se vanter des hordes de femmes qu'il rencontre – toutes les "chattes qu'il attrape", je crois que c'est sa façon délicate de le dire – et je me suis dit, merde, s'il a autant de succès, qu'est-ce que ce serait pour moi ? »

Chloé lutta contre une subite envie de vomir.

« Alors je me suis inscrit sur tout un tas de sites et immédiatement j'ai reçu toutes ces réponses de femmes qui disaient vouloir me rencontrer.

– Combien ? demanda-t-elle. Combien il y en a eu ?

– Aucune, lui dit-il. Je le jure. Je n'ai jamais donné suite avec aucune d'entre elles.

– Vraiment ?

– Vraiment. Ce n'était pas ce qui m'intéressait. Sincèrement, bébé. C'est juste que j'aime qu'on fasse attention à moi. J'admets avoir été tenté. Après tout, je suis humain. Qui n'a pas envie de se sentir désiré ? Puis je pensais à toi et à quel point tu es douce, et à quel point je t'aime. J'ai pensé aux enfants et à tout ce que je risquais de perdre. Et je ne pouvais pas. »

Oui, pensa Chloé. *Ça se tient. Ce qu'il dit se tient.*

« Je sais que c'était fou de faire ça. C'était immature, risqué et clairement stupide. Mais je t'aime, Chloé. Je ne ferais jamais intentionnellement quoi que ce soit pour te faire du mal. Tu dois me croire. » Il tomba à genoux devant elle et pressa sa tête contre ses cuisses, les épaules secouées de sanglots.

Chloé se pencha sur la tête de son mari et enfouit son visage dans ses épais cheveux bruns, exhalant son parfum masculin.

Mêlé au parfum identifiable d'une autre femme.

Il ne servait à rien de demander une explication. Elle savait qu'il en aurait une. Une des femmes du bureau, dirait-il. Il enroberait son histoire d'une anecdote amusante pour faire sourire Chloé. Ou peut-être dirait-il que c'était la représentante du vendeur, celle dont il lui avait parlé des mois avant, ils avaient déjà travaillé ensemble, celle qui le collait toujours un peu trop et qui mettait trop de parfum. « Tu ne te souviens pas ? » demanderait-il, la mine contrite parce qu'elle doutait encore de lui.

« Je crois que tu devrais partir », dit Chloé d'une voix si calme qu'elle était à peine audible. Avait-elle même dit quelque chose ?

« Quoi ? » Sa tête trembla.

« Je veux que tu partes », plus fermement. Elle se leva si brusquement que Matt tomba presque en arrière. « Maintenant.

– Chloé, c'est dingue. Tu es…

– Irrationnelle ?

– Je ne comprends pas. Je pensais…

– Tu pensais t'en être tiré, dit-elle simplement. Encore une fois. » Elle prit une grande inspiration. « Je t'aime, Matt. Malgré tout. Une part de moi t'aimera probablement toujours. Mais tu as raison. Je ne te fais *pas* confiance. Et je ne te crois pas, peu importe à quel point j'essaie ou à quel point j'en ai envie. Tu es un menteur et un tricheur. Je regretterai probablement de vivre sans toi, mais je regretterai encore plus que tu restes. »

Chloé vit Matt serrer ses poings contre ses hanches et se prépara à subir toute la force de sa rage. Mais il n'y eut que le silence. *Allait-il s'accrocher, refuser de partir ?* se demanda-t-elle quand il tourna les talons et disparut dans l'escalier. Le trouverait-elle dans leur lit, dormant déjà quand elle serait fatiguée d'attendre et monterait dans leur chambre ? Ferait-elle une scène ou se glisserait-elle contre lui ?

Elle entendit son pas lourd parcourir le plancher au-dessus de sa tête. Elle l'entendit fouiller dans le placard de leur chambre. Moins de cinq minutes plus tard, elle entendit ce même pas descendre précipitamment l'escalier et vit son mari passer devant elle à grandes enjambées, un sac à la main. Elle l'entendit marmonner quelque chose dans sa barbe quand il ouvrit la porte et disparut dans la nuit.

Ce ne fut qu'après que la porte claqua derrière lui que ses paroles lui parvinrent : « Tu le regretteras. »

Chapitre 13

Le cabinet de l'avocate se trouvait sur Portland Street, au rez-de-chaussée d'un bâtiment en briques rouges de deux étages. Il fallait normalement cinq minutes pour s'y rendre depuis la demeure de Chloé sur Binney Street, mais cela lui prit deux fois plus à cause des travaux de voirie partout sur le trajet. C'était comme si tout Cambridge était en chantier. Les panneaux orange et noir omniprésents alignés dans les rues pour réguler le trafic ressemblaient à présent davantage à des installations pérennes qu'à des gênes provisoires.

Le car pour le centre aéré avait récupéré Josh et Sasha un peu après neuf heures et Chloé avait passé la matinée, comme la précédente, à éplucher la liste des avocats spécialisés dans le divorce. Elle avait finalement choisi Pamela Lang, un peu parce qu'elle aimait sa photo, un peu parce que son cabinet était dans les parages, et surtout parce que, sur la demi-douzaine d'avocats en droit de la famille qu'elle avait déjà contactés, Pamela était la seule qui pouvait la recevoir avant la fin du mois. Matt ne l'avait pas appelée depuis qu'il était parti, et Chloé commençait déjà à remettre en question sa décision, à se demander si elle avait fais le bon choix. Il fallait qu'elle voie quelqu'un très vite, avant de changer d'avis.

Non qu'elle s'interdît de changer d'avis, se dit-elle en sortant de la Hyundai blanche que Matt avait achetée pour leur dernier anniversaire de mariage. Elle traversa le dense rideau de chaleur de cette fin juillet en direction du cabinet. Même maintenant, elle espérait encore que Matt lui donne une explication qui pourrait le racheter, la convaincre qu'il changerait pour elle. Peut-être qu'il serait d'accord pour voir un conseiller matrimonial, quelque chose qu'il avait rejeté par le passé. « Nous n'avons pas besoin qu'un étranger se mêle de notre vie », lui avait-il dit la première fois qu'elle avait suggéré que ça pourrait leur faire du bien. « Nous n'avons aucun problème que nous ne puissions régler seuls. Il faut juste que nous soyons honnêtes l'un envers l'autre. »

Ce qui était exactement le problème. Il n'était pas honnête.

« C'est un menteur et un tricheur », murmura Chloé en poussant la lourde porte en chêne et en pénétrant dans le hall en bois sombre climatisé. Elle épongea la transpiration dans son cou et réajusta sur sa taille sa robe d'été à rayures rouges. Elle resta encore une minute face à une deuxième porte, en verre translucide celle-là. *PAMELA LAND ET RICHARD FOGLER, AVOCATS AU BARREAU* était écrit en cursives élaborées sur la surface en verre dépoli.

Luttant contre l'envie de fuir, Chloé ouvrit la porte et entra dans une petite salle d'attente. Une réceptionniste entre deux âges, aux cheveux orange et aux énormes lunettes rondes à monture noire, était assise derrière un grand bureau en chêne et parcourait le dernier numéro d'*InStyle*.

« Vous devez être Chloé Dixon, dit-elle avec un sourire si large qu'il dévoilait ses deux rangées de dents. Nous nous sommes parlé tout à l'heure au téléphone. Je m'appelle Trudy. Entrez, prenez une chaise. » Elle lui indiqua des chaises bleu marine disposées contre le mur écru avec un sourire si insistant que Chloé se sentit obligée de le lui rendre. « Pamela est un peu en retard, mais elle sera là d'une minute à l'autre. »

Chloé regarda machinalement sa montre. Son entretien avec l'avocate était fixé à treize heures et il était déjà treize heures passées. Le car du centre aéré ramènerait les enfants à quinze heures à la maison et elle ne pouvait pas arriver après eux. Josh commençait déjà à se douter que quelque chose n'allait pas.

« Il est où papa ? » avait-il demandé au déjeuner, la même question que la veille.

Elle avait menti, prétendant que papa, débordé, était à son travail, mais elle ne pourrait pas utiliser cette excuse indéfiniment.

« Puis-je vous offrir un café ? demanda Trudy.

– Non, merci. » Chloé regarda de nouveau sa montre, plus pour que Trudy la voie, que par nécessité. Plusieurs minutes plus tard, elle la regarda de nouveau. Elle jeta un œil à Trudy, qui restait immobile, le nez dans son magazine. « Je suis désolée, commença Chloé, sans savoir exactement pourquoi elle s'excusait. Mais mes enfants arrivent à la maison à quinze heures et, vous vous en doutez, il faudra que j'y sois. » Elle leva son poignet gauche et montra sa montre, une Michael Kors que Matt lui avait offerte à Noël.

« Je ne sais pas quoi faire, dit Trudy, avec un sourire plus grand que jamais. La réunion de Pamela a duré plus longtemps que prévu. Et la circulation… vous savez… tous ces travaux… Je suis sûre qu'elle sera là d'une minute à l'autre.

– Peut-être que je ferais mieux de revenir demain, dit Chloé au bout de dix minutes supplémentaires.

– J'ai bien peur qu'elle ne soit complètement indisponible le reste de la semaine, et elle se rend à un séminaire la semaine prochaine, dit Trudy en vérifiant l'emploi du temps de sa patronne sur son ordinateur. Je peux vous trouver une place la semaine suivante.

– Non, ça serait trop tard. »

Pour la première fois, le sourire de Trudy menaça de disparaître. « Elle devrait vraiment arriver d'ici peu. Ne pouvez-vous appeler quelqu'un… pour vos enfants ? »

Disons que je ne peux vraiment pas appeler mon mari, songea Chloé. « *Salut, mon cœur. C'est moi. Je suis coincée chez l'avocate pour le divorce et je me demandais si tu ne pourrais pas retourner à la maison, d'où je t'ai viré, pour t'occuper des mômes jusqu'à ce que je rentre.* »

Et elle ne pouvait pas appeler Paige et lui forcer de nouveau la main. Et puis, avec les embouteillages, il y avait peu de chances que Paige arrive à l'heure là-bas de toute façon.

Ce qui ne laissait qu'une option. « Seigneur ! » gémit Chloé, en composant le numéro de sa mère sur son téléphone.

Jennifer Powadiuk vivait dans un petit appartement à la sortie de Harvard Square, à quelques minutes de chez elle, bien que son emploi du temps de compétitions de danse à travers tout le pays impliquât qu'elle était rarement là. Chloé ne savait même pas si elle était en ville, elle n'avait pas de nouvelles d'elle depuis six semaines. (*Arrivée deuxième à la compétition de Tampa*, disait son dernier e-mail. *J'aurais dû gagner*.)

« Réponds, s'il te plaît », chuchota Chloé alors que le téléphone commençait à sonner. Elle imagina sa mère regardant le nom du contact qui l'appelait, hésitant à répondre. Après six sonneries, le chuchotement essoufflé de sa mère se fit entendre : « Partie pour m'éclater à une session de claquettes. Mais laissez donc un message. Cochon de préférence. »

Chloé poussa un soupir, en raccrochant, quand sa mère la rappela. « Chloé ? C'est toi ?

– Où es-tu ? » demanda Chloé qui entendait en bruit de fond des bavardages et des verres s'entrechoquer. Sa mère était probablement dans un bar, dans une ville ou une autre.

« Qu'est-ce que je peux faire pour toi, Chloé ? demanda sa mère en ignorant la question.

– Tu es en ville ?

– Oui. Je ne pars pas avant vendredi.

– Où est-ce que tu vas ?

– À Toronto. Il y a une compétition internationale de polka.

– Écoute, maman », la coupa Chloé en regardant une nouvelle fois sa montre. Elle n'avait pas le temps d'écouter l'emploi du temps de sa mère. « J'ai un service à te demander.

– Évidemment. Pourquoi appellerais-tu sinon ? »

Vraiment ? pensa Chloé. *Tu oses la jouer outrée ? Tu essayes de me culpabiliser ? Toi, qui n'as jamais été là, qui n'as jamais...* Elle s'arrêta. Ce n'était pas le moment de faire la liste de tous les manquements de sa mère. « Je me demandais si... Écoute, je suis coincée quelque part et je ne pourrai sans doute pas être à la maison pour quinze heures quand les enfants rentreront du centre aéré. J'espérais que tu pourrais venir...

– Bien sûr, dit sa mère. Je pars immédiatement.

– C'est vrai ?

– Tu n'as pas besoin de prendre ce ton surpris, Chloé. J'aime tes enfants, et je ne les vois pas assez souvent. »

Et c'est à cause de qui ? demanda Chloé en silence, préférant ne pas formuler la question. « Merci, chuchota-t-elle à la place. J'essaie de rentrer au plus vite.

– Pas besoin de te presser. J'imagine que mes clés fonctionnent toujours ?

– Elles fonctionnent toujours. » Encore une chose dont elle devrait s'occuper avant la fin de la semaine, pensa Chloé : changer les verrous.

« Bien. Alors on se voit tout à l'heure.

– Merci encore, dit Chloé, mais sa mère avait déjà raccroché. Ça alors ! On va de surprise en surprise, pensa-t-elle, en secouant la tête.

– Vous avez trouvé quelqu'un ? demanda Trudy.

– Ma mère, dit-elle, avec de l'étonnement dans la voix.

– Les mamans sont super. »

Chloé opina, bien qu'elle ne le pensât pas. Les mères comme Joan Hamilton, pas comme Jennifer Powadiuk. Pourtant, peut-être que l'âge la rendait plus douce. Peut-être qu'elle aimait vraiment ses petits-enfants, même si elle ne les voyait pas souvent. Josh et Sasha reconnaîtraient-ils seulement la femme qui serait là pour les accueillir à la descente du car ?

Oui, sa mère pouvait être charmante. Oui, elle pouvait être drôle et même affectueuse à l'occasion. Quand elle le décidait. Quand elle pouvait l'utiliser à son avantage.

Ça te rappelle quelqu'un ? pensa Chloé.

« Seigneur, j'ai épousé ma mère », murmura-t-elle. La prise de conscience lui fit sortir les mots de la bouche avec tellement de force qu'elle s'en étouffa.

« Oh, non, dit Trudy. Vous voulez un verre d'eau ?

– Non, ça va. Ça va aller ». Chloé s'éclaircit la voix. S'éclaircir l'esprit de telles pensées ne serait pas si facile.

Elle entendit la porte s'ouvrir derrière elle.

« Désolée du retard, dit une femme en se présentant devant Chloé, main tendue. Je suis Pamela Lang. Merci beaucoup d'avoir attendu. »

Chloé regarda le visage engageant de la femme qui devait avoir dix ans de plus qu'elle. Ses cheveux bruns striés de gris étaient serrés dans un chignon sur le haut de sa nuque. Elle portait une veste bleu marine sur une jupe assortie et un chemisier blanc, apparemment imperméable à la chaleur estivale. Chloé se sentit immédiatement en confiance.

Pamela Lang lui indiqua son bureau d'un geste de la main.

« Est-ce que le spectacle peut commencer ? »

Chloé se leva. *Par tous les moyens possibles*, pensa-t-elle. *Que le spectacle commence !*

Chapitre 14

Il était en train de l'attendre quand elle rentra à la maison presque deux heures plus tard.

Chloé ferma la porte et entendit le son de la télévision qui hurlait à l'étage. « Maman ? appela-t-elle en entrant dans le salon. Joshy ? Sasha ? »

C'est alors qu'elle le vit. Il était assis dans le canapé d'angle prune, les pieds sur le pouf en cuir bleu marine qui le séparait de la télévision grand écran fixée au mur face à lui. L'expression de son sublime visage cachait à peine son mépris. « C'est gentil de daigner nous rejoindre, dit-il.

– Qu'est-ce que tu fais là ? demanda-t-elle à son mari. Où est ma mère ?

– La dernière fois que je l'ai vue elle était inconsciente dans la chambre de Josh.

– Oh, Seigneur !

– Et pour répondre à ta première question, je suis ici parce que mon fils m'a appelé au travail, en pleine crise d'hystérie parce que tu n'étais pas à la maison ; sa grand-mère était affalée dans son lit, il a pensé qu'elle était morte et ne savait pas quoi faire. J'ai accouru et je suis tombé sur la vieille ivre morte dans la chambre du petit. Je me suis occupé des enfants, je leur ai fait des sandwiches au beurre de cacahuète et à la confiture et je les ai rassurés en leur disant que ta mère était, hélas, toujours bien en vie. Puis je leur ai dit qu'ils pourraient regarder la télé dans notre chambre jusqu'à ton retour.

– Merci », dit Chloé doucement en s'écroulant sur le côté droit du canapé, des larmes de colère plein les yeux. « J'imagine que j'aurais dû m'en douter.

– Oui, tu aurais dû, acquiesça Matt. Où est-ce que tu étais, bordel ? »

Elle lutta contre l'envie de lui dire que ça ne le regardait pas. « Qu'est-ce que ça peut bien faire ? »

Il secoua la tête. « Tu sais, j'ai toujours pensé que, aussi inconstante et irresponsable que tu puisses être parfois… » il s'arrêta une demi-seconde pour laisser ses mots la pénétrer « … tu étais une mère formidable, que tu ne mettrais jamais tes enfants en danger…

– Je n'ai pas mis les enfants en danger », répondit-elle avant de s'arrêter. Il avait raison. Elle aurait dû savoir qu'elle ne pouvait pas compter sur sa mère, quelles que soient les circonstances.

Il y eut un moment de silence. « Et donc, qu'est-ce qu'elle a dit ? demanda Matt. Cette avocate que tu es allée voir. Pamela Lang, c'est ça ? Pas désagréable à regarder pour une emmerdeuse professionnelle. »

Chloé lança un regard assassin à son mari. Elle ouvrit la bouche pour parler, mais pas un mot n'en sortit.

« Ton ordinateur était ouvert, dit-il en guise d'explication.

– Non, je l'avais fermé avant de partir

– Désolé. On va dire que je l'ai ouvert.

– Tu n'as pas le droit.

– J'essayais juste de savoir où tu étais, dit-il. De découvrir ce qui pouvait être assez important pour que tu laisses tes enfants seuls à la maison.

– Je ne les ai pas laissés seuls.

– Pardon. Tu as appelé ta mère. Je ne pense pas que le tribunal fera une grande différence. »

Chloé sentit un éclair de panique serpenter de sa poitrine à sa gorge, ce qui rendait les mots difficiles et douloureux à sortir. « C'est une menace ? »

Matt se pencha vers elle, il posa ses coudes sur ses genoux. « Je ferai tout ce que je pense nécessaire pour protéger mes enfants, Chloé. Tu devrais le savoir.

– Est-ce que ça inclut de te prétendre célibataire pour chercher des femmes sur Internet ? Je ne crois pas que ça fasse de toi le père de l'année, si ?

– J'ai fait des erreurs, Chloé, dit Matt. Je l'admets. Mais mes erreurs n'ont jamais risqué de faire du mal à nos enfants. »

Chloé hocha la tête, elle essayait de trouver du sens à ses paroles, de comprendre où il voulait en venir. Elle n'y arrivait pas. « Qu'est-ce que tu essaies de me dire ?

– Qu'est-ce que tu es en train de *faire ?* la contra-t-il.

– Je ne comprends pas.

– C'est toi qui es allée voir une avocate, Chloé. Pas moi. Tu veux divorcer ? C'est ça ? »

Chloé hésita. Après presque deux heures passées avec Pamela Lang, elle n'était toujours pas sûre de ce qu'elle voulait ou de ce qu'elle allait faire. « Je voulais juste connaître mes options.

– Tu voulais savoir ce que tu pouvais en tirer, la corrigea-t-il. Comment tu pourrais me ruiner.

– Non, insista-t-elle. Mais *j'ai* des droits.

– Tout comme moi. Tout particulièrement en ce qui concerne mes enfants.

– Donc, tu es en train de me dire que si on divorce on va se battre pour la garde ?

– Est-ce qu'on va divorcer, Chloé ? Est-ce vraiment ce que tu veux ? Parce que ce n'est pas ce que, moi, je veux, dit-il, avant qu'elle puisse répondre. Dieu sait que c'est bien la dernière chose au monde que *je* veuille.

– Qu'est-ce que tu veux ?

– Je veux qu'on en finisse avec ce stupide malentendu. J'ai essayé de te donner de l'espace, de te donner du temps pour te calmer, mais je veux rentrer à la maison. Je veux être un père pour nos enfants. Je veux retrouver ma vie. Je *te* veux. Je *nous* veux. » Il dégagea ses cheveux de son front dans un geste que Chloé avait toujours trouvé incroyablement sexy.

Elle ravala ses larmes qui menaçaient d'affluer. En était-elle capable ? Pouvait-elle faire comme si tout ça n'était qu'un *stupide malentendu* ? « Tu m'as demandé il y a un instant ce que je voulais vraiment…

– Dis-moi.

– Je veux la vérité », dit Chloé. La voulait-elle vraiment ? Ou voulait-elle juste que son mari soit plus convaincant dans ses mensonges ?

Matt ne dit rien pendant de longues secondes. « Ces femmes, lâcha-t-il finalement, je le jure, ne représentaient *rien* pour moi. »

Chloé abandonna la lutte pour contenir son chagrin. « Eh bien, elles représentent quelque chose pour *moi* », dit-elle en pleurant sans même une tentative pour essuyer ses larmes.

Il se leva et s'approcha d'elle. « Je m'en rends compte maintenant. Et je suis désolé de t'avoir blessée. Je te promets de faire mieux...

– Combien de filles y a-t-il eu, Matt ? »

Il se figea. « Bon sang. On est vraiment obligés ?

– Combien ? »

Il se rassit. « À quoi ça va nous servir de parler de ça ?

– Combien ? répéta-t-elle.

– Je ne sais pas. » Il leva les mains. « Une demi-douzaine peut-être.

– Une demi-douzaine », répéta-t-elle, en multipliant en silence le chiffre par deux. Matt avait toujours manipulé les chiffres, en les exagérant ou les sous-évaluant à son avantage, même quand c'était inutile. Un vol de quatre heures en durait cinq ; il avait payé un sweat-shirt deux cents dollars, pas trois cents ; il avait gagné cinquante dollars à un pari, pas cinq ou dix, selon la personne à qui il s'adressait.

Il l'avait trompée avec une demi-douzaine de femmes, pas douze. Ni quinze. Ni vingt.

Elle avait fermé les yeux sur ses infidélités – sur sa cruauté gratuite – depuis qu'elle le connaissait. Il ne changerait pas. C'était ce qu'il était, ce qu'il avait toujours été. La seule question maintenant était, que voulait-elle ?

« Je crois que tu devrais partir maintenant », dit-elle, surprise par le calme de sa voix alors que son cœur battait si fort qu'elle avait l'impression qu'il allait éclater dans sa poitrine. « Merci d'être venu cet après-midi. J'apprécie. J'apprécie vraiment. » Elle se leva et regarda vers la porte d'entrée.

Il avait l'air perturbé. « Quoi ? Je suis viré ?

– Je t'appellerai.

– *Tu m'*appelleras ? C'est toi qui décides de tout ? » Il se redressa lentement, menaçant même.

« Je crois qu'on s'est dit tout ce...

– Alors je te dis la vérité et tu t'en sers pour me punir ? Ça marche comme ça ?

– J'ai besoin de temps pour réfléchir.

– Non. Tu n'as pas besoin de temps. Tu as besoin de *ça*. Et soudain ses bras furent autour d'elle, ses mains partout sur son corps, sur ses seins, sur ses fesses, entre ses jambes, sa bouche dans ses cheveux, dans son cou, sur ses lèvres.

Elle essaya de le repousser, de se dégager de son emprise.

« C'est de *ça* que tu as besoin. Tu le sais.

– Non ! » dit-elle, plus fort cette fois en le repoussant avec toute la force qu'elle avait. « Arrête ! Je t'en prie...

– *Je t'en prie, je t'en prie, je t'en prie*, l'imita-t-il en trébuchant contre le pouf. Nous voilà au cœur du problème. N'est-ce pas, Chloé ? Tu ne sais pas *comment* satisfaire un homme. Si tu savais, tu crois que j'aurais eu besoin de toutes ces femmes ?

– Mon Dieu !

– Tu es pathétique, Chloé.

– Va-t'en d'ici.

– Je te rappelle que c'est aussi chez moi.

– Sors avant que j'appelle la police.

– Espèce de salope... » Il leva son bras droit, le poing serré.

« Papa ! cria Sasha de l'étage. Josh m'embête.

– Josh », répondit Matt en criant. Son bras revint doucement, à regret, le long de son corps. Ses yeux ne lâchaient pas ceux de Chloé. « Arrête d'embêter ta sœur. »

« Maman ! » dit Sasha quelques secondes plus tard en surgissant dans le salon. « Josh ! lança-t-elle vers le haut des escaliers. Maman est rentrée. » Elle courut vers sa mère et lança ses bras autour de ses hanches. « Grand-mère s'est endormie, déclara-t-elle.

– Je sais, mon cœur, lui dit Chloé. J'en suis désolée.

– J'ai cru qu'elle était morte, dit Josh en entrant dans la pièce. Je ne savais pas où tu étais, alors j'ai appelé papa.

– Tu as bien fait, mon chéri.

– Papa a dit qu'on pouvait regarder la télé jusqu'à ce que tu rentres.

– Et maintenant j'ai bien peur que papa ne doive partir, lui dit Matt.

– Où est-ce que tu vas ? demanda Josh.

– J'ai du travail à finir, champion, dit Matt en ébouriffant les cheveux de son fils. Mais ne t'en fais pas ». Il sourit à Chloé. Ce sourire la fit frissonner. « Je reviendrai. »

Chapitre 15

« Tu devrais peut-être appeler la police », lui suggéra Paige. Elles étaient assises autour de la table de la cuisine, Chloé en face de Paige et Joan Hamilton, leurs assiettes à peine entamées devant elles. L'odeur des restes de KFC flottait dans l'air comme un gaz malodorant.

« Et leur dire quoi ? demanda Chloé en jouant avec la peau d'un pilon de poulet intact.

– Que ton mari t'a menacée…

– Sauf qu'il ne l'a pas fait, dit Chloé qui lâcha son pilon pour s'essuyer la main sur son jean. Pas vraiment. Tout ce qu'il a dit, c'est qu'il reviendrait.

– Il t'a agressée, lui rappela Joan.

– Il dira que j'exagère, objecta Chloé, qu'il essayait juste de m'embrasser et de se réconcilier avec moi. Il racontera ça comme si tout était de ma faute, en m'accusant d'avoir confié nos enfants à une alcoolique indigne de confiance. Et ajoutant que c'est lui, le père dévoué, qui a dû quitter le travail au milieu d'un après-midi surchargé pour se précipiter à la maison et veiller sur eux. Je connais Matt », poursuivit-elle avant que l'une ou l'autre des deux femmes puisse la contredire. « Je sais à quel point il peut être convaincant.

– Alors que vas-tu faire ? » Paige poussa son assiette au centre de la table.

Chloé la regarda. Après le départ de Matt, paniquée, elle avait appelé Paige qui était accourue avec sa mère et un bucket de KFC. « Je ne sais pas quoi faire.

– Il faut que tu consignes tout, dit Joan. C'est la première chose à faire. Tu dois garder une trace… des visites de Matt, des choses qu'il a dites… de leur effet sur toi… tout. Écris tout ça…

les dates, l'heure, tout ce qui se passe. Ne laisse rien de côté, peu importe si ça semble trivial. Sois aussi précise que possible. »

Chloé acquiesça. On pouvait toujours compter sur la mère de Paige pour donner des conseils sages et pragmatiques. Elle était tout ce qu'une mère est censée être – aimante, prévenante, réfléchie. Pas comme la sienne, toujours étalée sur le lit de Josh. Jennifer était tellement soûle que Chloé n'avait pas réussi à la réveiller. D'ailleurs, elle devrait trouver un moyen de le faire rapidement pour que les enfants puissent aller se coucher. Ils avaient déjà regardé la télévision davantage en une seule journée qu'elle ne l'autorisait normalement pendant toute une semaine. Chloé regarda sa montre. Il était presque dix-neuf heures trente, l'heure à laquelle ils allaient au lit d'habitude. Elle se leva de table et sortit de la cuisine. « Les enfants ! lança-t-elle du pied de l'escalier. C'est l'heure de se préparer à aller au lit.

– Haaan !!! » répondirent-ils comme elle s'y attendait.

Quand elle revint dans la cuisine elle trouva Joan Hamilton en train de débarrasser la table pendant que Paige rangeait les restes de poulet au frigo. « Non, ne vous dérangez pas ! Paige, je t'en prie… »

« *Je t'en prie, je t'en prie, je t'en prie* », entendit-elle Matt répéter. « Je ne pourrai jamais vous remercier assez pour le repas, d'être là… » Elle éclata en sanglots avant d'arriver au bout de sa phrase et de sa pensée.

« Nous sommes là pour toi, dit Paige qui fut tout de suite aux côtés de Chloé.

– Pas besoin de remerciements, dit Joan en les rejoignant.

– Je me sens si nulle, dit Chloé à Paige, de t'avoir fait annuler ton rendez-vous…

– Tu ne m'as rien fait rater du tout, dit Paige. C'était juste un type que j'ai rencontré en ligne. Je lui ai envoyé un message pour lui dire que j'avais un imprévu et que j'espérais qu'on pourrait reporter.

– Et qu'est-ce qu'il a dit ?

– Rien, dit Chloé.

– Je suis désolée.

– Ne le sois pas. S'il est vraiment intéressé, il me proposera un autre rendez-vous. »

Les trois femmes formaient un cercle serré, les bras des unes passés autour de la taille des autres, leurs fronts se touchant.

« Que se passe-t-il ? demanda une petite voix sur le seuil de la pièce.

– Coucou, mon cœur, dit Chloé en chassant les larmes de ses yeux.

– Qu'est-ce que vous faites ?

– Un câlin de groupe, dit Joan.

– Je peux en avoir un ? » demanda Sasha, dont le petit visage rond apparut derrière la frêle silhouette de son frère.

« Bien sûr que tu peux », dit Paige. Elle leva son bras droit et fit signe à l'enfant d'approcher.

Sasha se plaça immédiatement contre sa mère, mais Josh resta en retrait, il attendait qu'on l'appelle.

« Viens là, toi, dit Joan, bienveillante. On a besoin de toi pour finir le câlin de groupe.

– Josh n'aime plus *Pat'Patrouille*, dit Sasha tandis que son frère se faisait une place dans le groupe.

– C'est quoi, *Pat'Patrouille* ? demanda Paige.

– Un dessin animé pour les enfants, dit Chloé.

– C'est débile, dit Josh.

– Je croyais que tu aimais *Pat'Patrouille*.

– C'est pour les bébés.

– Je ne suis pas un bébé, protesta Sasha. Je suis une grande fille.

– Bien sûr que tu es une grande fille, dit Chloé.

– Je sais comment on fait les bébés, déclara Josh alors que le cercle se délitait.

– Vraiment ?

– Jennifer me l'a dit. »

Chloé se sentit pâlir. « Votre grand-mère t'a dit comment on fait les bébés ?

– Juste avant de s'endormir.

– On a cru qu'elle était morte, dit Sasha solennellement. Mais papa a dit qu'elle était juste très fatiguée. »

Pas tout à fait assez, pensa Chloé.

« Vous voulez que je vous le dise ? » leur demanda Josh.

Chloé opina en retenant son souffle.

« L'homme met son pénis dans le vacherin de la femme, commença son fils.

– Beurk ! dit Sasha, horrifiée.

– Et le pénis a des millions de spermatozoïdes. Mais le vacherin n'a qu'un œuf. Alors tous les spermatozoïdes doivent faire la course jusqu'à l'œuf pour voir qui arrivera le premier. » Il s'arrêta avec un air dramatique avant le grand final. « Et Sasha et moi avons gagné la course !

– Hourra ! » dit Sasha en bondissant et en tapant des mains au-dessus de sa tête.

Chloé dut se mordre la lèvre pour ne pas rire. Elle nota le grand sourire radieux de Joan, à côté d'elle, et Paige tournée vers le mur, les épaules secouées de spasmes.

En vérité, c'est moi qui ai gagné, pensa-t-elle en attrapant ses enfants pour les serrer fort contre elle. « Bien sûr que vous avez gagné, leur dit-elle. Qu'est-ce que je vous aime !

– Je t'aime aussi, répondit immédiatement Sasha.

– Ouais, dit Josh en se dégageant de ses bras.

– Maintenant, allez vous mettre en pyjama, dit Chloé.

– Où est-ce que je vais dormir ? demanda Josh. Jennifer est toujours dans mon lit.

– Ne t'en fais pas, mon cœur. Elle sera partie avant que tu sois prêt à te coucher.

– Elle est drôle, dit Sasha.

– Oui, une vraie comique. » Chloé les écouta monter dans l'escalier. « Bon. J'imagine que ça aurait pu être pire. Elle aurait pu leur montrer des images du *Kamasutra.*

– Son histoire de spermatozoïdes et d'œuf était plutôt mignonne, dit Joan.

– "Mignonne" est le dernier mot qu'on pourrait employer pour décrire ma mère.

– Disons qu'elle est inventive. Il faut bien lui accorder ça, dit Paige.

– Je n'ai rien à lui accorder.

– Est-ce que tu parles de moi ? demanda une voix. Bon sang, qu'est-ce que c'est que cette affreuse odeur ? »

Chloé se retourna pour voir sa mère dans l'embrasure de la porte. Elle portait un jean serré rose vif et un tee-shirt turquoise portant les mots DANCING QUEEN en majuscules pailletées sur le devant. Ses cheveux blonds étaient très courts et ses yeux noisette avaient du mal à se fixer, ce qui lui donnait un air de lutin détraqué.

« Paige et moi avons ramené un Bucket du KFC, lui dit Joan pour expliquer l'odeur. Je peux vous en réchauffer un peu si vous voulez.

– Mon Dieu, non ! Ces trucs vous tueront.

– Contrairement à la picole, dit Chloé.

– Oh, ma chérie. Est-ce que tu vas te fâcher contre moi parce que j'ai fait une petite sieste ? » Elle se tourna vers Paige. « Je suis désolée, mais… vous êtes… ?

– Paige Hamilton. Nous nous sommes rencontrées il y a quelques années. Voici ma mère, Joan.

– Tu as appelé les renforts, n'est-ce pas ? demanda Jennifer à sa fille.

– Les enfants ont cru que tu étais morte », dit Chloé décidant de ne pas parler de Matt.

Jennifer explosa de rire. « N'importe quoi ! J'étais juste en train de leur montrer ce nouveau pas de danse que je suis en train d'apprendre – je suis danseuse », expliqua-t-elle à Paige et Joan en oubliant un instant ses petits-enfants. « J'ai gagné beaucoup de compétitions dans tout le pays. Je ne pense pas que Chloé vous en ait dit un mot. Non, ce n'est pas son genre, poursuivit-elle sans s'arrêter. Enfin, je leur montrais cette petite pirouette et j'ai été un peu prise de vertige alors j'ai pensé qu'il serait préférable de m'allonger. J'imagine que j'ai dû somnoler quelques minutes.

– Quelques heures, corrigea Chloé.

– Oui, bon. Ce n'est pas simple de surveiller deux enfants turbulents à mon âge. » Elle redressa les épaules. « Ma fille m'a appelée cet après-midi et j'ai tout laissé tomber pour venir et voilà la reconnaissance que ça me vaut. Est-ce que tu traites *ta* mère comme ça ? demanda-t-elle à Paige.

– Tu leur as dit comment on faisait les bébés, lui rappela Chloé.

– J'ai fait ça ? » Jennifer haussa les épaules. « Eh bien, il était temps qu'ils sachent.

– Et il est aussi temps pour toi de nous dire au revoir », reprit Chloé.

Jennifer regarda sa montre. « Oh, oui alors. C'est l'heure. Cours de danse dans une heure. Je ne peux pas faire attendre Tyrone. Il est si charmant. Toutes les filles voulaient l'avoir pour partenaire. Mais, bon… » Elle se caressa les cheveux et offrit aux trois femmes son sourire le plus coquet. « Dis bonne nuit aux enfants pour moi. Ravie de vous avoir rencontrée, Janet. »

Joan ne daigna pas la corriger.

« Toujours un plaisir de te voir…

– … Paige, l'aida cette dernière.

– Bien sûr. » Jennifer sourit. « Ne te donne pas la peine de me raccompagner à la porte, dit-elle à Chloé. Et n'hésite pas à m'appeler quand tu veux. »

Elles restèrent silencieuses jusqu'à ce que la porte se referme.

« Bon, je ne sais pas pour vous, dit Joan, mais j'aurais bien besoin d'un verre. »

Chapitre 16

« Vous ne préféreriez pas plutôt un peu d'herbe ? suggéra Chloé.

– Sérieux ? s'exclama Paige. Je te rappelle que la femme, à côté de toi, est ma mère.

– Ta mère qui a fumé des joints plus souvent que toi dans sa jeunesse, leur dit Joan. Oh, ma chérie. N'aie pas l'air si choquée. Je suis une enfant des années soixante, après tout. Ou soixante-dix. Peu importe. À l'époque, on était trop défoncés pour savoir ce qu'on fumait. » Elle gloussa, les yeux brillants.

« Sérieux ? répéta Paige.

– Mais ça fait une éternité que je n'ai pas touché à ça, admit Joan. Ton père n'en voulait pas à la maison. Il était un peu strict là-dessus. »

Chloé ne put s'empêcher d'éclater de rire en voyant l'expression de son amie.

– Qui êtes-vous ? demanda Paige à Joan qui se dirigeait vers le salon. Et qu'avez-vous fait de ma mère ? »

Elles attendirent que les enfants soient endormis pour commencer à fumer. « C'est peut-être un peu plus fort que ce dont vous aviez l'habitude », dit Chloé à Joan pour la prévenir en la voyant prendre une longue taffe.

« Délicieux », apprécia Joan. Elle garda la fumée dans ses poumons aussi longtemps qu'elle le put avant de la souffler et de passer le joint à sa fille.

« Je sais pas, dit Paige. Ça me fait bizarre.

– N'importe quoi, ma chérie. On crée du lien. Maintenant fume et fais tourner.

– Comment se fait-il que tu ne m'en aies jamais parlé ?

– Tu n'as jamais demandé, dit Joan.

– Il y a autre chose que je devrais savoir ? » Paige, obéissante, prit une taffe avant de rendre le joint à Chloé.

« Comme quoi ?

– Comme... je ne sais pas... tu as déjà pris d'autres drogues ?

– Un peu de haschisch, dit Joan en saisissant le joint de ses doigts impatients. Oh ! et j'ai essayé le LSD une fois, mais je n'en ai pas aimé l'effet.

– J'y crois pas ! s'exclama Paige.

– Ah, oui et peut-être de la cocaïne et un tout petit peu d'héroïne, poursuivit Joan avant d'être secouée d'un rire sonore. Désolée, les filles. Je vous taquine. Ah, c'est délicieux », dit-elle en tirant encore sur le joint avant de le repasser à sa fille.

Elles restèrent de longues minutes assises en silence et firent tourner le joint jusqu'à ce qu'il soit consumé. Chloé sentit les tensions de la journée quitter progressivement ses épaules. Qu'est-ce que ça pouvait bien faire que Matt menace vaguement de la traîner au tribunal pour la garde de leurs enfants ? Il n'aurait jamais gain de cause. Et qu'est-ce que ça pouvait faire si les cinq mille dollars qu'elle avait dû avancer pour recruter Pamela Lang la mettaient définitivement sur la paille ? Elle pourrait emprunter. Ou demander à sa mère.

Cette idée la fit de nouveau rire.

« Qu'est-ce qu'il y a de si drôle, demanda Paige.

– Ma mère a dit à mes enfants comment on fait les bébés », pouffa Chloé puis rit encore plus fort quand Paige et Joan se joignirent à elle.

« En parlant de sexe... » dit Paige.

Elles étaient en train de parler de sexe ? se demanda Chloé.

« Je vous ai déjà raconté pour Marie et sa fille.

– Qui est Marie ? » demandèrent Chloé et Joan en chœur, ce qui provoqua une nouvelle vague d'hilarité.

« Une collègue de travail. De mon *ancien* travail », corrigea Paige. Elle repoussa cette pensée déplaisante et se laissa glisser en bas du sofa pour s'asseoir par terre. « La fille de Marie a douze ans et un jour elle est rentrée de l'école en disant à sa mère qu'en cours d'éducation sexuelle cet après-midi-là, ils avaient appris à mettre des préservatifs sur des bananes.

– Ils apprennent ça à l'école ? demanda Joan.

– Ça fait partie des nouveaux programmes.

– J'aurais bien aimé qu'on ait ça à mon époque, dit Joan.

– Oui, bon, dit Paige en écarquillant les yeux avant de les refermer. De quoi est-ce que je parlais ?

– De mettre des préservatifs sur des bananes, lui dit Chloé.

– C'est ça. Bon, Marie a essayé d'être le genre de mère sympa, vous voyez, de ne pas prendre un air choqué, quand sa fille lui a expliqué qu'on met le préservatif autour de quelque chose dont le nom finit par "ite".

– Le nom qui finit par "ite" ? demandèrent en même temps Chloé et Joan, partant d'un nouvel éclat de rire.

– Marie ne comprend pas ce que sa fille veut dire. Et puis elle croit comprendre que la gamine parle de spermatozoïdes. Et elle essaie toujours de se la jouer détendue, elle dit : "C'est vraiment intéressant ma chérie, mais ça finit par 'ide'" et la petite lui dit : "Mais non, *bite*, ça finit par 'ite'." »

Les trois femmes rirent de plus belle. « Oh mon Dieu ! dit Joan en se tenant le ventre. Je crois que j'ai fait pipi dans ma culotte. »

Un téléphone portable sonna près d'elles.

« Qu'est-ce que c'est ? demanda Paige

– Je crois que c'est ton portable, lui dit sa mère.

– Personne ne sait que je suis là.

– Ton *portable*, lui rappela Chloé.

– Je crois qu'elle est défoncée », confia Joan alors que Paige s'étirait vers son sac posé par terre à côté du pouf.

« C'est Sam, murmura Paige en regardant l'écran.

– Qui est Sam ? demanda Chloé.

– Cet homme qu'elle a rencontré sur Internet, répondit Joan.

– Celui qu'elle devait voir ce soir ?

– Non, dit Paige, un autre.

– Elle a beaucoup de succès, dit Joan.

– On dirait », poursuivit Chloé qui se sentit encore plus coupable. Elle était tellement centrée sur sa propre vie qu'elle pensait à peine à celle des autres.

« Il est dentiste, dit Joan. Réponds avant qu'il raccroche. »

Paige se remit péniblement sur pied. « Allô ? Oui, salut Sam. Une seconde, je change de pièce.

– Oh, t'es pas marrante, lança sa mère dans son dos.

– Alors, dit Chloé, une fois Paige partie, ce dentiste ?...

– Ils sont sortis l'autre soir.

– La soirée s'est manifestement bien passée.

– Je crois. Elle l'a invité à l'anniversaire de mon beau-frère.

– Ouah ! C'est Heather qui va être surprise », dit Chloé. Le prénom se logea dans sa gorge comme un bonbon avalé de travers. « Oh ! ajouta-t-elle.

– Qu'y a-t-il ?

– Je viens de comprendre qui m'a appelée pour dénoncer Matt », dit Chloé. Elle voyait le visage hautain de Heather à travers la fumée persistante de la marijuana qu'elles venaient de fumer.

« Qu'est-ce qui ne va pas ? demanda Paige en revenant dans le salon. On dirait que tu as vu un fantôme.

– C'est Heather qui a appelé Chloé pour dénoncer Matt », dit Joan.

Paige se laissa glisser par terre. « Cela ne m'étonne vraiment pas ! » Elle secoua la tête. « C'est une connasse ! »

Chloé eut un hoquet de surprise et regarda la mère de Paige.

« C'est rien, ma chérie, lui dit Joan. Paige a raison. Heather *est* une connasse. Je devrais plutôt dire un *vacherin.* »

La pièce résonna une nouvelle fois de leurs rires. « À part ça, qu'est-ce que le dentiste avait à dire pour plaider sa cause ? demanda Chloé.

« Il m'a demandé si je voulais aller au cinéma samedi soir.

– Et tu as dit oui ?

– Oui.

– Tu as bien fait, approuva Chloé. Peut-être que quelque chose de bon finira par sortir de ces sites de rencontre.

– Est-ce que Paige t'a dit que je m'étais inscrite aussi ? demanda Joan.

– Quoi ? répondit Chloé.

– Je te présente Tournesol, dit Paige.

– Apparemment personne n'utilise son vrai nom, expliqua Joan. Et comme Paige se fait appeler Fleur sauvage, je me suis dit que ce serait bien de rester sur un thème floral. Paige m'a inscrite cet après-midi. Montre-lui » dit Joan tandis que Paige cliquait sur Romance d'automne. « C'est un site de rencontre pour seniors. Voilà ma photo. Qu'en dis-tu ?

– Je pense que vous êtes adorable.

– Non. Je n'ai plus de menton. Il a simplement disparu dans les plis de mon cou. » Joan porta la main sous sa mâchoire pour y tendre la peau.

« Ton menton est très bien, dit Paige.

– Soixante-dix ans, veuve, adore les livres et le bon vin, lut Chloé. Pas un mot sur la bonne herbe.

– Elle *était* bonne, non ? Est-ce que j'ai eu des… comment tu dis… *likes* ?

– Pas de réponse jusqu'à présent », dit Paige. Chloé sentit le soulagement dans la voix de son amie même si elle essayait de le cacher. Paige quitta le site et remit le téléphone dans son sac.

« Maman », appela une voix depuis le couloir. Sasha apparut une seconde après. Elle se frottait les yeux d'une main tandis que l'autre serrait une petite couverture rose. Chloé se précipita vers elle, et la prit dans ses bras.

« Que fais-tu debout, mon bébé ?

– J'ai fait un cauchemar.

– Oh, mon cœur. Je suis désolée.

– J'ai rêvé que tu mourais.

– Ce n'était qu'un rêve mon petit poussin, lui dit Chloé en l'embrassant sur la joue. Comme tu le vois, maman est bien vivante.

– Je ne veux pas que tu meures.

– Je ne vais pas mourir avant très très longtemps.

– Les gens ne meurent pas avant d'être très vieux », ajouta Joan pour faire bonne mesure.

Sasha regarda Joan avec de grands yeux. « Oh, oh, dit-elle.

– Ouh, voilà qui m'a vite remis les pieds sur terre, dit Joan en riant. Je pense que c'est le signal du départ.

– Tu sens une drôle d'odeur, dit Sasha à sa mère.

– Clairement le signal du départ, dit Paige. Est-ce que ça va aller ? demanda-t-elle à Chloé.

– Ça va aller. » Elle les raccompagna jusqu'à la porte d'entrée, Sasha déjà rendormie dans ses bras. « Tu m'appelles demain ? Il faut que tu me parles de ce dentiste.

– Sans problème. »

Chloé les regarda monter dans la voiture de Paige puis quitter son allée. « Bonne nuit, les fleurs ! » leur cria-t-elle.

Chapitre 17

Il fait un tour de la ville en marchant.

Pourquoi s'en priver ? Après tout, il est encore un peu touriste. Ça ne fait pas si longtemps qu'il est là. Encore quelques semaines, peut-être un mois, et il sera temps de repartir. Il ne faudrait pas qu'il abuse de l'hospitalité.

Dommage, parce que Boston est une ville formidable. Il y a tellement à faire et à voir. Art, culture, restaurants raffinés. Ce qui ne l'intéresse pas. Mais Boston possède aussi son lot de petits bars obscurs. Et beaucoup de femmes avides. Il regrettera son départ. Qu'est-ce que disait sa mère ? « Toutes les bonnes choses ont une fin » ? Au moins, elle avait raison sur ce point, à défaut du reste.

Au départ, Atlanta devait être sa prochaine étape, mais il craint qu'il n'y fasse encore trop chaud, même dans un mois. Ayant grandi à Gainesville, en Floride, il n'apprécie pas beaucoup la chaleur. Il pourrait aller à Cincinnati ou Cleveland. À Cleveland, il y a le Rock & Roll Hall of Fame, ça vaudrait le coup d'y faire un tour. Puis à l'automne, il traverserait peut-être la frontière pour le Canada. Il a entendu dire que l'automne est magnifique dans le nord de l'Ontario. Les feuilles vertes de l'été prennent différentes teintes éclatantes de rouge, de jaune et d'orange. Les gens viennent du monde entier pour admirer la spectaculaire explosion des couleurs automnales de la nature, se souvient-il avoir lu. Il trouve ce fait amusant puisque, en fait, le changement de couleur signifie que les feuilles sont en train de mourir.

Évidemment il y a de la beauté dans la mort. Il le sait mieux que personne.

Il pense à la fille qui gît maintenant sans vie sur le sol de son appartement. À la grâce avec laquelle son corps s'est affaissé quand ses poumons ont lâché leur dernier souffle au douzième coup de minuit. À la façon délicate dont la lumière a disparu de son regard, l'horreur de ce qui lui arrivait s'évaporant comme la rosée du matin au soleil. Un léger film laiteux a depuis recouvert ses yeux, la rigidité s'est emparée de ses membres et sa chair est devenue blanche comme l'albâtre. Elle ressemble plus à une statue qu'à un humain. Elle est alors vraiment devenue une œuvre d'art.

Ce qui fait de lui un artiste, se dit-il rempli d'un sentiment de fierté.

Il avait presque été tenté de rester avec elle. Mais il ne pouvait pas perdre toute une journée à admirer son ouvrage. *Ce qui est fait est fait.* Encore une chose qu'aimait dire sa mère, aucun cliché n'était trop banal pour elle. En ce samedi matin merveilleux, le ciel est d'un bleu irisé et il fait plus de vingt degrés. L'un dans l'autre, une belle journée pour être en vie, concède-t-il avec un sourire naissant au coin des lèvres. Dommage que Nadia doive rater ça.

Nadia, répète-t-il en silence. Vingt-sept ans. Originaire de Roumanie. Baptisée comme ça en référence à une gymnaste célèbre autrefois. A récemment quitté son travail de nounou quand le père de l'enfant est devenu trop tactile à son goût. Pas de famille. Pas d'amis. Pas de liens avec la communauté. À la recherche d'un emploi. À la recherche de l'amour. *Toujours au mauvais endroit*[1], chante-t-il en silence, en se souvenant de la vieille chanson que sa mère avait l'habitude de fredonner.

À la recherche d'un monsieur, maintenant.

Elle a trouvé Monsieur Maintenant ou Jamais.

Il éclate de rire, attirant l'attention d'une vieille femme qui marche vers lui le long de Hull Street. Il lève un chapeau imaginaire à son intention. « Magnifique journée, dit-il en la croisant.

– Ça, oui », répond-elle.

Il envisage de la complimenter sur ses cheveux – les vieilles femmes sont tellement reconnaissantes même des compliments

1. *N.d.T. In all the wrong places*, en anglais. Le titre original du roman. Référence au refrain *looking for love in all the wrong places* de *Looking for love*, de Johnny Lee, une chanson country de 1980 qu'on retrouve sur la bande originale du film *Urban Cow-Boy* ou *Un cow-boy dans la ville* avec John Travolta.

les plus insignifiants, et on en voit peu portant leurs cheveux gris aujourd'hui –, mais le temps qu'il ouvre la bouche, elle est en train de traverser Salem Street, et il est trop tard. Une nouvelle fois, il envisage de choisir une femme plus âgée comme prochaine cible. Ça serait un changement intéressant, du moins par rapport à toutes ces égocentriques de la génération Y.

Et il sait exactement qui il choisirait : Joan Hamilton.

La mère de Fleur sauvage.

Il rit, la main devant sa bouche, fier de sa petite enquête. Ce n'est pas qu'il ait été difficile de dénicher des informations, avec l'aide de Facebook, LinkedIn et Instagram. Toutes ces photos émouvantes d'elle et sa mère, que Paige avait postées sur @paigehamilton, #JoanHamilton, #MeilleureMèreDuMonde, ainsi que plusieurs autres avec une magnifique blonde prénommée Chloé, #MeilleureAmieDuMonde. Il n'avait jamais trop été attiré par les blondes pourtant Chloé, la meilleure amie, pourrait être aussi un changement intéressant.

Merci les réseaux sociaux, se dit-il. *Comment faisait le monde sans vous ?*

Il pourrait commencer avec la mère de Paige. Et poursuivre avec son amie la plus proche.

Ça apprendrait à Paige à le traiter de façon si grossière. Elle avait annulé leur rendez-vous à la dernière minute, alors que les steaks hors de prix marinaient et que la salade attendait déjà au frigo. L'appartement était immaculé. Tout était prêt. Son plan parfait.

Heureusement, pour remplacer Paige il avait Nadia sous le coude, préparée par des semaines de subtile séduction en ligne. Évidemment, il avait dû décaler ses plans de mercredi à vendredi pour s'adapter à l'emploi du temps de Nadia, et la pauvre fille avait traîné le poids de sa frustration pendant ce délai, mais certaines choses sont inévitables.

Je suis vraiment désolée. J'ai un imprévu et je suis obligée d'annuler. Peut-on remettre à une autre fois ?

Ses poils se hérissent encore quand il y repense.

Après toute cette préparation minutieuse et ses recherches méticuleuses, quelle fierté il avait d'avoir trouvé l'approche qui marcherait le mieux avec elle. Elle avait déjà démontré qu'une belle allure ne suffirait pas à la conquérir et qu'il devrait l'approcher sous un autre angle. La clé, avait-il décidé, était de faire appel à ses émotions, de jouer sur la corde sensible. D'où les parents mariés depuis cinquante ans et la jeune épouse décédée d'un cancer. Ajouté à ça, la référence désinvolte à un MBA pour parler à son intellect et le mensonge au sujet de son goût pour le jazz balancé au dernier moment à cause d'une photo d'elle portant un tee-shirt Herbie Hancock, qu'elle avait postée. En combinant à tout ça l'apparente maladresse de sa prise de contact, il était sur la bonne voie. Jusqu'à la dernière minute.

Je suis vraiment désolée. J'ai un imprévu et je suis obligée d'annuler. Peut-on remettre à une autre fois ?

Compte là-dessus, se dit-il.

Il rit de nouveau et s'attire cette fois les regards mécontents de la longue file de touristes qui bloque l'étroit trottoir devant la maison de Paul Revere[1]. Il tourne dans Hanover Street et se dirige vers Union et la place du marché à Faneuil Hall. Mais l'endroit, avec les visiteurs du week-end, est encore plus encombré qu'il s'y attendait et le café vers lequel il se dirigeait est déjà plein à craquer.

Il les voit presque tout de suite. Elles sont assises à une table contre le mur opposé, sirotant leur café. Paige pioche dans son brunch composé de bagels et de saumon fumé et sa mère attaque son assiette de gaufres aux fraises nappées de crème fouettée. Évidemment, il n'est pas là par accident. *Encore merci, Instagram*, se dit-il. *Brunch du dimanche à Faneuil Hall. #MeilleurBrunchDeLaVille. #MeilleureMamanDuMonde.*

Il les observe un moment et se dit qu'il serait drôle de les avoir toutes les deux en même temps, de forcer l'une à regarder pendant qu'il torture et profane l'autre. *Profane*, répète-t-il en silence. En faisant rouler le mot sur sa langue, il sent immédiatement son esprit s'élever. Il adore qu'elles ne soupçonnent pas qu'il les observe, qu'il a passé des heures sur Internet – *merci, Pages Blanches de Boston, Massachusetts, de m'avoir fourni l'adresse de Joan Hamilton* –, qu'elles ignorent béatement le danger qu'elles courent, le sort

---

1. *N.d.T.* Paul Revere House : érigée en 1680, la maison en bois du patriote américain Paul Revere est aujourd'hui un musée. L'auteure évoque ensuite plusieurs lieux hautement touristiques de la ville de Boston datant des XVIIe et XVIIIe siècles.

cruel qui les attend. Cependant, il ne peut pas rester indéfiniment planté là à espérer qu'une table se libère.

Il songe à partir, peut-être vers Public Garden, de l'autre côté de Boston Common, et faire un tour sur un de ces petits pédalos en forme de cygne, quand il remarque une chaise vide face à une petite table ronde. Une chaise qui lui offrirait une vue bien que partielle sur Paige et sa mère. Il se faufile dans sa direction en se contorsionnant entre plusieurs tables et marche volontairement sur le pied d'une jeune femme dont les jambes nues sont tendues en travers de son chemin. Elle pousse un cri, mélange de surprise et de douleur, et se penche pour attraper l'orteil meurtri qui dépasse de sa sandale droite. Il remarque que les ongles de ses pieds sont peints de corail vif. Il constate avec satisfaction qu'il a écaillé le vernis de son gros orteil, gâchant, de toute évidence, une pédicure coûteuse. « Je suis tellement désolé », dit-il, abandonnant un instant son sourire pour afficher un air consterné consciencieusement mis au point.

« C'est pas grave », lui dit-elle en plantant ses petits yeux sombres dans les siens. *Tu peux marcher sur mes orteils quand tu veux*, dit ce regard.

Il serait si simple de lui faire abandonner son compagnon – encore une idiote dont le sourire indique qu'elle apprécie ce qu'elle voit.

Trop facile, pense-t-il en jetant de nouveau un œil à Paige et sa mère.

Il a plus d'ambition que ça.

« Je pense que je survivrai », dit la fille.

Je pense que tu survivras, oui, pense-t-il en poursuivant son chemin vers la table au fond.

Il commande un double expresso et se détend sur sa chaise. Sa queue palpite au souvenir de la sensation des orteils nus sous sa lourde chaussure. Les psychiatres le qualifieraient sûrement de sadique sexuel, l'espèce la plus dangereuse de psychopathes, et ils auraient raison. Le sexe et la douleur sont toujours allés de pair pour lui. Même si l'acte sexuel en soi n'est qu'anecdotique pour lui, seulement une des armes de son arsenal. C'est la douleur qu'il inflige qui l'excite plus que n'importe quoi d'autre. Ajoutez une cuillerée de peur et vous avez la recette de l'extase pure.

Il ne sait pas pourquoi il est comme ça – ce qui l'a rendu ainsi – et, en vérité, il s'en fiche. Était-il, comme l'avait éloquemment dit Lady Gaga, *Born this way*[1] ? Ou son enfance avait-elle, d'une façon ou d'une autre, fait de lui l'homme – d'aucuns diraient le *monstre* – qu'il était devenu ? L'inné et l'acquis, éternelle question. Peut-être une combinaison des deux. Mais quelle différence cela faisait-il, en réalité ? Il doute que cette question vienne aux lèvres de Paige quand il les fera taire à jamais.

Il se rappelle qu'enfant, allongé dans son lit, il entendait les bruits étranges et étouffés qui venaient de la chambre de ses parents. Il se revoit sur la pointe des pieds dans le couloir, épiant les ténèbres de cette petite chambre pour voir son père sur sa mère, se débattant sous lui, le suppliant d'arrêter, son père ignorant ses pleurs, la pilonnant sans relâche. Et il se rappelle qu'il aimait voir sa mère souffrir, cette femme faible et stupide qui pensait que supplier la sauverait. Il se souvient avoir été excité par sa souffrance, avoir voulu en voir et en entendre davantage.

Ce fut le moment où il sut avec certitude qu'il n'était pas normal.

Il s'en doutait depuis quelque temps, il avait toujours ressenti un curieux détachement à l'égard du monde qui l'entourait. Alors que les autres enfants de l'école riaient souvent aux éclats à une blague idiote, ou pleuraient quand un animal de compagnie adoré mourait, il ne ressentait rien, si ce n'était du mépris pour leur faiblesse. Il prit l'habitude de copier les expressions qu'il voyait sur leurs visages et d'imiter la joie ou la tristesse qu'il entendait dans leur voix pour ne pas paraître trop étrange ou différent. Il leur donna ce qu'il comprit instinctivement être ce qu'ils attendaient de lui. Sa beauté naissante les rendait plus faciles à duper, surtout les filles. Elles croyaient ce qu'elles voulaient croire, malgré les preuves du contraire.

Et plus il paraissait indifférent, plus il était convoité. Pire il se comportait avec elles, plus elles gravitaient autour de lui. *Fuis-moi, je te suis.* Ça, c'était une maxime à laquelle il pouvait croire.

Il semblait que les filles, comme les femmes qu'elles deviendraient, aimaient souffrir par amour. Et il était plus que ravi de

1. *Born this way*, tube de la chanteuse américaine. Trad. : « né comme ça »

leur donner ce qu'elles voulaient. C'était pour ça qu'il n'avait pas encore répondu au message de Paige.

Mais il le ferait. Au bon moment.

Il voulait la laisser mariner un peu.

Il s'enfonce dans sa chaise en se souvenant de la première fois où il avait touché la poitrine d'une fille. Il sent toujours ce petit renflement de chair dans sa main, même maintenant. La fille s'appelait Sara – il ne s'embête pas à essayer de se rappeler son nom de famille – et elle avait quinze ans, comme lui. Ouverte. Drôle. Pas très maligne. Ils étaient allés à une soirée et, assez rapidement, ils s'étaient retrouvés dans une chambre à se peloter. Ayant touché ses seins, il attendit le frisson dont les autres garçons se vantaient. Mais il ne ressentit rien. Jusqu'à ce qu'il presse, fort, et que Sara pousse un cri de surprise. Et soudain, tout son corps fut en feu.

Il eut rapidement la réputation d'aimer la brutalité et, en grandissant, ses goûts devinrent plus extrêmes. Quand les filles des environs ne voulurent plus se prêter au jeu, il fit appel à des professionnelles, des femmes qui pouvaient presque tout faire si on y mettait le prix. Elles l'avaient laissé les attacher et les fouetter jusqu'à ce qu'elles le supplient en pleurant d'arrêter ; elles l'avaient laissé les étrangler jusqu'au bord de l'évanouissement ; elles l'avaient laissé les mordre, les violer avec n'importe quel objet à portée de sa main. Ses fantasmes devinrent de plus en plus pervers, de plus en plus violents. Bientôt, il ne lui avait plus suffi de payer des femmes pour faire semblant. Il voulait connaître le frisson d'une vraie expérience.

Ses fantasmes le consumaient. Son préféré impliquait de rencontrer une fille, de l'éblouir par son intelligence et par son charme, et de s'accrocher au moindre de ses mots comme si elle était la seule femme au monde. Puis, quand elle aurait été suffisamment envoûtée, quand elle aurait été perdue dans ses propres fantasmes, comme ceux qui consistaient en une bague en diamant et une longue traîne blanche, il l'aurait tirée de ce rêve avec une douche glaciale de douleur et la sensation de l'acier froid autour de ses poignets.

Il commande un autre expresso à la serveuse, une fille avec des mèches arc-en-ciel parmi ses cheveux naturellement bruns. En déposant la petite tasse devant lui, elle se penche en avant pour lui permettre de jeter un œil dans son chemisier, s'imaginant probablement que ce petit spectacle lui vaudra un meilleur pourboire. *Les femmes sont si prévisibles*, se dit-il en essayant de déterminer quand exactement le meurtre était devenu partie intégrante de ses fantasmes.

Sûrement à partir du moment où sa mère était morte, décide-t-il, en revoyant le visage décharné de sa mère sur la surface noire du café. Elle était tombée malade. Une forme de cancer. Son père l'avait vite laissée tomber – « beau gosse va s'occuper de toi » avaient été ses mots d'adieu.

Il avait vingt et un ans et vivait toujours à la maison, ayant décidé d'abandonner l'université pour apprendre la mécanique dans une station-service du coin. Il savait que le métier était en dessous de ses capacités, mais il l'appréciait parce qu'il lui laissait beaucoup de temps pour cultiver ses fantasmes. Il aimait aussi travailler avec quelques anciens détenus, fraîchement libérés de l'une ou l'autre des cinq prisons des environs. Il absorbait leur expertise en activités criminelles telles que le piratage en ligne et se délectait de leurs histoires de viol et de brutalité. La plupart de ces hommes n'avaient qu'un seul regret : s'être fait prendre.

Il n'aurait jamais un regret pareil, s'était-il promis, parce qu'il ne serait jamais assez bête pour se faire attraper.

Il se revoit au chevet de sa mère, la regardant endurer une souffrance si intense qu'une pharmacie entière n'aurait pas suffi à la soulager. Comme il aurait été facile de simplement tendre le bras et couvrir sa bouche et son nez pour mettre fin à ce supplice.

Sauf qu'en vérité, il prenait plaisir à la voir souffrir. Il aimait assister à son combat pour chaque respiration, l'entêtement de son corps à ne pas lâcher prise alors que ses yeux imploraient la grâce. Il l'étudia sans plus de passion que les grenouilles en cours de biologie et, quand elle mourut, il... ne ressentit rien. Peut-être une pointe de regret de voir le spectacle s'achever.

Sa mort le laissa étonnamment riche, conséquence d'une assurance-vie dont il était seul bénéficiaire. Il vendit la maison, quitta son boulot à la station-service et partit parcourir le pays. Il travaillait quand il en avait envie – un bon mécanicien était toujours apprécié –, perfectionnait ses fantasmes, y cédait quand il le pouvait et ne restait jamais longtemps au même endroit.

Trois ans plus tôt, il avait fait de son fantasme ultime une réalité. Avec Penny Grover, de Bowling Green dans le Kentucky, son premier meurtre, plus salissant qu'il ne l'aurait voulu, mais, bon, c'était ses débuts. Il était encore en train de perfectionner son art. *Combien y en a-t-il eu depuis ?* se demande-t-il, alors qu'il connaît très bien la réponse : seize à ce jour.

L'explosion des sites de rencontre a bien servi ses mains assassines, devenant ses complices innocents. Il sort son téléphone pour vérifier sa dernière liste de volontaires. *Tellement de femmes*, se dit-il. *Si peu de temps.*

Il sent un mouvement à côté de lui et lève les yeux pour découvrir le visage souriant de la jeune femme dont il a broyé les orteils. Elle se mordille la lèvre inférieure en laissant tomber une serviette soigneusement pliée sur la table devant lui, puis s'éloigne rapidement. Il attrape et déplie la serviette, sachant ce qu'il va y trouver avant de lire le prénom – « Carrie » – avec un cœur à la place du point sur le « i » – ainsi que son numéro de téléphone. Il la met dans sa poche en riant et ne réalise qu'alors que la table de Paige et sa mère est à présent déserte.

« Merde ! » marmonne-t-il, furieux de son moment d'inattention. Puis il se rappelle Nadia, étalée sur le parquet de son salon, attendant patiemment son retour.

Et comme disait sa mère : « On ne devrait jamais faire attendre une dame. »

Chapitre 18

Joan Hamilton battait la mesure du pied, espérant attirer l'attention de quelqu'un. Elle attendait depuis bientôt cinq minutes au milieu d'une demi-douzaine de comptoirs de produits cosmétiques au niveau principal de Nordstrom et, jusqu'à présent, aucune vendeuse ne lui avait proposé de l'aide. Certes, tout le personnel semblait très occupé, mais d'où sortaient tous ces clients ? Est-ce que toutes les femmes de Boston étaient soudain à court de crème hydratante ? « Excusez-moi », dit-elle à une jeune femme tout en noir (legging compris, malgré la chaleur), qui préféra l'ignorer et se dépêcher d'aller servir quelqu'un d'autre.

Peut-être qu'elle ne m'a pas remarquée, se dit Joan qui admettait qu'avec l'âge les femmes devenaient de plus en plus invisibles, même aux yeux des autres femmes. Plus on vieillissait, plus on avait tendance à se fondre dans le décor, à s'intégrer au papier peint, la voix était avalée par le bruit environnant, elle n'était plus entendue ni considérée. Quel dommage, vraiment, parce que l'expérience donnait aux femmes, si ce n'était de la sagesse, au moins des choses plus intéressantes à dire.

Elle se retourna lentement, en essayant d'ignorer la puissante odeur de parfums discordants, pour saisir son image dans un miroir à proximité. La femme qui la regardait dans le reflet lui était vaguement familière. Elle avait au moins vingt ans et dix kilos de plus que ce dont Joan se souvenait. « Qui es-tu ? demanda-t-elle ? Et qu'as-tu fait de Joan Hamilton ? »

« Je suis désolée, piailla une voix quelque part à côté d'elle. Vous avez dit quelque chose ? »

Joan se tourna en direction du son. Une jeune femme mince avec des cheveux noirs tressés enroulés autour de la tête comme une serviette lui souriait. Son regard semblait concentré sur quelque chose qui se serait trouvé juste derrière l'oreille gauche de Joan. Le badge épinglé à son tricot indiquait le nom de *Gray*.

« Vous vous appelez Gray ? demanda Joan.

– Comme la couleur[1], dit la fille.

– Que c'est original.

– Pas vraiment. Il y avait une autre Gray dans ma classe au lycée, et un garçon qui s'appelait Grayson. Et j'ai une amie qui sort avec un Grayden. Sans compter que je connais deux Hayden, un Kayden et un Tayden.

– Tayden ?

– Je suis bien d'accord... dit-elle en haussant les épaules. Est-ce que je peux vous aider ? »

Joan essayait toujours de s'habituer à ces Hayden, Kayden et Tayden. Il y avait tellement de prénoms intéressants de nos jours. Pas comme quand elle était enfant, quand toutes les filles s'appelaient Sue, Carole ou Mary. Ou Joan, réalisa-t-elle en crispant les lèvres.

« Quelque chose ne va pas ? demanda Gray.

– J'essaie juste de me souvenir pourquoi je suis venue.

– Vous êtes tellement mignonne », dit Gray en gloussant.

Je suis mignonne ? se demanda Joan. *Quand est-ce que je suis devenue mignonne ?* Elle n'avait jamais été mignonne de sa vie. Elle décida que ça devait être un code pour « vieille ». « Il me faut de la crème hydratante. Et peut-être un nouveau rouge à lèvres. D'habitude je vais juste à la pharmacie et je me contente de ce qu'ils ont, mais je ne sais pas, j'ai envie de me faire plaisir. Ma peau est sèche ces temps-ci et j'ai cette grosse soirée la semaine prochaine... » Elle s'arrêta en plein milieu de sa phrase, prenant conscience qu'elle digressait sur quelque chose dont cette jeune femme n'avait cure. Et de quel siècle tirait-elle cette expression d'ailleurs ?

« Ah oui ? Quel genre de soirée ? » demanda Gray, ce qui la surprit. Elle tira une chaise haute qui se trouvait près de là et invita Joan à s'asseoir.

« Les quatre-vingts ans de mon beau-frère, dit Joan en s'installant sur le siège.

1. *Gris*, en anglais.

– Vraiment ? Ouah. Quatre-vingts. Formidable pour lui. Ça vous ennuie si je vous demande votre âge ?

– Soixante-dix », dit Joan en sortant les mots comme un soupir. Elle ressentit comme une gifle en s'entendant les dire.

« Bon, vous avez une mine formidable. Ma grand-mère a soixante-dix ans et elle fait bien plus vieille que vous. » Gray plongea la main sous le comptoir et en sortit un pot d'une substance blanche et crémeuse. Puis elle écarta doucement une mèche blonde du visage de Joan et tamponna un peu de l'épaisse pommade sur ses joues. Elle l'appliqua en la faisant pénétrer par un massage délicat, mais ferme, du bout des doigts. « Ça vous plaît ?

– C'est extrêmement agréable.

– C'est ce qu'il y a de mieux. Utilisez-la matin et soir et vous verrez un changement en un rien de temps. Laissez-moi vous montrer comment l'appliquer correctement. » Elle brandit un petit miroir devant le visage de Joan pour qu'elle puisse voir sa démonstration d'application en mouvements circulaires.

Joan grimaça en voyant de près ses pores élargis et les rides qui avaient envahi son visage au cours de la dernière décennie. Le bon côté d'avoir la vue qui baissait avec l'âge, décréta-t-elle, était qu'on ne remarquait pas les ravages du temps à moins de porter ses lunettes. Ou que quelqu'un ne vous fourre un miroir sous le nez. « Auriez-vous une crème pour le contour des yeux ?

– Bien entendu. » Une petite bouteille verte apparut entre les doigts de Gray comme par magie. « Ce sérum est vraiment miraculeux, et la bonne nouvelle est qu'une toute petite dose suffit. » Elle déposa quelques gouttes sous les yeux de Joan et tapota doucement des doigts jusqu'à ce que le liquide fût complètement absorbé. « Et je vous recommanderais chaudement cette crème aussi. Elle raffermit et retend la peau. Utilisez-vous des masques ?

– Je vous demande pardon. Comment ça ? »

Un autre pot blanc et rond apparut par magie dans la main de la jeune fille. « Appliquez ceci un soir sur deux, gardez-le dix minutes, ensuite mettez les deux soins pour les yeux – d'abord le sérum, puis la crème – et finissez avec la crème hydratante. Je vous promets que vous rayonnerez. En plus, je pense avoir le rouge à lèvres parfait pour votre teint. Tenez », dit-elle. Elle étala un produit couleur pêche sur le dos de sa main et soumit le résultat à l'examen de Joan. « Profond mais subtil. Qu'en dites-vous ?

– Je crois que c'est vendu. » Joan se leva de sa chaise et chercha sa carte de crédit dans son sac à main. « Combien est-ce que je vous dois ?

– Voyons voir, dit Gray, calculant l'addition. Ça fera mille quatre cent vingt-trois dollars et quatre-vingt-quinze cents. Hors taxes. »

Joan se figea pour digérer le chiffre. Elle avait sûrement mal entendu. « Pardon ?

– Je sais. C'est cher, n'est-ce pas ? Mais vous avez dit vouloir prendre soin de vous. Et ces produits sont ce qu'il y a de mieux. Croyez-moi. À l'anniversaire de votre mari la semaine prochaine…

– … mon beau-frère, corrigea Joan, plus fort et plus brutalement qu'elle ne l'aurait voulu.

– Comment ?

– C'est l'anniversaire de mon beau-frère, dit Joan en baissant la voix à un niveau plus raisonnable. Mon mari est décédé.

– Oh, dit Gray dont le sourire disparut. Je suis désolée. » Elle regarda l'espace lumineux autour d'elle, comme à la recherche de quelqu'un qui pourrait l'aider. « Bon, nous sommes d'accord ? » demanda-t-elle quand il devint évident qu'il n'y avait personne.

« Ça m'apprendra à être sympa avec les vieilles », put presque l'entendre penser Joan. « Bien sûr, dit-elle. Allons-y ! » Elle tendit sa carte de crédit à Gray. *Et puis, merde*, pensa-t-elle. Elle pourrait bien être morte d'ici à la semaine prochaine.

* *
*

« Quand suis-je devenue *mignonne* ? » demanda-t-elle en ouvrant grand la porte de son appartement et en jetant ses paquets à ses pieds.

« Maman ? demanda Paige, en traversant le couloir à sa rencontre. Tu as mis tellement longtemps. Je commençais à m'inquiéter. Tout va bien ?

– La vendeuse a dit que j'étais mignonne, dit Joan à sa fille. Depuis quand est-ce que je suis mignonne ?

– Je crois qu'il était à peu près quatre heures, hier après-midi. » Paige regarda les sacs répandus au sol. « Je croyais que tu étais juste partie acheter de la crème hydratante. Qu'est-ce que tu as fait ? Acheté un stock pour le reste de ta vie ?

– J'ai acheté quelques robes.

– Quelques ?

– Bon, OK. Cinq.

– Tu as acheté cinq robes ?

– Je voulais trouver quelque chose pour l'anniversaire de ton oncle et je n'arrivais pas à me décider. Tu vas m'aider à choisir et je ramènerai les autres. »

Un air d'inquiétude assombrit le visage de Paige. « Tu es sûre que tout va bien ?

– Oui, ma chérie, ça va, la rassura Joan. C'est juste que je me sens un petit peu… je ne sais pas… vieille.

– Tu n'es pas vieille.

– Je ne suis pas jeune. Et ne t'avise pas de me dire qu'être jeune, c'est dans la tête parce que, là, j'ai l'impression d'avoir cent ans. » Elle ramassa ses sacs.

« Attends, laisse-moi t'aider avec ça.

– N'y pense même pas », la prévint Joan qui marcha jusqu'au salon pour s'affaler sur le canapé en laissant ses achats tomber à ses pieds.

Paige s'installa à côté d'elle. « Qu'est-ce qui ne va pas, maman ?

– Est-ce que tu connais quelqu'un qui s'appelle Gray ?

– Je ne crois pas. Pourquoi ?

– Il semble que c'est un nom très populaire ces temps-ci, ça et Grayden et Hayden et Tayden. Tayden, nom de Dieu. Qui appelle son enfant Tayden ?

– Je vais faire comme si c'était une question purement rhétorique.

– J'imagine que chaque époque à ses noms populaires, dit Joan. Quand tu es née, toutes les autres petites filles s'appelaient Heather ou Chloé.

– C'est bien que tu aies choisi Paige. Il n'y en a pas trop. »

Joan acquiesça. Paige avait été son deuxième choix de prénom. Heather était le premier. Mais sa belle-sœur avait accouché la première et l'avait devancée, ce que Joan n'avait jamais raconté à sa fille.

C'était comme si Heather avait commencé à voler Paige avant même qu'elle soit née.

« Qu'est-ce qui ne va pas, maman ? demanda de nouveau Paige.

– Tu t'es déjà regardée dans un miroir triptyque ? demanda Joan pour changer de sujet.

– Maman, s'il te plaît. C'est ça qui te tracasse ? Personne n'est à son avantage là-dedans.

– Mes fesses se sont complètement aplaties et descendent maintenant jusqu'à mes genoux, poursuivit Joan en ignorant l'intervention de sa fille. Et où est ma taille ? Je me souviens très bien avoir eu une taille. Sans parler de ma peau qui est toute ridée et couverte de ces ridicules petites taches brunes. Et mes jambes… j'avais des jambes magnifiques…

– Tu as toujours des jambes magnifiques.

– Regarde toutes ces petites veines violettes », dit Joan en se relevant. Elle fit glisser son pantalon sous ses hanches et le laissa filer jusqu'à ses chevilles.

« Tu viens de baisser ton pantalon ou je rêve ? » demanda Paige.

Joan le remonta rapidement et se renversa dans le canapé.

« Désolée, ma chérie. Je suis de toute évidence en train de craquer.

– En beauté, oui. Je devrais peut-être appeler Sam et annuler.

– Ne sois pas bête. Tu n'annules plus de rendez-vous. » Joan posa une main rassurante sur la cuisse de sa fille. « Est-ce que tu as eu des nouvelles de cet autre gars ? »

Paige secoua la tête.

« Tu pourrais *lui* envoyer un message, suggéra Joan.

– Non, je me suis déjà excusée. S'il est intéressé, il se manifestera. Que vas-tu faire ce soir ?

– Eh bien, j'en ai pour la moitié de la soirée à mettre ma nouvelle crème hydratante, dit Joan qui ne plaisantait qu'à moitié. Et je me disais que je pourrais descendre à la gym et essayer ces machines hors de prix qu'ils ont installées. » Elle soupira. Elle n'était pas allée à la salle de sport depuis qu'elle avait emménagé et elle n'était même pas sûre de savoir à quel étage elle se trouvait.

« Ce n'est pas une mauvaise idée », dit Paige. Elle se leva et sortit du salon. « Jolie culotte, au fait. »

Joan répondit en riant. « Merci, ma chérie. »

Paige regarda sa mère avec des yeux inquiets. « Je t'aime, maman. Tu le sais, pas vrai ?

– Je le sais, Fleur sauvage, dit Joan en lui faisant un clin d'œil. Je t'aime aussi. »

Chapitre 19

La salle de sport s'avéra être au premier étage.

Joan sortit de l'ascenseur et suivit le couloir sinueux. Elle passa devant les portes fermées des vestiaires pour hommes et pour femmes, puis devant la piscine et le salon de massage dans lequel, d'après l'écriteau accroché à la poignée, une séance était en cours. « Je ne savais même pas qu'on avait une salle de massage », marmonna Joan en tournant au coin. Elle dépassa les deux suites pour les invités et continua vers la salle de sport récemment rénovée. Avant même de l'atteindre, elle entendit le bourdonnement de l'équipement qui résonnait jusque dans le couloir. *Que suis-je en train de faire ?* se demanda-t-elle en tendant son badge pour déverrouiller la porte. Elle avait soixante-dix ans et n'avait pas fait de sport depuis des années. Rien de ce qu'elle pourrait s'infliger maintenant ne ferait la moindre différence. Son arrière-train n'allait pas remonter ou s'arrondir, peu importait le nombre de squats qu'elle ferait. Son ventre ne s'aplatirait pas non plus, peu importait combien elle ferait d'abdominaux. Sa taille ne s'affinerait pas, peu importaient les poids qu'elle parviendrait à hisser au-dessus de sa tête. Elle ferait mieux de remonter simplement chez elle et de s'hydrater.

D'ailleurs les presque mille cinq cents dollars de crèmes ne feraient pas non plus de différence. Qu'est-ce qui lui avait pris ? Elle n'avait jamais été du genre à jeter l'argent par les fenêtres. Contrairement à son mari, qui avait été aussi dépensier que généreux. Ses yeux s'embrumèrent au souvenir de son superbe visage. Même à quelques jours de sa mort, il était magnifique. À ses yeux du moins. *Comment as-tu osé partir et me laisser ?* pensa-t-elle. Elle entendit le clic qui déverrouillait la porte de la salle de sport et la poussa. Autant entrer et jeter un œil.

Le mélange d'odeurs la frappa avant tout – la moquette grise qui venait d'être posée, les machines, la sueur, le désodorisant. Un homme aux cheveux blancs faisait un petit jogging sur le deuxième des quatre tapis roulants. Il portait un short de gym bleu et un tee-shirt blanc taché de transpiration. De fins cordons reliaient ses écouteurs à l'écran de télévision qui se trouvait sur sa machine, et il regardait une chaîne d'information en continu. Joan reconnut sur la photo qui remplissait l'écran la jeune femme qui avait disparu la semaine précédente, mais elle ne parvint pas à se souvenir de son nom. D'après ce qu'elle saisissait du texte qui défilait sur le ruban en bas du petit écran, le corps de la fille avait été retrouvé mutilé quelques heures plus tôt dans une décharge à la périphérie de la ville. On évoquait la possibilité d'un tueur en série.

Pauvre fille, pensa Joan en parcourant des yeux l'alignement de machines. En plus des tapis roulants, il y avait, le long du mur couvert de miroirs, plusieurs vélos elliptiques et des rameurs, ainsi que deux machines qui semblaient sorties du Moyen Âge, reliées à tout un tas de poids et de poulies. Elle saisit le reflet d'une séduisante femme âgée – *dix ans de moins que moi*, pensa Joan, mélancolique – en position de planche au fond de la salle rectangulaire, sous la surveillance d'un beau jeune homme qui était probablement son entraîneur. L'homme était grand, bronzé et harmonieusement musclé, avec des cheveux bruns très courts et un sourire engageant. Sur son tee-shirt noir moulant son large torse on pouvait lire l'inscription INSPIRATION, EXPIRATION, VALIDATION. *Vraiment ?* se demanda Joan. C'est aussi simple que ça ?

« Hé, bonjour Joan », lui lança la femme qui se relevait en essuyant la sueur sur son front. « Ça fait longtemps que je ne vous ai pas vue. Comment allez-vous ? »

Joan lutta pour se souvenir de son nom, mais il ne lui revint pas. Encore une chose géniale qui arrive avec l'âge – on oublie des choses faciles à retenir. Les noms, les dates, les endroits qui jadis lui revenaient immédiatement avaient désormais disparu de sa mémoire. Pour être remplacés par quoi ? Du bavardage. Du bruit. Des absurdités insignifiantes. Et tellement arbitraires. Pourquoi se souvenait-elle du nom du deuxième mari de Kim Kardashian – Kris Humphries, nom d'une pipe ! – et pas de celui des gens qu'elle voyait régulièrement ? Pourquoi savait-elle d'ailleurs qui était Kim Kardashian ? « Je suis confuse, dit-elle en s'approchant de la femme. J'ai oublié votre nom.

– Donnez-moi un instant, dit la femme en riant. C'est Linda. »

Joan sourit et remarqua que Linda portait toutes les dernières tendances en matière de tenue de sport – un legging bleu marine et un tee-shirt rose vif moulant assorti à ses baskets de la même couleur. Elle fut soudain embarrassée de son pantalon de yoga trop large, de son vieux tee-shirt blanc et de ses vieilles baskets de course blanches mais sales. « Je suis désolée, dit-elle encore.

« Je vous en prie, dit Linda. Ça m'arrive tout le temps. » Elle regarda sa montre et se tourna vers son entraîneur. « On en a terminé ?

– Oui.

– Bon. Je suis un peu en retard. Ça vous ennuie si je m'en vais ?

– Je pense que je devrais trouver la sortie ! répondit son entraîneur.

– Bien, c'était sympa de vous revoir », lança Linda à Joan en se passant une serviette autour du cou. « Voici Rick, au fait. Si jamais vous cherchez un bon entraîneur, c'est le gars qu'il vous faut. » Un instant plus tard, elle avait disparu.

Joan remarqua que l'homme sur le tapis roulant avait aussi quitté la salle au cours des dernières minutes. « C'est exactement ce que je cherche, en fait », s'entendit-elle dire.

Rick était en train de consulter son téléphone. « Excusez-moi ?

– Un bon entraîneur, expliqua Joan, même si ce n'était pas le cas. Enfin, si vous êtes libre…

– Vous voulez dire tout de suite ?

– Si vous êtes libre », répéta-t-elle. Qu'avait-elle en tête ? On était samedi soir. C'était un bel homme. Bien sûr qu'il ne serait pas libre.

Rick haussa les épaules et remit son téléphone dans la poche arrière de son pantalon de jogging. « Eh bien, ma petite amie vient juste d'annuler notre rendez-vous, donc, oui, de fait, je suis libre.

– Oh. Bon. C'est parfait. »

Personne ne bougea.

« Je prends cent dollars de l'heure, dit-il.

– Ça me paraît raisonnable ». Elle n'avait pas la moindre idée si c'était raisonnable ou pas, mais si elle pouvait dépenser presque mille cinq cents dollars en crèmes hydratantes, elle pouvait en dépenser cent de plus pour un entraîneur.

« OK. Très bien, alors. Génial. On commence ? » Il sourit jusqu'aux oreilles. « Quels sont vos objectifs ?

– Objectifs ?

– Ce que vous aimeriez accomplir, expliqua-t-il.

– Voyons... dit Joan en réfléchissant à tout un éventail d'options. Je crois que j'aimerais avoir un ventre plus plat, un derrière plus rebondi et une taille plus fine. »

Rick marqua une pause, son sourire vacilla. « Que diriez-vous d'affermir vos bras et vos épaules ? »

Après ça, ils sortirent pour manger quelque chose.

« Sûrement pas le choix le plus raisonnable », dit Joan en terminant sa troisième part de pizza margarita, les muscles de ses bras et de ses cuisses toujours endoloris par l'entraînement.

« Pas le plus mauvais non plus, dit Rick, en mordant dans son deuxième morceau. La pizza est en fait plutôt nourrissante quand on ne la garnit pas de gras. Mais ça ne vous ferait pas de mal de manger un peu moins vite, lui conseilla-t-il, de prendre le temps de mâcher correctement les aliments.

– Je ne peux pas m'en empêcher, dit Joan. J'ai toujours mangé vite.

– J'imagine que vous détestez les feux rouges », observa Rick qui, lui, mastiquait lentement.

Joan éclata de rire. « Ils me rendent folle. Comment le savez-vous ? »

Il se contenta de sourire. « Vous êtes plutôt vive.

– Vraiment ?

– Ce n'est pas une séance facile que je vous ai infligée. »

Joan sourit, fière d'avoir réalisé avec succès les séries de squats, d'exercices et autres tortures qu'il lui avait fait subir. La pizza était sa récompense pour ne pas avoir jeté l'éponge après les vingt premières minutes. « Merci de vous être joint à moi ce soir, dit-elle.

– Merci de m'avoir invité. »

En vérité, Joan avait été surprise qu'il accepte son invitation. Elle s'était attendue à ce qu'il s'excuse et disparaisse aussi vite que possible. *Avait-il une attirance particulière pour les femmes plus âgées ?* se demandait-elle maintenant. Espérait-il de cette soirée plus que quelques parts de pizza margarita ?

Que dirait-elle – que ferait-elle – s'il suggérait d'aller chez lui ensuite pour un petit « dessert » ?

Son mari avait été son seul amant pendant leurs presque quarante ans de mariage, et ils avaient développé ensemble une sorte de code sténographique érotique. Il savait exactement où la toucher, et quelle pression exercer, ce qu'elle aimait et, tout aussi important, ce qu'elle n'aimait pas. Pourrait-elle s'adapter à d'autres mains – *bien plus jeunes* – caressant son corps ?

« Vous disiez que votre petite amie avait annulé votre rendez-vous ? » lança-t-elle pour tenter d'arrêter le flux soudain d'images – peau nue et membres mêlés – qui envahissaient son esprit.

« Ouais. Elle a un gros examen lundi, alors elle doit réviser.

– Ah bon ? Qu'est-ce qu'elle étudie ? »

Il eut un moment d'hésitation, comme s'il n'était pas sûr.

« Vous ne savez pas ce qu'elle étudie ?

– Pour être franc », dit-il, avant d'hésiter de nouveau, « elle prend des cours pendant les vacances pour pouvoir entrer à l'université ». Il eut un sourire un peu penaud.

« Entrer à l'université ? Mais quel âge a-t-elle ? » Joan se mordit la langue. Elle n'avait pas le droit de le juger ainsi.

Rick prit un nouveau petit morceau de sa pizza et le mâcha avec encore plus d'application. « Dix-neuf ans. »

Joan faillit fondre en larmes. *Je suis pathétique,* pensa-t-elle alors que les battements de son cœur s'accéléraient. Une pauvre vieille qui avait laissé son fantasme égocentrique brouiller son bon sens. Qu'un jeune homme sublime ait été impressionné parce qu'elle avait réussi à faire quelques flexions sans s'évanouir ne voulait pas dire qu'il voulait coucher avec elle. Non, la seule chose qui intéressait Rick ce soir était de se faire offrir un repas. Elle prit une grande respiration et pesa sa question suivante : « Puis-je vous demander quelque chose ?

– J'ai trente-quatre ans, dit-il.

– Ce n'était pas ma question. »

Rick la regarda dans les yeux. « Désolé. Il faut que croire que je suis un peu sur la défensive quand on aborde ce sujet. Il y a des gars à la salle de sport qui se moquent de moi parce que j'ai une petite amie de quinze ans plus jeune que moi.

– Mon mari avait dix ans de plus que moi, lui dit Joan. Ça n'a jamais été un problème. » *Ça ne l'est jamais quand c'est l'homme qui est plus âgé*, pensa-t-elle.

Rick lui sourit. « Alors, quelle est votre question ? »

Ce fut au tour de Joan d'hésiter. « Je me demandais juste… Est-ce que les hommes de votre âge… je veux dire… c'est peut-être idiot… »

Il attendit, penchant la tête sur le côté comme un chiot curieux.

« Est-ce que les hommes de *votre* âge regardent parfois les femmes de *mon* âge, pour… vous savez…

– Vous voulez dire sexuellement ?

– Oui. »

Il prit quelques secondes pour peser sa réponse. « Vous voulez que je sois honnête ?

– S'il vous plaît.

– Non », dit-il simplement en lâchant dans son assiette le morceau de pizza qui lui restait dans la main.

Joan éclata de rire puis grimaça, prise d'une soudaine et violente douleur à la poitrine.

« Pardon, dit-il, en interprétant mal sa grimace. Je ne voulais pas vous heurter. Ce n'est pas que je ne vous trouve pas séduisante. Vous êtes une femme extrêmement belle. Dieu sait que vous êtes en grande forme, ajouta-t-il. Mais, comme je le disais, j'ai une petite amie…

– Oh, non ! S'il vous plaît ! Je n'essayais pas de vous mettre le grappin dessus, je le jure », dit Joan qui se sentait plus que gênée. Elle ressentit une nouvelle pointe dans la poitrine. *Il avait raison*, pensa-t-elle. Elle avait avalé sa pizza trop vite. « J'étais curieuse, c'est tout. Et j'apprécie votre franchise. Vraiment. » Elle grimaça, le souffle coupé par une autre douleur aiguë qui s'étendait maintenant du dos jusqu'à sa mâchoire.

« Est-ce que ça va ? » demanda Rick, la gêne dans son regard se changeant en inquiétude.

Joan tendit la main vers son sac, en sortit son téléphone et le posa sur la table. « Pouvez-vous appeler les secours ? demanda-t-elle en essayant de rester calme. Ensuite, pourriez-vous appeler ma fille ? Elle s'appelle Paige. Elle est dans mes contacts. Dites-lui de me rejoindre au Mass General... »

Le nom de l'hôpital fut la dernière chose que Joan se rappela avoir prononcée avant de perdre connaissance.

Chapitre 20

Elle rêvait de sa mère.

Dans son rêve, elle n'était qu'une enfant de cinq ans et sa mère lui courait après autour de la table de la cuisine avec la grande cuillère en bois qu'elle utilisait normalement pour cuisiner. La pâte à gâteau qu'elle s'apprêtait à enfourner était répandue par terre parce que Joan s'était faufilée derrière elle quelques instants plus tôt en criant : « Bouh ! »

Joan sentit un sourire se dessiner sur ses lèvres reconnaissant là un souvenir plutôt qu'un rêve, bien que ce souvenir ait appartenu à sa mère. Mais cette dernière lui avait raconté cette histoire si souvent que Joan l'avait faite sienne. Ça avait été la seule fois où sa mère avait levé la main sur elle. Et même si ça avait été plus une tape qu'un vrai coup, et que Joan l'avait oubliée le soir venu, sa mère s'en était voulu pour le restant de ses jours. Elle avait répété cette histoire à quiconque voulait l'entendre, comme si elle faisait pénitence.

Les mères sont comme ça, pensa Joan. *Elles se sentent responsables – elles se sentent coupables – de tout.*

Le sourire de Joan disparut dans une grimace. Sa mère n'avait pas eu une vie facile. Elle avait fait trois fausses couches avant la naissance de Joan, et deux autres encore dans les années qui suivirent. Son mariage était soumis à rude épreuve, l'argent manquait, elle avait un cœur fragile et mourrait d'une attaque une semaine avant son soixante-cinquième anniversaire. Deux ans plus tard, le père de Joan avait succombé à une crise cardiaque à l'âge de soixante-huit ans.

Les problèmes de cœur étaient de toute évidence courants dans la famille et c'est pourquoi Joan ne s'était jamais imaginée atteindre soixante-dix ans.

Et pourtant me voilà, pensa-t-elle. Elle sentit un mouvement à côté d'elle mais refusa d'ouvrir les yeux, pas encore prête à abandonner sa mère. Elle s'émerveillait de penser encore à elle tous les jours, à son âge.

Paige pensera-t-elle souvent à moi quand je serai partie ? se demanda Joan. *Ou ses pensées ne seront-elles que pour son père ?*

Elle n'en voulait pas à Paige de l'amour qu'elle ressentait pour son père. Elle n'aurait pas pu lutter, même si elle avait essayé. Robert Hamilton avait été tellement extraordinaire, dans tous les domaines. En tant qu'homme d'affaires, que mari, que père, qu'amant. Pendant toutes les années passées ensemble elle n'avait jamais eu envie d'aller voir ailleurs, elle savait qu'elle avait déjà le meilleur auprès d'elle. À sa mort, elle avait considéré sa vie romantique comme terminée. Elle n'avait absolument pas envie de se remarier. Elle avait éteint sa libido et continuait d'avancer.

Elle n'avait pas tenu compte de la solitude.

Était-ce ce qui expliquait son récent comportement ? Son inscription sur un site de rencontre et, plus étrange encore, imaginer qu'un homme de trente-six ans son cadet pouvait être attiré par elle ? Elle n'avait pas reçu ne serait-ce qu'une réponse sur son profil en ligne, bon sang ! Ça aurait dû lui faire comprendre qu'elle n'était plus considérée comme désirable. Peu importait l'âge des hommes face à elle.

Qui s'intéresserait à une vieille dame ridée quand même le plus grisonnant, le plus chauve, le plus vieil homme aux fesses plates pouvait s'arranger un rendez-vous avec une femme deux fois plus jeune qu'elle ? Si son portefeuille était aussi épais que son ventre, se dit-elle, ne plaisantant qu'à moitié. Peut-être devrait-elle ajouter « aisée » à son profil.

« Maman, tu vas bien ? » demanda Paige, quelque part au-dessus de sa tête.

Joan se redressa dans le lit. Elle détestait l'inquiétude qu'elle entendait dans la voix de sa fille. *Quand leurs rôles s'étaient-ils inversés ?* se demanda-t-elle. Quand Paige était-elle devenue le parent anxieux qui la couvait d'un regard soucieux, les bras tendus prêts à la rattraper si elle trébuchait et tombait ? « Je vais bien ma chérie. » Elle ouvrit les yeux et jeta un rapide coup d'œil dans sa chambre en essayant de deviner s'il faisait jour ou nuit. « Quelle heure est-il ?

– Presque deux heures. On est lundi, ajouta Paige.
– Je sais qu'on est lundi. Oh, mon Dieu. » Elle avait juste voulu faire une petite sieste après manger comme le docteur le lui avait suggéré après avoir signé sa feuille de sortie de l'hôpital, la veille.

« Tu grimaçais, lui dit Paige.
– Ah, bon ?
– À quoi pensais-tu ? »

Joan haussa les épaules, prétendant ne pas s'en souvenir.

« Je dois partir dans quelques minutes, dit Paige. J'ai un entretien à trois heures et demie. Est-ce que je suis bien ?
– Tu es magnifique. J'ai toujours aimé ce tailleur. Et le bleu te va si bien.
– Merci. Je ne devrais pas être trop longue.
– Tu vas assurer. Je le sens bien celui-là.
– Tu dis ça à chaque entretien, lui rappela Paige. Est-ce que tu peux rester toute seule ?
– Évidemment. » Joan balança ses jambes hors du lit, pour souligner son affirmation. « Il faut que tu arrêtes de t'inquiéter pour moi, chérie. » Elle se sentit immédiatement coupable. C'était sa faute si Paige était si inquiète. Ce n'était pas tous les jours qu'on recevait un appel d'un complet inconnu vous annonçant que votre mère avait peut-être eu une crise cardiaque et qu'elle avait été transportée d'urgence à l'hôpital. Pour la deuxième fois de la semaine.

En réalité, il ne s'agissait pas du tout d'une crise cardiaque, même si le médecin des urgences avait décidé de lui faire passer une nuit d'observation à l'hôpital. « On dirait la combinaison d'une indigestion, d'une déchirure musculaire et d'anxiété », déclara-t-il le lendemain matin.

« Je suis tellement honteuse, avait dit Joan.
– On n'est jamais trop prudent », avait-il répondu automatiquement.

« Je suis désolée, affirmait maintenant Joan.
– Pourquoi ? demanda Paige.
– D'avoir fait une scène. D'avoir gâché ton rendez-vous.
– On en a déjà parlé. Tu n'as pas gâché mon rendez-vous. Pour tout te dire, si ça peut t'aider à te sentir mieux, tu m'as sûrement sauvée.

– Sauvée ? De quoi ? Je croyais que tu appréciais Sam.
– C'est le cas. C'est une partie du problème.
– L'apprécier est un problème ? »
Paige haussa les épaules.
« Désolée, chérie. Ça ne me regarde pas.
– Arrête de dire que tu es désolée. Tu n'as rien à te faire pardonner.
– Je t'ai causé du souci pour rien.
– Je suis heureuse qu'il n'y ait aucune raison de s'inquiéter.
– Bev appelle ça l'âge de l'hypocondrie, pensa Joan à voix haute, faisant référence à sa belle-sœur. »
« *Est-ce une migraine ou une tumeur ? Est-ce un spasme musculaire ou le premier signe de la maladie de Charcot ? Est-ce une crise cardiaque ou un ballonnement ?* » entendit-elle Bev dire dans un murmure étouffé. « *Je veux dire, ça devrait être la meilleure époque de nos vies. Les enfants ont grandi. Nous avons de l'argent. Nous sommes libres. Et pourtant, il y a tout le temps ce spectre de la mort au-dessus de nos têtes, qui guette et qui attend…* »
« Ce qui me fait penser », dit Paige, interrompant le soliloque dans la tête de Joan et dispersant ainsi les paroles de Bev aux quatre vents. « Elle a téléphoné pendant que tu dormais et demandé que tu la rappelles.
– Très bien. »
Bev était sûrement la dernière personne à qui Joan avait envie de parler. Bien que leur relation eût toujours été cordiale, elles n'avaient jamais été vraiment proches et depuis qu'Heather avait volé le compagnon de Paige, elles l'étaient encore moins. Bev était partagée entre l'envie de s'excuser pour le comportement de sa fille et le besoin de le justifier. Joan n'était intéressée ni par les excuses ni par les justifications.
« Que vas-tu faire le reste de l'après-midi ? demanda Paige.
– Je ne sais pas. Peut-être sortir marcher.
– Rien de trop fatigant.
– Rien de trop fatigant, répéta Joan. Maintenant, file à ton entretien. Montre-leur de quoi tu es capable.
– Je vais essayer. » Paige se pencha pour embrasser Joan sur le front. « Je t'aime.
– Je t'aime aussi. » Elle regarda sa fille sortir de la chambre et ne bougea pas avant d'avoir entendu la porte de l'appartement

se refermer derrière elle. Puis elle saisit le téléphone sur sa table de chevet, composa le numéro de sa belle-sœur et raccrocha avant que ça sonne.

Y avait-il quelqu'un d'autre – *n'importe qui d'autre* – qu'elle devrait appeler ? Un ami peut-être ? Sauf qu'elle n'en avait pas vraiment. Plus maintenant. Son cercle d'amis avait été composé des proches de Robert. Et leurs relations s'étaient pour ainsi dire dénouées dans les mois qui avaient suivi le décès de Robert. La vérité était que sa fille était sa meilleure amie et ce n'était pas très juste pour Paige. C'était trop de responsabilité pour ses frêles épaules. Et la dernière chose que voulait Joan était être un fardeau.

Elle sortit du lit et prit son sac à main, posé sur la chaise vert menthe encombrée près de la fenêtre, pour en tirer son téléphone portable. Elle cliqua sur Romance d'automne et fit défiler la longue liste de seniors disponibles pour son profil. « Oh là là », dit-elle en trouvant deux réponses récentes.

La première venait d'un homme qui se faisait appeler Colombe solitaire. La photo montrait un homme âgé élégant, avec des cheveux gris et un sourire timide. Il indiquait qu'il avait quatre-vingt-deux ans et disait qu'il était veuf, aimant l'opéra, les voyages et les romans policiers. Joan aimait aussi l'opéra et les voyages et, même si elle n'avait jamais vraiment apprécié les romans policiers, elle adorait la littérature, il semblait donc qu'ils avaient quelques points communs.

Cependant, il avait quatre-vingt-deux ans.

Ce n'était pas qu'une différence de douze ans soit insurmontable ou même particulièrement significative au point où ils en étaient. Ils étaient tous deux adultes. Mais il avait *quatre-vingt-deux ans* ! Deux ans de plus que son beau-frère, et quatre de plus que son mari à sa mort. Combien d'années – combien de *bonnes* années – avait-il encore devant lui ?

Elle n'était plus toute jeune. Égoïstement, elle ne voulait pas passer le temps qui lui restait à jouer l'infirmière. Elle avait déjà accompagné un homme pendant la dernière année d'une maladie mortelle, elle avait été le témoin impuissant de la capitulation de son corps, autrefois fort et résistant, face à l'attaque impitoyable de la maladie. Elle avait vu la douleur remplacer l'espoir dans ses yeux. Elle ne pourrait pas le revivre.

Elle balaya l'écran vers la gauche et regarda Colombe solitaire disparaître.

Le deuxième homme s'appelait Simplement Pete. Simplement Pete disait qu'il avait soixante-cinq ans et était très mince, et sa photo – un bel homme bronzé portant un tee-shirt qui laissait voir ses biceps sculptés – semblait le confirmer. Il était divorcé et s'intéressait aux femmes aventureuses et ouvertes.

« Je suis aventureuse et ouverte », dit Joan à la photo en balayant à droite avant d'en perdre le courage.

Le téléphone sur la table de chevet sonna.

Joan lâcha son portable dans son sac et répondit sur la ligne fixe avant une seconde sonnerie. « Allô ? » dit-elle, s'attendant à subir les réprimandes de sa belle-sœur pour ne pas l'avoir rappelée.

« Est-ce que Paige est là ? » entendit-elle à la place. Une voix chargée de larmes et pleine de terreur.

« Chloé ? demanda Joan. Qu'est-ce qui se passe ?

– C'est Matt ! cria Chloé. Il a pris les enfants ! Je ne sais pas quoi faire.

– Appelle la police, dit Joan. J'arrive aussi vite que possible. »

Chapitre 21

Joan arriva chez Chloé en quarante minutes malgré l'heure de pointe. Elle n'avait jamais conduit si vite et de manière si dangereuse de toute sa vie. Chloé l'attendait devant sa porte, téléphone à la main, son superbe visage déformé par le flot incessant de larmes qui coulaient de ses yeux.

« Où est la police ? » demanda Joan poussant Chloé à l'intérieur en laissant la porte ouverte. « Tu l'as appelée ?

– Ils ont dit qu'ils ne pouvaient rien faire, qu'on n'était ni divorcés ni même légalement séparés, et que Matt était leur père, ce qui veut dire qu'aucun délit n'a été commis…

– Très bien, très bien. Dis-moi exactement ce qui s'est passé. Commence par le début. » Joan conduisit Chloé dans le salon et s'assit à côté d'elle sur le canapé d'angle couleur prune. Elle marcha sur une brique Lego et l'entendit craquer sous le talon de sa chaussure. « Tu veux un peu d'eau ? »

Chloé fit non de la tête, sans parvenir à endiguer le flot de ses larmes. « Les enfants étaient au centre aéré. Le car les prend tous les matins et les ramène à la maison un peu après trois heures. Sauf cet après-midi, il n'y a pas eu de car. J'ai attendu et attendu. J'ai commencé à avoir peur, à me dire qu'il y avait peut-être eu un accident ou quelque chose. Alors j'ai appelé le centre et ils m'ont dit que mon mari avait récupéré les enfants vers quatorze heures. Et j'ai commencé à crier : "Comment ça, il les a récupérés ?" et ils ont dit qu'ils n'avaient pas reçu d'instructions contraires, que les enfants semblaient ravis de voir leur père et qu'ils étaient tout excités de partir avec lui ; que j'aurais dû appeler s'il y avait des problèmes. Et c'est vrai. Je ne les ai pas prévenus. Mais je n'aurais jamais pensé qu'il ferait une chose pareille…

– D'accord, d'accord. Doucement. Respire profondément », lui conseilla Joan. Elle prit les mains de Chloé dans les siennes et remarqua qu'elles étaient glacées. « As-tu parlé à Matt ?

– J'ai appelé son portable un million de fois. Il ne répond pas. J'ai appelé à son bureau. Ils ont dit qu'il était parti tôt et m'ont demandé s'ils pouvaient prendre un message. Je ne savais pas quoi faire alors j'ai appelé Paige.

– Elle est en train de passer un entretien.

– Je suis désolée de vous avoir dérangée. Je ne voulais pas vous faire venir… »

Joan balaya l'inquiétude de Chloé d'un geste de la tête et de la main. « Tu m'as dit que tu avais appelé la police et qu'ils t'avaient répondu qu'ils ne pouvaient rien faire ?

– Ils ont dit qu'aucun délit n'avait été commis, répéta Chloé. Qu'en ces circonstances, c'était trop tôt pour lancer une alerte enlèvement et que pour le moment il n'y avait qu'à attendre. Si Matt ne ramène pas les enfants avant le repas de ce soir, je pourrai les rappeler et ils enverront quelqu'un pour me parler. » La panique perçait à travers les larmes de Chloé. « Vous ne croyez pas qu'il pourrait leur faire du mal, si ?

– Toi, tu le crois ? » demanda Joan, inquiète de cette éventualité.

Chloé secoua la tête. « Je ne crois pas, non. Je veux dire, il est nerveux, mais il n'a jamais… mais je ne sais pas. Il est tellement en colère. Oh, mon Dieu. Oh, mon Dieu. S'il leur fait du mal, j'en mourrai.

– D'accord, d'accord. Essaie de te calmer, suggéra Joan. On extrapole, là.

– Où sont-ils ? Où les a-t-il emmenés ?

– Est-il possible qu'il y ait eu quelque chose de prévu avant que tu ne le mettes dehors ? Une fête d'anniversaire ou un rendez-vous chez le dentiste ?

– Non. C'est moi qui les emmène toujours à ces choses-là. Oh, mon Dieu ! Pourquoi est-ce qu'il fait ça ?

– Je ne sais pas, dit Joan, qui se sentait de plus en plus inutile.

– Et s'il disparaissait avec eux ? Et si je ne les revoyais jamais ?

– C'est impossible, lui dit Joan avec force. Matt a son travail et sa vie à Boston. Il ne va pas laisser tomber tout ça. » Elle entendit son téléphone sonner au fond de son sac. « Peut-être que tu devrais appeler la banque.

– La banque ? Pourquoi ?

– Avez-vous un compte commun ?

– Oui. Pourquoi ? Vous croyez qu'il l'a clôturé ?

– Je crois que tu devrais appeler le banquier.

– Il faut que je trouve le numéro. » Chloé se précipita dans la cuisine.

Quelques minutes plus tard, Joan l'entendit parler au téléphone. Elle poussa un profond soupir de soulagement, balaya ses cheveux de son front et sortit son portable de son sac. Elle s'attendait à voir un message de Paige. Elle découvrit à la place un nouveau message de Simplement Pete. Elle l'ouvrit et retomba sur le canapé horrifiée. Simplement Pete lui avait envoyé un message : *À quel point exactement êtes-vous aventureuse ?* accompagné d'une autre photo – cette fois-ci un gros plan de lui sous la ceinture, un renflement proéminent gonflant son string léopard. « Oh mon dieu ! »

« Quoi ? » demanda Chloé qui revenait dans la pièce.

Joan lui tendit le téléphone. « Une initiative romantique d'un prétendant. »

Chloé grimaça de dégoût. « Mais qu'est-ce qui ne tourne pas rond chez ces types, merde ? Est-ce qu'ils pensent vraiment qu'une femme peut être excitée par ce genre de choses ?

– Ça me dépasse, dit Joan en quittant le site. C'est un tout nouveau monde pour moi. Est-ce que tu as appris quelque chose par la banque ?

– La bonne nouvelle, c'est que l'argent est toujours sur le compte, dit Chloé en s'asseyant à côté de Joan. La mauvaise, c'est qu'il n'y a que quelques centaines de dollars. Je leur ai demandé si Matt avait d'autres comptes mais ils ont dit qu'ils ne pouvaient pas donner ce genre d'informations. » Elle fit le tour de la pièce du regard. « Qu'est-ce que je vais faire maintenant ?

– Tu vas t'asseoir près de moi, lui dit Joan, et nous allons attendre que Matt rentre avec les enfants.

– Vraiment ? demanda Chloé, les yeux de nouveau pleins de larmes. Vous n'allez pas me laisser ? »

Joan prit la jeune femme dans ses bras et la serra fort. « Non, je ne vais pas te laisser. »

Il était presque dix-huit heures quand Matt ramena les enfants.

« Oh, mon Dieu ! Oh, mon Dieu ! » dit Chloé en larmes alors qu'elle se ruait vers la porte d'entrée pour prendre Josh et Sasha dans ses bras et couvrir leurs visages surpris de baisers.

Merci mon Dieu, pensa Joan qui observait la scène depuis le salon.

« Tu me serres trop fort », se défendit Josh en se libérant de l'étreinte de sa mère alors que Matt faisait son entrée et fermait la porte derrière lui.

« Papa nous a emmenés au cinéma et au McDonald's, dit Sasha. J'ai pris des frites *et* des Chicken McNuggets.

– Elle n'a pas mangé toutes ses frites, dit Josh.

– Si, répliqua Sasha.

– Non, c'est pas vrai, insista son frère.

– D'accord, d'accord les enfants, les interrompit Matt. Pas de dispute. Rappelez-vous ce que je vous ai dit. Maman vit un moment difficile et elle a besoin que vous soyez très gentils.

– Pardon ? Comment ? dit Chloé.

– Tu as mal au bidou ? demanda Sasha à sa mère.

– Non, mon cœur. Je vais bien. Je m'inquiétais, c'est tout.

– Pourquoi tu t'inquiétais ? » demanda Josh en la regardant avec les yeux de son père, sur un ton un brin accusateur. « On était avec papa.

– Je ne le savais pas. Papa a oublié de me le dire.

– J'en suis désolé. On dirait que papa a beaucoup de choses auxquelles penser en ce moment », dit Matt, s'apercevant brusquement de la présence de Joan. « Mais qu'est-ce que vous foutez là ? »

Sasha sursauta. « Papa a dit un gros mot.

– Je vous connais, dit Josh à Joan. Vous étiez là, la semaine dernière.

– Oui, tout à fait, dit Joan. Et j'ai passé un si bon moment que j'ai eu envie de revenir vous voir.

– Vous voulez bien accompagner les enfants à l'étage pendant que je discute avec mon mari, lui demanda Chloé. Juste quelques minutes.

– Il est trop tôt pour aller au lit, dit Josh.

– Peut-être qu'on pourrait regarder un peu la télé, suggéra Joan.

– *Bob l'Éponge ?* » demanda Sasha en glissant sa main dans celle de Joan alors que Josh montait l'escalier en courant.

Chloé approuva d'un hochement de tête. « Merci », chuchota-t-elle à Joan.

« Ravi de faire votre connaissance, qui que vous soyez », lança Matt dans son dos.

« Mais qu'est-ce qui t'est passé par la tête, merde ? » entendit Joan en arrivant en haut de l'escalier.

« Si c'est pour t'entendre crier, je m'en vais », dit Matt avec le genre de calme mi-figue mi-raisin qui donnait envie à Joan de redescendre pour cogner son beau visage et abîmer son nez parfait.

Elle s'arrêta sur le palier et s'efforça d'entendre leur conversation couverte par le son de la télévision allumée à l'instant dans la chambre des parents.

« Tu n'avais aucun droit de les prendre sans me le dire, entendit-elle dire Chloé.

– J'ai tous les droits. Je suis leur père.

– Est-ce que c'est comme ça que ça va se passer ? demanda Chloé.

– Ça dépend de toi. C'est toi qui fais n'importe quoi.

– *Moi*, je fais n'importe quoi ? »

Il y eut une longue pause.

« Écoute, Chloé, entendit Joan. C'est toi qui as voulu cette bagarre. Tout ce que je veux, c'est rentrer à la maison et qu'on redevienne une famille.

– Et tu crois que ce genre de coup monté va plaider en ta faveur ?

– J'essayais juste de te montrer à quel point les choses peuvent devenir compliquées.

– Ce qui veut dire ?

– Ce qui veut dire que tu dois bien réfléchir, longuement, à ce que tu fais à cette famille.

– Ce que *je* fais, répéta Chloé. Et si on parlait de ce que *toi* tu as déjà fait ? »

Joan put presque voir Matt hausser les épaules. « Je ne peux pas changer ce qui est arrivé. Tu es responsable de ce qui se passe maintenant.

– Je crois que tu ferais mieux de partir. »

Une nouvelle pause. « La balle est dans ton camp, Chloé. Mais je n'attendrais pas trop longtemps si j'étais toi.

– Est-ce une menace ? »

Joan sentit l'incrédulité dans la voix de Chloé puis perçut le ricanement de Matt. La dernière chose qu'elle entendit ensuite fut la porte claquer.

Chapitre 22

Elle était de retour chez Nordstrom pour rapporter les cinq robes qu'elle avait achetées quand elle entendit une voix haletante et familière derrière elle. « Joan ? C'est toi ? »

Fuis, pensa Joan en sachant qu'elle ne le pourrait pas. Les rayons de robes de créateurs hors de prix où elle était étroitement piégée offraient aussi peu d'échappatoires qu'une cage d'acier. Elle força ses lèvres à sourire et se tourna vers sa belle-sœur.

En contraste radical avec le tee-shirt noir et le jean de Joan, Bev portait un pantalon blanc et une veste bleu marine élégante sur un chemisier blanc aussi éclatant. Ses cheveux sombres étaient noués sur sa nuque en un chignon serré et de longues boucles d'oreilles brillantes en forme de cœur pendaient à ses oreilles. Ses boucles heurtèrent la joue de Joan quand Bev s'avança pour la prendre dans ses bras. Elle embrassa le vide des deux côtés de la tête de Joan puis recula pour bien la regarder. « Bon, tu as l'air en forme. Ça me rassure. Je commençais à m'inquiéter. Tu ne me rappelles pas, tu ne réponds pas sur ton portable...

– Je suis désolée. J'ai eu quelques soucis dernièrement.

– Quelque chose ne va pas ? »

Joan fit silencieusement la liste des récents événements : elle avait passé presque toute la soirée précédente à essayer de réconforter la meilleure amie, désemparée et paniquée, de sa fille ; ses tentatives récentes pour rejoindre le monde de la séduction s'étaient soldées par un séjour à l'hôpital et la photo d'un homme en string léopard. Pour finir, elle était attendue à la soirée d'anniversaire des quatre-vingts ans de son beau-frère alors que son propre mari, le parfait jumeau de cet homme, était mort et enterré.

Elle poussa un soupir, consciente qu'elle était injuste. Bev avait tout à fait le droit de célébrer l'anniversaire de son mari. Des occasions pareilles *devaient* l'être. « Tout va bien », dit Joan. Elle n'avait aucune envie de discuter de ses derniers soucis avec Bev. Les manifestations d'empathie de cette dernière étaient généralement tellement exagérées qu'elles avaient pour curieux effet de vous faire sentir plus mal encore.

« Tout va bien avec Paige ?

– Oui, dit Joan. Elle va très bien.

– *Vraiment ?* Ça fait plaisir à entendre. Elle a trouvé un nouveau travail ? »

Puis vinrent les questions que Bev ne posa pas mais que Joan entendit tout de même : « *Est-ce qu'elle pense toujours à Noah ? Est-elle enfin prête à pardonner Heather de le lui avoir enlevé ?* »

« Pas encore », répondit Joan à la question que Bev avait vraiment posée. « Mais elle a eu un entretien très prometteur hier. Alors on croise les doigts. »

Bev croisa aussitôt les doigts manucurés de ses deux mains et les leva. « Oh, elle va l'avoir. J'en suis sûre, dit-elle avec un entrain qui sous-entendait l'inverse. Elle est si brillante. Comment quelqu'un pourrait-il ne pas la vouloir ? » Son visage devint presque aussi rouge que son vernis à ongles. « Je voulais dire…

– Je sais ce que tu voulais dire.

– Je suis sûre qu'elle trouvera aussi un nouvel amoureux en un rien de temps », ajouta Bev, ne faisant qu'aggraver la situation.

Joan n'était pas sûre si elle était plus surprise que Bev ait évoqué le sujet de Noah, même de manière indirecte, ou qu'elle ait utilisé le mot « amoureux. »

« En fait, elle a déjà rencontré quelqu'un, dit Joan.

– Ah oui ?

– Disons que c'est tout récent, se reprit Joan en regrettant d'avoir parlé. Tu le verras samedi.

– Elle l'emmène à la soirée ?

– J'avais l'intention d'appeler pour demander si ça ne gênait pas.

– Tu plaisantes ? C'est merveilleux. Heather va être si contente. Elle déteste le froid qu'il y a entre elles depuis… bon, tu sais bien… »

Joan acquiesça.

« Ce n'est pas vraiment de la faute de Heather, tu sais, poursuivit Bev, la surprenant.

– Non ? À qui donc est-ce la faute ?

– Noah lui a couru après pendant des mois, envoyé des messages, des fleurs. Il a fini par l'avoir à l'usure.

– Je sais. Pauvre petite chose. Quelle alternative avait-elle ? Oh, attends, poursuivit Joan sans s'interrompre, elle *avait* une alternative. Elle aurait pu dire à ce taré d'aller se faire foutre.

– Je n'imaginais pas que tu étais toujours aussi en colère », dit Bev.

Joan haussa les épaules. Pour être honnête, elle non plus. Elle n'avait jamais vraiment été fan de Noah, elle avait toujours pensé que Paige méritait mieux. Mais elle ne pourrait jamais pardonner à quiconque d'avoir fait du mal à son enfant.

« Heather m'a dit qu'elle vous avait rencontrées toutes les deux la semaine dernière et que vous lui aviez à peine parlé. Je lui ai dit qu'elle exagérait sûrement, que sa tante ne serait jamais aussi brutale…

– Non, dit Joan. Elle n'exagérait pas. »

Bev avait l'air sur le point de fondre en larmes.

« Écoute, dit Joan, je suis désolée si je t'ai heurtée. Rien de tout ça n'est de ta faute et personne n'aime voir sa fille souffrir. Alors est-ce qu'on pourrait en rester là et ne plus parler de ça ? »

Bev acquiesça, un léger sourire se dessina sur ses lèvres rouge vif. « Je vois qu'on a fait des achats », dit elle quelques secondes plus tard, la voix hésitante et le regard méfiant.

« Je pensais acheter une nouvelle robe pour la soirée. Enfin, si tu veux toujours de nous. Crois-moi, je comprendrais si tu… »

S'il te plaît, dis-moi que tu ne veux pas nous voir là-bas.

« Bien sûr que je veux vous voir, l'assura Bev immédiatement. Ted serait effondré si vous n'étiez pas à sa soirée. Tu sais à quel point il vous adore Paige et toi. »

C'était vrai. Son beau-frère avait toujours adoré sa nièce. Il déclarait souvent qu'il était sûr qu'il y avait eu une inversion à l'hôpital et que Paige, et non Heather, était vraiment sa fille. Michael et sa femme viendraient en avion du New Jersey pour les festivités, comment Joan et Paige pourraient-elles ne pas y aller ?

« Je peux voir ? » dit Bev en montrant les sacs.

– En fait, je suis venue les rapporter. Je suis peut-être un peu… » Joan jeta un coup d'œil dans l'espace bien éclairé à la recherche d'un vendeur et remarqua un jeune homme exceptionnellement séduisant qui traînait dans l'allée voisine. « Je t'en prie, je te retiens.

– Oh, tu ne me retiens pas. On dirait qu'on a eu la même idée. Heather veut une nouvelle robe pour la soirée aussi et j'ai proposé de la lui offrir. »

Joan essaya de ne pas blêmir à cette nouvelle mention de sa nièce. « Elle te rejoint ? » Elle leva la main en l'air et claqua des doigts en direction du beau jeune homme. « Excusez-moi. Pourriez-vous m'aider s'il vous plaît ?

– Avec plaisir, dit-il en approchant. Sauf que je ne travaille pas ici.

– Oh, je suis désolée. Je vous ai vu là et j'ai cru…

– Pas de problème », dit-il en lui touchant le bras avant de s'éloigner.

C'est étrange, pensa Joan en gardant la sensation du contact. Elle se demandait depuis combien de temps il traînait dans les parages, s'il avait écouté sa conversation avec Bev. *Ne sois pas bête*, se reprit-elle l'instant suivant. Qu'est-ce qui pourrait pousser un beau jeune homme à écouter la discussion de deux vieilles femmes ?

Un vendeur approcha. Il portait une veste noire d'au moins deux tailles trop petite pour sa carrure affreusement filiforme, et son pantalon très ajusté s'arrêtait à mi mollet et soulignait ses jambes rasées de près et ses pieds nus dans des mocassins pointus en daim noir. Ses cheveux noir bleuté étaient longs d'un côté et rasés de l'autre. *Probablement la dernière mode*, se dit Joan oubliant le bel homme et essayant d'imaginer ce que cette coupe de cheveux donnerait sur elle. « Puis-je vous aider ? » demanda-t-il d'une voix pincée, avec un accent qu'elle ne reconnaissait pas.

– J'aimerais rendre ces robes. » Joan commença à les sortir des sacs.

« Toutes ?

– Oui. Les cinq. Je les ai achetées samedi.

– Est-ce que quelque chose n'allait pas avec ces robes ?

– C'est juste qu'elles ne me vont pas.

– Dommage », dit-il en lui prenant les sacs des mains pour se diriger vers le comptoir le plus proche, Joan et Bev sur ses talons.

« Celle-ci est jolie », dit Bev alors que le vendeur commençait à sortir les tenues. Elle agitait une robe de soirée bleu canard avec un col orné. « J'aurais pensé qu'elle t'irait.

– La taille est trop haute, dit Joan.

– Et celle-là ? » Bev passa la main sur une robe-fourreau noire à l'encolure dégagée.

« Trop décolletée.

– Mais qu'est-ce qui t'a pris de choisir celle-là ? » Le long nez fin de Bev se plissa de désapprobation alors qu'elle examinait une robe pâle à volants.

« Je ne sais pas. J'imagine que j'ai pensé que les volants flatteraient ma silhouette.

– Oh, mon Dieu. Celle-ci est encore pire ! » Elle brandit puis lâcha immédiatement une jupe fleurie évasée sur le comptoir. « On dirait ce qu'on portait dans les années soixante.

– Je crois que c'est ce qui m'a plu.

– Bon, mais cette époque est morte et enterrée, Dieu merci. Et pour une fois, elle ne me manque pas le moins du monde. » Bev regarda la dernière des cinq tenues – une superbe robe en soie beige avec des perles en guise de boutons et de longues manches fluides, que Joan se souvenait à peine avoir achetée. « Qu'est-ce qui n'allait pas avec celle-là ? »

Joan regarda la robe. « Je ne sais pas. » En vérité, elle n'avait pas daigné l'essayer tant les autres l'avaient découragée.

« Elle est parfaite pour toi. J'insiste pour que tu l'essaies et me laisses jeter un œil.

– Je croyais que tu devais retrouver Heather. »

Bev regarda sa montre. « J'ai encore vingt minutes. En plus, elle sera en retard. Elle est toujours en retard. Allez, j'insiste.

– Elle a raison, dit le vendeur. Je suis persuadée que cette robe vous ira divinement bien. »

Joan décida qu'il ne servirait à rien de discuter. Plus vite elle essaierait cette satanée robe, plus vite elle sortirait de là. Elle n'avait aucune envie de courir le risque de rencontrer sa nièce une fois de plus. « D'accord. Très bien. Passe-la-moi.

– Il y a un petit salon juste devant les cabines d'essayage où votre amie peut patienter », dit le vendeur en leur indiquant le chemin.

Joan sortit de la cabine quelques minutes plus tard, vêtue de la robe. Elle fit un tour sur elle-même devant sa belle-sœur. « Qu'en penses-tu ?

– Je pense qu'elle est parfaite. Et qu'en penses-tu, *toi* ?

– Je crois que tu as raison. »

Bev battit des mains. « Magnifique. Alors, c'est réglé. Elle va garder celle-là », dit-elle au vendeur qui était revenu pour voir où elles en étaient.

« Parfait, dit-il. Donc, vous n'en retournez que quatre. Je vous retrouve à la caisse dès que vous serez prêtes.

– Merci », dit-elle à Bev quelques minutes plus tard pendant qu'elles attendaient que le vendeur emballe de nouveau la robe.

« Pour quoi ?

– Sans toi, je n'aurais pas ma sublime nouvelle robe. »

Bev agita les mains autour de son visage. « Pas besoin de remerciements. Je suis contente d'avoir pu t'aider. » Elle regarda Joan, comme si elle attendait qu'elle dise quelque chose.

« Bon, se força Joan. À samedi, alors.

– À samedi, dit Bev. Tu sais que tout ce qui m'importe, c'est que tout le monde s'entende et soit heureux ? »

J'aimerais que ce soit aussi simple, pensa Joan. Elle capta un éclair de panique dans le regard de Bev. « Quoi ? » demanda-t-elle en se retournant, même si elle savait déjà ce, ou plutôt qui, elle allait voir.

« Salut, maman », dit Heather. « Tatie Joan. Toujours un plaisir.

– Heather », dit Joan en arrachant presque le paquet des mains du vendeur. « Bon. Si vous voulez bien m'excuser, je dois y aller. »

« Tu vois ce que je te disais », entendit-elle Heather dire à sa mère, pendant qu'elle avançait vers l'escalier roulant. « Est-ce qu'on peut faire plus grossier ? »

Joan n'entendit pas la réponse de Bev. Elle était trop occupée à essayer de rester calme.

Chapitre 23

Elle décida de rentrer en marchant, en partie pour faire de l'exercice et aussi parce qu'elle voulait se sortir Heather de la tête avant de retrouver Paige. Elle se demanda combien de minutes – ou même secondes – s'étaient écoulées avant que Bev parle à sa fille du nouvel homme dans la vie de Paige. Il ne faisait aucun doute que cette présence masculine au côté de Paige à la soirée influencerait Heather dans son choix de robe. Il était évident qu'elle ne prendrait pas le risque d'être éclipsée par sa cousine. Connaissant Heather, qui ne pouvait plus copier tous les choix de Page, et dont l'imagination avait toujours été, au mieux, limitée, elle choisirait probablement quelque chose de moulant, décolleté et très brillant.

Joan parcourut mentalement la garde-robe plutôt discrète de Paige pour essayer d'y trouver quelque chose susceptible de provoquer assez de « ouah ». En vain. Paige avait déjà refusé l'idée d'acheter quoi que ce soit de neuf pour cette soirée où elle allait à contrecœur et avait souligné qu'elle n'avait pas l'intention de se mesurer à Heather, sur quelque terrain que ce fût.

Bien sûr, ça ne voulait pas dire que Joan ne pouvait le faire. Peut-être achèterait-elle une tenue à Paige. Si Bev pouvait offrir une nouvelle robe à sa fille, elle pourrait certainement en faire autant pour la sienne.

Sauf que non.

Paige s'était montrée extrêmement ferme et Joan devait respecter ses vœux. Sa fille était adulte et avait pris sa décision. Il n'y aurait pas de nouvelle robe, un point c'est tout.

Au diable Heather.

On ne peut pas dire que je sois douée pour me sortir Heather de la tête, pensa Joan. « Il faut aller de l'avant », déclara-t-elle à la photo d'une jeune mannequin avenante dont le portrait occupait la moitié de la vitrine d'un salon de coiffure coincé entre deux boutiques de créateurs de luxe. Sa coupe de cheveux ressemblait à celle du vendeur au drôle d'accent de Nordstrom – mi-longue d'un côté et rasée de près de l'autre.

Joan étudia son reflet dans la vitre. Elle essayait de superposer son visage à celui du modèle, de caler son front sous la frange droite de la fille pour voir à quoi elle ressemblerait avec des cheveux d'un seul côté de la tête.

Ce fut alors qu'elle remarqua un autre reflet, d'un jeune homme – celui qui lui avait touché le bras chez Nordstrom tout à l'heure ? – appuyé au chambranle d'une boutique de l'autre côté de la rue, en train de l'observer. Elle se retourna.

Personne.

OK, maintenant elle avait des visions. Et pas seulement quelques traits et taches de lumière. Joan secoua la tête et se demanda si les hallucinations de beaux jeunes hommes pouvaient être considérées comme des symptômes de migraine ophtalmique.

L'instant d'après, elle poussait la lourde porte en verre du salon de coiffure. Elle se dirigea vers la brunette plantureuse derrière le comptoir d'accueil.

« Puis-je vous aider ? » demanda la réceptionniste.

Joan jeta un coup d'œil vers la vitrine et prit une grande inspiration. « Je me demandais si quelqu'un était disponible. Pour une coupe de cheveux. »

« Madame Hamilton ? » demanda le concierge, comme s'il en doutait, quand elle entra dans le hall en marbre beige de son immeuble.

« Oui, Eddy. C'est moi », dit-elle au jeune homme clairement abasourdi. Elle s'arrêta brièvement pour caresser le côté fraîchement tondu de son crâne. « Qu'en pensez-vous ?

– Oh, mon Dieu, qu'est-ce qui vous arrive ? » s'exclama une voix avant qu'il puisse répondre. Ah c'est Linda ! se rappela Joan en s'éloignant des ascenseurs devant lesquels elle se tenait. Elle portait le même haut rose vif et legging bleu marine que la dernière fois que Joan l'avait vue à la salle de sport, et les légères rougeurs sur ses joues indiquaient à Joan qu'elle était allée courir. « Vous allez bien ? » demanda-t-elle en s'approchant avec précaution. « Rick m'a raconté qu'il avait dû appeler une ambulance pour vous l'autre soir. Que s'est-il passé ? » Son regard parcourait les cheveux de Joan. « Est-ce que les docteurs ont dû vous raser la tête ?

– Seigneur, non. Rien de ce genre. J'ai juste fait une indigestion. Tout va bien. » Les doigts de Joan papillonnèrent autour de sa tête sans toucher ses cheveux. « Je suis seulement allée chez le coiffeur.

– Vous avez fait ça intentionnellement ?

– Oh, mon Dieu ! C'est si catastrophique ? »

Linda se reprit rapidement. « Non. Non, je vous assure. » Elle toussa dans sa main. « J'ai juste été surprise, c'est tout.

– J'avais envie de changement.

– C'est réussi.

– Oh, Seigneur ! » Les yeux de Joan se remplirent de larmes. Qu'avait-elle fait ?

« Non, non, dit Linda. C'est simplement que c'est *tellement* différent, c'est tout. Une fois qu'on s'habitue, en fait, c'est plutôt... mignon.

– Mignon ? » La déception dans la voix de Joan était évidente.

« Flatteur, corrigea Linda.

– Vraiment ?

– Absolument.

– Je ne sais pas ce qui m'a pris », dit Joan alors que les portes de l'ascenseur s'ouvraient sur un homme qui en sortant jeta un regard à Joan avant de détourner les yeux. « Je crois que je lui ai fait peur.

– Pas du tout, dit Linda en entrant dans l'ascenseur désormais vide. Vraiment, plus je vous regarde et plus ça me plaît. » Elle toussa dans sa main, signe indiscutable qu'elle mentait. « J'aimerais avoir le cran de faire une chose pareille. Mais Jason aime que j'aie les cheveux longs, alors qu'y puis-je ? » Elle montra ses cheveux auburn mi-longs en agitant ses deux mains autour. « Il faut faire plaisir à son homme. » Les portes de l'ascenseur s'ouvrirent au cinquième étage. « Vous avez le temps de prendre une tasse de thé ? »

Joan était sur le point de refuser, puis décida qu'elle n'était pas prête à affronter la réaction de Paige. « Un thé, c'est une très bonne idée. » Elle suivit Linda le long du corridor à moquette beige et marron jusqu'à son appartement.

Linda déverrouilla la porte, l'ouvrit et pénétra dans l'entrée au sol de marbre doré. « Coucou ! Il y a quelqu'un ? Jason, mon chéri ? » Elle avança sur sa droite, vers la cuisine. « On dirait qu'il n'est pas là. Merci, mon Dieu », ajouta-t-elle pas tout à fait à voix basse. Elle invita Joan à s'asseoir à l'îlot central de la cuisine noir et inox couvert de journaux éparpillés. « J'adore cet homme, poursuivit Linda en remplissant d'eau une bouilloire, mais depuis qu'il est à la retraite, il est toujours… dans mes pattes. Matin, midi et soir. Je n'ai pas deux minutes à moi. Je tourne le dos et le voilà. Si je sors c'est : "Où est-ce que tu vas ? Qu'est-ce que tu fais ? Quand est-ce que tu reviens ? Qu'est-ce qu'on mange ?" Il me rend folle. Enfin, vous savez ce que c'est. »

« Non, en fait, je ne sais pas. » Pour la deuxième fois depuis qu'elle était tombée sur Linda, les larmes montèrent aux yeux de Joan. Même après avoir pris sa retraite de l'entreprise de construction qu'il avait fondée avec son frère, Robert Hamilton avait continué d'être un homme actif. Il s'était inscrit à une formation continue à l'université de Boston, il avait lu tout ce qui lui tombait sous la main, il avait joué au tennis deux fois par semaine. Même son diagnostic l'avait à peine ralenti.

Que n'aurait-elle donné pour avoir son mari dans les pattes !

Les taches roses sur les joues de Linda disparurent immédiatement. « Je suis sincèrement désolée. J'avais oublié. Quelle idiote je fais ! Pardon, vraiment !

– Ce n'est rien.

– Ça fait combien de temps ?

– Deux ans.

– Il doit terriblement vous manquer.

– Terriblement.

– Il avait un frère jumeau, c'est ça ? »

Joan acquiesça.

Linda sourit. « Je me souviens de m'être retrouvée dans l'ascenseur avec eux deux, un jour, et je vous jure que j'étais incapable de les distinguer. Vous ne les avez jamais confondus ?

– Oh, mon Dieu, non. À mes yeux, ils ne se ressemblaient pas. » C'était vrai. Alors que Joan avait toujours trouvé que son mari était un homme incroyablement sexy, elle n'avait jamais été attirée par son frère.

La bouilloire siffla pour indiquer que l'eau était prête. Une minute plus tard, Joan était assise dans le salon blanc et or, rempli d'œuvres d'art, de Linda, un maxi mug plein de thé menthe-fraise brûlant à la main. Linda était installée sur sa gauche au bout d'un fauteuil blanc capitonné. Une sculpture de bronze de près de deux mètres de haut qui ressemblait à un Oscar géant se dressait entre elles.

« Alors, qu'avez-vous pensé de mon coach ? demanda Linda.

– Il a été génial, lui dit Joan.

– Oui, c'est le meilleur. Je suis désolée d'avoir dû vous quitter précipitamment comme ça.

– Oh, ce n'est…

– Nous devions nous rendre à une soirée, continua Linda avant que Joan puisse terminer, et il fallait encore que je me douche et lave les cheveux. Vous savez ce que c'est. » Elle jeta un œil à la coupe de Joan. « Bon, j'imagine que ça sera plus facile pour vous maintenant.

– C'est vraiment si terrible ? demanda Joan.

– Non, lui assura Linda. Et puis, ce ne sont que des cheveux, non ? Ça repoussera en un rien de temps. »

Joan but une gorgée de thé, le sentit lui brûler le bout de la langue et gémit de douleur.

« Tout va bien ? » demanda Linda qui s'avança tellement sur son fauteuil qu'elle semblait sur le point de tomber.

« Oui, très bien », dit Joan, en calculant à quelle vitesse elle pourrait avaler son thé sans s'ébouillanter la gorge et se sauver de là sans paraître encore plus perturbée qu'elle ne l'était déjà. « Alors, comment était cette soirée ?

– Pas mal. L'hôtesse n'est pas la meilleure des cuisinières mais elle a des amis intéressants », dit-elle en haletant.

Cette fois, ce fut Joan qui se pencha sur son siège. « Qu'est-ce qui ne va pas ? »

Linda posa son mug sur la table basse en ardoise blanche qui se trouvait devant elles. « Il y avait cet homme. Harold… Harry… oui, Harry. Harry Gatlin. C'est ça. Grand, charmant, un professeur retraité, sa femme est décédée depuis environ trois ans… un homme adorable. Qu'en dites-vous ?

– Qu'est-ce que je dis de quoi ?
– Vous aimeriez le rencontrer ?
– Pardon ? »

Qu'est-ce que c'était que cette histoire ?

« Disons que j'ai pensé… Vous avez tous les deux à peu près le même âge. Vous avez perdu votre mari. Il a perdu sa femme. Vous êtes tous les deux très… intéressants. »

Un nouveau regard en coin à la coupe de Joan.

« Je ne crois pas, dit Joan.
– Vous fréquentez quelqu'un ?
– Non, mais…
– Alors, foncez. C'est un ange. Croyez-moi. Il a beaucoup voyagé, il est cultivé, drôle. » Elle rit. « Il m'a parlé de ses tentatives de rencontres en ligne. De vraies histoires d'horreur. Pouvez-vous croire à une chose pareille ? demanda-t-elle à Joan qui se tortillait sur son siège. Cependant, je lui reconnais du mérite. Ce n'est pas facile de s'y mettre. C'est déjà compliqué quand on est jeune, mais à notre âge… Alors, qu'en dites-vous ? Puis-je faire quelques subtiles allusions ? »

Joan doutait que la femme assise en face d'elle puisse faire ou dire quoi que ce soit qui pourrait être considéré comme subtil. Pourtant, n'importe qui serait mieux que Simplement Pete et son string léopard. Elle se leva dans un mouvement décidé. « D'accord, pourquoi pas ?
– Bien parlé. »

Joan rapporta son mug dans la cuisine et le déposa dans l'évier en inox. « Merci pour le thé. » Elle se retourna et vit que Linda rassemblait les journaux dispersés sur l'îlot central.

« N'est-ce pas horrible, pour cette pauvre fille ? dit Linda en montrant la photo de Tiffany Sleight à la une. Ils disent qu'elle a été violée et torturée. » Elle frémit et raccompagna Joan à la porte. « Alors je vous appellerai après avoir parlé à Harry.
– Je suis curieuse, dit Joan en s'arrêtant sur le pas de la porte. Qu'allez-vous lui dire à mon sujet ?
– Que je pense qu'il devrait rencontrer cette femme adorable qui vit dans mon immeuble.
– Et au sujet de mes cheveux ? »

Linda marqua une pause. « Pourquoi ne pas lui faire la surprise ? »

Chapitre 24

Il déteste les surprises depuis toujours. Elles ont l'art de tourner au désastre.

Comme la fois où sa mère avait décidé d'organiser un anniversaire surprise pour les quarante ans de son père. Elle avait invité tous ses amis, préparé ses plats préférés et même acheté un de ces stupides gâteaux, une de ces préparations trop sucrées et gluantes, du genre qu'on servait aux enfants, avec une tonne de glaçage et des fleurs aux couleurs arc-en-ciel partout.

Disons que son mari l'avait surprise aussi – en ne rentrant à la maison que bien après le départ des invités, l'haleine chargée d'alcool, l'odeur d'une autre femme sur les doigts. Et quand elle avait osé se mettre en colère, il avait répliqué en la forçant à avaler une pleine poignée de glaçage poisseux avant d'en écraser le reste sur ses cheveux et son visage.

Le lendemain matin, les vestiges de la surprise de la veille gisaient éparpillés sur le sol de la cuisine, comme une couche de vernis frais et sa mère était assise, à soigner son œil enflé. Ça ne serait pas arrivé si elle avait été assez futée pour lui demander son avis. Évidemment, « futée » n'était pas vraiment un terme qui la caractérisait.

En vérité, elle avait eu ce qu'elle méritait.

Voilà pour les surprises.

C'est pourquoi il se donne tellement de mal avec ses préparatifs et pourquoi il se sent tellement pris de court et trahi par les événements des derniers jours. Il avait tout si soigneusement calculé, jusqu'aux plus infimes détails pour finalement voir son plan tomber à l'eau. Tout ça à cause de circonstances qu'il ne pouvait pas contrôler et qui avaient menacé de faire s'effondrer son château de cartes.

Prenez Tiffany Sleight.

« Oui, s'il vous plaît, comme disait la vieille blague, que quelqu'un vienne la prendre. »

Il avait passé des semaines à séduire cette salope en ligne, en prenant son temps, en la chauffant avec des compliments. Il lui avait joué sa meilleure partition du mauvais-garçon-qui-avait-besoin-d'une-femme-bien. Il avançait pour s'effacer ensuite, répondait à certains messages en quelques minutes et attendait des jours pour répondre à d'autres. Il aiguisait son appétit tout en la laissant dans l'incertitude. Il avait organisé deux rencontres qu'il avait annulées à la dernière minute, prétextant une peur du rejet, puis avait imploré une dernière chance de se racheter. « Fuis-moi je te suis, suis-moi je te fuis. »

Et ça avait marché, comme il s'y attendait, comme ça avait toujours marché.

Il n'avait pas douté qu'après s'être fait poser deux lapins, la douce Tiffany rechignerait à confier à ses amis qu'elle se dirigeait très probablement vers une troisième déception. Et même si elle l'avait dit à quelqu'un, qu'est-ce que ça pouvait faire ? Il lui avait donné un nom aussi faux que les prétextes qu'il avait invoqués. Dès l'instant où elle avait découvert ses traits magnifiques, elle n'avait plus été qu'un jouet entre ses mains.

Et tout s'était déroulé comme prévu. Toutes les appréhensions qu'elle avait pu avoir s'étaient évanouies quand leurs regards s'étaient croisés. Il avait suffi de trente minutes à faire semblant de s'intéresser à chacun des mots stupides qu'elle prononçait pour qu'elle le suive de son plein gré dans la nuit, dans son appartement, dans son piège.

« Pourquoi est-ce que tu fais ça ? » avait demandé la douce Tiffany, mains menottées dans le dos. Les larmes ruisselaient sur ses joues et disparaissaient dans la corde enroulée autour de son cou. Une question idiote.

Que pouvait-il répondre après tout ? Parce qu'il le pouvait ? Parce que ça lui plaisait ? Parce qu'il détestait l'odeur acidulée de son parfum bon marché ? Parce qu'elle était trop bête pour vivre ? Et si c'était… tout ça à la fois ?

Il en avait fini avec elle assez vite – cette odeur de citron le rendait nauséeux – puis s'était débarrassé d'elle dans une décharge en dehors de la ville, se disant que le temps que quelqu'un trouve le corps – *si* quiconque le trouvait – elle ne serait plus qu'un tas puant d'ossements. Il n'avait pas prévu qu'un chien s'échapperait de chez son maître, irait fouiner dans la montagne d'ordures dans une quête désespérée de nourriture et déterrerait le corps putrescent de la pauvre fille alors qu'il en restait suffisamment pour l'identifier.

Ça avait été la première surprise.

Résultat les unes de journaux avaient mis la ville sur ses gardes. On envisageait la possibilité d'un tueur en série. Et, bien qu'une partie de lui fût satisfaite de voir son travail reconnu, il craignît que les femmes de Boston ne soient plus aussi promptes à risquer leur vie pour un bel inconnu.

Il n'aurait pas dû s'inquiéter. On ne manquait jamais de femmes stupides.

Prenez Nadia.

« Oui, s'il vous plaît, que quelqu'un la prenne. »

Nadia était à la fois mignonne et pas très brillante. Elle lui avait raconté ses histoires d'enfance malheureuse en Roumanie et de patron aux mains trop baladeuses, à Newton, dans la proche banlieue, qui l'avait contrainte à fuir son travail. Elle lui avait même fait une fellation tout à fait correcte, ce qui n'était pas forcément la chose la plus facile à réussir avec un couteau sous la gorge. Mieux encore, elle avait été un cadavre plutôt arrangeant, qui ne lui avait laissé qu'un minimum de bazar à nettoyer.

Le temps qu'il revienne de sa petite mission de surveillance à Faneuil Hall, les muscles de Nadia avaient commencé à perdre leur rigidité ; ses bras et ses jambes étaient devenus plus faciles à manipuler. Il l'avait fourrée dans deux sacs à ordures à haute résistance superposés, avait jeté ses vêtements, un tas de chiffon, et les restes de leur repas par-dessus et attendu la pleine nuit pour la charger dans le coffre de sa voiture.

C'est alors que survint la surprise numéro deux.

Mlle Imogene Lebowski.

La stupide vieille chouette était la propriétaire de la pension à trois étages qu'il appelait temporairement son chez-lui. Elle habitait au rez-de-chaussée et louait les deux étages supérieurs. Il l'avait trouvée *via* Airbnb et avait rapidement mis la main sur le meublé du deuxième qui s'était avéré parfait pour ce qu'il avait à y faire. Imogene, en retour, était ravie d'avoir un jeune homme si fiable et si beau comme locataire, surtout pour une durée de cinq mois. Contrairement à la plupart de ses clients qui ne restaient que quelques semaines, quand ce n'était pas quelques jours.

Il aimait les voyageurs de passage et les touristes qui transitaient par l'appartement du premier. Ils arrivaient ; ils repartaient. Dans l'intervalle, ils restaient entre eux et s'occupaient de leurs affaires. Ils n'avaient aucune envie de se faire des amis ou de traîner où ils n'avaient rien à faire. S'il les croisait dans l'escalier, il baissait la tête et passait son chemin. Eux faisaient de même.

C'était parfait.

Comme l'était Mlle Imogene Lebowski, qui à quatre-vingts ans dormait en général profondément avant dix heures du soir.

Sauf, bien sûr, la nuit où il s'occupa du corps de Nadia.

Il frissonna en y repensant. Il se revit bataillant avec les sacs à ordures contenant le corps en descendant les deux étages. Il était arrivé en bas et s'approchait de la porte réservée aux locataires quand elle s'ouvrit soudain sur Imogene.

Pieds nus, elle portant une longue chemise de nuit bleue, semblait complètement perdue.

« Mademoiselle Lebowski ? demanda-t-il, aussi surpris de la croiser qu'elle l'avait été de le voir. Que faites-vous là ? Tout va bien ? »

En réalité, il se fichait complètement de comment elle allait. Il ne s'intéressait qu'au fait qu'elle fût là, ses yeux gris larmoyants fixés sur le sac posé par terre derrière lui. Avait-il fait plus de bruit qu'il ne pensait en mettant le corps de Nadia dedans ? Avait-il réveillé la vieille et ses soupçons ?

« Qui êtes-vous ? s'inquiéta-t-elle.

– Qui je *suis ?* répéta-t-il, se demandant à quoi elle jouait.

– Que faites-vous chez moi ?

– Je suis votre locataire, mademoiselle Lebowski. Vous ne me reconnaissez pas ?

– Bien sûr, je vous reconnais, jura-t-elle, ses yeux criant le contraire. Que faites-vous ?

– Je jette un tas de vieilleries. Et *vous* que faites-vous ? »

Imogene Lebowski soupira. Un soupir qui disait qu'elle n'en avait aucune idée.

Elle était peut-être en pleine crise de somnambulisme. Ou peut-être que c'était des premiers signes de démence. Il n'en avait aucune idée et il n'en avait rien à faire. Tout ce qui lui importait était de s'éloigner d'elle aussi vite que possible. « Mademoiselle Lebowski, commença-t-il. Je ne pense pas que vous devriez rester dehors à cette heure-ci. Il est deux heures du matin. Vous devriez retourner au lit. »

Si elle trouvait curieux qu'il jette des choses à la poubelle à deux heures du matin, elle ne le montra pas. Elle resta simplement plantée là. À fixer les grands sacs contenant le corps de Nadia.

« Mademoiselle Lebowski », répéta-t-il. Puis, en posant délicatement sa main sur le bras de la femme, comme il l'avait fait avec Joan Hamilton chez Nordstrom l'après-midi : « Imogene. »

Un sourire coquet apparut au coin de ses lèvres. Quand elle parla sa voix chantonnait comme celle d'une jeune fille. « Vous êtes un très bel homme, dit-elle. Est-ce qu'on vous l'a déjà dit ? »

Il baissa la tête en signe de modestie. *C'est une plaisanterie*, pensa-t-il. « Merci. Maintenant je crois vraiment que vous devriez retourner vous coucher.

– Pouvez-vous m'aider ? »

Un instant, il crut qu'elle lui faisait des avances. Puis il vit la peur dans son regard et comprit qu'elle n'était pas sûre de savoir où *se trouvait* son lit. *Et merde*, pensa-t-il. La ramener à son lit signifiait laisser le corps de Nadia au pied de l'escalier, sans surveillance, pendant au moins cinq minutes. Il ne savait pas si le locataire du premier était là ou pas. Et s'il était sorti et découvrait le sac posé là en rentrant ? Et s'il regardait à l'intérieur ? Et s'il appelait la police. Et merde. *Et merde.*

Mais avait-il le choix ? S'il refusait, Imogene et lui pouvaient rester là jusqu'au petit matin. « D'accord », dit-il, en la prenant par le coude pour la guider dans la douce chaleur de la nuit.

Par chance, elle avait laissé sa porte d'entrée ouverte. Il l'emmena dans l'entrée et l'escorta jusqu'à sa chambre à l'arrière de la maison. *Ça sent « la vielle »* se dit-il en l'accompagnant délicatement vers son lit.

« Ma fille veut me placer dans une maison de retraite, lui confia-t-elle pendant qu'il la bordait dans ses draps froissés et puants…

– Dormez », dit-il. Il se demanda s'il ne ferait pas une faveur à tout le monde en la tuant là, simplement, ça épargnerait à sa fille les soucis et le coût d'un hospice. Ça serait facile, pensa-t-il, de presser un oreiller sur son nez et sa bouche jusqu'à ce qu'elle s'arrête de respirer.

Même s'il serait sûrement plus amusant de l'étrangler, de voir ces yeux gris larmoyants devenir blanc laiteux.

« Vous êtes un homme très gentil, murmura-t-elle interrompant ses pensées. Vous ne laisserez pas ma fille me mettre en maison, n'est-ce pas ?

– Même pas en rêve. » Il remonta sa couverture jusqu'à ses épaules. « Maintenant, dormez un peu. » *Et mourez*, ajouta-t-il en silence.

« Bonne nuit, chuchota-t-elle quand il sortit sur la pointe des pieds de la chambre.

– Bonne nuit », dit-il avec fermeté quand dehors une portière de voiture claqua. *Et merde*, pensa-t-il en se précipitant vers la porte d'entrée. *Quoi encore ?*

Mais s'il y avait eu une voiture, elle avait disparu.

Juste son imagination qui lui jouait des tours. Encore une désagréable surprise.

Il n'avait pas l'habitude que la panique ou n'importe quelle émotion prenne le dessus.

Tout le reste se déroula à peu près comme prévu. Il chargea les sacs à ordures avec les restes de Nadia dans le coffre de sa voiture, qu'il avait garée au coin de la rue avant de descendre le corps, et prit le volant jusqu'à la banlieue de Newton où il avait jeté les sacs dans une grande benne derrière un MacDonald's près de chez l'ancien employeur de Nadia. Si quelqu'un devait en fouiller le contenu, ce qui était peu probable, « Monsieur Mains baladeuses » serait le premier suspect. Et qu'est-ce que ce serait drôle !

Mais tout ça remonte à quelques jours, et il n'y a pas eu la moindre mention dans les médias d'un autre corps découvert. Il semblerait qu'il soit à l'abri pour le moment.

Ce qui le ramène à Paige Hamilton, la plus grande surprise du lot. Non seulement elle a annulé leur rendez-vous à la dernière minute, mais en plus, elle n'a pas essayé de le recontacter depuis. Il s'attendait au moins à ce qu'elle lui présente de nouvelles excuses et qu'elle le supplie de lui donner une nouvelle chance. Mais non, elle se trouve sûrement trop bien pour ça et elle attend qu'il fasse le premier pas.

Et il le fera. Le moment venu.

Il a décidé de faire profil bas pendant une semaine ou deux. Paige Hamilton a gagné une manche et Monsieur Maintenant ou Jamais a besoin de se reposer et de recharger ses batteries.

Mais ne t'en fais pas, Fleur sauvage, pense-t-il en souriant. *Je vais revenir, plus méchant et déterminé que jamais.*

Et là, il n'y aura plus de surprise.

Chapitre 25

« Quelle délicieuse surprise que voilà ! lança Kendall Bates en guise d'accueil à Heather quand elle revint au travail. C'est très gentil à toi d'être finalement venue. »

Heather glissa rapidement les sacs de Nordstrom derrière son bureau et se mit à remuer des papiers dans tous les sens pour essayer de paraître occupée, au cas où l'un des douze autres gestionnaires de compte de l'étage serait en train de la regarder.

« Marsha t'a demandée.

– Et merde. » Marsha était sa supérieure et ce n'était vraiment pas de chance qu'elle soit venue la chercher le seul après-midi – bon, d'accord, peut-être pas le seul – où elle avait pris une pause repas d'une heure de plus. Heather regarda sa montre. Plutôt deux heures de plus, réalisa-t-elle. « Qu'est-ce que tu lui as dit ?

– Que tu te plaignais de douleurs au ventre et que tu étais peut-être montée t'allonger.

– Tu n'as rien trouvé de mieux ?

– Que voulais-tu que je lui dise – que tu avais pris la moitié de l'après-midi pour aller acheter une robe de soirée ? »

Heather leva les yeux au ciel et parcourut du regard le grand open space qui abritait les bureaux du troisième étage de McCann Advertising. Elle plongea la main dans le plus grand des sacs en ignorant le reproche guère subtil de sa collègue. « Tu veux voir ce que j'ai trouvé ? »

Kendall fit rouler sa chaise de son compartiment à celui de Heather en traversant la travée tandis que cette dernière déballait la petite robe de cocktail à perles rouges du papier de soie qui l'entourait. « Ouah ! s'exclama Kendall. Sacrée robe. Où est le devant ?

– Tu crois qu'elle est trop décolletée ? »

Kendall haussa les épaules. « Tu sais ce qu'on dit – si tu peux te le permettre, n'hésite pas.

– Je peux me le permettre et j'en ai bien l'intention. » Heather rit en remettant la robe dans le sac. « Attends de voir les chaussures. » Elle sortit une boîte du deuxième sac.

« Tu as pris des Louboutin ?

– Un régal pour les yeux. » Elle ouvrit la boîte et en sortit par le talon de douze centimètres un soulier tout orné de strass.

« Ouah ! Combien est-ce qu'elles t'ont coûté ?

– Pas un sou. Ma mère me les a payées.

– Sympa, ta mère. Tu crois qu'elle voudrait m'adopter ? »

Heather remettait la boîte à chaussures dans le sac quand elle sentit une ombre imposante approcher. Elle n'avait pas besoin de lever les yeux pour savoir que c'était celle de sa superviseure, Marsha Buchanan. Elle se dit qu'elle aurait dû, avant de revenir au travail, fumer un joint pour qu'une éventuelle confrontation ne l'atteigne pas. Elle prit mentalement note d'appeler Brandon. L'ancien coursier de McCann Advertising avait été renvoyé quelques mois plus tôt à cause de son activité parallèle qui consistait à fournir les employés en herbe. Heather était l'une de ses meilleures clientes.

« Tu n'es pas en train de vomir j'espère ? » demanda Marsha, sa voix grave, reconnaissable entre toutes, dégoulinant d'ironie. Son timbre qui évoquait trop de nuits blanches passées à boire et à fumer était trompeur puisque Marsha ne buvait ni ne fumait. De ce qu'en savait Heather, cette femme, qui n'avait que quelques années de plus qu'elle, n'avait aucun vice. Sans la discrète alliance en or à son doigt et la multitude de photos de trois petits enfants dodus qui couvraient son bureau, Heather aurait supposé que Marsha était encore vierge. Il y a quelque chose d'asexué chez les personnes en surpoids, avait-elle toujours pensé. En fait, il lui était difficile d'imaginer les femmes aussi fades que Marsha Buchanan, avec ses cheveux bruns, sa coupe au bol démodée et ses chaussures grotesques, avoir la moindre vie sexuelle. Heather ne pouvait pas s'empêcher de se demander ce que son mari lui trouvait. C'était plutôt un bel homme. Elle avait flirté avec lui à une soirée entre collègues l'année précédente, ce qui lui avait surement attiré les foudres de sa supérieure.

Bon, très bien, pensa-t-elle en poussant ses achats du bout du pied sous bureau.

« On m'a dit que ton estomac te causait des soucis, dit Marsha.

– Je me sens beaucoup mieux, merci.

– Oui, j'ai cru comprendre que le personnel médical de Nordstrom était de haut niveau. »

Heather poussa un soupir en entendant des ricanements à travers le bureau. « Je suis désolée, je suis revenue de ma pause un peu en retard, commença-t-elle. J'ai dû manger quelque chose qui m'a perturbée…

– N'en rajoute pas. Je viens juste vérifier si la présentation pour le client est prête. »

Quelle présentation ? se dit Heather. « Quel client ? » demanda-t-elle, avant de pouvoir empêcher les mots de sortir de sa bouche.

L'expression de légère irritation sur le visage de Marsha se changea en colère pure et simple. « Tu plaisantes ?

– Tu parles de Johnson et Johnson ?

– Non, je parle de *Johnson et Applebaum*. Bien sûr que je parle de Johnson et Johnson. Tu étais à la réunion hier. Dick Westlake nous a demandé de lui envoyer la présentation par e-mail, je lui ai promis qu'on s'en occuperait immédiatement.

– Je suis désolée, dit Heather. Je m'y mets tout de suite.

– Tu étais censée t'y mettre hier déjà.

– Je sais, mais mon ordinateur a fait des siennes. Je n'ai rien réussi à en tirer.

– Vraiment ? Tu as parlé du problème au service informatique ?

– J'allais le faire, mais…

– N'en rajoute pas, répéta Marsha. Fais-le. Maintenant. »

Et merde. Elle avait oublié toute cette histoire de présentation au moment même où elle avait quitté la réunion. En vérité, elle n'avait pas prêté attention à grand-chose dans la salle de conférence. Ce bavardage interminable et inutile au sujet des biens de grande consommation. *Ils auraient aussi bien pu l'appeler « salle de somnolence »*, se dit-elle en souriant à son propre trait d'esprit.

« Il y a quelque chose de drôle ? » demanda Marsha.

Heather sursauta en entendant sa voix. Pourquoi était-elle encore là ? Allait-elle rester à la surveiller jusqu'à ce qu'elle soit sûre que le travail soit fait ? C'était ça, la responsabilité d'une superviseure ? Elle n'avait rien de mieux à faire ? « Tu avais besoin d'autre chose ?

– Mets-toi juste au travail. » Marsha Buchanan pivota sur ses talons plats et s'éloigna dans le couloir d'un pas assuré.

« Salope d'envieuse », murmura Heather en ouvrant le fichier sur son ordinateur.

« Tu as déjà envisagé de faire autre chose de ta vie ? » demanda Kendall.

Heather repoussa la question d'un geste de la main, même si elle se disait que Kendall avait peut-être raison. Elle n'avait jamais vraiment aimé la publicité et était entrée là-dedans uniquement parce que sa cousine, Paige, donnait l'impression que c'était facile. Elle aurait préféré travailler dans le commerce, peut-être diriger une boutique haut de gamme, comme l'avait fait Chloé, l'amie de Paige. Mais son père avait opposé à cette idée un avis très défavorable, alors elle avait suivi sa cousine dans la publicité. Elle avait trimé plusieurs années comme coordinatrice de compte avant d'être finalement promue à son poste actuel.

(« Félicitations ! » avait dit sa mère. « Il était temps », avait dit son père.)

Il avait raison, bien sûr. Au fil des années Heather avait vu beaucoup de jeunes femmes avancer et progresser, notamment Marsha Buchanan qui avait commencé chez McCann Advertising à peu près en même temps qu'elle. Et maintenant Marsha, qui avait ça en elle depuis le premier jour – sûrement parce que grosse et moche alors que Heather était belle et mince –, était sa cheffe.

Les gens parlaient souvent d'équité dans la publicité. Mais à quel point était-ce équitable ?

La seule satisfaction pour Heather était que Paige avait perdu son travail à peu près à l'époque où elle avait eu sa promotion.

Elle regarda l'immense open space avec ses grandes baies vitrées qui donnaient sur la Charles River, son plancher en bois blanchi et ses tuyaux apparents au plafond. McCann Advertising était constitué de trois divisions distinctes, chacune occupant un étage : la stratégie, le département recherche et développement et la gestion de comptes. La gestion de compte se composait des coordinateurs de comptes, des gestionnaires de comptes, des superviseurs, des directeurs, et enfin des directeurs de groupes qui travaillaient tous dans des cubes à cloisons, côte à côte. Cette absence de bureaux individuels sous-entendait une égalité qui en fait n'existait pas. En réalité, il y avait une hiérarchie bien définie.

Le métier de gestionnaire de comptes était plutôt considéré comme un poste de débutant. Comme le titre le laissait entendre, les gestionnaires de comptes s'occupaient du suivi des comptes au jour le jour. Entre autres attributions cela consistait à produire des devis pour les clients et à les leur faire signer, à tenir prêts les rétroplanning de production et les remettre aux clients, ainsi qu'à planifier et organiser les réunions quotidiennes.

Ça semblait assez simple, mais Heather foutait toujours tout en l'air. Une fois, elle avait oublié de répondre à l'e-mail d'un client qui avait une question nécessitant une réponse immédiate. Une autre fois, elle avait omis d'inclure une ligne essentielle dans un devis, ce qui avait entraîné un dépassement de budget qui n'avait pas été provisionné. Une autre fois encore, elle avait organisé une réunion mais oublié d'inviter les personnes essentielles et de préparer tout ce qui y était nécessaire. Chaque incident avait entraîné une réprimande. Pourtant Heather restait convaincue que c'était la jalousie des autres, et pas sa fainéantise ou son incompétence, qui était à l'origine de ses problèmes.

Ils enviaient son allure, sa garde-robe, l'argent et l'importance de sa famille autant que son petit ami avocat beau et brillant, celui-là même qu'elle avait volé à sa cousine. Paige, si parfaite et si modeste, qui tenait toujours à minimiser son succès quand tout le monde – excepté le père de Heather – voyait à quel point elle était imbue d'elle-même ! Paige qui « savait de quoi elle parlait » comme disait son père. Paige qui n'oubliait jamais de répondre au message d'un client et ne se trouvait jamais prise au dépourvu.

Sauf qu'évidemment, elle l'avait été. Prise au dépourvu, et très même.

Comme Heather aimait revivre le soir où sa cousine, rentrée plus tôt à la maison, l'avait trouvée au lit avec Noah ! Le regard qu'elle lui avait lancé était impayable. Chaque fois que Heather s'ennuyait dans une de ces réunions interminables avec des clients, elle repensait à l'expression de consternation et de trahison sur le visage de Paige. Ça la faisait sourire chaque fois.

Et maintenant Paige avait un nouveau petit ami. Du moins, d'après sa mère qui avait craché le morceau dès que sa tante Joan avait été hors de portée.

« Elle a un nouveau petit ami ? avait répété Heather.

– Elle l'emmène à la soirée.

– Elle l'emmène à la soirée ?

– Apparemment.

– Qui est-ce ?

– Je ne sais pas.

– Qu'est-ce que tu veux dire par "tu ne sais pas" ?

– Qu'est-ce que tu veux dire, qu'est-ce que je veux dire "par je ne sais pas" ?

– Quoi ? »

Heather se tortilla sur sa chaise en repensant à la vacuité de cette conversation. La seule chose claire était que sa mère ne savait rien : ni le nom ni le métier de l'homme mystère, ni depuis combien de temps lui et Paige se fréquentaient, ni à quel point leur liaison était sérieuse, ni même s'il était aussi beau que Noah. « Et merde », dit-elle à voix haute.

« Un problème ? demanda Kendall.

– Rien d'insurmontable. »

Il y avait une personne qui pouvait lui donner les informations qu'elle mourait d'envie de connaître. Heather prit son téléphone, composa le numéro et entendit sonner deux fois avant la réponse.

« Allô ? dit la voix.

– Chloé. C'est Heather. Comment vas-tu ?

– Heather », répéta Chloé. De l'étonnement filtra dans la froideur de sa voix. « Quelle surprise ! Que puis-je pour toi ?

– Je dois être à Cambridge pour une réunion demain, mentit Heather. Et je me disais que ça faisait trop longtemps qu'on ne s'était pas vues. Je pensais qu'on pourrait peut-être manger ensemble.

– Tu veux qu'on mange ensemble ?

– C'est moi qui invite », dit Heather, en espérant ainsi faire passer la pilule. Bien que Chloé et elle n'aient jamais été très proches – elles étaient plus « amies par alliance », comme Paige l'avait un jour finement analysé et présenté –, cette relation s'était pour ainsi dire terminée quand Paige avait quitté l'appartement de Noah.

« Je ne crois pas que ce soit une très bonne idée, dit Chloé.

– S'il te plaît », dit Heather qui savait que se rabaisser de la sorte était nécessaire pour obtenir l'information qu'il lui fallait. Dieu, qu'un joint lui ferait du bien. « C'est important. Vraiment.

– Vraiment ? » répéta Chloé en faisant de l'affirmation une question.

Un instant de silence. Puis : « D'accord. »

C'est bien ce que j'espérais, pensa Heather avec soulagement. « Génial. Je passe te prendre à une heure. Tu es toujours sur Binney Street ?

– Toujours.

– À demain. » Consciente de la perplexité de Chloé, Heather raccrocha avant qu'elle puisse changer d'avis. Elle se demandait si Chloé la soupçonnait d'être derrière l'appel anonyme qui l'avait avertie des activités extraconjugales de Matt.

« C'est quoi, cette réunion que tu as à Cambridge demain ? demanda Kendall.

– Tu écoutes toujours les conversations des autres ? »

Kendall haussa les épaules puis porta sa main à la bouche et pointa du doigt et des yeux dans la direction de la silhouette de Marsha Buchanan qui approchait. « Tu as envoyé la présentation au client ? demanda Kendall à voix basse.

– Et merde, dit Heather alors que Marsha se plantait à côté d'elle. Merde. »

Chapitre 26

« Alors, qu'est-ce que tu en dis ? » demanda Heather à Noah en tenant sa nouvelle robe devant la robe fourreau grise qu'elle avait portée toute la journée.

« Jolie », dit Noah en levant à peine les yeux vers elle.

Heather se posta immédiatement entre lui et le grand écran de télévision qu'il était en train de regarder.

« Eh ! dit-il. Tu n'es pas transparente. »

Heather leva les yeux au ciel. Est-ce qu'il s'était toujours exprimé avec des expressions aussi bateau ? « Tu n'as même pas regardé.

« J'ai regardé, répliqua-t-il. J'ai dit que c'était joli. Maintenant est-ce que tu pourrais te pousser, s'il te plaît ? Les joueurs sont prêts.

Je ne me pousserai pas tant que tu n'auras pas bien regardé. »

Le soupir exaspéré de Noah manqua de faire trembler la pièce. Il se tourna vers elle, mains sur les genoux, ses épais cheveux noirs balayant son front, ces yeux bleu pâle grands ouverts. « Très bien, je regarde.

– Et ?

– C'est très joli. Maintenant, tu peux bouger ?

– Elle ne te plaît pas, dit Heather.

– Elle me plaît.

– Elle sera mieux sur moi. Avec les bonnes chaussures. » Elle baissa les yeux sur ses pieds nus.

« J'en suis sûr.

– Qu'est-ce que ça veut dire ?

– Qu'est-ce que *quoi* veut dire ? »

Bon sang, pensa Heather ne bougeant pas d'un pouce. Il était aussi méchant que sa mère.

Un grand rugissement jaillit soudain de la télévision.

« Et merde ! dit Noah, presque aussi fort.

– Que s'est-il passé ?

– Martinez a frappé un coup de circuit. Ils viennent de faire un grand chelem. Et je l'ai raté.

– Et c'est de ma faute ?

– C'est toi qui es devant la télé.

– Uniquement parce que tu ne peux pas prendre deux minutes pour me dire sincèrement ce que tu en penses.

– Tu veux que je te dise sincèrement ce que j'en pense ? dit Noah avec colère. Très bien. Je vais te dire sincèrement ce que j'en pense. Tu as raison – je ne suis pas fan. »

– Comment ça, tu n'es pas fan ? » Le ton de Heather grimpait dangereusement vers le cri. « Qu'est-ce qui ne te plaît pas ?

– Je ne sais pas. Elle est un petit peu trop voyante, non ?

– Ah, bon ? »

Il haussa les épaules, s'appuya sur son coude gauche pour essayer de la percer à jour. « Elle fait un peu… bon marché.

– Bon marché ? Elle coûte plus de mille dollars !

– Ce n'est pas ce que je voulais… Attends, tu as dépensé plus de mille dollars pour *ça* ?

– C'est ma mère qui me l'a achetée, dit Heather. Comment ça, elle fait un peu bon marché ?

– Elle est un peu courte, c'est tout. Et un peu légère, ajouta-t-il.

– Elle n'est pas légère, et elle est faite pour être courte.

– Bon, très bien alors. Elle est telle qu'elle doit être. Puis-je regarder le match maintenant ?

– Elle me va à la perfection.

– Très bien. Donc, clairement, je me trompe, elle est parfaite.

– Tu la trouves trop courte ? demanda Heather en voyant Noah s'agripper aux accoudoirs du fauteuil.

– Je la trouve parfaite », répéta-t-il, ses yeux retournant vers l'écran de télévision, l'intonation de sa voix rayonnant de fureur.

« Tu ne dis pas ça juste comme ça ? » le pressa Heather.

C'est à ce moment-là que Noah bascula. « Bien sûr que je dis ça juste comme ça ! Je dirais n'importe quoi pour que tu bouges ton cul de là et que je puisse voir le match. J'ai eu une longue journée merdique et j'ai attendu ce match tout l'après-midi.

Donc, si tu voulais bien gentiment la fermer au sujet de cette robe débile et dégager de devant moi, j'apprécierais grandement. Putain, ce serait vraiment *parfait* ! »

Heather éclata en sanglots et quitta la pièce en courant.

« Merci », lança Noah quand elle claqua la porte de la chambre derrière elle.

Elle lança la robe sur le lit et se jeta dessus. Elle sentit l'empreinte de l'épaisse couche de perles sur son dos. « Va te faire foutre, Noah Sherman ! » Elle se leva, puis se rassit avant de se relever, luttant contre l'envie de laisser éclater une monstrueuse crise de colère à la *Real Housewives*[1]. Au lieu de ça, elle passa sa robe fourreau au-dessus de sa tête, la balança sur le tapis à poils longs bleu foncé, et la piétina jusqu'à ce qu'elle ressemble à une grosse flaque grise.

Elle saisit la nouvelle robe sur le lit, se glissa dedans puis s'observa dans le grand miroir fixé à la porte de la chambre. « Tu es sublime », dit-elle à son reflet. Certes, la robe était un peu courte et plus que serrée. Et oui, elle était peut-être un peu trop décolletée. Mais n'était-ce pas le but ? Elle était parfaite. Elle écarta ses cheveux mi-longs de son visage pâle et essuya les larmes qui coulaient sous ses yeux. « Tu es parfaite. »

Qu'est-ce qui n'allait pas chez Noah, en fait ? Qu'il ait juste eu une journée de merde au travail ne lui donnait pas le droit de s'en prendre à elle. Ni celui d'être méchant.

Heather savait qu'il ne pensait pas les choses qu'il avait dites. Ce qui la dérangeait le plus était celles qu'il n'avait *pas* dites. Entre autres qu'on ne verrait jamais sa cousine dans une robe pareille. Pas la précieuse et *parfaite* Paige.

Elle savait qu'il pensait toujours à elle. Parfois, il palabrait sur un sujet – Noah ne parlait jamais vraiment quand il pouvait palabrer – et si elle osait exprimer son avis, il lui lançait ce regard. Ce regard qui disait qu'elle outrepassait ses capacités et qu'elle n'avait pas la moindre idée de ce dont elle parlait. Et peut-être était-ce vrai. Elle ne s'était jamais vraiment intéressée à la politique ni aux problèmes qui ne la concernaient pas

1. *N.d.T.* Émission de téléréalité américaine qui suit le quotidien de riches femmes au foyer dans les quartiers huppés de grandes villes américaines. Les candidates sont souvent… exubérantes.

directement. Parler d'histoire l'ennuyait, elle, autant que parler des stars de cinéma l'ennuyait, lui. En fait, elle et Noah n'avaient que peu de choses en commun à part le sexe. Et, même à ce niveau, les choses n'étaient plus aussi intenses que lorsqu'elle était sa maîtresse. De temps en temps, Heather voyait Noah regarder dans le vide, et elle savait qu'il pensait à elle, qu'il se demandait s'il avait fait une erreur.

Tout comme son père, se dit-elle. Sa façon de plaisanter sur le fait que l'hôpital s'était trompé, les renvoyant chez eux, lui et sa femme, avec le mauvais nourrisson. Que Paige, née deux jours après mais qui avait quitté la maternité le même jour que Heather, était en fait sa fille.

Heather était la plus jeune des trois enfants de ses parents et leur seule fille. Ses frères, Vic et Jordan, étaient tous deux de brillants étudiants qui avaient obtenu leur master en école de commerce. Heather avait au mieux été une étudiante médiocre – « mon idiote », disait son père – et elle avait vite appris à se réfugier dans l'ombre de ses frères, effrayée par ses propres opinions. Elle adoptait et répétait plutôt les leurs, s'accrochant à la fin de leurs phrases, comme pour les faire siennes et, en définitive, s'en remettre à sa beauté naissante pour la laisser parler à sa place.

Et ça avait fonctionné – un temps. Elle avait eu les yeux de son père, mais pas son attention. Ni son respect. Et puis Paige, sa jumelle virtuelle, avait commencé à parler aux réunions de famille, à débattre les opinions des autres en avançant ses propres arguments raisonnés, à voler la lumière sans effort. « Pour sûr, cette fille sait de quoi elle parle », était devenu le refrain trop familier de Ted Hamilton. Suivi d'un clin d'œil et du corollaire inévitable, « je pense que l'hôpital a dû faire une erreur ».

Heather n'avait pas prévu de haïr sa cousine, tout comme elle n'avait pas prémédité de lui voler son petit ami. En quelque sorte, ces deux choses étaient simplement arrivées et il n'était nul besoin d'un master en psychologie pour comprendre pourquoi. Elle était peut-être « l'idiote », mais elle n'était pas stupide.

Elle avait passé des années à être en compétition silencieuse avec Paige, toujours finissant derrière. Puis elle avait gagné. Elle avait l'appartement de sa cousine, sa carrière et son homme. Elle vivait en fait la vie de sa cousine. Et pourtant elle était plus malheureuse que jamais. Elle ne servait à rien dans son travail, elle n'était même pas sûre *d'apprécier* l'homme qu'elle était censée aimer, et le plus étrange était que Paige lui manquait sûrement plus qu'à Noah.

Heather regarda son reflet dans le miroir et vit que les larmes remplissaient de nouveau ses yeux et débordaient sur ses joues. Noah avait raison – la robe *était* légère. Elle était trop courte, trop serrée et bien trop décolletée.

Et bon sang, elle l'aimait !

Bien sûr, on ne verrait jamais Paige dans quelque chose d'aussi tape-à-l'œil. Elle viendrait à la soirée d'anniversaire de son oncle avec quelque chose d'à la fois discret et sophistiqué. « Et d'ennuyeux », dit Heather à voix haute.

Tout comme Noah était ennuyeux.

« Tu es ennuyeux ! cria-t-elle à la porte close. Tu m'entends ? *En-nuy-eux !* Tu m'ennuies à mourir. » Elle s'approcha du miroir, appuya son front contre la glace et essuya ses larmes du dos de la main.

La porte de la chambre s'ouvrit brusquement, cognant Heather. « Merde ! » cria-t-elle en trébuchant en arrière.

« Désolé, dit Noah. Je ne pensais pas que tu étais là.

– Tu aurais pu frapper.

– J'ai entendu des cris. J'ai cru qu'il y avait un problème.

– Ouais, d'accord. Qu'est-ce qu'il se passe – la pause de la quatrième manche ? »

Noah sourit. « Match suspendu à cause de la pluie. Et c'est la pause de la septième manche, en fait.

– Super. » Heather se retourna et ramassa sa robe grise. « Tu ferais mieux d'y retourner avant qu'il ne cesse de pleuvoir et que tu rates un autre grand machin-chose très important.

– Je ne sais pas, dit-il. Apparemment, tous les grands machins-choses se déroulent ici. »

Heather ravala ses derniers sanglots. « Qu'est-ce que ça veut dire ?

– Ça veut dire que je me trompais pour la robe. Elle est sublime.

– Vraiment ?

– Vraiment. »

Heather regarda ses pieds nus. « Tu veux voir mes nouvelles chaussures ?

– Elles ont des talons hauts ?

– Douze centimètres. »

Le sourire de Noah s'élargit. « Alors, j'adorerais voir tes nouvelles chaussures. »

Heather les enfila rapidement. Les douze centimètres supplémentaires leur donnaient à peu près la même taille. « Ce sont les mêmes que Kim Kardashian portait dans *US Weekly.* » Elle se mordit la langue. Noah détestait quand elle parlait de célébrités.

Mais Noah était déjà en train de s'approcher d'elle et le désir évident dans ses yeux lui criait qu'elle avait enfin toute son attention.

Chapitre 27

Il pleuvait quand Heather se gara devant la maison de Chloé à Cambridge, à une heure cinq, l'après-midi suivant.

Elle était assise dans la nouvelle Lexus sportive blanche que ses parents lui avaient offerte pour sa récente promotion. Elle regardait sans cesse son reflet dans le rétroviseur et priait pour que l'averse s'arrête. La pluie, combinée à la chaleur, ferait des ravages sur ses cheveux qu'elle avait passé une heure à coiffer, entre le brushing et le lissage, ce qui l'avait mise en retard au travail. « C'est gentil à toi de nous honorer de ta présence, avait dit Kendall pour l'accueillir.

– Va te faire foutre, avait marmonné Heather en se demandant depuis quand sa collègue était devenue une telle garce.

– Tes cheveux sont superbes, au fait, dit Kendall.

Peut-être pas si garce que ça, pensa Heather en se regardant dans le petit miroir rond qu'elle conservait dans le tiroir du haut de son bureau. Elle était contente de ce qu'elle voyait.

Par chance, Marsha Buchanan était en réunion à l'extérieur toute la matinée, il n'y avait donc personne pour se plaindre de son retard ou remettre en question son assiduité au travail. Cela avait facilité son départ une heure en avance pour aller rejoindre Chloé. Avec un peu de chance, elle serait de retour au bureau sans que quiconque ne remarque combien de temps elle s'était absentée.

Bien sûr elle n'avait pas anticipé le déluge soudain qui avait entraîné de nombreux embouteillages. Personne à Boston ne savait donc conduire sous la pluie ? *Comme si c'était quelque chose de rare*, se dit Heather qui espérait que l'averse s'arrêterait aussi soudainement qu'elle avait commencé et qu'elle pourrait rester tranquillement assise en attendant. Mais au bout de presque dix minutes passées à vérifier ses cheveux et retoucher son maquillage, la pluie sembla s'intensifier et il était clair qu'elle ne pouvait pas passer l'après-midi comme ça. On aurait pu croire que Chloé regarderait par sa fenêtre et, comprenant la situation, lui éviterait le désagrément de sortir de sa voiture pour aller sonner à la porte. Ce n'était pas comme si elles avaient un rendez-vous *amoureux*.

Heather envisagea de klaxonner puis se dit que ce serait grossier. Ce n'était peut-être pas un rendez-vous amoureux, mais ça avait été son idée. Non seulement son idée, mais son invitation. *Et puis merde*, se décida-t-elle en klaxonnant trois fois rapidement. Elle allait payer pour ce satané repas, alors Chloé pouvait bien faire le trajet jusqu'à la voiture sans escorte.

La porte d'entrée s'ouvrit presque immédiatement et Chloé apparut. Elle portait des baskets, un pantalon large, un tee-shirt bleu informe et ses cheveux étaient retenus en queue-de-cheval. *Elle ne s'est pas vraiment habillée pour l'occasion*, pensa Heather, se sentant vaguement insultée et clairement trop apprêtée dans son chemisier à volants orange et sa jupe en cuir noir, la même qu'avait portée Gwyneth Paltrow récemment pour un gala de charité.

Chloé dévala l'escalier du porche et secoua la pluie de ses épaules en ouvrant la porte de la voiture pour se glisser dans le siège en cuir beige à côté de Heather. Elle ne portait pas le moindre maquillage. Pas une trace de fard sur ses joues, pas une touche de mascara, pas le moindre rouge à lèvres. Et pourtant, elle était d'une beauté indéniable. Heather eut instantanément un coup de mou.

« Bon, dit Chloé au lieu de bonjour. Tu vas me dire de quoi il s'agit ?

– Bonjour à toi aussi, dit Heather.

– Je pense qu'on peut se passer des formules de politesse, tu ne crois pas ? dit Chloé. Qu'est-ce que tu veux, Heather ?

– Ce que je veux, répéta Heather en essayant d'analyser la situation. Je pensais que je t'invitais à manger.

– Oui, bon, je ne crois pas une seconde à un geste innocent de ta part. Donc pars du principe que je t'évite une dépense et que tu m'évites de perdre mon temps et dis-moi ce que tu veux. »

Heather resta muette un moment. Même si elle s'était préparée à une certaine résistance de la part de Chloé, elle n'avait pas anticipé une hostilité pure et simple. « Oh ! Je n'avais pas réalisé que tu avais une si piètre opinion de moi.

– Vraiment ? Ça te surprend ?

– Honnêtement, oui.

– Tu as couché avec le fiancé de ma meilleure amie.

– Enfin, techniquement, ils n'étaient pas fiancés.

– Ils vivaient ensemble, lui rappela Chloé.

– Et maintenant il vit avec moi. » Heather ramena ses mains sur ses genoux et essaya de ne pas les agiter. Les choses ne se passaient pas comme prévu. « Je ne l'ai pas vraiment forcé, tu sais.

– Oui, je suis persuadé que tu as été irréprochable. »

Heather se tourna doucement vers son interlocutrice. « Je ne suis pas sûre de ce que tu veux que je dise.

– Je veux que tu me dises pourquoi tu as organisé cette petite rencontre.

– Je voulais vraiment renouer le contact.

– Tu voulais renouer le contact, répéta Chloé.

– Oui. Ça te surprendra peut-être mais je n'ai pas beaucoup d'amis…

– Ça ne me surprend pas.

– Très bien. » Heather était au bord des larmes. Ça ne se passait vraiment pas du tout comme prévu. « Tu ne comptes vraiment pas me faciliter la tâche, n'est-ce pas ?

– Tout le monde n'est pas aussi facile que Noah, dit Chloé.

– Oh. Très bien. Écoute, je sais que Paige et toi êtes les meilleures amies du monde et tout, mais… je t'ai toujours considérée comme mon amie aussi. Et je voulais sincèrement juste reprendre le contact, savoir comment tu allais, prendre des nouvelles des enfants. Savoir où en était Matt. »

Chloé hocha la tête d'un air entendu. « Tu sais exactement où en est Matt.

– Comment ça ?

– Tu ne pensais quand même pas tromper quelqu'un avec ton coup de la semaine dernière ? »

Heather sentit les couleurs quitter son visage et se félicita d'avoir appliqué une deuxième couche de fond de teint en attendant que la pluie cesse. « Quel coup ? »

Chloé leva les yeux au ciel. « Sérieux ? Tu vas faire l'idiote ? »

« *Mon idiote* » entendit-elle dire son père.

« Honnêtement, je ne comprends pas du tout de quoi tu parles. »

Chloé saisit la poignée de la portière. « Alors, je ne crois pas qu'il y ait autre chose à dire.

– Attends », dit Heather en saisissant le bras de Chloé qui eut immédiatement un mouvement de recul. « Très bien, oui. Je suppose que tu parles du coup de téléphone.

– Moins idiote que je ne pensais, dit Chloé. Juste... mauvaise.

– Je ne voulais pas être mauvaise.

– Non ? Et qu'est-ce que tu *voulais* alors ? »

Heather prit quelques secondes pour retrouver sa contenance et rassembler ses idées. En toute honnêteté, elle ne savait pas vraiment pourquoi elle avait prévenu Chloé que Matt était sur un tas de sites de rencontre. Peut-être pour lui faire payer d'avoir choisi Paige plutôt qu'elle. Et puis, elle était défoncée, et ça avait été plutôt marrant. « J'ai tout simplement pensé que tu avais le droit de savoir, c'est tout.

– Et tu t'es dit qu'un appel anonyme était la meilleure manière de me l'apprendre.

– Je pensais que tu n'apprécierais pas que l'information vienne de moi. »

Chloé haussa les épaules. Heather en déduit qu'elle avait probablement raison.

« Tout ce que je sais, c'est que j'aimerais savoir si Noah me trompait.

– Oh, je pense que tu peux t'attendre à ce que ça arrive.

– Qui est mauvaise, là ? » demanda Heather.

Aucune des deux femmes ne parla pendant plusieurs secondes, on n'entendait que le crépitement de la pluie contre le pare-brise.

« Alors, que s'est-il *passé* entre toi et Matt ? » s'entendit demander Heather.

Le rire de Chloé emplit l'habitacle. « Tu es incroyable. » Elle secoua la tête. « Tu sais, on pourrait te trouver charmante si tu n'étais pas une telle garce. Et puis merde. Ce n'est pas un grand secret, poursuivit-elle avant que Heather puisse réagir. J'ai parlé à Matt ; on a eu une grosse dispute ; je l'ai mis dehors ; je suis en contact avec une avocate et je vais sûrement demander le divorce. Satisfaite ? »

Heather n'était pas sûre de savoir ce qu'elle ressentait. « Je me disais juste que tu devais savoir, murmura-t-elle.

– Écoute. La vérité, que ça me plaise ou non, c'est que tu m'as sûrement rendu service. Alors… c'est tout ce que tu voulais savoir ? On a terminé ? » Encore une fois Chloé allait ouvrir la porte.

« Attends, dit Heather. Au moins le temps que la pluie se calme un peu.

On n'en a donc pas terminé, dit Chloé. Il y a autre chose dans ce petit cerveau tordu. Laisse-moi deviner : ta mère t'a dit que Paige emmènerait quelqu'un à la soirée de ton père…

– Paige va venir accompagnée à la soirée de mon père ? » la coupa Heather en ouvrant les yeux aussi grands que ses trois couches de mascara le permettaient.

« Tu fais encore l'idiote. »

Dieu, qu'elle détestait ce mot. « D'accord, elle me l'a dit, reconnut Chloé. Et je suis curieuse. Autant que je saches ce n'est pas puni par la loi. Comment sais-tu que ma mère me l'a dit d'ailleurs ?

– La mère de Paige lui a avoué avoir lâché cette information.

– Tu as parlé avec Paige.

– À peu près tous les jours.

– Elle sait que je t'ai invitée à manger.

– Je l'ai appelée à la seconde où nous avons raccroché.

– Et vous vous êtes dit toutes les deux que ça serait amusant de me laisser conduire jusqu'ici sous la pluie…

– On ne savait pas qu'il pleuvrait. Mais c'est un peu la cerise sur le gâteau.

– Très bien. Tu peux sortir de la voiture maintenant », dit Heather. Des larmes de rage remplaçant sa curiosité.

« Au fait, qu'est-ce que tu faisais sur des sites de rencontre ? demanda Chloé, la main sur la poignée. Ton histoire avec Noah bat déjà de l'aile ? » Elle n'attendit pas de réponse, se leva et claqua la lourde portière derrière elle avant d'avancer sous la pluie jusqu'à sa porte.

« Tout va très bien ! cria Heather dans son dos. Tu te crois maligne, pas vrai ? continua-t-elle alors que Chloé disparaissait dans sa maison. Attends un peu. Je vais te montrer comme tu es maligne. » Elle appuya sa tête contre le volant et se mit à pleurer.

Elle ne savait peut-être pas grand-chose. Mais elle savait se venger.

Chapitre 28

« Nom de Dieu, Heather ! » dit Noah dont la voix lui parvenait par-dessous la porte de la salle de bains. « Qu'est-ce que tu fais là-dedans ?

– J'ai bientôt fini. » Heather vérifia, puis vérifia encore son maquillage dans le petit miroir grossissant rond à côté du grand miroir rectangulaire au-dessus du lavabo. Était-ce une tache qui se formait en plein milieu de sa joue droite ? Bon sang. Elle n'avait pas eu le moindre bouton depuis des années. Ça devait être le stress. La soirée de son père qui arrivait, la dégradation de sa relation avec sa responsable, la confrontation humiliante avec Chloé, la pluie. Elle saisit son correcteur, en tapota l'ignoble imperfection jusqu'à ce qu'elle ait presque disparu, puis appliqua une nouvelle couche du produit sous ses yeux pour la forme. Elle avait déjà dû refaire son maquillage aujourd'hui à cause du fiasco avec Chloé. Son mascara soi-disant waterproof avait laissé des traînées noires le long de ses joues. On aurait dit que les traces, bien que nettoyées, s'étaient transformées en un énorme bouton. « Sois maudite, Chloé », dit Heather en appliquant une nouvelle couche de correcteur.

Elle souleva ses cheveux, les laissa retomber, les releva encore, mais ça n'allait toujours pas. La pluie leur avait vraiment fait du mal. « Putain de boucles », marmonna-t-elle. Elle humidifia ses cheveux sur les côtés puis sortit son sèche-cheveux du petit compartiment du placard sous le lavabo. Tout était la faute de Paige. Elle avait de toute évidence convaincu Chloé de marcher dans son plan pour l'humilier. « Mauvaise perdante », murmura Heather en dirigeant vers sa tête son sèche-cheveux allumé à la puissance maximale.

« Mais qu'est-ce que tu fais, maintenant ? hurla Noah de l'autre côté de la porte.

– Calme-toi. J'en ai pour une minute.

– Tu as dit ça il y a dix minutes.

– Tu me ralentis, l'avertit Heather.

– On a déjà vingt minutes de retard.

– Donc quelques minutes de plus ne changeront pas grand-chose. Qui arrive pile à l'heure au restaurant de toute façon ?

– Je te garantis que tous les autres seront à l'heure. »

Heather leva les yeux vers son reflet et continua de sécher et sculpter ses pointes humides avec style. Depuis quand Noah était-il devenu un pleurnicheur pareil ? Même s'il avait sûrement raison. Les avocats de Whitman et Loughlin étaient une bande très à cheval sur les principes. Ils arriveraient sûrement à sept heures précises au restaurant de Little Italy. Tellement ponctuels. Tellement prévisibles. Tellement ennuyeux. « *En-nuy-eux* », articula-t-elle par-dessus le souffle d'air chaud du sèche-cheveux.

« Qu'est-ce que tu as dit ?

– J'ai dit que si tu voulais que je sois à l'heure, cria-t-elle, tu aurais dû prendre un appartement avec une salle de bain plus grande ! Je peux à peine bouger là-dedans.

– Le problème ne vient pas de la salle de bains. »

Il avait raison. Le problème ne venait pas de la salle de bains. Heather détestait *tout* dans l'appartement de Noah. On trouvait l'empreinte de Paige littéralement dans toutes les pièces : le tapis qu'elle avait choisi pour le salon, les coussins à fleurs sur le canapé, la salière et la poivrière en étain au milieu de la table à manger, même le satané miroir au-dessus du satané lavabo dans la satanée minuscule salle de bains exiguë. Sans même parler de l'éclairage. Pouvait-il être moins flatteur ? Comment Noah pouvait-il espérer qu'elle soit prête à temps ?

« Encore deux minutes », dit-elle en éteignant le sèche-cheveux avant de le remettre dans le placard. Son œil s'arrêta sur le reste d'un joint caché derrière un flacon de dissolvant. Elle coiffa ses cheveux derrière ses oreilles en se demandant si elle avait le temps de le fumer. *Il ne vaut mieux pas*, se dit-elle. Noah lui avait clairement fait comprendre qu'il n'approuvait pas son penchant pour l'herbe en dépit de son caractère légal dans le Massachusetts. *Fait chier*, pensa-t-elle en refermant le placard. Pourquoi est-ce que tout devait être si difficile dans sa vie ?

Dès son retour de Cambridge elle avait trouvé Marsha Buchanan en train de l'attendre à son bureau, ses réunions s'étant terminées plus tôt que prévu. « J'ai programmé un entretien d'évaluation pour toi, lundi à dix heures, avait-elle dit à Heather. Sois à l'heure. »

Heather savait que cet entretien d'évaluation n'était qu'une formalité, la première étape vers son licenciement. Elle avait reçu un sévère avertissement et une chance de se ressaisir. Si ses supérieurs ne voyaient pas d'amélioration significative dans les semaines à venir, elle serait virée. Et elle n'aurait pas l'excuse d'un rachat par une société de New York pour rendre son renvoi plus digne, ce qui donnerait à son père l'occasion de la comparer, à son désavantage, à sa cousine.

Heather était rentrée à la maison, avait troqué son chemisier orange et sa jupe en cuir contre un jogging et englouti une part de pizza froide trouvée dans le frigo en attendant de pouvoir faire l'amour avec Noah pour oublier cette journée de merde. Sauf qu'elle avait oublié la soirée au restaurant avec les collègues de Noah.

Au diable cette Chloé de toute façon. C'était peut-être la porte-parole de Paige, mais est-ce que ça l'aurait tuée d'être agréable ? Ou au moins un peu plus coopérative ? Mais non, Heather avait été obligée de perdre la moitié de l'après-midi à conduire jusqu'à Cambridge et d'en revenir, risquant sa place et sa vie – il n'y avait pas pires conducteurs que les gens de Boston – et qu'avait-elle appris ? Rien ! L'homme mystère de Paige restait un secret. Seule la nouvelle du divorce imminent de Chloé et Matt avait rendu l'après-midi légèrement plus acceptable.

« Qu'est-ce que tu fiches là-dedans ? demanda Matt.

– Tu peux t'en aller ? Tu me rends folle.

– C'est moi qui *te* rends folle ? »

Heather arrangea une dernière fois ses cheveux et prit une grande inspiration. Elle rentra son haut rouge moulant dans son jean griffé bleu foncé. Étant donné tout ce qu'elle avait eu à gérer, elle n'était pas mal du tout. Elle ouvrit la porte de la salle de bains. « Très bien. Prête à y aller. »

Noah tendit la main vers sa joue. « Est-ce que c'est un bouton ? » dit-il.

« Et donc, Shiloh dit : "Arrête de chanter, Lance. Tu *perturbes* mon sommeil !" » Brianne Palmer porta les mains à sa poitrine dans un geste exprimant le choc et le plaisir. « Vous vous rendez compte ? Elle n'a que trois ans ! Quel enfant de trois ans utilise des mots comme "perturber" ? »

« Incroyable », dit Nicole Barry en plantant sa fourchette dans ce qu'il restait de son fondant au chocolat. « Elle est tellement intelligente. » Nicole s'écarta de la table et caressa son ventre, rond de huit mois de grossesse.

« Shiloh est clairement douée, approuva Kaitlin Seymour. Je l'ai toujours dit. Dès l'instant où elle est née – les yeux grands ouverts –, on a vu qu'elle était spéciale.

– Les filles se développent clairement plus vite que les garçons, dit Brianne. Je veux dire, Lance est un enfant formidable, mais ce n'est pas Einstein.

– Oh, mais les petits garçons sont si mignons », dit Nicole en traçant de larges cercles de la main sur son ventre.

Kaitlin sourit à Heather par-dessus la longue table pour huit. « Nous devrions arrêter. Toute cette discussion sur les enfants doit être terriblement ennuyeuse pour la pauvre Heather.

– Oui », acquiesça Heather, levant les yeux du petit miroir caché dans sa main, juste à temps pour voir le sourire de Kaitlin se figer.

« Oh, dit celle-ci.

– Est-ce qu'elle vient de dire que nous étions ennuyeuses ? demanda Nicole à Brianne.

– Comment ? dit Heather en remettant rapidement le miroir dans son sac. Je suis désolée, j'ai dû mal comprendre.

– Je disais juste que toute cette discussion sur les enfants devait être terriblement ennuyeuse pour toi.

– Oh, dit Heather. *Oh, non.* Pas du tout. Je suis désolée. J'ai cru que vous aviez dit… ça n'a pas d'importance », dit-elle parce qu'elle ne put rien trouver d'autre. La vérité était qu'elle avait cessé d'écouter les autres femmes quelque part entre la salade et les entrées, assommée par les assauts incessants d'anecdotes sur leur progéniture. Qu'est-ce qui ne tournait pas rond chez ces femmes ? N'avaient-elles aucun autre sujet de conversation ?

Elle tendit l'oreille brièvement quand le prénom Tiffany fut mentionné croyant qu'on parlait de la célèbre marque de bijoux, mais il s'avéra qu'elles discutaient d'une fille dont le corps avait été retrouvé récemment dans une décharge et de la probable présence d'un tueur en série dans les parages.

« Allons, avait répliqué une des femmes – elle était incapable de se souvenir de laquelle. Ma mère dit que si on a réussi à élever des adolescentes, les tueurs en série sont une promenade de santé !

Elles avaient toutes ri et la conversation était vite revenue aux enfants.

Quel ennui !

Non que leurs maris, qui s'étaient regroupés à l'autre bout de la table après avoir commandé le dessert, valaient beaucoup mieux. Leur discussion était une combinaison assommante de travail, de vin et de sport. Elle avait tenté de feindre l'intérêt pour ce qu'ils disaient, mais ils l'avaient perdue quelque part entre le droit civil et Tom Brady, même si elle avait écouté un moment quand le nom du bel athlète fut mentionné.

À la fin, elle avait laissé son esprit dériver, d'abord pour imaginer comment serait au lit le beau serveur qui apportait les boissons à une table voisine, ensuite pour se rappeler sa confrontation avec Chloé, ce qui conduisit ses pensées vers son mari, Matt, et comment lui avait été au lit – à savoir, pour être honnête, pas si génial que ça. Bien qu'ils ne soient pas arrivés jusqu'au lit.

Mais quand même.

Comme elle aurait aimé agiter ce joli drapeau devant la petite gueule prétentieuse de Chloé ! « *Tu te souviens de ta pendaison de crémaillère quand vous avez déménagé sur Binney Street ?* » Matt avait bu, et Chloé et lui s'étaient disputés et se parlaient à peine. Heather était montée à l'étage pour aller aux toilettes et quand elle avait ouvert la porte, Matt était là, et il l'avait acculée contre le lavabo. Il avait fermé la porte du pied avant de baisser sa culotte et de la pénétrer.

Toute l'affaire avait duré moins de deux minutes. Il l'avait à peine regardée, préférant se concentrer sur son propre reflet dans le miroir au-dessus du lavabo. Quand il eut terminé, il avait souri – plus à sa propre image qu'à elle – remonté sa braguette et était retourné auprès de ses invités. Heather avait remonté sa culotte et baissé sa robe, les cuisses tremblantes, le dos douloureux d'avoir cogné à chaque à-coup contre l'émail. Elle n'avait pas entendu Paige approcher.

« Qu'est-ce qui se passe ? » demanda Paige.

Heather se tourna vers elle. « Comment ça ? » Paige avait-elle vu Matt quitter la pièce ? Avait-elle des soupçons ?

« Tout va bien ?

– Tout va bien. Pourquoi ?

– Je ne sais pas. Tu étais là debout, l'air de…

– Tout va bien », répéta Heather. Elle redescendit, traîna encore un peu, puis quitta la fête tôt. Matt lui avait fait un au revoir insignifiant de la main.

« Qu'est-ce qui se passe ? demandait maintenant Noah, surgissant à côté d'elle.

– Quoi ?

– Tu étais à des millions de kilomètres. À quoi pensais-tu ? »

Heather haussa les épaules, le restaurant autour d'elle revint dans son champ de perception. Elle entendit le tintement des couverts, le murmure des conversations, les femmes qui riaient.

« Je crois que nous sommes très ennuyeuses pour la pauvre Heather », dit Kaitlin, comme elle l'avait dit plus tôt.

Combien de temps s'est écoulé ? se demanda Heather pendant que Noah expliquait qu'il avait une réunion importante le lendemain matin et qu'il voulait faire quelques recherches supplémentaires avant d'aller au lit.

Ce qui voulait dire pas de sexe. La fin d'une journée parfaite.

Dès leur retour à la maison, Noah s'assit à la table du salon et se plongea dans le travail. Heather se lava le visage, appliqua une crème sur l'infamante éruption, se mit au lit et enchaîna les rediffusions d'épisodes de *The Millionaire Matchmaker*[1] tout en parcourant plusieurs sites de rencontre sur son téléphone. Elle ne fut pas surprise de voir que Matt y figurait toujours. Bon sang quel beau diable il était. « Tu es gonflé », dit-elle à sa photo, non sans

---

1. *N.d.T.* Émission de téléréalité proposant d'organiser la rencontre amoureuse entre les candidats, de jeunes et beaux célibataires millionnaires.

une certaine admiration. Noah, d'un autre côté, était devenu d'un ennui accablant.

Avait-il toujours été si terne ?

Que lui avait trouvé Paige, en fait ?

Elle en avait assez de s'ennuyer – avec Noah, dans son travail, dans sa vie.

Elle regarda de nouveau le téléphone dans sa main. Ce dont elle avait besoin était d'un peu de frissons.

Chapitre 29

La maison de Peach Drive était caractéristique de la banlieue aisée de Newton – un étage, des bardeaux blancs, bien entretenue. Elle trônait en retrait de la rue, au milieu d'une immense pelouse impeccablement tondue, entourée de grands arbres feuillus et d'arbustes fleuris. Heather n'avait pas la moindre idée de quelle sorte d'arbres et d'arbustes il s'agissait et elle n'en avait rien à faire. La nature n'avait jamais été son truc. Des fleurs roses, des fleurs rouges, quelle différence cela pouvait-il bien faire ? Ce qui l'intéressait davantage, c'était le panneau À VENDRE visible depuis la route. Et le nom de l'agent immobilier écrit en gros au bas du panneau : Matthew Dixon.

Elle avança dans l'allée, gara sa voiture mais laissa tourner le moteur. Il faisait plus chaud que la veille, même en cette fin d'après-midi. Heureusement, il avait cessé de pleuvoir. Elle ne pouvait cependant risquer que l'humidité de l'air n'abîme ses cheveux coiffés il y a peu, donc rester dans l'air conditionné de sa voiture était judicieux. Elle regarda son reflet dans le rétroviseur, satisfaite de voir que le Clearasil avait fait son œuvre. Le bouton bourgeonnant de la veille n'était plus qu'un mauvais souvenir même si, en regardant de près, une petite cicatrice demeurait.

Heather doutait que Matt la regarde de si près. Au cas où, elle défit les deux premiers boutons de son chemisier blanc et ajusta ses seins pour qu'ils débordent de son soutien-gorge pigeonnant en dentelle blanche.

Elle n'avait pas pris la peine de mettre une culotte.

Il devrait être là d'une minute à l'autre, se dit-elle en regardant sa montre. Et il allait être surpris ! Elle émit un petit rire, satisfaite de son plan.

Elle avait passé presque toute la matinée sur son ordinateur à chercher les maisons à vendre dans la banlieue environnante, en se concentrant sur les biens dont Matt avait la charge. « Mais c'est qu'on est débordée ! » avait commenté Kendall de l'autre côté de la travée, imaginant à tort que Heather était en train de travailler.

Heather avait choisi la maison de Peach Drive pour sa proximité avec le centre-ville. Bien qu'il fût important de choisir une propriété en dehors du cœur de Boston pour minimiser le risque de croiser une connaissance, il était inutile de pousser le bouchon trop loin. Et d'ailleurs elle avait toujours détesté la banlieue. Elle plaisantait souvent, disant qu'elle saignait du nez quand elle s'éloignait trop de Beacon Hill[1].

Puis elle avait appelé l'agence de Matt et parlé à son assistante, lui donnant un faux nom. Elle avait prétendu vouloir voir la maison de Peach Drive aussi tôt que possible. « M. Dixon peut vous y retrouver à dix-huit heures », lui avait annoncé la secrétaire après avoir vérifié avec Matt, sorti pour une autre visite. « Est-ce que cela vous conviendrait ? »

Cela me convient très bien, se disait maintenant Heather alors qu'un léger sourire se dessinait sur ses lèvres. Elle jeta un nouveau coup d'œil dans le rétroviseur pour y rencontrer son regard malicieux. À dix-huit heures précises, une voiture s'arrêta dans la rue, en face de la maison. Heather vit Matt en sortir. Il ajusta sa veste en lin beige et lissa ses cheveux en arrière puis avança d'un pas décidé dans l'allée. Chacun de ses pas était marqué d'arrogance et transpirait d'assurance.

Heather prit une grande inspiration et sortit de sa voiture.

Le sourire de Matt était bien en place et sa main déjà en train de se tendre pour serrer la main de sa cliente, quand les talons hauts des sandales roses de Heather s'arrêtèrent sur les briques grises de l'allée. « Madame Turner ? » demanda-t-il en s'avançant.

Heather blêmit. Était-il possible qu'il ne l'eût pas reconnue ? *Oh, mon dieu. Ce serait tellement gênant.*

Le sourire de Matt s'évanouit quand il approcha et ses yeux se plissèrent. « Heather ? »

---

1. Quartier central et historique de Boston.

Dieu merci, pensa Heather. « C'est étonnant de te croiser ici, dit-elle en riant.

– Je ne comprends pas. Que fais-tu là ?

– Je t'attendais.

– Il doit y avoir une erreur. » Il regarda sa montre. « Je dois retrouver une cliente ici à dix-huit heures.

– Mme Turner, dit Heather.

– Oui. Tu la connais ?

– C'est moi. »

Il sembla estomaqué. « Tu t'es mariée ? »

Heather éclata de rire. « Non. Mon dieu, non.

– Je ne comprends pas, dit-il de nouveau. Tu as dit à mon assistante que ton nom était Mme Turner. Que tu étais intéressée par l'achat de la propriété ?

– Et cette partie-là est vraie », improvisa Heather en entendant un soupçon de colère se mêler à la confusion dans la voix de Matt. « Pour ce qui est de voir la propriété, Noah et moi envisageons d'acheter une maison dans le coin. » *Et merde*, se dit-elle. Évidemment que Matt serait perturbé et énervé. Il avait conduit depuis Newton en s'attendant à trouver une acheteuse impatiente, à empocher facilement une commission et au lieu de ça il l'avait trouvée… elle.

Qu'est-ce qui lui était passé par la tête ? Et si Matt en parlait à Noah ?

Impossible, se dit-elle. Les deux hommes n'avaient jamais été amis et il n'y avait aucune raison qu'ils le deviennent tout à coup. Noah avait toujours considéré Matt comme un abruti et ne l'avait toléré qu'à cause de l'amitié de Paige avec Chloé. Désormais Paige et Chloé ne faisaient plus partie du paysage, et Noah était… en train de sortir du cadre. « Je pensais que tu ne voudrais pas me voir si j'utilisais mon vrai nom », expliqua Heather, anticipant la question suivante de Matt. « À cause de Chloé, Paige et Noah et tout ça.

– Je n'ai jamais vraiment compris leur amitié pour être honnête », dit Matt, retrouvant son assurance. « J'ai toujours pensé que Noah pouvait mieux faire. » Il lui sourit. « Content de voir qu'il a réussi. »

Heather sentit le rouge lui monter aux joues et un picotement entre les jambes.

« En plus, je n'ai jamais laissé ma vie privée interférer avec les affaires. Tu penses vraiment que vous pourriez acheter cette maison ?

– Disons que je préférerais la voir d'abord. »

Elle rit.

« Bien entendu. » Matt tendit la main en direction de la porte d'entrée. « Par ici. »

« Alors, madame Turner, dit-il, un sourire confiant dans la voix. Qu'en pensez-vous pour le moment ? » Ils se tenaient dans la chambre principale, entièrement blanche, à l'étage, après avoir fait le tour du rez-de-chaussée et du sous-sol aménagé.

« C'est magnifique », dit Heather. *Le lit a l'air incroyablement confortable,* pensa-t-elle en s'imaginant rouler dessus avec Matt.

« Eh bien, comme je l'ai dit, les propriétaires l'ont rénovée il y a un an, et ils n'ont pas lésiné sur les moyens. La cuisine est neuve, tout comme les salles de bains, la chaudière et la toiture. Le grand luxe. Et attends de voir ce qu'ils ont fait ici. »

Il traversa la chambre jusqu'à la salle de bains en marbre noir et blanc attenante.

Heather le suivit. « Très impressionnant.

– Plan de travail en marbre, deux vasques en céramique, baignoire sur pieds, sol chauffant en marbre, et porte-serviettes. Et la cerise sur le gâteau, dit-il en lui faisant un clin d'œil et lui montrant la douche au fond de la salle de bains.

Heather accentua son déhanchement et se cambra en admirant la pièce, les murs en marbre et la robinetterie du dernier cri. « Elle est de toute évidence bien… équipée.

– Ciel de pluie grand format dans la douche, ainsi qu'une multitude de jets venant de toutes les directions. Assez de place pour deux. Ou trois, ajouta-t-il en se rapprochant derrière elle. Alors, qu'en penses-tu ?

– C'est presque parfait.

– Il y a un "mais".

– C'est un peu tape-à-l'œil…

– Tape-à-l'œil ?

– Pour Noah.

– Pour Noah, lui souffla Matt dans la nuque.

– Eh bien, nous ne sommes que deux, dit-elle d'une voix vacillante alors qu'il se collait contre elle.

– Nous ne sommes que deux », répéta-t-il. Il dégagea ses cheveux sur le côté et ses lèvres lui frôlèrent le cou.

Elle en avait le souffle coupé.

« Tu n'es pas vraiment venue pour voir la maison, n'est-ce pas ? »

Elle le sentit s'éloigner. *Reviens*, pensa-t-elle. *Reviens*. « Pourquoi dis-tu ça ? »

Il posa ses mains sur ses épaules et la fit lentement pivoter.

Allait-il encore l'embrasser ?

« Parce que tu t'es dépêchée de traverser les pièces du bas, dit-il. Tu n'avais pas l'air particulièrement intéressée, et tu n'as posé aucune question.

– Peut-être que tu as été très clair et convaincant.

– Peut-être, mais j'en doute. Pourquoi cette comédie, Heather ? C'est Chloé qui t'a demandé de faire ça ?

– Non.

– Est-ce une sorte de test ? C'est pour ça que tu es là ?

– Non !

– Alors, pourquoi ? Il la poussa contre le plan de vasques et la saisit par le menton en serrant fort.

– Je voulais juste te voir.

– Pourquoi ?

– J'ai su pour toi et Chloé.

– Comment ?

– Je ne comprends pas.

– Comment as-tu su pour moi et Chloé ? Paige ne te parle plus et Chloé n'irait jamais se confier à toi. À moins… » Il laissa retomber sa main et une lueur d'admiration brilla dans son regard. « À moins que ce ne soit toi qui aies prévenu Chloé.

– La prévenir de… ? »

Il éclata de rire. « Tu as été une très vilaine fille », dit-il, d'une voix basse qu'elle trouva insupportablement sexy. « N'est-ce pas… madame Turner ? » Il lui mit la main entre les jambes. « Bien, bien, murmura-t-il. Je crois que j'ai trouvé pourquoi tu étais là. »

Heather gémit. *Qu'est-ce que ça peut faire ?* pensa-t-elle. C'était pour ça qu'elle était venue après tout. L'occasion de baiser à la fois Matt et Chloé, de lui faire payer le coup qu'elle lui avait fait l'autre jour. *Sans oublier Noah*, pensa-t-elle, consciente qu'il lui portait de moins en moins d'attention. « Déçu ? » demanda-t-elle, se sentant reprendre le pouvoir.

« Tu étais plutôt sûre de toi, pas vrai ?

– Plutôt sûre de *toi* », répondit-elle.

Sans un mot de plus Matt baissa sa braguette et releva la jupe de Heather.

Sérieusement ? pensa celle-ci quand il la pénétra pour la pilonner durement et longuement contre le marbre. *On fait ça ici, dans la salle de bains, contre le lavabo ? Encore ? Alors qu'il y a un lit magnifique avec une belle chambre confortable à quelques mètres ?*

Se comportait-il comme ça avec Chloé ? Heather fut presque désolée pour cette femme. *Elle doit avoir le dos couvert de bleus*, pensa-t-elle pendant que Matt continuait d'aller et venir en elle. Elle se demandait combien de temps elle pourrait supporter ça quand il se retira, la retourna et gifla ses fesses nues.

« Qu'est-ce que ?… »

Mais il s'éloignait déjà en remontant sa braguette et arrangeant sa veste.

« On ne va pas pouvoir prendre de douche, j'imagine ? » dit-elle, ne plaisantant qu'à moitié. Elle aurait bien eu besoin de s'asperger un peu pour soulager son dos et son entrejambe.

« On doit partir d'ici avant que les Stewart ne rentrent, dit Matt de façon très pragmatique. Je les ai prévenus que nous serions partis avant dix-neuf heures. Viens. Tu pourras te recoiffer dans la voiture.

– Qu'est-ce qui ne va pas avec mes cheveux ? » Elle jeta un œil dans le long miroir au-dessus des vasques. « Oh mon dieu ! » Ses cheveux étaient en bataille, les racines frisottaient déjà à cause de la transpiration.

« Allez, viens, dit-il en la pressant dans l'escalier puis jusqu'à la porte d'entrée.

– Il faut qu'on arrête de se voir comme ça, railla-t-elle alors qu'ils approchaient de sa voiture.

– C'est sûrement une bonne idée, confirma-t-il. Appelle-moi si tu envisages sérieusement d'acheter une maison.

– D'accord. » Heather le vit dans son rétroviseur s'installer derrière le volant de son Audi noire sans même jeter un œil vers elle. « Et alors, tu espérais quoi ? » demanda-t-elle à son reflet, horripilée de voir les larmes se former au coin de ses yeux. « Pourquoi est-ce que tu pleures ? Tu ne t'attendais sûrement pas à des cœurs et à un bouquet de fleurs.

– Non, dit silencieusement son reflet. Mais quelques préliminaires auraient été bienvenus.

– Tu as eu exactement ce pour quoi tu étais venue », assena-t-elle à son image. Elle essuya ses larmes, démarra la voiture et sortit de l'allée en marche arrière.

Pourquoi obtenir ce que l'on voulait s'avérait-il toujours aussi décevant ?

Chapitre 30

« Heather ? » lança Noah depuis le salon quand elle entra dans l'appartement.

Heather grimaça. Elle avait espéré que Noah travaillerait tard, comme ça lui arrivait souvent, et qu'elle aurait le temps de prendre un bain chaud avant son retour. « Ouais, c'est moi. » *Est-il déçu ?* se demanda-t-elle. *Peut-être qu'il souhaitait voir quelqu'un d'autre ?*

« Où étais-tu ? » Noah passa la tête dans le couloir. « Il est tard.

– Vraiment ? » Elle fit mine de consulter sa montre. Il avait raison, il était presque dix-neuf heures trente.

« Où étais-tu ? l'interrogea-t-il de nouveau.

– J'ai eu une journée complètement folle », dit-elle. Elle se fustigea en silence de ne pas avoir préparé d'explication pendant le pénible trajet de retour.

« Raconte-moi », insista-t-il en s'approchant pour prendre sa main et la conduire au salon.

Que se passe-t-il ? se demanda-t-elle, alors qu'il s'asseyait à côté d'elle sur le canapé en lui tenant toujours la main. Matt l'avait-il appelé pour se vanter de leur rencontre ? Ce soudain intérêt était-il une sorte de ruse élaborée, un prélude avant qu'il ne se jette sur sa proie ? « Eh bien, je t'ai dit que Marsha Buchanan me donnait du fil à retordre ces derniers temps… »

Il acquiesça et attendit qu'elle poursuive.

Ce qui n'était *clairement* pas le Noah qu'elle connaissait. Ce Noah-là l'interrompait en permanence, corrigeait tout ce qu'elle disait, lui demandait d'aller plus vite car il n'avait pas besoin de détails superflus.

« En fait, continua-t-elle, elle m'a convoquée pour un entretien d'évaluation lundi, ce qui veut dire que, si je ne me ressaisis pas, je vais probablement perdre mon emploi. »

Une expression inquiète se dessina sur le superbe visage de Noah.

Il est loin d'être aussi beau que Matt, se dit Heather. Mais en réalité, peu d'hommes l'étaient. Peu d'hommes également étaient aussi arrogants.

« Je n'avais pas réalisé que les choses allaient aussi mal.

– Elle me tombe dessus à tout bout de champ, insista Heather, plus à l'aise sur ce sujet. Franchement, je ne sais pas quel est son problème. Je pense qu'elle est jalouse ou quelque chose comme ça.

– Alors, sur quoi t'a-t-elle accrochée aujourd'hui ?

– Toujours la même chose. Nous avons une autre présentation demain, alors j'ai préféré rester tard pour m'assurer que tout était prêt. J'ai même dû annuler mon rendez-vous chez le coiffeur. » Elle fit un geste vague vers sa tête, espérant que cette petite trouvaille suffirait à l'empêcher de lui demander ce qui était arrivé à ses cheveux.

Noah tendit la main pour replacer quelques mèches folles derrière son oreille. « Moi, je trouve que c'est joli, dit-il.

– Non, ce n'est pas vrai.

– Si, ça l'est, insista-t-il. C'est sexy. »

Pourquoi était-il si gentil avec elle ? se demanda Heather. Lui tendait-il un piège ?

« Quoi d'autre ? demanda-t-il.

– D'autre ?

– On dirait que tu as pleuré. »

Et merde, pensa Heather. Depuis quand était-il si observateur ? Ou elle, si transparente ? « Je me sens simplement un peu dépassée. »

Il l'adossa aux coussins et déposa de délicats baisers le long de son cou.

Tu te fous de moi, pensa Heather. *Ce soir ? Plutôt que n'importe quel autre soir ?*

« Tu sens bon », dit-il.

Sérieusement ? Elle sentit qu'il posait la main sur son sein. *Bon dieu !* Elle se leva d'un bond.

« Qu'est-ce qui ne va pas ? demanda-t-il.

– Je me sens juste… je ne sais pas… crasseuse. »

Il sourit. « J'aime bien, crasseuse. »

Merde. Comment faire maintenant ?

« Ça va, dit-il, comme s'il pouvait lire dans ses pensées. Je sais ce qu'il te faut.

– Ah oui ?

– Ne bouge pas. » Il se leva du canapé et quitta la pièce.

Elle entendit le robinet de la baignoire couler et quelques minutes après il était de retour dans le salon. « Votre bain vous attend, Milady.

– Tu m'as fait couler un bain ? C'est tellement gentil.

– Ouais, bon. Je me suis rendu compte que je n'avais pas été le meilleur des petits amis ces dernières semaines.

– Tu n'as pas besoin d'être le meilleur… » Elle ressentit une pointe de culpabilité qui ne lui était pas familière et très désagréable.

« Bien sûr que si. Quoi qu'il en soit, va prendre ton bain, on se voit après ça.

– Et pour le repas ? Je meurs de faim.

– On s'en préoccupera plus tard. Va prendre ton bain avant que l'eau ne refroidisse. »

Elle acquiesça et vacilla en direction du couloir.

« J'adore tes chaussures », dit Noah dans son dos.

Elle resta plus d'une demi-heure dans le bain, y ajouta régulièrement de l'eau chaude pour soulager son dos endolori, se demandant que faire avec Noah. Il était de toute évidence d'humeur amoureuse. Mais elle ? Pouvait-elle encore avoir des rapports sexuels avec un autre homme, à quelques heures d'intervalle ?

Non qu'elle ne l'eût déjà fait. Elle avait couché avec Johnny Valente et son frère à une soirée étudiante, mais c'était il y a quinze ans et elle était défoncée. Et puis il y avait eu quelques années plus tôt une période de six mois où elle sortait et couchait avec trois hommes différents.

Le bon vieux temps, pensa-t-elle en souriant.

Évidemment, aucune de ces relations n'était exclusive et elle était à peu près certaine que ces hommes faisaient la même chose donc, techniquement, elle ne les avait pas trompés. Ce soir, c'était différent. Elle avait clairement franchi une ligne. Elle ressentit un autre picotement de culpabilité. *Et merde.* Pourquoi Noah avait-il choisi cette nuit entre toutes pour se transformer en chevalier à l'armure étincelante ?

Sauf qu'il ne porte pas vraiment d'armure, se dit-elle en le voyant entrer un plateau dans les mains, avec simplement une serviette nouée autour de la taille. Un assortiment de fromages et de crackers ainsi que deux coupes de champagne garnissaient le plateau.

« Qu'est-ce que c'est ? »

Il s'installa sur le rebord de la baignoire. « Tu as dit que tu avais faim.

– Oui, c'est vrai.

– Il y a du brie, du cheddar et du cambozola. Si ma mémoire ne me trompe pas, c'est ton préféré.

– Ouah. » Elle prit un cracker avec une épaisse tranche de cambozola.

« Prends du champagne. » Il posa le plateau par terre et lui tendit une des coupes.

« Qu'est-ce qu'on célèbre ?

– Est-ce qu'on a besoin d'avoir quelque chose à célébrer ?

– Non. C'est juste que… » Mon dieu, allait-il la demander en mariage ?

Il se pencha vers elle et colla sa bouche à la sienne. Elle sentit sa langue se glisser entre ses dents.

« Attention, marmonna-t-elle, j'ai la bouche pleine de cracker et de fromage.

– Fais-moi de la place. » Il se leva, laissa tomber sa serviette et s'installa dans la baignoire. Il leva son verre et trinqua avec elle. « À toi.

– À toi », dit-elle avant de boire doucement une petite gorgée de la boisson pétillante, en se demandant si elle n'allait pas s'étouffer avec une bague de fiançailles.

Dirait-elle oui ?

Pensait-elle sérieusement à épouser l'homme qu'elle venait de tromper ? Un homme qu'elle avait envisagé de quitter ?

Pourquoi pas ? pensa Heather en imaginant le choc et l'expression de consternation de Paige à la vue de la bague de fiançailles flamboyante. Elle espérait que la pierre ferait au moins quatre carats, qu'elle serait assez grosse pour faire de l'effet. Elle comptait bien que Noah n'exigerait pas de la récupérer si elle devait annuler le mariage à un moment ou un autre. Bien sûr, s'ils se mariaient, elle garderait la bague pour toujours, même si elle ne voulait plus du mari. Heather prit une autre gorgée de champagne, cherchant l'éclat révélateur au fond du verre.

Mais Noah lui retirait déjà le verre pour poser les deux fines flûtes par terre à côté de la baignoire. « Tourne-toi », lui dit-il.

Quoi encore ? pensa-t-elle en changeant de position. Elle s'attendait à ce qu'il l'enlace et lui donne la bague.

« Où est le savon ? demanda-t-il.

– Quoi ?

– Le savon, répéta-t-il. Qu'est-ce que tu en as fait ? »

Elle tâtonna le fond de la baignoire, trouva le savon entre ses jambes et le lui passa par-dessus l'épaule.

« Je vais te laver le dos, dit-il.

– Non », balbutia-t-elle, mais ses mains savonneuses étaient déjà en train de glisser sur ses épaules et le long de sa colonne vertébrale.

« Qu'est-ce que c'est ? » demanda-t-il en s'arrêtant.

Heather retint son souffle. « Quoi donc ?

– Tu as une grosse marque rouge.

– Ah bon ?

Ça a l'air douloureux. Tu la sens ? » Il appuya dessus avec son pouce.

Heather se mordit la langue pour ne pas crier. « J'imagine que j'ai dû me cogner dans quelque chose au travail.

– C'est plutôt moche. Pauvre chat », dit-il. Ses mains quittèrent son dos pour lui masser les seins. « Est-ce que c'est bon ?

– Pas mal, répondit-elle.

– Juste pas mal ? la taquina-t-il en pressant son sexe en érection contre elle.

– Pourquoi est-ce qu'on n'irait pas dans la chambre ? » suggéra-t-elle en pivotant vers lui.

Pour toute réponse il lui saisit les jambes et les enroula autour de sa taille. « On pourrait rester ici ?

– Non, je préférerais vraiment...

– Tu te plains tout le temps que je ne suis pas assez spontané », et il glissa ses mains sous elle pour la soulever.

Sérieusement ? se dit-elle alors qu'il la pénétrait. Que se passait-il ce soir avec les hommes et les salles de bains ? Est-ce que c'était la pleine lune ?

« Ça ne t'a pas plu ? demanda-t-il quand ils furent sortis de la baignoire, et qu'ils se séchaient.

– C'était bien, dit-elle.

– Juste bien ?

– À part le moment où je me suis presque noyée. »

Il éclata de rire. « Désolé. Je pense qu'on devrait se contenter de la terre ferme.

– Ça me paraît une bonne idée. » *Une idée encore meilleure aurait été de me demander en mariage pour que je puisse montrer ma bague de fiançailles toute neuve à la soirée de samedi. Mais on dirait que ça n'arrivera pas.*

« Tout va bien ? dit-il.

– Bien sûr. Pourquoi me demandes-tu ça ?

– Je ne sais pas. Tu as l'air un peu ailleurs. À quoi pensais-tu ?

– Tu savais que Paige venait accompagnée à la soirée de mon père ? » demanda Heather en guise de réponse.

Noah arrêta de se sécher les jambes et se redressa. « Non. Comment le saurais-je ? Qui est-ce ?

– C'est important ? »

Il haussa les épaules. « Simple curiosité. » Il prit son peignoir sur le crochet derrière la porte. « Je vais regarder le match, dit-il.

– Et le souper ?

– Je crois qu'il y a des restes au frigo. »

Sans parler des restes que tu laisses ici, pensa Heather alors qu'il quittait la pièce. Elle devinait à l'affaissement de ses épaules qu'il avait plus que de la simple curiosité pour l'homme que Paige emmènerait à la soirée.

Il était perturbé.

Chapitre 31

Il est allongé sur son lit, la main glissée dans son pantalon et parcourt sur son téléphone les photos de ses dernières rencontres. C'est comme ça qu'il préfère considérer les femmes qu'il tue. Comme des rencontres, pas des victimes. Après tout, il n'est pas un lâche pervers qui rôde dans les ruelles sombres à guetter n'importe quelle femme insouciante qui croiserait sa route. Il se donne beaucoup de mal pour séduire ces femmes ; il met tout son cœur dans les messages qu'il envoie et, dans ses appels téléphoniques, il ne suggère le rendez-vous que quand elles se sentent à l'aise, leur offre à boire, il les séduit avec son charme et son physique, il les fait se sentir spéciales. Il ne recourt jamais aux menaces ou à la violence pour les attirer. Elles le suivent de leur plein gré, elles entrent dans son appartement avec enthousiasme, la tête déjà pleine de volées de cloches de mariage et de *pour toujours*.

Elles en ont du *pour toujours*… mais pas exactement celui qu'elles imaginent.

Mortes pour toujours, se dit-il avec un sourire en accélérant les mouvements de sa main.

Il regarde les femmes défiler devant ses yeux, comme les concurrentes d'un concours de Miss Univers mortel : Chelsea, avec son long cou passé dans un nœud coulant ; Tiffany, les yeux pleins de larmes de terreur ; Nadia, quelques secondes après qu'elle a poussé son dernier soupir.

Et la voilà, la femme qui sera son triomphe, son cadeau d'adieu à la grande ville de Boston : Paige Hamilton, connue sous le nom de Fleur Sauvage. Il a pris au moins une douzaine de photos d'elle ces derniers jours. Sur l'une, elle est devant l'immeuble où elle vit avec sa mère ; sur une autre elle sort du gigantesque John Hancock Building, ses cheveux bruns au vent ; dans une autre encore, elle monte dans un taxi sur Commonwealth Avenue.

Il gémit à l'approche de son orgasme, et son corps tressaille au moment du soulagement. Il s'assoit rapidement, s'essuie et remet sa chemise dans son pantalon. Le temps est venu d'agir. Il a assez attendu. Que disait sa mère ? *« Si la montagne ne peut venir à Mahomet… »*

Il est temps d'aller à la montagne, décide-t-il en ouvrant les messages sur son téléphone, plus du tout contrarié que Paige ne l'ait pas encore recontacté. Elle est méfiante. C'est quelque chose qu'il admire. N'a-t-il pas su dès le premier soir où il l'a vue qu'elle ne serait pas aussi facile que les autres, qu'elle serait un véritable défi ?

« Salut, Fleur Sauvage, rédige-t-il. Désolé d'avoir mis si longtemps à te répondre. J'espère vraiment que nous aurons une nouvelle chance. »

Il attend une réponse au moment où il lui semble entendre quelqu'un frapper à sa porte.

Il éteint le téléphone et entend des coups plus forts et plus insistants. « Qui est-ce ? lance-t-il.

« C'est Jenna Lebowski », lui répond une voix féminine.

Jenna ? Ça doit être la fille de sa propriétaire, celle qui veut mettre Imogene en maison. Qu'est-ce qu'elle peut bien vouloir ?

« La police est en bas, dit-elle en réponse à sa question silencieuse. Ils veulent vous poser quelques questions. »

Les battements de son cœur s'accélèrent. *La police est là ? Qu'est-ce que ça signifie ?* Que quelqu'un l'a vu mettre le corps de Nadia dans sa voiture ? Que quelqu'un l'a identifié comme l'homme vu avec Tiffany Sleight la nuit de sa disparition ? Qu'il n'y aura plus de « rencontres » ? Qu'il n'aura jamais la chance de changer ses fantasmes sur Paige en une réalité ?

Il vérifie son allure dans le miroir mural à côté de la porte d'entrée pour s'assurer qu'il a l'air calme et présentable. *Bon, vraisemblablement, bien plus que présentable,* se dit-il en remarquant l'expression d'agréable surprise de Jenna Lebowski quand il ouvre la porte.

Elle a au moins cinquante ans et la robustesse d'une vache polonaise. Ses cheveux sont un peu trop platine pour ses racines noires, mais arrangés avec soin et elle est joliment vêtue d'un pantalon bleu marine et d'un chemisier rouge. Elle porte une chaîne avec une croix autour du cou. Il se demande ce que ça ferait de l'étrangler avec, de voir le petit Jésus en or s'enfoncer profondément dans sa chair.

Le sang du Christ, pense-t-il, prenant garde de ne pas sourire.

Pas vraiment dans les préceptes de l'Église.

« Je suis désolée de vous déranger, dit Jenna alors que ses joues deviennent presque aussi rouges que son chemisier.

– Vous avez dit que la police était là ?

– Ils sont en bas avec ma mère pour le moment. »

Qu'est-ce que c'est que ce bordel ? se demande-t-il. Est-ce que la vieille chouette aurait déposé une quelconque plainte contre lui ? Il aurait dû la finir quand il en avait l'occasion. « Est-ce à propos de la semaine dernière ? Elle était vraiment perturbée et j'essayais juste de l'aider...

– Qu'est-ce que vous dites ? demande Jenna.

– Votre mère. Je l'ai trouvée en train d'errer dehors à deux heures du matin à peu près. Je l'ai ramenée chez elle...

– Oh, mon dieu, non. Je suis désolée. Je ne savais pas. Non, ce n'est pas pour ça. J'ignore pourquoi ils sont là. »

L'appréhension se transforme en soulagement. Si la police n'est pas là pour Mme Lebowski, alors pour quoi ? Il prend sa clé dans la coupelle en plastique sur le plan de travail de sa petite cuisine et ferme la porte derrière lui. Il met son téléphone dans sa poche et suit Jenna dans l'escalier puis jusqu'au seuil de l'immeuble. Une voiture de police est garée dans la rue.

Deux agents, un homme et une femme, se tiennent de part et d'autre d'Imogene Lebowski dans l'entrée principale. Ils sont tous deux jeunes, proches de la trentaine mais guère plus. L'homme est blanc, ses cheveux sont roux et une large bande de taches de rousseur s'étale comme du beurre de cacahuète sur l'arête de son nez. La femme est noire, ses boucles sombres naturelles sont serrées dans un chignon haut. *Elle est vraiment magnifique*, pense-t-il en réalisant qu'il n'a jamais « rencontré » de femme noire. À sa manière de baisser les yeux, refusant de croiser son regard, il sait qu'elle serait partante. Et qu'elle soit de la police apporterait un peu de piment à la situation.

Bien sûr, il ne faudrait pas qu'elle soit là pour l'arrêter !

« Bonjour » dit-il en répondant de la tête au signe de la main enfantin de Mme Lebowski. « Que puis-je faire pour vous ?

– Je suis l'agent Petroff, dit l'homme. Voici mon équipière, l'agent Martell. Et vous êtes ?

– Steve Winniker », décline-t-il le nom qu'il a donné à Mme Lebowski, et qui figure sur le faux permis de conduire dans sa poche.

« Nous enquêtons sur les coups de feu tirés dans le quartier samedi soir, dit l'agent Petroff.

– Des coups de feu ? » Il se souvient vaguement avoir entendu parler de coups de feu aux alentours du port. *Qu'est-ce qui se passe dans ce quartier ?*

L'agent Petroff consulte ses notes, certainement pour la forme. « La victime s'appelait Richard Ashenbrand. Le connaîtriez-vous, par hasard ? »

Il secoue la tête. « Non.

– C'est arrivé vers deux heures du matin, à quelques pâtés de maisons d'ici. Il semble que M. Ashenbrand ait été délibérément visé.

– Je ne suis pas au courant. » Il regarde directement l'agent Martell. « Comment pourrais-je vous aider ?

– Nous quadrillons la zone, lui dit l'agent Martell, évitant toujours son regard. Nous essayons de trouver quelqu'un qui aurait vu ou entendu quelque chose. »

Il sourit à Mme Lebowski, se demandant ce qu'elle leur a déjà dit. Bien qu'il soit improbable qu'elle se souvienne de ce qui s'est passé cette nuit-là, il ne veut pas se faire prendre en flagrant délit de mensonge. Et il vient juste de dire à sa fille qu'ils étaient ensemble à cette heure-là.

Il regarde Jenna, mais son faciès rond de Polonaise ne laisse rien transparaître.

« J'*étais* réveillé, dit-il aux agents de police, et j'ai *bien* entendu quelque chose, maintenant que j'y pense. »

Les grands yeux marron de l'agent Martell se braquent instantanément sur les siens.

« J'ai pensé à un claquement de portière, continue-t-il sans s'interrompre, mais ça aurait pu être un coup de feu, j'imagine. J'ai regardé dans la rue, mais il n'y avait rien, alors ça m'est sorti de la tête.

– Vos fenêtres donnent sur la rue ? » L'agent Petroff regarde le plafond, comme s'il essayait de comprendre l'agencement de la maison.

« Heu, non. » *Et merde*, se dit-il. Qu'est-ce qui ne tournait pas rond chez lui ? Il n'est pas du genre à laisser échapper des informations. Il lui aurait suffi de dire : « Désolé. Rien vu, rien entendu » et ça aurait été terminé. « En fait, je n'étais pas dans mon appartement. J'aidais Mme Lebowski.

– Ah bon ? s'exclame Imogene.

– À deux heures du matin ? » La question vient de l'agent Martell.

Il explique rapidement les événements de la nuit de samedi dernier. « Je la ramenais au lit, conclut-il, quand j'ai entendu ce que j'ai pris pour un claquement de portière. J'ai regardé mais, comme je vous l'ai dit, je n'ai rien vu.

– Et ensuite ? » demande l'agent Petroff, de toute évidence le plus suspicieux des deux.

« Que voulez-vous dire ?

– Êtes-vous allé quelque part ?

– Au lit, c'est tout.

– Puis-je vous demander quel genre de voiture vous avez, monsieur Winniker ? »

La question tombe abruptement.

« Une Subaru.

– De quelle couleur ?

– Noire. Pourquoi ?

– Un voisin a signalé une berline noire s'éloignant à vive allure à peu près à ce moment-là.

– Eh bien, ce ne sont pas les berlines noires qui manquent ! » conclut-il. Il ne donnera plus aucune information. Il hausse les épaules et secoue la tête, comme pour dire : *« S'il y avait une berline noire filant dans la rue à deux heures du matin, ce n'était pas la mienne. »*

Mais c'était probablement lui, réalise-t-il, en chemin pour se débarrasser du corps de Nadia.

Il manque de rire. Ce serait le comble, après tout ce qu'il a fait, d'être arrêté et incarcéré pour quelque chose qu'il *n'a pas* fait, d'être impliqué par hasard dans une fusillade dans le quartier en transportant sa dernière « rencontre » à une décharge à Newton !

« Possédez-vous une arme, monsieur Winniker ? » Encore une question impromptue.

« Mon dieu, non, dit-il à l'agent Martell, j'ai une trouille pas possible des armes à feu, si vous me permettez l'expression. » Et c'est vrai. Il déteste les armes à feu. Bien que ce ne soit pas parce qu'il en a peur. Plutôt parce qu'elles sont trop impersonnelles. Si on doit prendre la vie de quelqu'un, il faut être prêt à se salir les mains. On doit bien ça à la victime, au moins. Un couteau, une corde, une solide paire de mains. Tellement d'options parmi lesquelles choisir. Seuls les lâches choisissent une arme à feu.

Il imagine ses mains autour du cou adorable de l'agent Martell. Il se demande s'ils vont vouloir fouiller son appartement, puis se détend en réalisant qu'ils manquent d'éléments probants. Il a vu assez de séries policières pour savoir que de vagues soupçons ne suffisent pas pour obtenir un mandat de perquisition. Il leur offre un sourire sympathique, un sourire qui dit : « *J'aimerais pouvoir vous aider davantage.* »

« Eh bien, merci. » L'agent Petroff lui tend sa carte. « Si vous vous souvenez de quoi que ce soit d'autre, n'hésitez pas à nous appeler.

– Je n'y manquerai pas. »

Il les regarde monter dans leur voiture de patrouille et s'éloigner.

« Quelle terrible histoire », dit Jenna Lebowski après leur départ.

Il sort son téléphone de sa poche et remarque que Paige ne lui a toujours pas répondu. *Tu n'as aucune idée de ce qui t'attend,* pense-t-il.

Chapitre 32

Paige était assise sur le bord de son lit, enveloppée dans une serviette de bain, ses vêtements étalés autour d'elle comme un éventail japonais : la robe de soirée noir et blanc sans manches, en mousseline de soie avec son décolleté subtil à volants, les sous-vêtements en dentelle couleur pêche, le délicat châle en cachemire blanc. Une paire de sandales noires à fines lanières était déposée à ses pieds. Sur sa table de chevet, une pochette également noir et blanc en croco. Tout était prêt pour qu'elle se prépare.

Mais elle ne le pouvait pas.

Elle essayait depuis presque vingt minutes – depuis qu'elle était sortie de la douche – de s'habiller, de se coiffer, d'afficher un visage jovial pour la fête des quatre-vingts ans de son oncle. Et pourtant elle restait assise, comme paralysée, incapable de se mettre en mouvement.

Un échec.

Ce n'était pas comme ça que sa vie aurait dû se dérouler.

Elle avait trente-trois ans. Elle était intelligente. Elle était séduisante. Elle avait toujours imaginé qu'à cet âge elle aurait un mari aimant, deux enfants brillants et équilibrés et une carrière couronnée de succès. Au lieu de ça, elle était célibataire, au chômage, sans enfants et vivait avec sa mère, qui traversait elle-même une sorte de crise existentielle tardive. Comment en était-elle arrivée là ?

Elle ne manquait pas de perspectives, se souvint-elle, en essayant de se convaincre de bouger. Son dernier entretien professionnel s'était bien passé et un nouveau rendez-vous était prévu la semaine prochaine. Sa relation avec Sam avançait doucement et précautionneusement, tous les deux craignant d'aller trop loin, trop vite.

Et, à sa grande surprise, Monsieur Maintenant ou Jamais avait refait surface. Quand il ne l'avait pas recontactée, après qu'elle eut annulé leur rendez-vous précédent, elle avait imaginé qu'elle n'entendrait plus parler de lui.

Et puis, soudain, il était revenu.

Salut, Fleur Sauvage. Désolé d'avoir mis si longtemps à te répondre. J'espère vraiment que nous aurons une nouvelle chance.

Tu es un peu en retard, le réprimanda-t-elle en silence, consciente qu'il aurait mieux fait de l'accompagner à la fête de ce soir. Son genre de beauté aurait décroché la mâchoire de Heather et poussé Noah à s'asseoir et à réfléchir un peu.

Noah, pensa-t-elle en voyant son visage apparaître dans le miroir en face de son lit. *Qu'il aille au Diable !*

Elle aurait dû ne plus penser à lui désormais. Non seulement l'avait-il trompée, mais il l'avait fait avec sa cousine ! Ils vivaient ensemble. Il l'avait remplacée aussi vite qu'un rouleau de papier-toilette ! Alors pourquoi perdait-elle, ne serait-ce qu'un instant de son temps, à penser à ce minable connard ?

Elle était une femme moderne. Elle ne tolérait pas ce genre de situations. Elle n'était pas du genre à pardonner et à oublier, ou à attendre patiemment qu'il reprenne ses esprits et revienne ramper vers elle. Elle ne pourrait jamais excuser une telle trahison.

Elle le détestait.

Alors pourquoi penser à lui avec sa cousine lui faisait-il toujours monter les larmes aux yeux ? Pourquoi, à l'idée d'être de nouveau dans la même pièce que lui, son cœur s'emballait et ses genoux tremblaient ?

Comment était-il possible d'aimer quelqu'un qu'on détestait ?

Et comment pourrait-elle aller à cette odieuse soirée et voir son oncle rire et danser et, bon sang, *respirer,* pendant que son ancien amant se promenait au bras de sa jumelle virtuelle ? Elle savait que Heather serait accrochée à Noah, suspendue à la moindre de ses syllabes, fière d'afficher sa conquête. « Je ne peux pas y aller, murmura-t-elle, je ne peux pas. »

« *S'il te plaît, ma chérie,* entendit-elle dire sa mère. *Je ne crois pas que je pourrai y arriver toute seule.*

– *Il y aura Michael* », lui avait-elle rappelé. Son frère et sa belle-sœur étaient arrivés cet après-midi et logeaient au Ritz, où se tiendrait la fête.

« *Ce n'est pas pareil.*

– *Très bien* », avait acquiescé Paige, même si ce n'était pas le cas. Mais la nouvelle coupe de sa mère l'avait empêché d'insister.

Les dernières semaines avaient vu une série d'événements déstabilisants pour Joan Hamilton : la migraine oculaire et la sévère indigestion qui s'étaient toutes deux conclues par un séjour aux urgences ; sa fièvre acheteuse inhabituelle ; le rasage de la moitié de son crâne. Sa mère souffrait-elle d'une dépression nerveuse ? Ou de quelque chose de plus grave ? Une tumeur au cerveau, peut-être ?

Pitié, non, pensa Paige.

Une sonnerie étouffée se fit entendre.

Paige tourna la tête d'un côté et de l'autre en cherchant l'origine. Son portable, réalisa-t-elle. Sa main fouilla entre ses vêtements avant de le trouver sous le fin châle en cachemire et le porter à son oreille sans vérifier l'identité de son correspondant.

Elle le laissa sonner trois fois, espérant que c'était Sam qui appelait pour annuler. Ce qui lui permettrait de contacter Monsieur Maintenant ou Jamais et de l'inviter à la soirée à sa place. Même s'il était peu probable qu'il puisse se libérer au dernier moment ou qu'il soit d'accord pour venir même s'il n'avait rien de prévu. Quel homme sain d'esprit se soumettrait de son plein gré à l'examen familial de ce soir ?

Et d'ailleurs pourquoi envisager d'écarter un homme aussi gentil – aussi *réel* – que Sam pour un homme qu'elle n'avait jamais rencontré, une illusion de la taille d'un timbre sur un site de rencontre ?

N'était-elle pas en train de se servir de Sam ? Était-elle devenue ce genre de personne ?

Ressemblait-elle plus à Heather qu'elle ne voulait bien l'admettre ?

Et merde. Paige répondit au téléphone sans plus se poser de questions troublantes. « Allô ?

– Salut.

– Chloé », dit Paige sans savoir si elle était déçue ou soulagée d'entendre la voix de son amie. « Tout va bien ?

– Ça va, dit Chloé, même si, à l'entendre, c'était un mensonge. Est-ce qu'il faut que j'aie un problème pour pouvoir t'appeler ?

– Non, bien sûr que non. C'est juste qu'on dirait que tu…

– Que je…

– … que tu as un problème.

– Tu as déduit ça en entendant "Salut" ? »

Paige sourit. Chloé avait raison. Elle transférait sa propre anxiété sur son amie. « Je pense que je suis un peu nerveuse à cause de cette soirée. J'ai l'impression d'être incapable de bouger mon cul.

– Oh, merde. C'est ce soir ? J'avais complètement oublié. »

À ce moment Paige sut que quelque chose n'allait pas. « Il s'est passé quelque chose ?

– Non, rien du tout, insista Chloé. On se parlera demain. »

Paige jeta un œil au réveil à côté de son lit. Sam allait arriver d'une minute à l'autre. Elle ne pouvait pas se permettre de perdre plus de temps. « Tu es sûre que ça va ?

– Je suis sûre.

– Très bien.

– Très bien, répéta Chloé. Maintenant bouge ce cul magnifique, vas-y et mets-en leur plein la vue ! »

Paige acquiesça en coupant son téléphone et se leva. Elle envisagea de répondre au message de Monsieur Maintenant ou Jamais avant de se dire qu'il serait toujours là le lendemain et qu'elle n'avait pas le temps pour plus de distractions, aussi tentantes fussent-elles.

Dix minutes plus tard, elle était habillée et prête, ses cheveux rassemblés en un chignon lâche sur sa nuque. *Pas mal*, dit-elle en fourrant son rouge à lèvres et son portable dans sa pochette. Elle ressortit aussitôt son téléphone pour relire le message de Monsieur Maintenant ou Jamais. *Et puis merde*, décida-t-elle. Pourquoi hésitait-elle ? Sam et elle n'avaient eu que quelques rendez-vous. On pouvait difficilement dire qu'ils étaient un couple officiel. Ils n'étaient même pas amants. Elle était libre de fréquenter qui elle voulait. On ne pouvait en aucun cas parler d'infidélité.

Salut toi, écrivit-elle. *Je n'étais pas sûre d'entendre à nouveau parler de toi. Désolée pour la semaine dernière.*

Tant que ça ne se reproduit pas, répondit-il instantanément.

Le téléphone de la cuisine sonna – c'était le concierge qui la prévenait de l'arrivée de Sam.

Et merde, se dit-elle. Sam aurait-il pu choisir plus mauvais moment ? *Je dois y aller, là*, rédigea-t-elle. *On peut continuer plus tard ?*

Elle attendit, mais il n'y eut pas de réponse.

Bon d'accord, pensa-t-elle en remettant son téléphone dans sa pochette et elle quitta l'appartement. Elle était pratiquement arrivée à l'ascenseur quand elle entendit le bip familier.

Elle lut rapidement le message de Monsieur Maintenant ou Jamais.

Il était court et adorable : *Quand tu veux.*

Chapitre 33

La ligne fixe de Chloé sonna dès qu'elle eut raccroché avec Paige. « Allô ? » dit-elle en échangeant un téléphone pour un autre.

Le silence.

« Allô ? Paige ? C'est toi ? »

Toujours rien.

« Allô ? Il y a quelqu'un ? Qui est-ce ? »

Chloé regarda le combiné, elle attendit que quelqu'un réponde à l'autre bout du fil, puis raccrocha quand il fut évident que la personne ne dirait rien. Sûrement un mauvais numéro, se dit-elle. Ou sa mère, soûle.

Les gens appellent rarement les lignes fixes de nos jours, à part les professionnels de l'arnaque à la recherche de bonnes poires ou les œuvres de bienfaisance en quête de donations. Il faudrait qu'elle envisage de faire couper la ligne. C'était une dépense inutile et bientôt elle devrait faire très attention à l'argent. Elle se servit du thé glacé puis s'assit à la table de la cuisine, son verre dans une main, son téléphone portable dans l'autre, luttant contre l'envie d'appeler Matt.

Mais elle était encore trop bouleversée et en colère ; il était important qu'elle garde la tête froide pour l'affronter.

Évidemment, Paige avait tout de suite senti que quelque chose n'allait pas. Il fallait qu'elle fasse attention à ça aussi. Elle ne voulait pas devenir le genre d'amie qui n'appelait qu'en cas de problème, et ce problème avait un nom : Matt.

Chloé regarda sa montre et décida de laisser aux enfants quelques minutes de télévision en plus avant de monter et de les préparer pour aller au lit. Ils avaient besoin d'encore un peu de temps pour se calmer, et elle aussi. Elle n'avait pas la force pour une nouvelle scène comme celle qu'ils avaient eue plus tôt.

Josh et Sasha avaient passé la journée avec leur père et étaient rentrés à la maison – quelle était cette expression qu'utilisait le père de Paige – *excités comme des puces* ? Oui, c'était bien ça. Excités comme des puces. Expression amusante, pensa-t-elle, et au demeurant tout à fait juste.

Ils s'étaient engouffrés par la porte juste après dix-huit heures, le regard enflammé à cause d'un excès de sucre et du manque de sommeil, les joues pleines de chocolat et de barbe à papa. « Qu'est-ce que c'est que ça ? » avait-elle demandé en mouillant le bout de son doigt pour essuyer le résidu pastel du menton de son fils.

« Papa nous a emmenés à une foire à Sommerville », avait expliqué Josh en s'écartant d'elle pour faire au revoir de la main à son père qui les regardait par-dessus le volant de sa voiture.

« C'était super », avait dit Sasha, lançant ses deux mains en l'air comme si elle jetait des poignées de confettis.

« Pourquoi est-ce que papa ne peut pas rentrer ? avait demandé Josh au moment où Chloé fermait la porte.

– Papa a des choses à faire, lui avait-elle répondu.

– Pourquoi il ne peut pas les faire ici ? Pourquoi tu ne le laisses plus rentrer à la maison ? » Mi-questions, mi-accusations.

« C'est compliqué, mon cœur. » Elle avait espéré que ça suffirait à satisfaire son fils. Elle ne se sentait pas prête à avoir cette discussion. Elle espérait toujours qu'elle et Matt seraient capables de réfléchir ensemble pour décider de la meilleure manière d'expliquer la situation aux enfants.

« Qu'est-ce qui est compliqué ? avait demandé Sasha.

– Papa dit que tu ne le *laisses* pas rentrer à la maison, que tu es fâchée après lui et que tu veux divorcer, dit Josh.

– C'est quoi un divorce ? avait repris Sasha.

– Ça veut dire que papa ne peut plus vivre ici, avait expliqué Josh à sa sœur dont les yeux se remplirent de larmes.

– Je ne veux pas de divorce, avait gémi Sasha. Je veux papa !

– Très bien, on va un peu trop vite, là », avait dit Chloé en essayant d'empêcher sa colère contre Matt d'exploser au visage des enfants. Comment osait-il la mettre dans cette position ? Qu'est-ce qui ne tournait pas rond chez lui ? Oui, il avait été furieux en apprenant qu'elle réfléchissait à une séparation légale. Mais il s'était calmé quand elle lui avait assuré qu'il pourrait toujours voir les enfants. Les derniers jours s'étaient déroulés sans incidents. Il n'y avait plus eu de soudaines explosions de colère, plus de tentatives pour la convaincre qu'elle faisait une erreur, plus de menaces au sujet de la garde des enfants. Il avait même réussi à être poli, presque cordial, en venant chercher les enfants ce matin. Chloé commençait à avoir l'espoir que, même si une réconciliation restait hautement improbable, ils arriveraient peut-être à se mettre d'accord pour les enfants.

Elle prit une autre gorgée de thé et secoua la tête face à sa capacité à se bercer seule d'illusions. Pensait-elle toujours honnêtement qu'il y avait la moindre chance qu'elle et Matt se remettent ensemble ? Que faudrait-il pour la convaincre que l'homme qu'elle avait épousé était un séducteur invétéré, que leur vie commune était finie et qu'il ne serait jamais – qu'il ne *pourrait* jamais – être l'homme qu'elle voulait qu'il soit ?

« Je te déteste ! » lui avait crié Josh en se précipitant dans l'escalier, la voix de Matt résonnant à travers la sienne pour se répercuter en écho entre les murs de la petite maison. « Papa a raison ! avait-il hurlé depuis le couloir de l'étage. Tu es une salope !

– Qu'est-ce que tu as dit ? avait à son tour hurlé Chloé pensant avoir mal entendu.

– Il a dit que tu étais une salope », avait répété Sasha, croyant aider.

Chloé avait éclaté dans un mélange de rires et de larmes.

« Qu'est-ce que c'est une salope ? » avait demandé Sasha.

À l'aide ! « Ce n'est pas un mot très gentil, ma chérie.

– Comme "merde" et "putain", avait dit consciencieusement sa fille de quatre ans.

– Oui, avait acquiescé Chloé, trop sonnée pour dire quoi que ce soit d'autre.

– Tu as dit un gros mot ! avait crié Sasha à son frère à l'étage, avant de fondre elle-même en larmes.

– Oh, s'il te plaît, ne pleure pas, mon bébé. » Chloé avait serré Sasha tout contre elle. « Ça va s'arranger. »

Vraiment ? se demandait-elle désormais. Comment cela pourrait-il s'arranger quand son mari la traitait de salope devant les enfants ?

Le téléphone sur le plan de travail de la cuisine sonna à nouveau.

Chloé se leva de table et répondit. « Allô ? Allô ? » répéta-t-elle sans obtenir de réponse. « Merde », dit-elle en raccrochant avant que le téléphone quelques secondes plus tard se remette à sonner. « Très bien, écoutez, dit-elle dans le combiné, vous avez apparemment un mauvais numéro…

– C'est Chloé ? demanda une voix d'homme inconnue.

– Oui. Qui est-ce ?

– Tu ne sais pas ?

– Je devrais ? » Chloé fouillait dans sa mémoire pour retrouver cette voix.

« Allez, Chloé. Ne fais pas l'imbécile. Je déteste les femmes qui font les imbéciles.

Une lame de peur s'enfonça sous sa peau. « Qui *est-ce* ?

– Tu sais ce que j'aime faire aux femmes qui font les imbéciles ? poursuivit la voix, comme si Chloé n'avait pas parlé. J'aime les baiser par le cul jusqu'à ce qu'elles saignent et me supplient d'arrêter… »

Chloé abattit le combiné si fort sur le comptoir qu'il rebondit, comme un serpent prêt à attaquer, avant de se balancer au-dessus du sol au bout de son cordon noir entortillé. « Merde. » Qu'est-ce que c'était que ce bordel ?

Elle reprit le téléphone et composa rapidement *69 sachant, sans avoir entendu le message enregistré, que son correspondant avait masqué son numéro.

« Merde, répéta-t-elle. Qu'est-ce c'est que ce bordel ? » Puis : « Très bien, calme-toi. » C'était juste un appel salace. Un appel salace et pathétique, à l'ancienne. Les gens en recevaient tout le temps. Ils étaient complètement aléatoires. Elle n'avait aucune raison de se sentir visée. Ça pouvait être n'importe qui.

Sauf que l'homme connaissait son prénom.

« Allez, Chloé. Ne fais pas l'imbécile. Je déteste les femmes qui font les imbéciles. »

Chloé essaya encore de reconnaître cette voix, mais elle restait mystérieuse.

« *Tu sais ce que j'aime faire aux femmes qui font les imbéciles ?* »

Chloé se rassit à la table de la cuisine, enfouit son visage dans ses mains et essaya d'imaginer un visage qui correspondrait à la voix rageuse, mais rien ne lui vint.

Sa première pensée, bien sûr, fut pour Matt. Mais la voix de Matt avait un timbre complètement différent. Et après toutes ces années ensemble, elle en connaissait les nuances et les inflexions. Il n'y avait aucune chance qu'il puisse la déguiser au point de la rendre méconnaissable.

Son portable sonna.

Elle le regarda avec méfiance et le laissa sonner une seconde fois avant de répondre. « Allô ?

– Tu te souviens de ce qui est arrivé à la pauvre petite Tiffany Sleight, n'est-ce pas ? dit la voix menaçante. D'abord, je l'ai baisée jusqu'à ce qu'elle saigne et qu'elle m'implore… »

Chloé laissa tomber le portable dont l'écran se fendit en heurtant le carrelage. Un instant plus tard, les enfants dévalèrent l'escalier et se dirigèrent vers la cuisine.

« Maman ! cria Sasha, en se précipitant sur elle. Maman ! »

Josh resta dans l'embrasure de la porte. « Pourquoi est-ce que tu cries ? » demanda-t-il, une fois encore, plus comme une accusation que comme une question, ses yeux allant de sa mère au téléphone à ses pieds.

Chloé n'avait même pas réalisé qu'elle avait poussé un cri. « Je suis désolée. Je ne voulais pas vous faire peur.

– Je n'ai pas peur, dit Josh. Qui a dit que j'avais peur ?

– *Moi*, j'ai peur, chuchota Sasha.

– Tout va bien, ma chérie, la rassura Chloé. Il n'y a pas de raisons d'avoir peur. » Elle se pencha pour ramasser le téléphone et le porta avec méfiance à son oreille, mais elle n'entendit rien.

« Il est cassé ? demanda Sasha.

– Oui.

– Tu peux le réparer ?

– Non. Il va falloir que j'en achète un autre. » *Avec nouveau numéro*, ajouta-t-elle silencieusement. Elle réalisa que, si l'appel sur sa ligne fixe pouvait être dû au hasard, celui sur son portable ne l'était certainement pas.

Mais si ce n'était pas Matt, qui d'autre ?

« Qui a téléphoné ? demanda Josh, comme s'il lisait dans ses pensées.

– Personne », dit Chloé en balançant son téléphone cassé sur le comptoir avant de faire sortir les enfants de la pièce. « Une erreur de numéro. »

Chapitre 34

Elle les vit dès qu'elle entra dans la salle.

Ils se tenaient devant la baie vitrée qui surplombait le Boston Common, à proximité de la salle de bal. Heather était vêtue – sans surprise – de quelque chose de moulant et rouge. Noah était habillé avec goût et portait le smoking moderne et élégant que Paige l'avait aidé à choisir pour le mariage de sa sœur en novembre dernier. Comme Paige l'avait anticipé, sa cousine était agrippée à lui, un bras autour de sa taille, une main posée sur son poignet, sa tête frôlant fréquemment son épaule, ses yeux pleins d'admiration cherchant ceux de son compagnon pendant qu'ils discutaient avec les invités.

Était-ce son imagination ou semblait-il aussi mal à l'aise qu'elle, peut-être même un peu gêné ? Elle se dit qu'elle se faisait des idées et se força à se détourner avant que Noah ne la surprenne en train de les observer.

Il y avait facilement cent cinquante personnes dans la grande salle magnifiquement décorée d'une palette d'un doux mélange de beige, de blanc et d'argent. Au moins une douzaine de tables rondes nappées de blanc et ornées de magnifiques centres de table de fleurs mauves et blanches occupaient l'autre côté de la salle. Des serveurs souriants chargés de plateaux de hors-d'œuvre argentés naviguaient sur le tapis beige aux motifs subtils, zigzaguant avec professionnalisme entre les invités.

Paige fit non de la tête quand l'un deux approcha avec un assortiment de petits sandwiches grillés au fromage. Un simple regard vers Heather et Noah lui avait plombé l'estomac et coupé l'appétit.

« Je vais en goûter un, dit Sam en saisissant un mini-sandwich sur le plateau avant de le porter à la bouche. Tu es sûre que tu n'en veux pas ? Ils sont délicieux.

– Je n'ai pas faim. » Paige sentit tous les yeux de la salle se braquer sur elle comme si elle avait hurlé ces mots à pleins poumons.

« Tout va bien ? » demanda Sam.

Elle le regarda, mais rien qu'un instant. La vérité était qu'elle lui avait à peine parlé depuis qu'il était venu la chercher. Non qu'il ne fût pas présentable – ou même séduisant – avec ses cheveux fraîchement coupés, son costume bleu sombre, sa chemise rose et sa cravate à motif cachemire. Mais ce n'était pas Monsieur Maintenant ou Jamais, ni Noah. Personne – et sûrement pas Heather – ne penserait en le regardant qu'elle avait gagné au change. Et n'était-ce pas là le but d'emmener un cavalier à cette soirée ? *Je suis la plus horrible personne du monde*, pensa-t-elle. « Tout va bien, lui dit-elle.

– T'ai-je dit à quel point tu étais superbe ? murmura-t-il.

– Oui. Merci.

– Tu es la plus belle de la soirée.

– Merci », répéta-t-elle. Sam était un homme bien. Il était beau, il sentait bon, il disait tout ce qu'il fallait. Alors pourquoi l'irritait-il ? Qu'est-ce qui clochait chez elle ?

« Prête pour la bagarre ? demanda-t-il en avançant d'un pas dans la salle.

– Ai-je vraiment le choix ?

– Paige, ma chérie », dit une voix, décidant pour elle.

Paige regarda sa mère zigzaguer jusqu'à elle, ses longues boucles d'oreilles en strass sautillant sur les épaulettes de sa robe en soie beige.

« Maman ! Tu es magnifique », dit-elle, réalisant qu'elle le pensait. Les traits de Joan Hamilton étaient dynamisés par sa nouvelle coupe de cheveux qui la faisait paraître au moins dix ans plus jeune. Elle soulignait le dessin de sa mâchoire et apportait un éclat taquin à ses yeux bleu profond.

« Merci, mon cœur. » Joan regarda l'homme qui se tenait à côté de sa fille. « Vous devez être Sam.

– C'est un plaisir de vous rencontrer, madame Hamilton.

– Je vous en prie, appelez-moi Joan.

– Où sont Michael et Deborah ? » Paige fit semblant de chercher son frère et sa belle-sœur dans la salle alors qu'en fait elle vérifiait si Noah était en train de la regarder.

Joan parcourut des yeux la salle pleine de convives. « Ils étaient à côté de moi il y a une seconde. Oh, mon dieu ! Tellement de monde. Je n'imaginais pas que ton oncle était si populaire. »

Paige se sentit à nouveau contrariée, cette fois à cause de son oncle. Si Ted Hamilton était populaire, c'était uniquement grâce aux connaissances de son frère. Il lui semblait injuste que les deux hommes ne partagent pas cette soirée.

Le mauvais jumeau avait survécu. Le mauvais jumeau faisait la fête.

« N'oublie pas de lui souhaiter un bon anniversaire, dit sa mère, comme si elle avait surpris les pensées de Paige.

– Bien sûr », répondit Paige en regardant d'un air absent son oncle qui se tenait près du mur en face avec sa femme. Il recevait les félicitations de ses amis et collègues. Elle se pencha, comme pour embrasser sa mère. « Est-ce que Noah t'a dit quelque chose ? murmura-t-elle.

– Un simple bonjour, chuchota sa mère en faisant semblant de l'embrasser aussi. Je l'ai ignoré. Et tu devrais faire pareil », ajouta-t-elle avec une pointe d'insistance.

Paige hocha la tête puis laissa sa mère pour se frayer un chemin vers son oncle à travers la foule, Sam à ses côtés.

« Quelques grandes respirations, lui conseilla-t-il quand ils approchèrent.

– Eh bien, regardez qui voilà ! s'exclama Ted Hamilton en ouvrant grands les bras. L'une de mes personnes préférées au monde.

– Joyeux anniversaire, oncle Ted.

– Merci d'être venue, dit-il en baissant la voix. Je sais que ça ne doit pas être facile pour toi. Tu n'imagines pas à quel point je suis désolé. »

Paige acquiesça sans être sûre s'il parlait de son père ou de Heather et Noah. Peut-être des deux.

« Paige, ma chérie, dit sa femme, s'immisçant dans la conversation. Je suis tellement heureuse que tu aies décidé de venir. Et qui est ce charmant jeune homme ?

– C'est mon ami, Sam Benjamin.

– Ravie de vous rencontrer, Sam », dit Bev en le regardant rapidement des pieds à la tête d'une façon guère subtile. Elle sourit. *Pas aussi beau que Noah*, exprimait ce sourire. *Un point pour Heather.*

« Enchanté de vous rencontrer tous les deux, dit Sam. Joyeux anniversaire, monsieur. Qu'il y en ait beaucoup d'autres.

– Merci. Ma femme a organisé une soirée d'enfer, non ?

– Disons que la salle de bal était une idée de Heather, nuança Bev en regardant les grandes baies vitrées. Quelle vue magnifique !

– Saviez-vous que le Boston Common est le plus ancien jardin public du pays ? demanda Sam.

– Je savais qu'il était vieux », dit Bev en riant. Son rire était plus fort et plus accentué qu'il n'aurait dû.

« Il a ouvert en 1634.

– Ce qui le rend presque aussi vieux que moi », plaisanta Ted Hamilton.

Sérieusement ? pensa Paige. *On est en train de parler du Boston Common. Et après, on va parler de la météo ?*

« On a eu une belle journée aujourd'hui, n'est-ce pas ? remarqua Bev obligeamment.

– À mon âge, chaque jour passé sur terre est une belle journée, dit Ted Hamilton.

– Oh, Ted, gloussa sa femme. Quatre-vingts ans, ce n'est plus vieux de nos jours. Il te reste encore de nombreuses années.

– Pardonnez-moi », s'excusa Paige qui, sentant son sang se mettre à bouillir, s'éloigna avant de hurler.

« Respire, lui dit encore Sam en la suivant.

– Je ne suis pas sûre de pouvoir supporter ça très longtemps.

– Alors il va falloir que tu t'accroches, lui conseilla Sam en regardant par-dessus son épaule. Il y a une femme qui arrive… »

Paige se tourna dans la direction de son regard. « Oh, merde !

– Salut, Paige. » Sa cousine se tenait devant elle, un sourire remontant lentement jusqu'à ses oreilles.

« Heather ! » s'exclama Paige qui sentit à nouveau tous les regards se braquer sur elles. Il y eut un moment de silence pendant lequel Paige hésita entre saisir sa cousine par la gorge et quitter les lieux.

« Tu ne me présentes pas ton ami ?

– Pourquoi ? s'entendit demander Paige. Tu veux le baiser ? »

Les joues de Heather virèrent au même rouge que sa robe. « Pardon ?

– Ouah », dit doucement Sam en prenant le poignet de Paige.

Elle repoussa sa main. « Évidemment, tu n'as pas toujours besoin de connaître leur prénom, n'est-ce pas ? Si je me souviens bien…

– Tu devrais peut-être baisser d'un ton », murmura Sam à Paige.

Elle l'ignora. *C'est* déjà *un ton en dessous*, pensa-t-elle.

« Très bien, écoute, dit Heather en reprenant son calme et l'avantage. Je vois bien que tu es énervée.

– Vraiment ? Tu es sûre ?

– Mais ce n'est ni le lieu ni le moment. C'est l'anniversaire de mon père. C'est une fête…

– Une fête, répéta Paige.

– Respire, dit de nouveau Sam.

– … et j'espérais vraiment que tu allais surmonter le problème qu'il y a entre nous… poursuivit Heather.

– Le problème est que tu as baisé mon fiancé, l'interrompit Paige. J'imagine que c'est le problème auquel tu fais référence ?

– … et que tu pourrais mettre ton ressentiment de côté, s'entêta Heather. Pour le bien de mon père, si ce n'est pour le tien. »

Paige sentit ses poings se refermer.

« Pour *ton* bien, dit Sam à Heather, je crois que si j'étais toi je m'éloignerais tant que j'ai encore toutes mes dents. »

Paige faillit éclater de rire. « Faites toujours confiance à un dentiste pour vous parler de vos dents. »

Heather poussa un soupir et secoua la tête. « Mon pauvre, dit-elle à Sam, tu n'as vraisemblablement pas la moindre idée d'où tu as mis les pieds.

– Ne t'inquiète pas pour moi.

– Comme tu voudras. Tu ne pourras pas dire que je ne t'ai pas prévenu. » Heather sourit à Paige par-dessus son épaule en s'éloignant. « Je dirai à Noah que tu lui passes le bonjour. »

Chapitre 35

Il était plus de vingt heures passées quand le souper fut finalement servi et presque vingt-deux heures quand Ted Hamilton, pour répondre aux tièdes et intermittents encouragements appelant à « Un discours ! Un discours ! » recula finalement sa chaise à la table centrale et se leva pour parler.

Joan poussa un soupir de soulagement. Cela signifiait que la soirée serait bientôt terminée et qu'elle allait pouvoir rentrer chez elle. Elle était épuisée. De sourire. D'entretenir les conversations. De s'inquiéter pour sa fille. De faire semblant de passer un bon moment.

La soirée avait été une épreuve plus qu'une célébration. Joan n'avait jamais aimé les grandes fêtes, surtout celles où elle ne connaissait qu'une petite partie des invités. Elle soupçonnait la moitié de la salle au moins d'être composée d'anciens employés vieillissants de l'entreprise fondée par les deux frères, et non de véritables amis. Elle se demanda combien de noms de personnes présentes Ted Hamilton pourrait citer. Son mari, lui, les aurait tous connus.

Elle jeta un coup d'œil à Paige, de l'autre côté de la table, qui avait à peine touché à sa nourriture. Elle avait été trop occupée à remplir son verre de vin et à faire semblant de ne pas voir Noah, assis à trois tables de là, Heather à côté de lui. Paige avait passé l'essentiel de la soirée à discuter avec son frère et sa femme, à rire trop fort aux plaisanteries de Michael et à quasiment ignorer Sam. *C'est dommage,* pensa Joan, *parce que Sam a l'air d'être un homme très gentil.*

Ce qui était précisément le problème, comprit-elle. Paige n'était pas prête pour la gentillesse. C'était trop tôt pour ça.

Peut-être dans quelques mois. Peut-être dans un an. Ce dont sa fille avait besoin désormais, c'était de temps. De temps pour oublier la trahison de Noah, pour se le sortir de la tête, pour savoir ce qu'elle voulait, pour être réceptive à un autre homme.

Ce n'était tout simplement pas le bon moment. Comme un bébé prématuré, Sam était arrivé trop tôt.

Ce dont sa fille avait besoin tout de suite, c'était un homme qu'elle pourrait baiser et oublier.

Joan rougit de cette phrase si grossière, comme si elle l'avait prononcée à voix haute. Robert n'avait jamais accepté un tel langage et encore moins l'idée qu'il y avait derrière. Elle arrivait à peine à croire qu'elle-même l'approuvait.

Ce n'était pas qu'elle fût prude, loin de là. Elle avait eu son lot d'amants avant de rencontrer Robert, sa part d'hommes insignifiants. Elle était, comme elle l'avait récemment rappelé à Paige et Chloé, une enfant des années soixante. Elle soupira en réalisant que cette décennie appartenait à une tout autre époque.

En fait, à un autre siècle.

Où s'était enfui tout ce temps ?

« Maman ? » appela une voix à côté d'elle. Joan se tourna vers son fils qui la regardait de ses yeux noisette pleins d'inquiétude.

« Oui, mon cœur ?

– Ça va ?

– Oui, mon cœur. Pourquoi cette question ?

– Tu avais ce drôle de regard, lui dit-il. Et tu es devenue toute rose. Est-ce que tu as des bouffées de chaleur ? » Il saisit son poignet, à la recherche de son pouls.

« Je vais bien, lui confirma-t-elle en essayant de libérer sa main. Et je suis un peu trop vieille pour avoir des bouffées de chaleur, tu ne crois pas ?

– Tu es un peu trop vieille pour te raser la moitié du crâne, dit-il. En plus, certaines femmes ont des bouffées de chaleur toute leur vie. Arrête de gigoter et laisse-moi compter. Ton rythme cardiaque est un peu élevé.

– Que se passe-t-il ? demanda Paige de l'autre bout de la table.

– Ton frère joue au docteur.

– Je *suis* docteur », lui rappela Michael.

Mon fils, le cardiologue, pensa Joan en s'attendant presque à le voir sortir un stéthoscope de la poche de son costume gris pour le lui placer sur la poitrine.

« Qu'est-ce qu'elle a ? » Paige était déjà quasiment debout.

« Assieds-toi », lui dit Joan. Elle posa ses mains sur ses genoux et nota les visages inquiets autour d'elle : Michael et Deborah, Paige et Sam, un couple plutôt ennuyeux, Walt et Lisa-Machin-Chose ou Machin-Truc, et deux femmes veuves depuis peu, toutes deux prénommées Anne, tous en train de l'observer comme si elle était sur le point d'exploser. « Sérieusement, arrêtez de vous inquiéter. Je vais bien. Nous sommes en train de rater le discours.

– Tout va bien là-bas ? » demanda Ted Hamilton qui interrompit son introduction, incitant toute la salle à regarder vers eux.

Joan saisit le regard de Noah glissant vers Paige avant de se détourner quand il s'aperçut qu'elle l'avait vu.

« Tout va bien, dit Joan en riant un peu trop fort. Je suis vraiment désolée. Je t'en prie, continue.

– Bien, comme je le disais, reprit Ted Hamilton en se penchant sur les notes qu'il tenait à la main, je voudrais tous vous remercier d'être venus aujourd'hui. Je suis sûr que vous avez mieux à faire de vos samedis soir que de vous rendre à l'anniversaire d'un vieil homme. »

Les protestations d'usage se firent entendre – « Tu n'es pas vieux ! » « De qui te moques-tu ? » « On aimerait tous te ressembler au même âge ! » – avant qu'il puisse reprendre.

« Je voulais tout particulièrement remercier ma femme, Bev, d'avoir organisé cet événement magnifique, d'avoir envoyé les invitations, choisi le menu et sélectionné le vin…

– C'est Noah qui s'est occupé du vin », l'interrompit Heather à voix bien haute, provoquant une vague d'hilarité.

« Apparemment, c'est Noah qui a sélectionné le vin ! » lança Ted déclenchant une nouvelle vague de rires.

Joan vit les épaules de Paige se raidir et sa mâchoire se crisper.

« Merci Noah. Et merci Heather de… » il s'arrêta une nouvelle fois pour consulter ses notes comme s'il n'était pas sûr de ce qu'avait été la contribution de Heather « … d'avoir assisté ta mère. Je suis sûr que tu l'as beaucoup aidée pour tout ça. »

Ce fut au tour des épaules de Heather de se raidir. Joan se sentit presque désolée pour la jeune femme.

Elle n'accorda pas beaucoup d'attention au reste du discours de son beau-frère, préférant se concentrer sur le son de sa voix plutôt que sur ses mots. Elle se rendit compte que, si elle fermait les yeux et se contentait d'écouter, il était presque possible d'entendre feu son mari. Bien sûr, Robert n'aurait pas eu besoin de notes. Son discours aurait été drôle, intelligent et naturel.

Et concis, se dit Joan, alors que Ted continuait de jacasser.

« Maman, dit son fils en pressant doucement son bras. Ça va ?

– Est-ce qu'elle va bien ? » demanda immédiatement Paige.

Tant pis pour mon envie de fermer les yeux, pensa Joan qui les ouvrit en grand. « Est-ce que vous pourriez arrêter, s'il vous plaît ? chuchota-t-elle. Je vais *bien*.

– Et enfin, dit Ted Hamilton, je voudrais dire quelques mots au sujet de feu mon frère, Robert, qui n'a pas eu autant de chance que moi et n'aura pas vécu assez longtemps pour voir ce jour magnifique. Comme vous le savez tous, je suis sûr, les jumeaux sont unis par un lien particulier, et il est difficile d'imaginer le nôtre. Nous avons grandi ensemble, nous avons fait du sport ensemble, nous sommes également sortis avec les mêmes filles.

– Oh, Ted, dit Bev en gloussant comme une collégienne.

– Et puis nous avons monté une affaire ensemble, poursuivit-il, et la réussite de notre entreprise est plus qu'un peu le fruit des efforts de Robert et de son dévouement inépuisable… »

Plus qu'un peu, répéta Joan en silence. Elle comprit à la tension dans les épaules de Paige que sa fille pensait la même chose. La réussite de l'entreprise des deux frères était presque *entièrement* le fruit des efforts de Robert et de son dévouement inépuisable, son frère ayant essentiellement suivi le mouvement.

« Robert était le yin de mon yang. Il était le pragmatique, j'étais le rêveur, poursuivit Ted. Il était la sérénité, j'étais la tempête ; sa voix était celle de la raison quand la mienne était celle de toutes les fantaisies ; j'avais de grandes idées, il savait comment en faire une réalité. Ensemble, nous avons bâti une grande entreprise. »

Ouah ! se dit Joan. *Ça, c'est réécrire l'histoire.* Elle avait sous-estimé son beau-frère. Il fallait avoir du talent pour donner d'une main et reprendre de l'autre, pour faire un éloge et rabaisser en même temps. En quelques généralités, Ted s'était dépeint comme un homme imaginatif, visionnaire tout en reléguant son frère aux cercles ennuyeux de la raison et du bon sens.

« À toi, Bobby », conclut Ted, utilisant le diminutif que Robert avait toujours détesté. Il leva son verre de vin, le reste de l'assistance l'imita aussitôt. « Tu me manques, mon frère. J'aimerais que tu sois là. »

Les larmes montèrent aux yeux de Joan. Elle avait souhaité la même chose chaque jour depuis deux ans.

« Je voudrais aussi exprimer ma reconnaissance envers la femme de Robert, Joan, d'être la meilleure femme qu'il aurait pu espérer, et envers leurs enfants, Michael et Paige, qui l'ont rendu si fier, chaque jour. Michael, un grand merci à toi et Deborah pour être venus du New Jersey et être des nôtres ce soir, et Paige, que puis-je dire ? Tu sais que je t'ai toujours plus considérée comme une fille que comme une nièce. »

Joan vit le sourire déjà crispé de Paige se figer.

« Merci d'être présents ce soir, et sachez que Bev et moi sommes toujours là pour vous. » Il remit ses notes dans la poche intérieure de son smoking. « Et j'en ai terminé. Profitez du reste de la soirée. Le café et le gâteau d'anniversaire arrivent.

– Excusez-moi », murmura Joan en se levant de sa chaise alors qu'arrivait un serveur avec des assiettes contenant une chose gluante au chocolat. Elle ne pouvait pas rester assise là une minute de plus. Elle n'arrivait pas respirer. Elle avait besoin d'air.

« Où vas-tu ? demanda Michael. Tu te sens bien ?

– Elle se sent bien ? répéta Paige en écho.

– Je dois aller aux toilettes, si vous me le permettez tous les deux.

– Je vais venir avec toi, dit Paige.

– Tu restes ici. Je suis parfaitement capable d'y aller seule. » Joan se leva avec détermination pour sortir de la pièce. Elle trouva les toilettes dans le hall d'entrée et s'enferma dans une cabine. Elle baissa le couvercle du siège et s'assit. Elle prit plusieurs longues et profondes inspirations, la dernière ressemblant plus à un cri étouffé.

« Tout va bien là-dedans ? » demanda une voix depuis une autre cabine.

Et merde. Elle n'avait pas réalisé qu'il y avait quelqu'un. « Oui, merci. Ça va aller. »

Il y eut ensuite un bruit de chasse tirée et d'eau qui coulait. Quelques secondes plus tard elle entendit la porte se fermer. Elle était enfin seule. « Bon sang ! » murmura-t-elle. Elle devait se ressaisir, laisser le bénéfice du doute à son beau-frère. Il était possible qu'il fût sincère. Il ne pouvait pas s'empêcher d'être aussi égocentrique et borné. Elle devait se reprendre, particulièrement pour Paige. Elle devait montrer l'exemple, être gracieuse et accommodante, prouver à sa fille que la vie continuait après un deuil.

Elle prit une nouvelle grande inspiration, sortit de la cabine et quitta les toilettes. Il était l'heure de partir. Peut-être pourrait-elle rentrer avec Paige et Sam. Mais quand elle fut de retour dans la salle de bal, elle vit que la chaise de sa fille était vide. « Où est Paige ? » demanda-t-elle à Sam.

Il la fixa d'un air indécis. « Je pensais qu'elle était avec vous. »

Joan regarda dans la salle. Les gens finissaient leur dessert et commençaient à partir. Certains se dirigeaient vers la table de Ted pour lui dire au revoir. Elle observa son beau-frère se lever pour les saluer, ravi de l'attention qu'on lui portait. Elle vit ses deux fils remercier tout le monde d'être venu. Elle vit Bev se délecter des compliments incessants. Elle vit Heather s'agiter dans tous les sens, parcourant discrètement les lieux du regard.

Et elle vit quelque chose d'autre : tout comme Paige, Noah avait disparu.

Chapitre 36

« *Tu te souviens de ce qui est arrivé à la pauvre petite Tiffany Sleight, n'est-ce pas ?* »

Chloé était assise en tailleur sur son lit dans son pyjama rose à rayures, son ordinateur portable posé sur les genoux. Il était vingt et une heures ; les enfants s'étaient finalement calmés et étaient tombés de sommeil ; il n'y avait plus eu d'appel perturbant sur sa ligne fixe. Tout était calme.

À part la voix menaçante qui continuait de murmurer à son oreille :

« *Tu te souviens de ce qui est arrivé à la pauvre petite Tiffany Sleight, n'est-ce pas ?* »

En fait, Chloé n'était que vaguement au courant de ce qui était arrivé à la jeune femme, si ce n'était que son corps avait été découvert dans une décharge à la sortie de la ville. Elle avait évité de trop insister sur les détails sanglants, consciente que ça la bouleverserait. Elle ne pouvait supporter qu'une certaine dose de contrariétés à la fois et elle avait choisi de se concentrer sur les choses qu'elle pouvait au moins un peu contrôler.

« Ne fais pas ça », murmurait-elle maintenant, les mains suspendues au-dessus du clavier. Pourtant, au moment où elle prononçait ces mots, ses doigts jouèrent sur les touches pour écrire T-I-F-F-A-N-Y-S-L-E-I-G-H-T dans la barre de recherche et elle vit l'écran se remplir de photographies et d'articles au sujet de la femme assassinée.

C'était une jolie fille, se dit Chloé, en étudiant un gros plan du visage de la femme qui souriait, inconsciente de l'horrible destin qui l'attendait. De longs cheveux bruns, un joli visage, à défaut d'être fin, des yeux en amande et les dents légèrement en avant. Vingt-huit ans, diplômée de l'université de Boston, elle travaillait comme assistante de direction chez Google, dont le siège se trouvait à quelques pâtés de maisons, sur Kendall Square. Leurs chemins s'étaient-ils déjà croisés ? Chloé se posa la question en approchant l'écran de ses yeux, fixant le visage de la jeune femme jusqu'à ce qu'il disparaisse dans un nuage de pixels noirs et blancs.

Tiffany avait récemment rompu avec son petit ami d'après les différents articles, et avait la réputation d'être solitaire. « Elle était vraiment discrète », confiait une de ses collègues sous couvert d'anonymat. « Elle restait seule la plupart du temps. » Ses collègues avaient signalé sa disparition quand elle n'était pas venue travailler. « Elle devait rencontrer un type pour boire un verre », racontait un autre collègue, et c'était tout ce qu'ils semblaient savoir. Tiffany n'avait jamais parlé de l'homme qu'elle allait rencontrer et personne n'avait rien demandé. La police avait interrogé son ex-petit ami, mais il avait un alibi en béton pour la nuit où elle avait disparu et n'était pas considéré comme suspect. Personne ne l'avait vue le soir de sa disparition. Son corps n'avait été découvert que fortuitement quand un chien affamé avait fouillé la décharge à la recherche de nourriture.

Chloé referma son ordinateur, elle ne voulait pas lire les détails du calvaire de Tiffany Sleight. Puis, quand sa curiosité fut trop forte, elle le rouvrit.

Elle lut que, malgré la décomposition, on avait pu déterminer en étudiant ce qu'il restait de sa dépouille qu'elle avait été violée et torturée avant d'être étranglée et poignardée à plusieurs reprises. Son cou et ses poignets portaient des marques de ligatures qui ne trompaient pas et des traces d'hémorragie pétéchiale derrière ses yeux révélaient qu'elle avait perdu connaissance et avait été réveillée à de nombreuses reprises avant d'être « gracieusement » achevée.

Comme ses dernières heures ont dû être affreuses, se dit Chloé. *Combien cette pauvre fille a dû être terrifiée !*

Quel homme était donc capable d'un comportement aussi monstrueux ?

Il y avait des rumeurs au sujet d'un possible tueur en série mais, jusqu'à présent, la police tempérait ce genre de suppositions. Devait-elle les appeler ? se demanda-t-elle en regardant le téléphone à côté de son lit.

Pour dire quoi exactement ?

Qu'elle avait été victime d'un coup de téléphone obscène, que son correspondant connaissait son nom, qu'il avait fait allusion à Tiffany Sleight, que ça pourrait être le monstre qu'ils recherchaient ?

Elle imagina ses interlocuteurs en train d'essayer de rester sérieux. « *Avez-vous la moindre idée du nombre de femmes qui reçoivent de tels appels tous les jours ?* » les entendrait-elle demander. Puis : « *N'avez-vous pas téléphoné au commissariat la semaine dernière pour rapporter à tort que votre mari avait kidnappé vos enfants ?* » Non, elle ne pouvait pas les appeler, elle savait très bien qu'ils la considéreraient comme une hystérique, l'équivalent féminin de « celui qui criait au loup ».

Elle referma son ordinateur et attrapa la télécommande posée sur sa table de nuit pour regarder la télévision. Après une heure de vieux programmes débiles et autres Kardashian, elle sentit que son angoisse commençait à diminuer. Ce dont elle avait besoin désormais était un grand bol de glace à la fraise.

Elle éteignit la télé et sortit de son lit avant de descendre l'escalier sur la pointe des pieds en direction de la cuisine. Elle alluma la lumière, prit une grosse cuillère dans le tiroir à couverts et ouvrit le congélateur pour manger la glace directement dans le pot.

Le téléphone sonna.

Le corps de Chloé devint aussi froid que la glace qui glissait dans sa gorge. *Ne réponds pas*, se dit-elle, la main déjà sur le combiné. *Pitié, pourvu que ce soit Paige qui appelle pour raconter sa soirée*, implora-t-elle en silence. « Allô ?

– Est-ce que la glace est bonne ? » demanda la voix.

Chloé tourna la tête vers la fenêtre à l'arrière de la maison tout en claquant l'interrupteur de la main pour plonger la pièce dans le noir. Elle tomba à genoux, la main devant la bouche pour s'empêcher de crier.

« Oh, Chloé, pourquoi est-ce que tu as fait ça ?

– J'appelle la police, dit-elle, son cœur battant la chamade.

– La police ne peut pas t'aider, Chloé. »

La ligne fut coupée.

Chloé appela immédiatement les secours. Et tant pis s'ils la prenaient pour une hystérique. Quelqu'un était en train d'espionner sa maison. Elle était en danger.

Deux agents arrivèrent dix minutes plus tard. Chloé leur ouvrit avant qu'ils frappent à la porte et sa voix déversa tous les détails sur les appels qu'elle avait reçus avant même qu'ils soient entrés. Ils firent une rapide inspection des alentours mais ne trouvèrent rien. Ils lui demandèrent si elle était mariée et elle leur expliqua que son mari et elle s'étaient récemment séparés et qu'ils n'étaient pas en très bons termes. Ils demandèrent si elle pensait qu'il puisse être derrière ces appels et elle dit que, honnêtement, elle n'en savait rien. Ils lui demandèrent si elle pensait qu'il était dangereux et elle leur répondit qu'elle l'ignorait. « Votre mari connaissait-il Tiffany Sleight ? » la questionnèrent-ils.

Mon dieu. La connaissait-il ?

« Je ne sais pas », leur dit-elle. D'ailleurs savait-elle quelque chose au juste ?

Les agents notèrent tout ce qu'elle leur raconta et lui dirent qu'ils rendraient visite à Matt. Ils mentionnèrent la possibilité pour elle de demander une ordonnance de protection à son encontre.

« Je peux faire ça ? interrogea-t-elle.

– J'y réfléchirais si j'étais vous », lui conseilla le plus vieux des deux agents qui lui promit de patrouiller autour de la maison à intervalles réguliers pendant la nuit.

Chloé regarda les hommes retourner à leur voiture puis ferma la porte, luttant contre le besoin urgent d'appeler Paige pour la supplier de venir passer la nuit avec elle. « Bien sûr », se reprit Chloé en faisant un tour rapide des pièces du rez-de-chaussée avant de remonter à l'étage. « Mettre en danger la vie de ta meilleure amie, quelle bonne idée ! »

Elle jeta un coup d'œil aux enfants et fut soulagée de les trouver profondément endormis. « Merci, mon dieu », murmura-t-elle en éteignant la lumière de sa chambre. Elle observa la rue déserte à travers les rideaux tirés.

Elle n'avait pas été très enthousiaste à l'idée d'emménager à Cambridge quand Matt l'avait suggéré la première fois, elle voulait rester dans Boston même.

Mais Matt avait été catégorique : ce déménagement serait formidable pour eux comme pour leurs enfants. Il avait argumenté que Cambridge, où se trouvaient Harvard et le MIT, était un des marchés immobiliers les plus courus du nord-est des

États-Unis et que, grâce à la raréfaction des biens en vente et à la hausse des prix, ils feraient une énorme plus-value quand ils décideraient de revendre. Il lui avait promis que si elle n'était pas heureuse, ils reviendraient vivre en centre-ville.

Une promesse parmi tant d'autres qu'il n'avait pas tenues au fil des ans.

Chloé s'allongea sur son lit et ferma les yeux, sans être sûre de trouver le sommeil. Mais quelques instants plus tard, elle se surprit à errer dans la foule au milieu d'une foire en train d'essayer d'empêcher une barbe à papa de coller à ses cheveux. « *Regarde, maman* », criait Sasha quelque part à côté d'elle. « *Un clown !* » Chloé levait la tête pour voir un homme sans visage se précipiter vers elle. « *Dégage, salope !* » lançait-il en la faisant tomber.

Le téléphone sonna.

Chloé bondit dans son lit. Elle attrapa l'appareil et l'amena à son oreille sans parler.

« Chloé ? cria un homme. Chloé, tu es là ?

– Matt ?

– Mais qu'est-ce tu es en train de manigancer là ?

– Quoi ? De quoi tu parles ?

– La police vient de passer. Tu leur as dit que je te harcelais, que tu pensais que j'étais un genre de tueur en série…

– Je n'ai jamais dit ça. » Chloé essaya d'expliquer les événements de la soirée, mais Matt n'écoutait pas.

« Pour ton information, j'ai passé toute la putain de soirée avec des clients, la coupa-t-il, à travailler et à revoir des offres, à me bouger le cul pour gagner assez de fric pour élever mes enfants et pour entretenir ma cinglée de femme. J'ai une demi-douzaine de personnes prêtes à témoigner, qui pourront confirmer que je suis resté avec eux, que les seuls appels que j'ai passés ce soir étaient professionnels. Je rentre chez moi, épuisé, pour trouver devant ma porte la police qui vient me poser des questions sur une fille qui s'appelle Tiffany Sleight !

– Il y a quelqu'un qui m'a appelée, qui m'a menacée, lui expliqua-t-elle.

– Et tu as tout de suite imaginé que c'était moi.

– Je ne savais pas quoi penser.

– Eh bien si tu crois que ça, ce sont des problèmes, attends un peu que… »

Chloé raccrocha et débrancha le téléphone avant que Matt puisse dire autre chose. Puis elle fondit en larmes.

« Maman ? » demanda Sasha, sur le pas de la porte. Josh apparut à côté d'elle.

« Oh, mes chéris. Je suis désolée. Je vous ai réveillés ?

– C'était encore un faux numéro ?

– J'en ai bien l'impression. »

Sasha courut jusqu'au lit et grimpa à côté de Chloé. « J'ai peur. Je peux dormir avec toi ? »

En réponse, Chloé tira son drap et invita Sasha à se glisser dessous. « Toi aussi », dit-elle à son fils qui restait à l'entrée de la chambre. Elle le regarda avancer d'un pas réticent avant de s'autoriser à se laisser câliner dans le lit.

« Tu devrais appeler papa, lui dit-il.

– Non, je ne crois pas que ce soit une bonne idée.

– Il pourrait nous protéger, dit Josh.

– Il a un pistolet, annonça Sasha.

– Quoi ?

– Papa a un pistolet, répéta-t-elle.

– Non, bien sûr que non, il n'a pas de pistolet, dit Chloé.

– Mais si, dit Josh. Il nous l'a montré.

– Papa vous a montré une arme ?

– C'est très lourd, dit Sasha en se serrant contre Chloé.

– Il vous a laissés la tenir ? » Chloé se sentit envahie par une vague de terreur.

« Elle n'était pas chargée, dit Josh.

– Je m'en fiche. Vous ne devez jamais vous approcher d'une arme.

– C'est pour se protéger, insista Josh.

– Nous n'avons pas besoin de protection », dit Chloé qui réussit à paraître bien plus sûre d'elle qu'elle ne l'était vraiment.

Quelqu'un la menaçait.

Matt avait une arme.

Quelques secondes plus tard, les deux enfants dormaient, leurs petits corps chauds serrés contre le sien. Chloé était entre eux deux, elle avait peur de fermer les yeux.

Le réveil à côté de son lit égrena les minutes jusqu'au matin.

Chapitre 37

Paige n'avait pas eu l'intention de le regarder, ni de faire attention à sa présence de quelque manière que ce fût. Et elle ne l'avait pas fait. Enfin… pas jusqu'ici, quand elle avait pivoté sur sa chaise, pile au moment où lui avait fait de même. Et leurs yeux s'étaient rencontrés. Il avait étiré ses lèvres en une tentative de sourire, et elle s'était détournée avant de l'imiter.

« Tout va bien ? avait demandé Sam.

– Tu veux bien m'excuser ? répondit-elle par une question. Je voudrais aller voir ma mère. »

Et peut-être que cela avait été son intention quand elle avait quitté la salle de bal. Mais au lieu d'aller voir sa mère, elle s'était retrouvée à passer la porte d'entrée, imaginant que Noah la suivrait, la main tendue vers son épaule alors qu'elle sortait pour respirer le doux air de la nuit. « Paige », l'entendit-elle dire, sa voix flottant à travers la petite brise de son imagination pour venir mordiller sa nuque.

« Paige », dit de nouveau la voix.

Elle se tourna.

Et il était là.

« Noah ! » articula-t-elle, d'une voix presque inaudible par-dessus les battements de son cœur.

« J'espérais avoir une occasion de te parler, dit-il. Comment vas-tu ?

– Bien, dit-elle, incapable de prononcer des mots de plus d'une syllabe. Et toi ?

– Je vais bien. Tu es magnifique.

– Merci.

– J'ai toujours adoré cette robe. »

Est-ce que je le savais ? se demanda-t-elle. Est-ce pour ça qu'elle l'avait choisie ? « Tu es beau, toi aussi », réussit-elle à dire sans réfléchir.

Noah caressa les revers en cuir de la veste de son smoking. « C'est toi qui l'as choisie. Je me souviens l'avoir trouvée bien trop tape-à-l'œil. Il a fallu que tu insistes.

– Oh, je n'ai pas vraiment grand mérite, lança-t-elle. Si je me souviens bien, tu es plutôt facile à convaincre. » Elle le vit grimacer et jeta un coup d'œil rapide alentour en se mordillant la lèvre inférieure. Elle remarqua que certains invités étaient en train de sortir et attendaient que le voiturier avance leur véhicule.

« Très bien. J'imagine que je l'ai méritée celle-là.

– Je crois aussi, dit-elle, encouragée par le son de sa propre voix. Ce n'est peut-être pas une bonne idée que tu sois là. Je ne crois pas que Heather serait très contente de nous voir ensemble.

– Probablement pas, admit-il.

– Et pourtant tu es là.

– J'espérais que nous pourrions discuter.

– Discuter de quoi ?

– Je me disais qu'on pourrait peut-être éclaircir la situation. »

Elle faillit presque rire. « La situation est plutôt claire. Je ne crois pas qu'il y ait quoi que ce soit à y faire.

– On pourrait essayer.

– Pourquoi ? »

Il parut surpris par la question. « Pourquoi ?

– À quoi est-ce que ça servirait ?

– Je ne sais pas. À rien, peut-être. Je sais juste que je déteste la manière dont les choses se sont passées…

– Tu veux dire avec ma cousine sur toi dans notre lit ? »

Cette fois, ce fut Noah qui détourna les yeux. Quand il la regarda de nouveau, un petit sourire jouait à la commissure de ses lèvres. « Heather m'a dit que tu étais d'humeur plutôt fougueuse ce soir.

– Elle a dit "d'humeur fougueuse", vraiment ? »

Son sourire s'agrandit jusqu'à ses oreilles. « Cette fougue me manque », dit-il. Puis : « *Tu* me manques. »

Paige sentit son corps se tendre vers lui. Elle lutta pour rester à sa place. « Tu aurais peut-être dû y penser avant de commencer à baiser ma cousine. »

Noah poussa un profond soupir. « Alors... on en revient toujours au même point.
– Toujours...
– Écoute. Je comprends que tu sois en colère...
– C'est généreux de ta part !
– Arrête un peu, Paige. J'essaie de m'excuser, là.
– Tes excuses ne m'intéressent pas. Je pensais avoir été claire à ce sujet quand j'ai déménagé.
– C'est ça, exactement. Tout s'est passé si vite. Tu as pris la fuite, tu n'as plus répondu à mes appels, tu as emporté toutes tes affaires le lendemain...
– ... et Heather a apporté les siennes.
– C'est plus compliqué que ça.
– Heather a bien des défauts, répliqua Paige. Mais elle n'est pas compliquée. » Elle remarqua une amie de Bev qui les observait depuis la cabine du voiturier. La femme plaça sa main devant sa bouche pour chuchoter quelque chose à son compagnon. « Nous devrions rentrer. Les gens commencent à jaser...
– Faisons quelques pas, dit Noah.
– Je ne crois pas que ce soit une bonne idée.
– Allons-y », insista-t-il en la prenant par le coude pour la conduire le long d'Avery Street vers Washington.

« Qu'est-ce qu'il se passe ? lui demanda Paige quand ils atteignirent l'angle. Qu'est-ce que tu fais ?
– Je ne sais pas, merde. » Noah leva les mains au ciel. « Crois-moi, ce n'est pas comme ça que je voyais cette soirée.
– Et comment voyais-tu cette soirée ?
– Pas comme ça. » Il regarda vers le vieux théatre Paramount. « Écoute. Je vais être franc. J'espérais que tu ne viendrais pas...
– Heather ne t'a pas dit que je venais ?
– Oh, si. Elle m'a prévenu. Elle a même ajouté que tu venais avec quelqu'un. J'ai essayé de me dire que ça n'avait pas d'importance, et puis tu es arrivée...
– Et ?
– Ça a de l'importance », dit-il.

Paige réalisa qu'elle retenait son souffle. N'était-ce pas exactement ce qu'elle avait voulu entendre ?

« Alors, qu'est-ce qu'il y a entre toi et ce type ? demanda Noah.

– Je ne crois pas que ça te regarde.
– Je demande quand même.
– Tu es sacrément gonflé. »

Il haussa les épaules.

Paige se détourna. Elle avait toujours trouvé ce geste extrêmement sexy. En avait-il été de même pour Chloé pendant toutes ces années ? L'attraction-répulsion permanente, l'amour et le dégoût, le désir d'une conclusion digne d'un conte de fées, le baiser avant le générique de fin, le moment charnière où le crapaud se révèle être le prince charmant.

« C'est du sérieux ?

– Est-ce que *toi*, tu es sérieux ? demanda-t-elle, incrédule. Qu'est-ce que tu cherches exactement, là, Noah ? Qu'est-ce que tu essaies de me dire ? » La voir avec un autre homme l'avait-il aidé à réaliser la terrible erreur qu'il avait commise ?

« Que tu me manques, répéta-t-il. Que notre couple me manque ! »

Les mots tourbillonnèrent dans sa tête et lui donnèrent le vertige. « Tu me manques aussi », admit-elle.

Et elle se retrouva dans ses bras, et il embrassait son cou, sa joue, ses yeux. Et cela suffit presque à repousser l'image entêtante de Heather chevauchant son corps nu.

Presque.

Puis il posa ses lèvres sur les siennes et ce fut presque suffisant pour effacer le goût amer et persistant de sa trahison.

Presque.

« Je suis tellement désolé, Paige. J'ai été un imbécile.

– Oui, c'est vrai.

– C'est juste qu'on traversait une mauvaise passe, dit-il. J'étais en plein dans une affaire compliquée. Tu venais de perdre ton travail et tu pleurais tout le temps en errant dans l'appartement dans cet immonde pantalon de jogging gris, sans maquillage, les cheveux sales, à gémir que tu étais malheureuse. »

Ouh là. Attends une minute. Quoi ?

« Et je dois bien admettre qu'au bout d'un moment, ça a fini par m'atteindre », poursuivit-il, sans prendre conscience, apparemment, qu'elle venait de se raidir. « J'étais débordé au bureau. Je m'inquiétais pour nos finances. Je veux dire, notre budget s'est clairement resserré quand tu t'es fait virer. On se disputait tout le temps. Rien de ce que je faisais ou disais ne convenait. Tu n'avais aucune patience avec moi. Tu ne t'en souviens sûrement pas, mais tu étais dure Et puis Heather a commencé à venir régulièrement. Et ses cheveux étaient toujours bien arrangés, et elle riait tout le temps, et elle était joyeuse, et…

– Tu es en train de dire que tout est de ma faute ? le coupa Paige.

– Non, bien sûr que non. Je suis juste en train d'expliquer pourquoi j'étais si vulnérable.

– Tu as couché avec ma cousine parce que je portais des pantalons de jogging ?

– Ce n'est pas ce que je dis.

– J'avais les cheveux sales et ceux de Heather étaient *bien arrangés ?*

– Ne déforme pas ce que j'ai dit.

– Alors, tais-toi, espèce d'imbécile ! cria Paige. Non, je me trompe, corrigea-t-elle en repartant vers l'hôtel, ce n'est pas *toi* l'imbécile. C'est *moi* ! Qu'est-ce qui a bien pu me passer par la tête, putain ? Faux cul un jour, faux cul toujours !

– S'il te plaît, parle moins fort. Les gens nous regardent, la prévint-il en lui emboîtant le pas. »

Elle s'arrêta brusquement. « Ouais ? Eh bien il est temps de leur donner quelque chose à voir, non ? » Là-dessus, elle prit son élan et le gifla violemment. Elle entendit une exclamation collective derrière elle puis vit sa cousine jouer des coudes pour émerger de la petite foule.

« Qu'est-ce que c'est que tout ce bordel ? » demanda Heather, son sourire s'évanouissant dès qu'elle vit Paige et Noah. « Qu'y a-t-il ? » demanda-t-elle, alors que Noah, les yeux baissés et la joue rouge, passait devant elle pour retourner à l'intérieur. Heather lança un regard assassin à sa cousine et pivota sur ses talons de dix centimètres pour se précipiter dans l'hôtel.

« Si vous voulez bien m'excuser », dit Paige aux curieux ébahis agglutinés. Ils s'écartèrent comme un seul homme pour la laisser passer.

Sam se leva d'un bond dès qu'elle entra dans la salle de bal.

« Partons d'ici », dit-elle.

Chapitre 38

Elle se jeta sur lui avant même qu'ils passent la porte de son appartement, à North End. Elle tirait sur sa cravate et se démenait avec la boucle de sa ceinture. « Paige, attends », dit Sam en fermant la porte du bout du pied.

« C'est quoi le problème ? demanda-t-elle, en lui couvrant la bouche de baisers.

– Est-ce qu'on pourrait ralentir un peu une seconde ?

– Pour quoi faire ? » demanda Paige. Elle ne voulait pas ralentir. Ralentir voulait dire réfléchir, et c'était la dernière chose à faire. Elle ne voulait pas réfléchir à ce qui s'était passé. Elle ne voulait pas réfléchir à ce qu'elle était en train de faire maintenant. Elle ne voulait réfléchir à rien. « Aide-moi un peu », dit-elle en dégageant la veste de Sam de ses épaules et en essayant de la faire glisser le long de ses bras. « Voilà qui est mieux », approuva-t-elle quand la veste tomba par terre. Elle attaqua immédiatement les boutons de sa chemise. « J'ai toujours aimé les hommes en chemise rose », murmura-t-elle entre les baisers qu'elle lui faisait dans le cou, essayant de susciter une réaction.

« Paige, dit-il, en arrêtant ses gestes. » Pas vraiment la réaction qu'elle avait espérée.

« Qu'est-ce qui ne va pas ? Pourquoi est-ce que tu te crispes ?

– Je ne suis pas vraiment sûr…

– Pas sûr de quoi ? demanda Paige. Tu n'as pas envie de moi ?

– Bien sûr que j'ai envie de toi. »

Elle se baissa, saisit le bas de sa robe, la tira au-dessus de sa tête et la laissa tomber par terre. Elle l'écarta du bout du pied, se tenant devant lui dans ses sous-vêtements en dentelle pêche. À ton tour, proposa-t-elle.

– Est-ce qu'on peut au moins aller dans la chambre ?

– Bien sûr. Peu importe », répondit Paige, perturbée par son apparente réticence. « Montre-moi le chemin », dit-elle en lui prenant la main pour naviguer entre le canapé et un fauteuil jusque dans le couloir.

« C'est la chambre des garçons, fit-il en l'empêchant d'entrer dans la première des deux chambres.

– Ils ne sont pas là, n'est-ce pas ? demanda-t-elle sur un ton espiègle.

– Non, bien sûr que non. Ils sont avec leur mère cette semaine.

– Alors, on peut vraiment commencer maintenant ? » insista-t-elle en essayant de plaisanter. Qu'est-ce qu'il avait ? Pourquoi se comportait-il si bizarrement ? Elle dégrafa son soutien-gorge et s'en débarrassa alors qu'ils se laissaient tomber sur le lit. Elle saisit ses mains et les plaça fermement sur ses seins nus. Bon sang, fallait-il donc qu'elle fasse tout ? « Embrasse-moi ! » ordonna-t-elle, commençant à perdre patience.

Il s'exécuta, mais c'était plus un baiser de désespoir que de passion. À leurs précédents rendez-vous, elle avait adoré sa manière d'embrasser – doux, tendre, tout ce qu'il y avait de plus sexy. Là, ce n'était pas excitant du tout, juste la pression frustrante de ses lèvres sur les siennes, la bouche de Sam juste assez entrouverte pour que leurs dents s'entrechoquent.

Elle se mit à genoux, lui défit sa ceinture et baissa son pantalon et son caleçon d'un seul et même mouvement. Elle prit son pénis dans sa bouche pour essayer de lui donner un peu de vigueur. *Allez*, pensa-t-elle. *Allez*. Et puis elle sentit la main de Sam se poser sur sa tête, se glisser dans ses cheveux et l'écarter.

« Paige, arrête, dit-il.

– Quoi ? Pourquoi ?

– Ça ne marchera pas. »

Elle le regarda dans l'obscurité. « Pourquoi, merde ? » Un mélange de colère et d'humiliation. « C'est quoi ton problème ?

– Et le *tien* ! répliqua-t-il.

– Le mien ? *Sérieusement ?* Ce n'est pas moi qui ai un problème, là.

– Je crois que si.

– Alors je pense que tu ferais mieux de m'expliquer parce que je n'en ai pas la moindre idée.

– Très bien, écoute », dit-il en remontant son pantalon avant d'allumer la lampe de chevet qui baigna la petite chambre d'une lueur ambrée apaisante. Il s'allongea sur la couette beige, la faisant ainsi gonfler autour de lui.

« J'écoute. » Paige chercha sa robe près du lit avant de réaliser qu'elle l'avait laissée dans le salon. Elle récupéra son soutien-gorge, le remit et fit les cent pas devant lui.

« Pourquoi est-ce que tu ne t'assois pas ? » Il tapota la place à côté de lui.

« Contente-toi de m'expliquer quel est mon problème d'après toi.

– Très bien, écoute. » Il hésita, comme s'il cherchait ses mots. « Quand on s'est rencontrés la première fois, je me suis dit que tu étais magnifique, intelligente, drôle. J'ai même pensé, aussi étrange que ça puisse paraître, qu'on pourrait avoir un avenir ensemble. Je savais bien qu'il y avait des problèmes en suspens avec ta famille et avec ton ex, que ça te faisait toujours mal. Je ne suis pas complètement idiot. Je savais bien qu'il ne s'agissait ce soir que de marquer un point, et ça m'allait très bien. Je n'ai jamais été l'instrument d'une revanche avant ça et, pour être honnête, j'en ai été flatté.

– Je ne suis toujours pas sûre de voir où tu veux en venir.

– En fait, j'étais impatient d'aller à cette fête.

– Tu avais vraiment l'air de beaucoup t'amuser.

– Et comment est-ce que tu pourrais le savoir, merde ? » lâcha-t-il, sa soudaine colère prenant Paige par surprise. « Tu m'as à peine regardé pendant toute la soirée. Je ne crois pas que tu m'aies dit plus d'une douzaine de mots en tout. C'était comme si, une fois que tu m'avais présenté ta cousine, j'avais rempli mon rôle. À partir de là, je te gênais, tout simplement.

– Ce n'est pas vrai, rétorqua Paige, consciente qu'elle mentait.

– Et puis, tu t'es absentée pour aller aux toilettes, prétendant que c'était pour aller voir ta mère, et j'ai vu ton ex se lever après toi, et vous avez disparu tous les deux pendant presque quinze minutes. Pas besoin d'être un génie pour additionner deux et deux. Même Heather a compris assez vite. Elle parcourait la salle comme un canard à qui on aurait coupé la tête. »

Paige se mordit la lèvre pour se retenir de sourire.

« Et puis tu reviens précipitamment, toute rouge et tu dis : "Partons d'ici." On s'en va, sans prévenir personne, là tu dis : "Allons chez toi", et d'un coup tu me sautes dessus. Tu arraches mes vêtements aussi vite que possible. Et merde, Paige, j'ai tellement espéré ce moment-là. J'ai envie de te faire l'amour depuis le moment où j'ai posé les yeux sur toi.

– Alors quel est le problème ?

– Le problème, c'est que je ne suis pas stupide. Je sais que, ce soir, il ne s'agit pas de moi. Ce qui se passe est une réaction à la situation entre toi et Noah, peu importe ce que c'est. Tu as tout ce surplus de rage dont tu veux désespérément te débarrasser. Je pourrais être n'importe qui. Et malgré mon envie de profiter de la situation, je ne peux pas.

– Même si moi, je veux ?

– Il ne s'agit pas que de toi, dit-il. Je me protège, là, Paige. Ta cousine se trompait quand elle affirmait que je ne savais pas où je mettais les pieds. Je sais exactement où ça va me conduire, et c'est une route à sens unique. J'ai déjà suivi cette route une fois. Je ne veux pas y retourner. Je mérite mieux que ça. »

Les yeux de Paige se remplirent de larmes. « Oui, tu mérites mieux », avoua-t-elle en s'asseyant à côté de lui et en lui prenant la main. « Tu es un homme bien, Sam Benjamin.

– Je sais. Un homme bien, au mauvais moment. »

Elle sourit. « Peut-être que je pourrais avoir une autre chance, un jour ? »

Il lui sourit aussi. « Tu sais où me trouver. »

« Paige ? » Sa mère appelait depuis sa chambre alors que Paige pénétrait dans l'appartement. « Ma chérie, est-ce que ça va ?

– Je vais bien. » Paige entra dans le salon et s'écroula sur le canapé, sa pochette sur les genoux. *Je suis bouillante d'excitation, mais je vais bien*, pensa-t-elle alors que sa mère entrait dans la pièce. Elle portait une longue chemise de nuit bleue et son visage brillant semblait inquiet. « Je t'ai réveillée ? lui demanda Paige.

– Non, je ne suis arrivée à la maison qu'il y a une demi-heure. Et j'ai été occupée avec mes crèmes hydratantes…

– Est-ce que tu as entendu parler de… ?

– … ce qui s'est passé ? Oh, oui. Je crois qu'on a entendu cette gifle dans le monde entier. Je dois bien admettre que j'ai été très fière de toi. » Joan s'assit à côté de sa fille, la prit dans ses bras et lui embrassa le front. « Qu'est-ce que ça t'a fait ? »

Paige éclata de rire. « Je n'ai pas les mots pour dire à quel point c'était bon.

– Oh, je suis tellement contente. Il le méritait bien. » Elle caressa la main de sa fille. « Et en parlant d'hommes, je n'étais pas sûre que tu rentrerais à la maison ce soir.

– Crois-moi, ce n'était pas mon intention.

– Oh, ma chérie. Est-ce que tu veux en parler ?

– Pas spécialement. Ça t'embête ?

– Bien sûr que non. » Sa mère se releva, l'air presque soulagé. « Je crois que je vais aller me coucher si ça te va.

– On se voit demain matin. »

Quelle soirée ! pensa Paige quand elle fut seule. Ce n'était pas souvent qu'on se débarrassait d'un homme pour être éjectée par un autre.

Bien sûr, il y avait toujours un homme à l'horizon, se dit-elle, en fouillant dans sa pochette pour prendre son téléphone. Elle regarda sa montre. Il était plus de vingt-trois heures. Était-il trop tard pour envoyer un message ?

Je serai là, avait écrit tout à l'heure Monsieur Maintenant ou Jamais.

Pourtant, elle ne voulait pas paraître trop inquiète. Elle cliqua sur Match Sticks et parcourut l'océan de petits visages à la recherche de sa photo. « Looking for love… » fredonna-t-elle d'un air absent « … in all the wrong places. »

Et puis elle le trouva.

Monsieur Maintenant ou Jamais.

« Quelle est ta véritable histoire ? » demanda-t-elle à haute voix en quittant le site et en s'effondrant sur lit, l'épuisement l'enveloppant comme une couverture. Il était trop tard pour faire autre chose que dormir. Monsieur Maintenant ou Jamais devrait attendre jusqu'au matin.

Chapitre 39

La dispute commença dès que le taxi s'éloigna de l'hôtel Ritz Carlton.

« Alors, tu vas me dire ce qui s'est passé ?

– Je t'ai déjà dit qu'il ne s'était *rien* passé, insista Noah.

– Je ne te crois pas », répéta Heather, pour ce qui lui semblait être la centième fois, et qui n'était pas loin de l'être.

« Eh bien, c'est ton problème, alors.

– Non, c'est *ton* problème. Ou ça va le devenir.

– Est-ce que tu pourrais baisser d'un ton, s'il te plaît ? » dit Noah plus calmement, pour l'inciter à l'imiter. « Je ne crois pas que ta paranoïa intéresse beaucoup le chauffeur.

– Au contraire, affirma Heather, il me semble que ça l'intéresse *beaucoup*. N'est-ce pas… » elle vérifia son nom sur la licence accrochée au dos du siège passager de devant « … Ricardo ?

– Désolé, lui dit Noah. Ne faites pas attention à elle, s'il vous plaît. La dame a bu quelques verres de trop.

– La dame n'a carrément pas assez bu, le contredit Heather. Vous êtes marié, Ricardo ?

– Oui, m'dame », répondit Ricardo, ses yeux noirs croisant ceux de Heather dans le rétroviseur.

« Vous avez déjà trompé votre femme ?

– Très bien, ça suffit, l'interrompit Noah. Désolé, Ricardo. Vous devez vous dire qu'on aurait mieux fait de prendre un Uber.

– Non, m'sieur, répondit-il rapidement. Je hais ces types. Moi j'aimerais tous les abattre. D'une balle dans la tête, ajouta-t-il précipitamment.

– Je sais exactement ce que vous ressentez », dit Heather en fusillant du regard Noah qui soupira, ferma les yeux, croisa les bras sur sa poitrine et refusa de commenter.

La dispute reprit dans le hall aux murs recouverts de panneaux de bois de leur immeuble. « Ce n'est pas terminé, reprit Heather en entrant dans le vieil ascenseur.

– Oh, si, ça l'est.

– N'y compte pas », lui répondit Heather alors qu'ils étaient rejoints par un couple entre deux âges dont les mines glaciales indiquaient à Heather qu'ils avaient leurs propres problèmes. L'homme fit un vague signe de tête dans leur direction et la femme continua de regarder droit devant elle. Ils ne prononcèrent pas un mot jusqu'au troisième étage.

« Passez une bonne soirée, dit l'homme en sortant avec sa femme de l'ascenseur.

– Je crois qu'il y a peu de chances que ça arrive », dit Noah alors que les portes se refermaient.

Heather avait déjà repris. « Je veux savoir ce qui s'est passé, Noah. Et dis-moi tout, parce que je ne suis pas… *idiote*… ou naïve. »

Noah ne répondit rien et fila dans le couloir à moquette grise vers leur appartement, les clés à la main.

« Noah… »

Il se tourna vers elle. Son mouvement fut si soudain et inattendu que Heather fut obligée de faire un pas en arrière. Allait-il la frapper ? « Bien », dit-il simplement, ce qui la surprit.

« Bien ? répéta-t-elle.

– Je vais tout te dire. Mais est-ce que ça peut au moins attendre qu'on soit rentrés ?

– Bien sûr. »

Il continua d'avancer dans le couloir, Heather sur les talons. Elle craignait de laisser trop d'espace entre eux au cas où il prévoyait de se glisser à l'intérieur de l'appartement et de la laisser dehors. *Peut-être qu'il a raison*, se dit-elle alors qu'ils entraient. *Peut-être que je suis paranoïaque.*

« Alors ? » Elle le suivit au salon, le regarda enlever sa veste et sa cravate et les jeter sans ménagement sur le dossier du canapé.

« Qu'est-ce que tu veux savoir ? »

C'est une blague ? « Je veux savoir ce qui s'est passé entre toi et Paige. Et ne prétends pas qu'il ne s'est rien passé, parce que tout le monde en parlait.

– Et que disaient-ils ?

– Ce que je veux entendre, c'est ce que, *toi*, tu dis.

– Bien, concéda-t-il. À une condition.

– Tu n'es pas vraiment en position de…

– Tu veux savoir ce qui s'est passé ou pas ?

– Quelle est la condition ? demanda Heather.

– Qu'après on n'en parle plus. Je vais te dire ce qui est arrivé, je vais répondre à toutes les questions raisonnables que tu as peut-être à me poser, et ensuite on n'en reparlera plus jamais. Est-ce qu'on est d'accord ? »

Heather s'affala sur le canapé, son sac à main tombant sur le coussin à côté d'elle. Elle se débarrassa de ses chaussures et s'adossa contre la veste de Noah. Elle y détecta une trace du parfum de Paige accroché sur les revers en cuir. Ce qui voulait dire qu'ils avaient été affreusement proches l'un de l'autre, assez proches pour se toucher. *Maudite Paige*, pensa-t-elle. *Tu vas me le payer.* « D'accord, dit-elle.

– Très bien, reprit Noah. Je ne veux pas de réaction excessive. Paige est ta cousine, c'est ta famille, et je vous ai déjà causé assez de problèmes à toutes les deux…

– Qu'essaies-tu de me dire, Noah ?

– Que ce qui est arrivé n'est pas entièrement de sa faute. Je suis autant à blâmer…

– Nom de dieu, Noah. Crache le morceau, c'est tout.

– La fête était en train de se terminer, commença-t-il. Tout le monde s'attroupait autour de ton père pour lui dire au revoir et je me suis dit que j'allais sortir un moment prendre l'air. Je pense que Paige a eu la même idée, ou peut-être qu'elle m'a vu me diriger vers la porte et qu'elle m'a suivi ; je ne sais pas. Je sais juste que, tout à coup, elle était là et qu'elle voulait faire quelques pas avec moi. Je me suis dit que je lui devais bien ça. Et nous sommes allés à un ou deux rues de là, pas très loin, et elle a commencé à m'expliquer combien je lui manquais, elle était larmoyante, elle a dit qu'elle était tellement désolée et qu'elle voulait… Il hésita.

– Elle a dit qu'elle était désolée et qu'elle voulait ?... le pressa Heather.

– Qu'elle était désolée et qu'elle voulait que je revienne. » Noah prit une grande inspiration avant de poursuivre. « Et c'est là que j'ai merdé, parce que j'ai dit que j'étais désolé aussi. Mais je voulais juste dire que j'étais désolé de la *manière* dont ça s'était terminé, qu'elle méritait mieux que ça. Mais elle a dû mal comprendre parce que brusquement elle s'est mise à m'embrasser. J'ai essayé de l'arrêter gentiment mais elle ne m'a pas lâché jusqu'à ce que je la repousse. Elle était furieuse, elle m'a traité de tous les noms, m'a ordonné de la fermer. Et juste quand nous approchions de l'hôtel, elle a pris son élan et m'a giflé. Et tout le monde était là, et regardait. Et puis tu es arrivée et je n'ai pas su quoi dire ni quoi faire, parce que je savais à quel point tu serais énervée...

– Pourquoi tu ne m'as pas expliqué ça la première fois que je t'ai demandé ?

– Je ne sais pas. Je crois que je me sentais coupable. Si je n'avais pas accepté de marcher un peu...

– Tu ne pouvais pas savoir...

– J'aurais dû être plus prudent. Je suis avocat, bon sang. Je sais que je ne dois pas me mettre dans de telles situations.

– C'est elle qui est venue vers toi

– Oui, mais je suis sûr qu'elle pense que je l'y ai invitée. »

Heather secoua la tête. « Quelle salope...

– Et c'est exactement pour ça que je ne voulais rien te dire, l'interrompit-il. La dernière chose que je veux, c'est causer encore plus de tensions entre vous. Sans parler de vos familles. Je me sens suffisamment coupable...

– Tu n'as aucune raison de te sentir coupable, lui dit Heather. C'est de ma faute autant que la tienne. J'aurais dû savoir qu'elle ferait un coup comme ça. » *Maudite Paige !*

Il y eut un moment de silence.

« C'est bon ? demanda Noah. On peut oublier ça ?

– Je ne suis pas sûre d'en être capable.

– On avait un accord », lui rappela-t-il.

Heather acquiesça. L'accord était de ne plus jamais en parler. Il n'était aucunement question de vengeance.

« On peut aller se coucher maintenant ? » Il prit sa veste et sa cravate et se dirigea vers le couloir.

Heather ne bougeait pas.

« Tu viens ?

– Dans une minute.

– D'accord. Ne sois pas trop longue. Je suis épuisé.

– J'arrive tout de suite. »

Noah s'arrêta dans l'encadrement de la porte, comme s'il avait quelque chose à ajouter.

Ce serait certainement le bon moment pour me dire que tu m'aimes, pensa Heather. Mais il ne le fit pas. Il ne l'avait jamais fait.

Je suis sûre que tu as dit à Paige que tu l'aimais des milliers de fois, s'imagina-t-elle, sa colère envers sa cousine bouillonnant en elle. Elle ne savait pas comment elle ferait payer Paige.

Seulement qu'elle le ferait.

Exactement comme elle avait fait payer Chloé pour ce coup stupide, conduire jusqu'à Cambridge sous la pluie juste pour l'envoyer promener. Elle plongea la main dans son sac et en sortit son téléphone. Elle composa le numéro qu'elle connaissait par cœur et attendit cinq sonneries avant que ça ne réponde. « Alors, Brandon ? » dit-elle quand l'ancien coursier de McCann Advertising finit par décrocher.

« J'ai fait exactement ce que tu as demandé. J'ai fait semblant d'être ce type qui a bousillé la petite Tiffany et je lui ai dit qu'elle serait la prochaine.

– Et ?

– Elle a eu une putain de trouille.

– Tu en es sûr ?

– Elle a appelé les flics. »

Heather serra le téléphone plus fort contre son oreille, elle essayait de maîtriser sa joie. « Comment le sais-tu ?

– J'étais là ! »

Heather éclata de rire en imaginant la scène. « J'ai une dette envers toi.

– C'était trop marrant. Considère que c'est ma tournée.

– On t'a peut-être trouvé un nouveau métier.

– En parlant de ça, dit-il, est-ce que tu aurais besoin de quelque chose d'autre ? Je viens de mettre la main sur une excellente coco.

– Une autre fois peut-être. »

« Heather ? appela Noah depuis la chambre. Qu'est-ce que tu fais ? »

« Je dois y aller », dit Heather en raccrochant avant de se lever. « Du calme ! lança-t-elle. J'arrive. »

Chapitre 40

Il est fatigué. Fatigué et agité. Fatigué d'être agité. Et par-dessus tout, il est fatigué d'attendre. Il est presque minuit. Où est-elle ?

Je dois y aller, là. On peut continuer plus tard ?

Qu'est-ce que ça voulait dire « plus tard » ? S'était-il vraiment attendu à ce qu'elle le recontacte ce soir ?

Elle est intéressée. Il en est sûr. Elle a juste modifié une page de son scénario et elle le fuit pour qu'il la suive. Elle la joue détendue, elle le laisse en suspens. Il éclate de rire. Bientôt, c'est elle qui sera suspendue.

Au bout d'une corde.

Pourtant, il est frustré. Frustré et nerveux. Sa dernière « rencontre » remonte à longtemps. La sensation du cou de Nadia dans ses mains, de sa chair froide entre ses doigts, commence à disparaître. Il se souvient à peine du son de ses cris étouffés ou de l'odeur du sang qui coulait de ses plaies. Il ne ressent plus les vibrations des mouvements du couteau dans sa main.

Il devrait écrire un livre : *Tuer en série pour les nuls : les secrets pour qu'une femme vous suive n'importe où.* C'est tellement simple, il est étonné que personne n'y ait pensé. Pas besoin d'être riche ; pas besoin d'être célèbre ; pas besoin d'être drôle ; pas même besoin d'être beau. La clé pour que la salope ait le sentiment d'être la seule et unique femme, lui donner l'impression que tout ce qui sort de sa bouche est intéressant. Chacune de ses opinions ne valant pas seulement la peine d'être entendue, mais méritant aussi d'être adoptée. Les femmes ont désespérément besoin qu'on les écoute. Si on peut faire ça, c'est l'Eldorado.

Il allume la télévision qui fait face à son lit et zappe distraitement d'une chaîne à l'autre. Il s'arrête sur un vieil épisode de

Dateline : une femme machiavélique achète de la drogue pour son mari afin de le tuer et de toucher l'assurance-vie. Bien sûr, la pauvre conne a contacté la police d'assurance de son mari encore plus con, deux malheureux jours avant le meurtre, faisant d'elle la suspecte évidente et scellant ainsi son destin.

Qu'est-ce qui ne tourne pas rond chez ces gens ? Veulent-ils se faire prendre ? N'ont-ils pas l'intelligence, la capacité de prévoir ou de réaliser qu'un tel comportement peut être considéré, au minimum, suspect ? Ne peuvent-ils pas anticiper, peut-être prendre cette putain de police d'assurance un an ou deux avant ?

Bien sûr, il faut de l'intelligence et de la patience pour attendre, pour prévoir, pour considérer tous les aspects et les répercussions de ses actes.

C'est pour cette raison qu'il a décidé de ne pas s'en prendre à la mère ni à la meilleure amie de Paige Hamilton. Ce qu'il veut éviter, c'est d'effrayer cette petite Fleur Sauvage, une fleur qu'il entend bien arracher de sa tige délicate avant de la broyer sous son talon. Non, maintenant que le contact a été renoué, il a besoin de concentrer son énergie, de garder ses yeux grands ouverts sur son objectif, ce qui implique de coller au plan initial et patienter encore une semaine.

Dans l'intervalle, il y a Audrey.

Sûrement pas son vrai nom, pas plus que Fleur Sauvage, ce qui lui va très bien. Plus c'est anonyme, mieux c'est, au moins pour commencer. Il aime garder le meilleur pour leur premier vrai rendez-vous : celui où il la force à révéler les détails les plus intimes de sa vie dans le vain espoir de retarder sa mort. En savoir trop, trop tôt, gâche l'ensemble de l'expérience.

Lui et Audrey ont commencé à échanger des messages depuis quelques semaines, à se donner des détails sur ce qu'ils aiment et n'aiment pas. Bien sûr, ce qu'il aime, lui, est inventé de toutes pièces pour coller à la situation. Audrey aime le sport, donc lui aussi. En fait, il ne s'entraîne presque jamais, à part soulever des poids, ce qui est plus ou moins indispensable quand on doit manipuler des cadavres. Et comme elle aime les films tristes et les romans d'amour, il dit qu'il a dévoré *Les pages de notre amour*[1], bien qu'il ne l'ait jamais lu et qu'il ait seulement vu quelques minutes de cette horreur à la télévision.

Tuer Audrey ne sera pas seulement un plaisir, se dit-il, mais un service rendu à l'humanité. Des goûts si pathétiques ne devraient pas pouvoir se perpétuer en toute liberté.

Désolé, je n'ai pas touché terre de la semaine, envoie-t-il maintenant à Audrey. Il suppose que, bien qu'il soit presque minuit, elle sera toujours debout et que même si elle a quasiment abandonné tout espoir d'avoir de ses nouvelles, elle ne pourra pas s'empêcher de lui répondre. *J'ai eu une urgence familiale et j'ai dû rentrer à Madison. Je ne savais pas quand, ni même si, je rentrerais et je me suis dit que ça ne serait pas juste de te laisser sans nouvelles.*

Bon sang, que je suis bon, se dit-il.

Cajoler, s'éloigner. Flatter, puis disparaître. Abandonner, puis refaire surface. Tout ça fait partie de sa technique. Il commence à compter jusqu'à dix, sentant les doigts d'Audrey pianoter déjà sur le clavier.

Sa réponse arrive quand il en est à neuf. *Que s'est-il passé ?* demande-t-elle.

Mon père a fait une crise cardiaque, répond-il.

Mon dieu ! Il va bien ?

Par chance, mais il n'est pas encore tiré d'affaire. Je vais peut-être devoir retourner dans le Wisconsin.

Je vais prier pour lui.

(*Prie pour toi aussi tant que tu y es*, pense-t-il.)

Ça me touche beaucoup, répond-il, puis il compte jusqu'à dix avant d'ajouter : *J'espérais qu'on pourrait peut-être se rencontrer en personne.*

J'adorerais.

Il entend des pas dans l'escalier et se redresse sur son lit, à l'écoute. *Samedi soir ?*

Parfait. Où peut-on se retrouver ?

Il se lève du lit et se dirige vers la porte. *Connais-tu le bar Anthony's sur Boylston ?*

Je trouverai. À quelle heure ?

Dix-neuf heures ?

Super. Tu ne vas pas me poser un lapin, n'est-ce pas ?

---

1. *The Notebook*. Adapté au cinéma sous le titre, en France, *N'oublie jamais*.

Il entend l'écho plaintif dans son message. *Aucun risque.*

Bien. On se voit chez Anthony's, samedi soir à dix-neuf heures alors.

J'ai hâte d'y être.

Il se déconnecte, colle son oreille contre la porte mais n'entend rien.

Puis il entend le petit grincement qui lui indique que quelqu'un est de l'autre côté de la porte. « Madame Lebowski ? » dit-il en ouvrant la porte, prêt à découvrir sa logeuse de plus en plus folle face à lui.

« Je suis désolée de vous déranger », répond la fille d'Imogene Lebowski en agitant nerveusement ses mains autour de son visage. « Je voulais juste glisser ça sous votre porte. »

Il prend la feuille de papier pliée des mains de Jenna sans l'ouvrir. « Il y a un problème ? Votre mère... ?

– Elle ne va pas bien, dit Jenna.

– Oh, je suis désolé.

– Ça fait un moment que son état empire et je l'ai finalement convaincue de rentrer à la maison avec moi. On va attendre qu'une place se libère dans un établissement médicalisé. Elle ne peut vraiment plus vivre toute seule désormais. L'autre jour, elle a laissé le four allumé toute la matinée. Et elle divague. Enfin, vous savez. »

Il acquiesce en pensant à quel point Jenna a l'air vulnérable, à quel point il serait facile de lui enlever ses vêtements pour la mettre dans son lit.

« J'ai fait du ménage tout l'après midi, rassemblé ses affaires, essayé de tout organiser. » Il y a un moment d'hésitation. « Je vais mettre la maison en vente à la fin du mois, ce qui veut dire, j'en ai bien peur...

– Que j'ai deux semaines avant de devoir quitter les lieux, dit-il.

– Je suis désolée, vous avez été le locataire idéal. »

Il sourit. « J'avais l'intention de partir bientôt de toute façon.

– Oh, bon. Parfait. Alors tout va bien.

– Ma mère disait que tout finit toujours par s'arranger. » Il réalise que cette conversation aurait pu attendre le matin, que la notification était juste un prétexte. Il sait qu'elle espère qu'il va l'inviter à l'intérieur, mais il n'a aucune envie de lutter avec ces grosses cuisses polonaises. Non, Jenna Lebowski serait une distraction et il ne peut pas se permettre d'être distrait. Le temps est soudain devenu essentiel et il a encore beaucoup à faire. « Eh bien, bonne nuit, lui dit-il, le papier toujours dans la main. Merci de m'avoir prévenu. »

Il referme la porte sur son expression confuse. Deux semaines c'est un peu court. Il y a tant à faire.

Audrey qui est prévue pour samedi.

Ensuite : Fleur Sauvage.

Chapitre 41

Lundi matin, dès que le car fut parti avec Josh et Sasha pour le centre aéré, Chloé sauta dans sa voiture et se dirigea vers la cour de justice du district de Cambridge, à Medford, dans l'espoir de convaincre un juge d'émettre une injonction d'éloignement contre Matt.

La police le lui avait suggéré et Paige lui avait catégoriquement ordonné de le faire. Une fois que Chloé l'eut informée des événements de samedi soir – les appels menaçants, la certitude que quelqu'un épiait sa maison – « Eh bien, qui d'autre que Matt est-ce que ça pourrait être ? » avait avancé Paige, et l'histoire de l'arme – bon sang, il l'avait montrée aux enfants, il les avait autorisés à la toucher – quel choix lui restait-il ?

La ville de Medford se trouvait à presque cinq kilomètres au nord-ouest du centre de Boston, sur la Mystic River, dans le comté du Middlesex. Elle comptait soixante mille habitants et hébergeait la Tufts University. Le palais de justice lui-même, décrit comme « un triste endroit » dans une revue en ligne guère flatteuse, était un immeuble d'un étage tout en longueur sur la Mystic Valley Parkway. Il disposait d'un petit parking et d'un personnel qui n'était ni particulièrement amical ni serviable. Le district du Middlesex se trouvait à cinq minutes à pied, en pressant le pas, de chez Chloé. Il y avait donc moins de risques qu'elle rencontre une connaissance à Medford.

Les avis étaient justes au sujet du stationnement, constata-t-elle rapidement. Il lui fallut plus de temps pour trouver où se garer que pour venir à Medford. Elle finit par laisser sa voiture à plusieurs rues de là et courut, sous la pluie matinale, perchée sur des escarpins ni confortables ni étanches. Elle avait quitté la maison dans une telle précipitation qu'elle avait oublié son parapluie. Le temps qu'elle arrive à l'entrée du bâtiment, la robe fleurie en soie qu'elle avait choisie, en espérant faire une bonne impression au juge, était tâchée de pluie, ses pieds dégoulinaient et ses cheveux pendouillaient sur son crâne comme des plumes mouillées. *Pour la bonne impression, on repassera*, pensa-t-elle, en pénétrant dans le hall. Elle secoua la pluie de ses épaules comme un chien trempé. *Plutôt comme un rat noyé*, se dit-elle en apercevant son reflet dans un panneau miroir.

« Mon dieu », murmura-t-elle, en découvrant avec surprise le nombre de gens faisant la queue pour faire passer leurs affaires dans les détecteurs à rayons X. À quoi s'attendait-elle ? À être la seule à avoir besoin des services du tribunal ? Mais à ce point ? À neuf heures à peine ? Que faisaient tous ces gens ici ?

Pitié, pourvu qu'il n'y ait personne que je connaisse, pria-t-elle. Elle prit place dans la file derrière une femme noire âgée et une adolescente aux cheveux roses qui portait un anneau d'argent au nez.

« Pourquoi c'est si long ? » gémit la fille aux cheveux roses sans s'adresser à personne en particulier. « Comment est-ce que ça peut prendre autant de temps de poser tes trucs dans une machine à rayons X ? »

La femme noire âgée sourit. « Tu ferais mieux de t'y habituer, ma p'tite. Personne n'est jamais très pressé ici.

– Génial ! » La fille tira sur une mèche de cheveux roses sur le côté et tourna son maigre torse vers Chloé. Elle portait un tee-shirt blanc court laissant voir son nombril qui arborait une version plus grande de l'anneau qui perçait son nez. « Marre de ces conneries ! » dit-elle. Elle sortit une feuille de papier de la poche arrière de son jean taille basse et l'utilisa pour se gratter le côté de la fesse. « Je ne devrais même pas être là. J'ai eu une amende parce que ce nazi de flic prétend que je n'ai pas respecté un stop, ce qui est une connerie absolue.

– Tu as respecté le stop ? demanda Chloé, soulagée de la distraction que la jeune fille lui apportait.

– Je ne l'ai même pas *vu*, ce truc débile. Il y avait un arbre énorme juste devant. Ce n'est pas ma faute si la ville est trop fauchée pour couper ces stupides branches. Enfin, dit-elle, poursuivant sa diatribe indignée, ce n'est même pas ça le problème.

– Ah, bon ?

– Non. J'ai essayé d'expliquer tout ça au flic, que c'était la responsabilité de la ville de tailler cet arbre débile pour que les gens puissent voir ce panneau débile et que je ne pouvais absolument pas payer une amende de deux cent cinquante dollars et il a dit qu'il compatissait mais qu'il n'y pouvait rien. Il a affirmé que les gens se faisaient tout le temps avoir par ce stop et que je pouvais contester si je voulais. Je lui ai demandé comment faire, et il m'a répondu d'attendre la relance. Mais je jure que je n'en ai jamais reçu. Ensuite, ils m'ont envoyé un avis de créance qui me disait que j'avais une pénalité de cent dollars de plus et que je perdrais mon permis de conduire si je ne payais pas. C'est pour ça que je suis là. Pour voir si quelqu'un peut m'aider. Parce que ce n'est pas juste. Rien de tout ça n'est ma faute. »

Chloé sourit. Une fille avec des cheveux roses en pétard et le nez et le nombril percés attendait que la vie soit juste. Quelque part, elle trouvait ça à la fois attendrissant et rassurant. « Eh bien, je te souhaite bonne chance.

– Merci, dit la jeune fille. Pourquoi vous êtes là, vous ? »

Le sourire de Chloé s'évanouit tandis qu'elle essayait de trouver une réponse adéquate.

« Ça avance, les informa la femme devant la fille aux cheveux roses.

– Dieu merci. »

La fille se détourna de Chloé et tint son grand sac à franges prêt pour le scanner. « Amusez-vous bien », lança-t-elle en lui faisant un signe de la main depuis l'autre côté de la machine avant de disparaître dans le grand couloir.

« Excusez-moi, dit Chloé à l'agent de sécurité, mais où dois-je aller pour…

– Bureau de la greffière. À l'étage », lui dit l'agent d'un geste du pouce. Chloé se traîna dans l'escalier en se disant qu'il n'était pas trop tard pour faire demi-tour et oublier tout ça. Sauf qu'il *était* trop tard. Matt avait une arme.

Elle dut attendre encore dix minutes dans la file d'attente du bureau de la greffière. C'était une femme entre deux âges aux cheveux bruns et courts. Ses lourds cernes sous ses yeux gris délavés montraient qu'elle était déjà épuisée alors que la journée commençait à peine. « Oui ? dit-elle à Chloé qui approchait.

– J'ai besoin d'une injonction d'éloignement, murmura Chloé.

– Désolée, je ne vous entends pas. Vous allez devoir parler plus fort. »

Chloé baissa la tête et jeta furtivement un coup d'œil à gauche puis à droite. Elle se pencha sur le comptoir, espérant que personne dans la file ne pourrait l'entendre. « J'ai besoin d'une injonction d'éloignement.

– Affaires familiales, annonça très fort la greffière. Au bout du couloir, à gauche. »

Chloé s'éloigna du bureau sans lever les yeux, persuadée que tous les regards la suivaient. *Tu peux encore faire demi-tour et rentrer à la maison*, pensait-elle.

« Puis-je vous aider ? » demanda une autre femme entre deux âges quand elle arriva dans la salle qu'on lui avait indiquée. Chloé apprécia son sourire. Il compensait presque l'odeur de renfermé, de parfum bon marché et de transpiration qui semblait suinter des murs beiges.

« J'ai besoin d'obtenir une injonction d'éloignement. »

La greffière se pencha sur un tiroir, en tira une liasse de formulaires et les étala sur le bureau de réception devant Chloé. « Vous devez tous les remplir avec le plus de détails possible, mais ne les signez pas avant d'avoir vu un notaire ou un greffier. »

Chloé jeta un rapide coup d'œil à la multitude de feuilles. « Il y en a tellement », marmonna-t-elle, un début de panique secouant sa poitrine. *Bon sang*, pensa-t-elle. *La mère de Paige avait raison.* Elle aurait dû tout noter.

Le sourire discret de la greffière exprimait sa compassion. « Vous pouvez les emmener chez vous si ça vous est plus facile. À moins, bien sûr, qu'il ne s'agisse d'une urgence. C'est le cas ?

– Non, lui dit Chloé. Je ne crois pas.

– Êtes-vous en danger physique imminent ?

– Mon mari a une arme. Est-ce que ça compte ?

– Il s'en est servi pour vous menacer ?

– Non.

– Beaucoup de gens ont des armes, dit la greffière en soupirant. Comment est-ce qu'il vous harcèle exactement ?

– Eh bien, nous sommes séparés et j'ai reçu des coups de téléphone affreux et obscènes. Mon mari jure que ce n'était pas lui, mais il m'a déjà fait de vagues menaces…

– Je suis désolée, sincèrement, mais il va vous falloir plus que de vagues menaces pour prouver à un juge que vous avez besoin d'une injonction d'éloignement. Le défendeur, en l'occurrence votre mari, doit soit vous avoir blessée physiquement, soit avoir tenté de le faire, soit vous avoir menacée de vous blesser physiquement, soit vous avoir forcée à des rapports sexuels, récita-t-elle. Le juge peut refuser d'accorder une injonction s'il ne voit rien de concret.

– Qu'est-ce que je dois faire alors ? Je ne suis pas sûre…

– Mon conseil serait de prendre un avocat.

– Ça coûte cher », dit Chloé. Il était important que ses frais de justice restent le plus bas possible. « Alors, disons que je poursuive et que je remplisse tout ça… Que se passe-t-il ensuite ?

– Vous serez entendue au tribunal et vous pourrez exposer votre cas, ensuite vous devrez attendre la décision du juge. J'imagine que vous voulez un ordre *ex parte*.

– Qu'est-ce que c'est que ça ?

– Un ordre *ex parte* signifie que votre mari n'a pas à recevoir la notification de vos intentions et que l'audience se tiendra immédiatement, en personne ou au téléphone.

– Au téléphone ?

– Uniquement s'il n'y a pas de juge disponible. Mais vous avez de la chance. Le juge Lewis est là aujourd'hui. Vous lui demanderez de délivrer une ordonnance de protection qui restreindra ou supprimera le droit de votre mari de vous contacter, vous ou vos enfants. Cette ordonnance est valable dix jours, après quoi votre mari aura droit de demander une audience pour se défendre.

– Oh, mon dieu. Il va être hors de lui. »

La femme acquiesça, indiquant qu'elle comprenait bien la difficulté de la situation de Chloé. « C'est à vous de voir ce que vous allez faire, bien sûr, dit-elle. Mais encore une fois, vous devriez préalablement consulter un avocat et vérifier qu'il y a des éléments suffisants pour ce genre d'ordonnance. Tout cela aura un coût de toute façon.

– Qu'est-ce que vous voulez dire ?

– Les frais sont de trois cent cinquante-cinq dollars pour requérir une injonction civile d'éloignement. À moins qu'une agression physique ou une menace d'agression physique ait été commise, ce qui, dans le cas présent me dites-vous, n'est pas arrivé. Il n'y a aucune garantie que vous ayez gain de cause. Donc…

– Donc je ferais sûrement mieux de voir un avocat, dit Chloé, cédant devant l'inévitable.

– C'est ce que je vous recommanderais de faire. Mais, comme je vous l'ai dit, ça ne dépend que de vous. »

Chloé fourra les formulaires dans son sac. Comment pouvait-elle arranger les choses alors qu'elle ne contrôlait plus rien ? « Merci, dit-elle.

– Jolie robe, au fait !

– Merci », répéta Chloé, en détalant du bureau avant que la femme ne la voie fondre en larmes.

Chapitre 42

Elle portait du rose, sa couleur préférée ; c'était le cas depuis qu'elle était enfant. *J'aurais sûrement dû passer à autre chose depuis le temps*, pensa Paige en pivotant dans le fauteuil en cuir blanc. Elle embrassa d'un regard absent la vaste et moderne réception de JFI Advertising, au quinzième étage de la tour John Hancock dans le centre de Boston. Des photographies en noir et blanc couvraient les quelques murs qui n'étaient pas des baies vitrées ; un mobilier bas et ultramoderne était disposé sur le parquet foncé. Paige remarqua que la jeune femme à la coupe de cheveux géométrique qui se tenait droite comme un piquet derrière le bureau en marbre vert au milieu de la pièce était tout de noir vêtue. *J'aurais dû mettre du noir*, pensa Paige. Elle commença à triturer les boutons de perle de son chemisier en coton rose poudré et lissa les plis invisibles de sa jupe trapèze. Au moins, elle aurait dû choisir une tenue plus audacieuse, moins traditionnelle, plus à la mode. C'était une agence très en vue, et elle était une adulte, pas une petite fille.

Sauf qu'elle ne s'était jamais sentie aussi infantilisée, aussi vulnérable de toute sa vie. Six mois de refus avaient fait des ravages et attaqué profondément sa confiance en elle. Être remerciée, même si ça n'était pas sa faute, d'un travail qu'elle adorait était déjà assez terrible, mais la suite s'était révélée pire encore. Alors qu'elle avait abordé les premiers entretiens après son licenciement, pleine d'assurance et d'optimisme, le troisième rejet avait commencé à affaiblir sa bonne humeur, et sa confiance en elle avait glissé en terrain très instable. Que Noah eût choisi ce moment-là pour la tromper n'avait rien arrangé.

Paige sentit un sourire se dessiner sur ses lèvres. Cette gifle samedi soir l'avait beaucoup soulagée, bien qu'elle ne tolérât pas ce genre de violence en temps normal. Elle pensa alors à Chloé et se remémora la peur dans sa voix quand elle lui avait raconté les événements de samedi soir. Ce salaud de Matt. Qu'est-ce qui ne tournait pas rond chez lui ? N'avait-il pas déjà fait assez de mal à Chloé ? Fallait-il, en plus, qu'il la terrorise à présent ?

Elle avait exhorté Chloé à obtenir une injonction d'éloignement à son encontre, mais Chloé lui avait envoyé un message il y a une heure pour l'informer que la greffière lui avait conseillé de consulter son avocate, et celle-ci lui avait confirmé qu'un juge ne prononcerait pas une telle ordonnance sur la base des maigres preuves dont elle disposait. *On dirait que je vais devoir attendre qu'il me tire dessus*, lui avait écrit Chloé dans la foulée.

Une pensée atroce.

Donc, non, aucune violence ne devrait jamais être considérée comme acceptable. Pourtant, nom d'un chien, gifler Noah lui avait fait un bien fou.

Paige avait passé une bonne partie du dimanche matin à imaginer la scène qui avait dû avoir lieu plus tard cette nuit-là, entre Noah et Heather. Comme elle aurait aimé être une petite souris dans la chambre qu'ils avaient un jour partagée ! Pourtant, connaissant Noah, il avait sûrement réussi à s'en sortir avec une explication plausible. Il était avocat, après tout, doué pour faire raisonnablement douter. Lui et Heather avaient sûrement terminé la soirée en faisant sauvagement l'amour, ce qui était la dernière chose à laquelle Paige voulait penser.

Et puis, il y avait Sam.

Une autre scène qu'elle essayait de ne pas imaginer. Sauf, bien sûr, qu'elle n'avait pas à l'imaginer. Il suffisait qu'elle se souvienne qu'elle avait quasiment traîné ce malheureux dans sa chambre en semant ses vêtements sur son passage et l'avait pratiquement agressé. *Qu'est-ce qui m'a pris ?*

Pas Sam en tout cas, pensa-t-elle en manquant d'éclater de rire.

Un autre refus. Elle soupira bruyamment.

« Mme Lyons ne devrait pas tarder », dit la réceptionniste qui avait pris son soupir pour une manifestation d'impatience.

Paige hocha la tête et entendit son téléphone biper dans son sac à main. Elle regarda rapidement ses messages. *Eh bien, qui voilà ?* pensa-t-elle, en découvrant un message de Monsieur Maintenant ou Jamais. Elle lui avait envoyé un message la veille au matin pour s'excuser d'avoir interrompu leur échange le soir précédent – combien d'excuses cela faisait-il ? – et il avait été très aimable, lui disant qu'il n'était pas nécessaire qu'elle se justifie. *Je suis content que tu sois là maintenant. Vraiment hâte d'apprendre à te connaître.*

J'ai hâte d'apprendre à te connaître aussi, avait-elle répondu.

Et puis, plus rien. Pas de proposition pour qu'ils se rencontrent. Pas de tentative d'organiser un nouveau rendez-vous. Ce chat échaudé craignait-il l'eau froide ?

Elle avait consulté son téléphone plusieurs fois dans la journée, mais il n'y avait plus eu de message. Elle avait envisagé de lui en envoyer un autre puis s'était ravisée. Elle s'était assez jetée aux pieds des hommes ! Si Monsieur Maintenant ou Jamais avait *vraiment hâte d'apprendre à la connaître*, il savait exactement ce qu'il avait à faire.

Et soudain, maintenant, il le faisait : *Me revoilà, Fleur Sauvage*, disait son message. *À mon tour de m'excuser. Des visiteurs inattendus. Quoi de neuf ?*

J'attends pour un entretien d'embauche, répondit-elle.

Quel genre de poste ?

Dans la publicité. Planification stratégique.

Impressionnant ! Bonne chance.

Croisons les doigts.

Ce fut tout. Le plus long échange à ce jour. *On fait des progrès*, pensa-t-elle en remettant son téléphone dans son sac quand elle fut certaine de ne plus recevoir de message. Elle se demanda s'il se manifesterait plus tard, pour savoir comment l'entretien s'était passé. Elle haussa les épaules et décida qu'elle ne perdrait pas de temps à s'en inquiéter. S'il lui envoyait un message, très bien. Sinon, très bien aussi. Elle avait des soucis plus importants en tête pour le moment. Comme son rendez-vous avec Molly Lyons, vice-présidente senior de JFI Advertising.

Il n'y a pas de quoi s'inquiéter, se dit Paige. Son entretien précédent avec le responsable du service des ressources humaines s'était bien déroulé, et elle s'était bien préparée pour celui-là. Elle avait fait son maximum, avait passé en revue les points essentiels de l'emploi qu'elle recherchait et ce qu'elle pouvait dire des compétences et des qualités qui faisaient d'elle la candidate idéale pour ce poste. Elle avait plusieurs fois visité le site Internet de l'agence et consulté de nombreuses publications professionnelles pour se familiariser avec les informations essentielles sur la société. Elle avait regardé le profil de Molly Lyons sur LinkedIn pour avoir une idée de son parcours et de toute connexion qu'elles pourraient avoir en commun.

Elle avait aussi rafraîchi son CV, récapitulé l'historique de sa carrière et s'était remis en tête tous les projets auxquels elle avait participé, ses différents succès et réalisations. Les détails étaient importants. En parlant de ses réalisations, elle devait prendre garde à exposer convenablement toutes les situations, à présenter comment elle les avait abordées et à en expliquer les résultats.

Il y aurait forcément des questions sur les défis qu'elle avait relevés ou les moments, dans son poste précédent, où elle s'était surpassée. Peut-être y avait-il une campagne de publicité actuelle qu'elle trouvait particulièrement enthousiasmante ou innovante.

Paige avait aussi préparé quelques questions intéressantes à poser. Les employeurs apprécient ce genre de choses.

Mais, au final, elle savait que l'alchimie de la rencontre était la clé. Ce qu'elle avait accompli de bien dans son travail précédent ou sa compréhension profonde du métier importaient moins que le contact avec Molly Lyons. Elle devait rejeter les pensées négatives et les refus qu'elle avait essuyés. Elle devait paraître enjouée et positive. Il était aussi important d'écouter que de parler. Elle devait être perçue aussi autonome que capable de s'intégrer à une équipe.

De toute façon, elle ne pourrait être qu'elle-même.

Mais est-ce que ça suffirait ?

« Paige Hamilton ? »

Une belle femme avançait vers elle, la main tendue pour la saluer. Elle correspondait exactement à sa photo sur le site de l'agence ; un physique plus jeune que ses quarante ans, cheveux raides bruns mi-longs, visage ouvert sur un sourire bienveillant. Elle portait un pantacourt gris et un pull rose sans manches. « C'est formidable de voir que quelqu'un d'autre aime le rose, dit Molly Lyons en serrant la main de Paige. Absolument ravie de vous rencontrer. »

Paige sentit immédiatement son corps se détendre. « Absolument ravie de *vous* rencontrer. »

Elle appela sa mère depuis un banc à Copley Square dans les minutes qui suivirent son départ du bureau de Molly. L'averse matinale avait fait place à un magnifique après-midi chaud et ensoleillé.

« Alors ? » demanda Joan.

Paige percevait l'espoir dans la voix de sa mère. « C'était fantastique. Génial. Mieux que je ne l'avais imaginé.

Oh, ma chérie, je suis si heureuse. »

Paige consulta sa montre. Il était presque dix-sept heures. Son entretien avait duré plus de deux heures. Elle et Molly s'étaient entendues sur tout. Comme le lait et les cookies. Comme larrons en foire. Prenez n'importe quel cliché, il ferait l'affaire. Elles faisaient l'affaire.

« Enfin, ce n'est pas encore fait, précisa Paige qui ne voulait pas risquer la déception en s'avançant trop vite. Je dois encore voir la direction de l'agence et quelques autres personnes clés…

– Quand ça ?

– Sûrement la semaine prochaine. Le président n'est pas là avant lundi prochain et le directeur de la création est en vacances jusqu'à mercredi, donc…

– La semaine prochaine, dit sa mère. Eh bien, on va croiser les doigts. »

Croisons les doigts.

« Alors, je me disais qu'on pourrait peut-être manger dehors ce soir, dit Paige. C'est moi qui invite. Un genre de petite fête pour ce premier rendez-vous et passer à l'étape suivante.

– Oh, ma chérie, je suis désolée, je ne peux pas.

– Tu ne peux pas ?

– Je suis vraiment désolée.

– Quel est le problème ? Tu ne te sens pas bien ?

– Non, mon cœur, je vais bien. C'est juste que…

– Quoi ? »

Une pause gênante. « J'ai un rendez-vous.

– Quoi ?

– J'ai un rendez-vous.

– Tu as un rendez-vous ? répéta Paige. Avec qui ? Quelqu'un que tu as rencontré en ligne ?

– Non. Je ne crois pas que ce soit mon truc. Une femme qui habite dans l'immeuble m'a organisé un rendez-vous. Harry Quelquechose.

– Il s'appelle Harry Quelquechose ?

– Non, ma chérie. C'est… Gatlin. Il a l'air très gentil.

– Tu lui as parlé ?

– Il a appelé tout à l'heure. »

Paige déglutit, essayant de digérer le fait que sa mère avait un rendez-vous galant. « Où est-ce qu'il t'emmène ?

– Chez Antonio. »

Paige acquiesça. Antonio était l'un des meilleurs restaurants italiens de Boston. « Ouah. Très bien. Ouah, répéta-t-elle.

– Tu es fâchée.

– Non, dit Paige, un peu trop fort. Non, sincèrement. Ça me fait bizarre, c'est tout. Ma mère a un rendez-vous.

– Ce ne sera sûrement qu'un coup d'un soir, dit Joan.

– Quoi ?

– Je plaisante ! »

Paige essaya de rire, mais le rire resta coincé dans sa gorge. Sa mère faisait des blagues sur les coups d'un soir. « À quelle heure vient-il te chercher ?

– Il ne vient pas me chercher. Je me suis dit que ce serait mieux de le retrouver au restaurant.

– Oh, très bien. Bonne idée. » Sa mère avait de toute évidence les choses bien en main.

« Que comptes-tu faire ? lui demanda sa mère.

– Je ne sais pas », dit Paige en haussant les épaules. Elle appellerait peut-être Chloé, pour voir si elle avait besoin de compagnie. Ou peut-être Monsieur Maintenant ou Jamais lui enverrait-il un autre message, pour lui proposer d'aller boire un verre plus tard.

« Tu m'appelles s'il y a le moindre problème », recommanda-t-elle à sa mère avant de lui dire au revoir. « Ma mère a un rendez-vous », déclara-t-elle à la chaise vide à côté d'elle. Elle fixa le petit écran de son téléphone, lui intimant d'afficher un nouveau message de Monsieur Maintenant ou Jamais. Mais la seule notification qu'elle reçut venait de Gap qui lui rappelait ses soldes en cours.

Paige se leva et se dirigea vers Boylston. « Alors, ce sera Gap. »

Chapitre 43

Il en a sûrement eu marre d'attendre et, après s'être dit que je l'avais planté, il a dû partir, pensa Joan. Elle poussa la porte du petit restaurant de briques rouges qui ne payait pas de mine à l'angle de Cambridge et Blossom. Elle ne pourrait pas lui en vouloir. Elle avait presque vingt minutes de retard à force de changer de tenue et d'hésiter.

Pourquoi tant de manières pour un homme qu'elle n'était même pas sûre de vouloir rencontrer ? Elle avait fini par conclure qu'il aurait été grossier d'annuler à la dernière minute, avait sauté dans un pantalon blanc et mit un élégant chemisier turquoise. *C'est juste un dîner*, s'était-elle dit en accrochant une paire de longues boucles d'oreilles dorées à ses oreilles. Harry Gatlin s'avèrerait au mieux une distraction intéressante, mais il y avait peu de chances qu'elle le trouve attirant et encore moins qu'elle ait envie de le revoir. Et malgré la blague qu'elle avait faite à Paige, elle n'allait certainement pas coucher avec cet homme.

Comme si ça risquait de m'arriver encore, se dit-elle, mélancolique.

Les yeux de Joan parcoururent l'intérieur vivement éclairé du petit restaurant bondé – aussi humble et modeste que l'extérieur – à la recherche de son rendez-vous. *Mon rendez-vous*, répéta-t-elle silencieusement. Elle retint son souffle en regardant un vieil homme se lever péniblement d'une table collée au mur écru non loin d'elle. L'homme saisit sa canne à côté de lui et Joan se prépara à son approche. Elle se demanda si elle avait le temps de fuir avant qu'il puisse atteindre une vitesse suffisante pour la rejoindre. Bon sang ! Cette soirée serait pire encore qu'elle ne l'avait imaginé.

« Papa », entendit-elle dire une femme tendant une main pour saisir la veste du vieil homme. « Les toilettes sont dans cette direction. »

L'homme hocha la tête et se tourna dans l'autre direction.

« Dieu merci », chuchota Joan en percevant un mouvement à l'autre bout du restaurant.

Un homme lui faisait signe. Un homme grand et beau, réalisa-t-elle alors qu'il se levait pour passer entre les tables nappées de blanc et les chaises en bois. Un bel homme, bien habillé, avec des hanches étroites et un éclat dans ses yeux clairs.

« Joan ?

– Harry ?

– Bon, nous savons qui nous sommes, dit-il en riant. C'est une bonne chose. »

Harry Gatlin avait d'épais cheveux gris et était plus grand et plus musclé que ne s'y attendait Joan. Elle se demanda l'effet que feraient ces bras autour d'elle.

Mon dieu ! Qu'est-ce qui lui passait par la tête ? « Désolée d'être en retard.

– Ça n'est pas grave.

– Je suis très ponctuelle d'habitude.

– Aucun problème. Vous êtes là maintenant. » Il lui prit le coude et la guida jusqu'à leur table.

Joan sentit tout son corps frissonner à son contact. *Non. Remets-la,* pensa-t-elle quand ils arrivèrent à la table et qu'il retira sa main. Que lui arrivait-il ?

« J'ai pris la liberté de commander du vin, dit-il alors qu'ils s'installaient. J'espère que vous aimez le rouge.

– J'aime ça, effectivement. » *J'aime ça, effectivement ? Qui parle comme ça ? Qu'est-ce qui cloche chez moi ?* Elle regarda le serveur remplir leurs verres puis leva promptement le sien. « Santé !

– Santé ! » répéta Harry en trinquant avec elle.

Elle but une gorgée de vin. « Très bon.

– Très bon, en effet », dit-il.

Se moquait-il d'elle ?

« Alors, commença-t-il. Linda m'a dit que vous vivez dans le même immeuble ? »

Joan acquiesça. « Que vous a-t-elle dit d'autre ?

– Peu de choses, en fait. Que vous êtes veuve, séduisante, brillante, *intéressante* », dit-il en insistant sur le dernier mot.

Joan éclata de rire. « Je pense qu'elle faisait référence à mes cheveux.

– J'adore vos cheveux ! »

Je vous *adore*, pensa Joan. « Merci, prononça-t-elle. Elle a dit à peu près la même chose à votre sujet.

– Elle trouve mes cheveux intéressants ? »

Joan rit de nouveau. « Elle a dit aussi que vous étiez professeur à la retraite.

– C'est ça.

– Et qu'est-ce que vous... professiez ? »

Ce fut à son tour de rire. « L'histoire de l'art. Harvard, ajouta-t-il avant qu'elle ne le lui demande.

– Impressionnant.

– Ça fait toujours de l'effet de mentionner Harvard », dit-il en souriant.

Joan sentit son sourire s'épanouir sur son visage. Elle reprit rapidement une attitude plus neutre. « Et qu'est-ce que vous faites, maintenant que vous êtes retraité ?

– Les choses qu'on fait dans ce cas-là. Je lis, je voyage, je joue un peu au golf et beaucoup au bridge, je passe du temps avec mes petits-enfants.

– Vous en avez combien ?

– Quatre. Deux petites-filles de ma fille aînée, un garçon et une fille de la plus jeune. J'ai de la chance. Ils vivent tous dans les environs. Et vous ?

– Je ne suis pas si chanceuse. Mon fils vit dans le New Jersey. Il a deux garçons, et je ne les vois pas aussi souvent que j'aimerais. Et ma fille n'est pas mariée. Ce qui n'a plus guère d'importance de nos jours.

– Comme chantait l'artiste, "les temps changent[1]", dit Harry. Et vous, que faites-vous ? Vous travaillez toujours ?

– Non. Je n'ai jamais vraiment travaillé pour être honnête. Je veux dire, j'ai eu quelques jobs après le lycée – secrétaire, réceptionniste, guichetière de banque, ce genre de choses. Mais rien qu'on pourrait appeler, même généreusement, une carrière.

1. *The Times they are a changing* de Bob Dylan.

Un diplôme d'anglais ne prépare pas à beaucoup de professions à moins qu'on veuille enseigner, ce qui n'était pas mon cas. Soit dit sans vous offenser. »

Il sourit. « Il n'y a pas de mal.

– C'est un peu difficile à admettre, mais je n'ai jamais été très ambitieuse, et, après m'être mariée, j'étais plutôt heureuse d'être une mère et épouse au foyer. J'ai envisagé un temps de reprendre mes études et passer ma maîtrise quand les enfants ont grandi, mais il y avait toujours quelque chose d'autre à gérer.

– Et maintenant ?

– Je ne sais pas. J'ai l'impression d'être à une sorte de carrefour. J'ai tout ce temps, et je ne suis pas sûre de savoir quoi en en faire. Je ne joue ni au golf ni au bridge.

– Vous pourriez prendre des cours.

– À mon âge ? Je ne serais bonne à rien.

– J'ai joué aux deux toute ma vie et je ne suis toujours pas bon à grand-chose, dit-il en haussant les épaules. Et voyager ?

– J'adore voyager, dit Joan. Mais mon mari était plutôt casanier. Nous sommes allés en Floride, au Mexique, aux Bahamas. Il aimait aller dans les pays chauds sans avoir à traverser l'océan. Et maintenant, disons que je ne suis pas très enthousiaste à l'idée de voyager seule.

– Ça peut être un petit peu déconcertant au début, je dois le reconnaître.

– Vous voyagez beaucoup ?

– Dès que je peux.

– Quelle est votre destination préférée ? »

Harry accorda à la question un moment de réflexion. « Je crois que je vais dire l'Inde. Les gens, les endroits. *Tout est si différent, si intéressant.*

– Ne vous moquez pas de moi mais, quand j'étais plus jeune, dit Joan en posant ses coudes sur la table pour se pencher vers lui, j'avais ce fantasme de nager dans le bassin devant le Taj Mahal. Jusqu'à ce que je réalise que c'était plus une pataugeoire qu'une piscine, que l'eau était sale et que les gardes m'abattraient certainement si j'y mettais un pied. Vous riez. Je vous avais demandé de ne pas vous moquer de moi.

– Désolé, dit-il en gloussant toujours. C'est vraiment adorable. »

Il trouve que je suis adorable, pensa Joan.

Le serveur approcha avec les menus.

« Vous voyez quelque chose qui vous fait envie ? » demanda Harry après une courte pause.

De toute évidence, pensa Joan en se demandant à quoi ressemblerait Harry Gatlin sans vêtements. *C'est ridicule*, se dit-elle immédiatement. Ça faisait des années qu'elle n'avait pas vu un homme nu. Sauf, bien sûr, Simplement Pete dans son string léopard. « Je ne sais pas. Tout a l'air délicieux.

– Oui, c'est vrai », acquiesça Harry en la regardant droit dans les yeux.

Pensait-il à la même chose qu'elle ?

« Leur poisson est excellent, dit-il. Tout comme leurs pâtes. Vous ne pouvez pas vous tromper.

– Vous mangez souvent ici ?

– Ma femme et moi venions assez souvent. Mais ça fait longtemps. »

Joan se détourna de son menu. « Linda m'a dit qu'elle était décédée il y a trois ans.

– Oui. Cancer.

– Mon mari aussi. Ça a fait deux ans en mai.

– On ne s'habitue jamais vraiment, n'est-ce pas ? demanda-t-il. Je veux dire que ça devient un peu plus facile avec le temps. Mais l'idée que quelqu'un…

– … ne soit tout simplement plus là, termina Joan.

– Exactement.

– C'est vraiment difficile de se faire à cette idée. »

Il hocha la tête. « Et tout ce business de rencontres… »

Le serveur approcha. « Vous avez fait votre choix ?

– Je crois que je vais essayer le *spignola*, lui répondit Joan.

– Pour moi ce sera les *spaghetti bolognese*, dit Harry. On partage une salade César ?

– Bonne idée. Alors… » reprit-elle après que le serveur eut pris leur commande et quitté la table, les menus sous le bras « … Linda m'a dit que vous avez essayé les rencontres en ligne.

– Oh, Seigneur, oui ! Les temps ont *clairement* changé. Ce n'est pas pour moi, j'en ai peur. Et vous ? »

De nouveau Joan pensa à Simplement Pete et à son string léopard.

« Ce n'est pas pour moi non plus, concéda-t-elle. En fait, vous êtes mon premier rendez-vous depuis que mon mari est mort. »

Il tendit le bras par-dessus la table pour lui prendre la main. « Eh bien, je n'aurais pas pu imaginer une meilleure compagnie pour ce dîner.

– Merci. Vous me facilitez les choses. »

Il sourit et retira sa main.

Non. Remets-la à nouveau, pensa-t-elle.

Ils discutèrent en mangeant la salade, le plat principal et le dessert. Il était presque vingt-deux heures quand ils quittèrent le restaurant.

« J'habite juste en bas de la rue », dit-il alors qu'ils sortaient dans l'air chaud de la nuit. « Si vous voulez prendre un dernier verre… »

Joan passa la main dans le creux de son bras. « Je vous suis », dit-elle.

Chapitre 44

« Nom de dieu ! s'exclama Paige en se précipitant vers la porte de l'appartement, il est presque deux heures du matin. Où étais-tu passée ?

– Mon dieu, dit Joan en refermant la porte derrière elle. Que fais-tu encore debout ?

– Comment ça, ce que je fais encore debout ? Je suis rentrée de chez Chloé juste après vingt-trois heures et j'ai regardé dans ta chambre, m'attendant à te voir endormie. Et tu n'étais pas là. J'ai appelé ton portable une demi-douzaine de fois. Tu ne répondais pas. J'étais malade d'inquiétude.

– Oh, ma chérie. Tu n'aurais pas dû t'alarmer. Je n'avais pas mon téléphone. Comment va Chloé ?

– Elle s'accroche », répondit Paige, pas encore tout à fait rassurée. « J'ai appelé chez Antonio. Ils ont dit que tu étais partie vers vingt-deux heures.

– Oui. J'ai pris le *spignola*…

– J'ai appelé l'hôpital, l'interrompit Paige.

– Tu as appelé l'hôpital ! Mais pourquoi, bon sang ?

– Pourquoi ? Parce que c'est là que tu as fini la dernière fois que tu as été invitée par un homme.

– Je n'arrive pas à croire que tu aies appelé l'hôpital.

– Et la police ! poursuivit Paige, sa panique laissant place à la colère.

– Tu as appelé la police ? Oh mon dieu ! Que leur as-tu dit ?

– Que j'étais inquiète. Que tu avais rendez-vous avec un inconnu et que tu avais quitté le restaurant depuis des heures. Tu n'étais pas rentrée à la maison, et j'étais inquiète parce qu'il y a un tueur en série dans la nature…

– Un tueur en série. Oh mon dieu, Paige ! Tu ne crois pas que tu as un peu exagéré ? Qu'a dit la police ?

– Que j'en faisais un peu trop, reconnut Paige qui se sentait profondément stupide. Que tu étais probablement rentrée avec lui. Je leur ai dit que c'était ridicule, que tu n'étais pas comme ça, que tu avais soixante-dix ans, bon sang… Oh, merde ! C'est ce qui s'est passé ? C'est ça ? Tu es allée chez lui ?

– Oui, ma chérie », répondit sa mère en pénétrant dans le salon avant de s'affaler sur le canapé. « Il a un appartement adorable sur Beacon Hill. Viens t'asseoir, mon cœur. Essaie de te calmer. »

Paige arrangea sa robe rose autour d'elle, et s'assit contre sa mère en repliant ses jambes sous elle.

« Tu veux un peu de thé ? » demanda sa mère.

Paige fit non de la tête. Elle essayait de savoir jusqu'à quel point elle avait envie de connaître les détails de la soirée de sa mère. « Tu es magnifique.

– Merci, ma chérie.

– Le turquoise te va bien.

– Harry m'a dit que ça faisait vraiment ressortir la couleur de mes yeux. »

Merde. « Bon, j'imagine que le dîner s'est bien passé.

– Très bien, dit sa mère. C'est un homme adorable. Cultivé, séduisant, il a de la conversation et il sait très bien écouter…

– Il t'a plu ?

– Beaucoup.

– C'est super.

– Nous avons fini de manger, poursuivit sa mère sans s'interrompre, et il nous semblait qu'on avait encore tant à se dire. Aucun de nous n'avait envie que la soirée s'arrête là alors on a décidé de la poursuivre chez lui.

– Vous avez discuté jusqu'à deux heures du matin ? »

Sa mère resta silencieuse, peut-être un peu trop longtemps.

« Oh mon dieu ! gémit Paige. Tu as couché avec lui. »

Sa mère baissa les yeux.

« Je suis désolée, s'excusa immédiatement Paige. Je ne voulais pas que tu te sentes honteuse ou je ne sais quoi. Sincèrement. Je ne voulais pas avoir l'air de te juger. C'est juste que je suis un peu surprise. Oh, mon dieu ! dit-elle, alors que sa mère relevait la tête, tu n'es pas gênée. Tu souris.

– Je ne peux pas m'en empêcher », dit sa mère, son sourire espiègle lui remontant jusqu'aux oreilles.

Paige ne savait pas si elle devait rire ou pleurer.

« Pour être franche, poursuivit sa mère, il me semble que Harry a été tout aussi surpris. Je ne crois pas qu'il s'attendait à ce que les choses aillent si vite. Mais il m'a embrassée, et ça faisait très longtemps que personne ne m'avait embrassée comme ça – c'était un sacré baiser, je peux te le dire… »

Je t'en prie, ça n'est pas la peine, pensa Paige.

« Et puis il a proposé qu'on aille dans la chambre, continua sa mère, ignorant la prière silencieuse de sa fille. Je me suis dit, bon, et merde, pourquoi pas ? Allons-y. Je veux dire, qui aime jouer les saintes-nitouches à mon âge ? Et pour être franche, j'étais plutôt excitée… »

Est-ce que tu pourrais arrêter d'être aussi crue ? pensa Paige.

« Ton père et moi avons toujours eu une vie sexuelle très active, et puis il est tombé malade, et, bon…

– D'accord, stop, l'interrompit Paige, qui ne pouvait plus garder ses pensées pour elle. Ça suffit, arrête, s'il te plaît.

– Je suis désolée ma chérie. Mais c'est toi qui as demandé…

– Oui, et maintenant je te demande d'arrêter. »

Des larmes apparurent dans les yeux de sa mère. « Je suis désolée si je t'ai déçue, ma chérie.

– Oh, maman, non. Ne pleure pas, s'il te plaît. Tu ne m'as pas déçue. Ce n'est pas ça. Tu ne pourras jamais me décevoir. C'est juste que, bon, on n'est pas des amies, là. Tu es ma mère.

– Et les mères n'ont pas de vie sexuelle ?

– Disons qu'en général, elles n'en parlent pas à leurs filles. Sauf pour leur dire de faire attention. »

Sa mère éclata de rire. « Je suis désolée ma chérie. J'arrête. » Elle caressa le genou de sa fille. « Maintenant, va te coucher. Dors un peu. La journée a été longue. »

Paige se leva. Elle était presque dans le couloir quand elle s'arrêta, vaincue par la curiosité. *Je vais le regretter,* se dit-elle. « C'était bien ? demanda-t-elle quand même.

– Oh, ma chérie, lui répondit sa mère. C'était fantastique ! »

Paige se regarda dans le miroir au-dessus de sa commode. « Ma mère a une vie sexuelle », dit-elle à son reflet fatigué. *Avec un homme qu'elle vient juste de rencontrer*, continua-t-elle silencieusement. *Un homme qui n'est pas mon père.*

S'était-elle vraiment attendue à ce que sa mère demeure célibataire pour le restant de sa vie ? Et était-ce vraiment ce qui la dérangeait ? Ou était-ce parce que sa mère avait plus de rapports sexuels qu'elle ?

Peut-être que c'était moins le fait qu'elle couche avec un homme que le risque qu'elle tombe amoureuse.

« Je suis une personne affreuse », gémit Paige en se couchant avant de tirer les draps jusqu'au menton. Elle cherchait la cause de son désarroi. Avait-elle imaginé que sa mère enterrerait sa sexualité avec son mari ? Que sa mère, qui avait manifestement envie de rencontrer quelqu'un, fasse un trait sur le sexe ? Qu'elle fût trop adulte, trop mature, trop *vieille* pour ça ?

Sauf que, sur tous les points, excepté le nombre d'années, Joan Hamilton était une des femmes les plus jeunes que Paige connaissait. Elle avait l'énergie, la curiosité, les *jambes* d'une femme plus jeune, et ce de plusieurs décennies. Et Internet ne regorgeait-il pas d'articles sur la vie sexuelle des seniors ? Des hommes et des femmes de soixante-dix, quatre-vingts, et même – mon dieu ! – quatre-vingt-dix ans, qui étaient toujours, non seulement intéressés par le sexe, mais actifs.

Elle se souvint avoir lu quelque chose au sujet d'une explosion de cas de maladies vénériennes dans une maison de retraite quelque part en Floride. Il s'était avéré que les pensionnaires, libres de toute responsabilité, se pelotaient pendant leur temps libre et avaient des rapports sexuels, non seulement fréquents, mais avec de multiples partenaires. Comme la plupart d'entre eux avaient grandi dans les années postpilule et pré-sida, ils n'avaient jamais vraiment utilisé de préservatifs et n'allaient pas s'y mettre à leur âge. Les rapports protégés étaient pour eux un concept aussi étranger que Facebook. Résultat, les maladies vénériennes foisonnaient. Et pas uniquement dans cet établissement. On parlait de situations similaires dans des maisons de retraite partout à travers le pays.

Ma mère a-t-elle pris les précautions nécessaires ? se demanda Paige.

« Non, non, non. Je ne vais pas penser à ça », décida-t-elle, essayant de couper court à toute pensée consciente. Mais plus elle essayait, pire c'était. Après une demi-heure d'efforts, elle souffrait d'un mal de tête assourdissant. Elle s'assit, alluma la lumière et prit son téléphone pour consulter ses messages et relire ceux de Monsieur Maintenant ou Jamais.

Le premier était arrivé pendant qu'elle allait chez Chloé.

Alors, Fleur Sauvage, comment s'est déroulé ton entretien ?

Elle avait répondu presque immédiatement. *Je crois que ça s'est très bien passé.*

Un échange soutenu avait suivi.

Quand est-ce que tu sauras si tu as le poste ?

Je ne sais pas. J'ai un autre entretien la semaine prochaine.

Ça semble prometteur. Que fait exactement un planificateur stratégique ?

Trop compliqué pour l'expliquer par écrit.

Et puis plus rien.

Elle avait attendu une suite qui ne vint pas. Elle en conclut qu'il avait pensé qu'elle sous-entendait qu'il faudrait en parler de vive voix et qu'il n'était clairement pas prêt à s'engager de nouveau sur cette voie.

Le message suivant était arrivé deux heures plus tard. Chloé était à l'étage et couchait les enfants. Paige était assise dans le salon à observer le bouquet de deux douzaines de roses blanches et roses que Matt avait envoyé à sa femme dans l'après-midi avec un mot la priant de lui donner une autre chance. Chloé le ferait-elle ? se demandait Paige quand elle avait entendu le bip familier de son téléphone.

Désolé, Fleur Sauvage. Téléphone hors service. Tu disais ?

Paige avait souri et était sur le point de lui répondre quand Chloé redescendit. Elle décida d'attendre d'être rentrée.

Mais c'était avant de découvrir que sa mère n'était pas revenue de son rendez-vous et avant les appels téléphoniques frénétiques à l'hôpital et à la police. Il était maintenant bien trop tard pour envoyer un message à un homme qui n'était, après tout, qu'un inconnu virtuel dans tous les sens du terme. « Désolée, Monsieur Maintenant ou Jamais », dit-elle alors que le sommeil pesait sur ses paupières. Elle se demandait combien d'excuses cet homme pourrait accepter avant de laisser tomber une bonne fois pour toutes. « Nous essaierons une nouvelle fois demain. C'est promis. J'en vaux la peine ! »

Chapitre 45

On était mercredi soir et ils devaient se rejoindre au Longfellows, un steak-house outrageusement cher au cœur d'Harvard Square. Le Square était le centre de tout ce qui se faisait à Cambridge depuis le XVIIe siècle et était quasiment vénéré depuis cette époque. En plus de l'université de Harvard, l'endroit n'était que bâtiments et monuments historiques et regorgeait d'une grande variété de magasins et d'établissements de restauration haut de gamme.

Chloé avait suggéré un endroit un peu moins onéreux, mais Matt avait lourdement insisté. Rien n'était trop beau pour la femme qu'il aimait, avait-il insisté. Il lui avait fait envoyer quotidiennement deux douzaines de roses ces trois derniers jours pour plaider sa cause. Chloé avait fini par abandonner et accepter de le rencontrer au restaurant.

Non qu'une mise en scène aussi superficielle eût pu la convaincre. Matt était le maître indétrônable des démonstrations excessives, le roi incontestable pour rendre les surfaces ternes rutilantes tout en vous convainquant de fermer les yeux sur la rouille sous-jacente. Ses clients se faisaient peut-être avoir, mais Chloé commençait enfin à comprendre que, lorsque les choses étaient aussi tape-à-l'œil, elles étaient rarement très honnêtes.

Pourrait-elle vivre au milieu des paillettes ? se demandait-elle en traversant le Square rempli de monde en direction du restaurant. Et envisageait-elle sérieusement de se réconcilier avec un homme contre lequel elle avait voulu obtenir une injonction d'éloignement quelques jours plus tôt ?

Bien sûr, Matt avait été véhément, convaincant même, dans ses dénégations, jurant tant qu'il pouvait qu'il n'avait rien à voir avec les événements du samedi précédent. Il était peut-être coupable, il était prêt à l'admettre, de comportements stupides, mais l'espionner et passer des appels téléphoniques obscènes et menaçants ? Jamais. Il ne pourrait pas s'abaisser à cela. Il était peut-être stupide, avait-il insisté, mais pas fou.

C'est moi qui suis folle, admit Chloé en poussant la porte en bois sculpté du restaurant. Elle laissa ses yeux s'habituer à l'obscurité de l'intérieur cossu. Même si elle n'avait jamais mangé là auparavant, elle savait exactement à quoi s'attendre : les lambris en bois massif, les emplacements spacieux alignés le long des murs rouge sang, les tables plus petites dans les intervalles, les lumières tamisées, l'immense cave à vin vitrée exposant des centaines de bouteilles hors de prix. Le décor suggérait un faste qui n'existait pas, à moins que l'intention fût de vendre le plus possible de pièces de bœuf onéreuses et de bouteilles de vin. Pourquoi tous les steak houses se ressemblaient-ils tant ?

La folie n'était-elle pas, par définition, de faire encore et encore la même chose en s'attendant à un résultat différent ?

Combien de coups devrait-elle recevoir avant de comprendre qu'elle se ferait marcher dessus jusqu'à ce que mort s'ensuive ? Pourquoi n'était-elle pas comme Paige ? pensa-t-elle, comme souvent, en se remémorant le récit de la gifle qu'elle avait collée à Noah samedi soir.

Boston avait frémi de ce délicieux ragot toute la semaine, les gens tweetant et partageant ce qu'ils avaient entendu avec leurs amis Facebook. Aujourd'hui même, quelqu'un avait posté une vidéo de mauvaise qualité de l'incident sur YouTube. Un passant avait vu Paige et Noah enlacés et, prenant par erreur la chose pour une scène attendrissante et romantique, l'avait filmée sans anticiper la suite. Maintenant, la vidéo était en ligne et tout le monde pouvait la voir. Chloé sourit en imaginant la réaction de Heather quand elle en entendrait parler.

Elle souriait toujours en suivant l'hôtesse vers la salle du fond où Matt l'attendait. Sa bonne humeur s'assombrit quand elle le vit discuter avec une jolie serveuse aux cheveux noirs, puis disparut complètement quand elle vit la serveuse se pencher pour taper quelque chose sur le téléphone de Matt. Son numéro, sans doute, comprit Chloé en ressentant un nouveau coup de poignard. Elle se demanda si ce serait celui qui lui remettrait enfin les idées en place.

« Chloé ! » s'exclama Matt en se levant d'un bond quand il la vit. La serveuse s'effaça rapidement. « Tu es magnifique.

– Qu'est-ce que c'était que *ça* ? » Chloé s'assit en face de lui sans relever le compliment.

« De quoi parles-tu ? »

Chloé ne pouvait s'empêcher d'admirer son sang-froid. « Comment est-ce que tu fais ?

– Comment est-ce que je fais quoi ? dit-il en riant. Je suis désolé, je ne comprends pas. »

Elle secoua la tête. « Rien. » À quoi cela servait-il de le confronter à son comportement ? Il trouverait un moyen de nier ses écarts de conduite. *« La serveuse ? »* pouvait-elle l'entendre dire en se débrouillant pour avoir l'air d'être la victime. *« Elle était juste en train d'écrire le nom d'une excellente bouteille de vin. »* Il serait même sûrement capable de donner le nom de la bouteille, peut-être même de lui proposer de lire le message.

C'est plus fort que lui, pensa-t-elle. *C'est ce qu'il est. Ce qu'il a toujours été.*

– C'est une nouvelle robe ? » demanda-t-il.

Chloé baissa les yeux sur l'ample robe en coton qu'elle avait choisie parce qu'elle était sans forme. Matt l'avait toujours préférée dans des tenues plus ajustées. « Non, elle est vieille. Je ne la porte pas très souvent.

« Elle est jolie, dit-il en parvenant même à avoir l'air convaincant. C'est un costume neuf, ajouta-t-il, en lissant le revers de sa veste en lin beige. Je l'ai acheté spécialement pour ce soir. En espérant t'impressionner, ajouta-t-il, presque timidement.

– C'est un costume impressionnant », dit Chloé.

Il sourit. « Tu ne vas pas me rendre la tâche facile, n'est-ce pas ?

– Faut-il qu'elle le soit ?

– Non, j'imagine que non. C'est normal. Ça ne me gêne pas de devoir faire des efforts. » Il fit signe au sommelier et commanda une bouteille de son Zinfandel préféré. « Qui garde les enfants ?

– Ma mère.

– Quoi ?

– Je n'avais pas le choix. La jeune fille avec qui j'avais tout arrangé a annulé à la dernière minute et je ne trouvais personne d'autre, alors j'ai… Je blague », dit Chloé savourant le regard ébahi de Matt mais incapable de poursuivre la plaisanterie. Tout le monde n'était pas aussi expert en mensonges que son mari. « C'est Stéphanie Koster, qui habite en bas de la rue.

– Merde. J'y ai vraiment cru.

– Désolée. Je n'ai pas pu résister.

– Tu es d'une drôle d'humeur, commenta Matt après une pause.

– On est dans une drôle de situation.

– Oui, c'est vrai. » Une autre pause. « Ce n'est pas moi, Chloé. Je le jure sur ma vie, ce n'est pas moi qui ai passé ces appels samedi soir. Je n'étais pas à la maison. Je ne te ferais jamais de mal. Il faut que tu le saches.

– Tu as une arme.

– Quoi ?

– Les enfants me l'ont dit. Bon sang ! Ça ne te suffisait pas d'acheter une arme, à quoi est-ce que tu pensais en les laissant la manipuler ?

– Je pensais qu'ils aimeraient voir une authentique antiquité de la Guerre civile. Ce sont des clients qui me l'ont offerte pour me remercier d'avoir trouvé la maison de leurs rêves, expliqua-t-il sur un ton sincèrement bouleversé. Quoi ? Tu crois vraiment que je les laisserais s'approcher d'un vrai pistolet ?

– Je suis désolée », s'excusa Chloé, tout aussi bouleversée. Qu'est-ce qui ne tournait pas rond chez elle ?

« Écoute, commença-t-il. Je ne te reproche pas d'envisager le pire s'agissant de moi. Je sais à quel point je t'ai déçue et à quel point tu es en colère. Et tu as toutes les raisons de l'être. J'ai été un imbécile. J'ai fait des choses qui t'ont profondément blessée, qui t'ont fait perdre confiance en moi, en nous, en notre mariage. Mais je t'aime, Chloé, et je jure que si tu me donnes une autre chance – juste une chance, c'est tout ce que je demande – je ferai tout ce qui est en mon pouvoir pour me racheter. Je serai le meilleur, le plus fidèle mari qu'une femme puisse souhaiter. Il suffit juste que tu me croies. Je te promets de ne plus te décevoir. »

Chloé remua la tête et ses yeux se remplirent de larmes incontrôlées. Comme elle voulait le croire ! « J'aimerais vraiment pouvoir.

– Tu *peux*.

– Comment ? Comment puis-je te croire si chaque fois que tu rentres tard le soir, je me demande si tu étais vraiment en train de travailler ? Quand, chaque fois que tu me diras que tu es avec une cliente, je me demande si c'est vraiment une cliente ?

– Parce que je ferai tout ce qu'il faudra, tout ce que tu voudras pour te le prouver. Je te laisserai vérifier mon téléphone tous les soirs, je te donnerai le mot de passe de mon ordinateur… Quoi que je doive faire pour regagner ta confiance, je le ferai.

– Tu le feras ?

– Je ferai n'importe quoi.

– Très bien. » Chloé s'appuya contre le dossier de sa chaise et vit à l'autre bout de la salle la jolie serveuse aux cheveux noirs avec qui Matt discutait plus tôt. « Montre-moi ton téléphone.

– Quoi ?

– Tu as dit que tu me laisserais regarder ton téléphone. J'aimerais le faire maintenant.

– Je ne vois pas ce que ça va prouver, dit Matt en sortant le téléphone de sa poche.

– Affiche les contacts.

– C'est idiot, Chloé. Ce sont essentiellement des relations d'affaires.

– Est-ce que tu vas me les montrer ou pas ? »

Matt haussa les épaules. « Très bien. Comme tu veux. » Il composa son code secret et fit apparaître les contacts du téléphone puis le tendit à Chloé. « Je ne vois vraiment pas ce que cela va prouver. »

Elle parcourut rapidement la longue liste de prénoms essentiellement féminins. « Excusez-moi », appela-t-elle soudain en se détournant du téléphone et en faisant signe à la serveuse aux cheveux noirs.

« Voulez-vous voir notre carte ? demanda-t-elle en s'approchant.

– Dans une minute, dit Chloé. D'abord, je me demandais… votre visage m'est familier… Cela vous dérange-t-il si je vous demande votre prénom ?

– C'est Avery. »

Et le voilà, le dernier coup.

« Avery Reid ?

– Oui. » Avery pencha la tête sur le côté, ses longs cheveux raides tombant sur son épaule. « Est-ce qu'on s'est déjà rencontrées ?

– Non. Mais je pense que vous connaissez mon mari.

– Nooon », se défendit la jeune femme qui regarda vers Matt, mal à l'aise. « Enfin, nous avons discuté une minute pendant qu'il vous attendait.

– Chloé… commença Matt.

– Et pourtant, vous voilà », dit Chloé, brandissant le téléphone de Matt et offrant son sourire le plus complaisant à la jeune femme réellement perplexe. « Je savais bien que je vous trouverais là-dedans. Mon mari est plutôt transparent dans ce registre. Malheureusement, vous n'aurez peut-être pas de ses nouvelles tout de suite. J'ai bien peur qu'il y ait une longue liste d'attente avant vous.

– Chloé !

– Si vous voulez bien m'excuser, dit Avery en se retirant précipitamment.

– Était-ce vraiment nécessaire ? » demanda Matt dont la colère s'affichait sur son visage, le sang battant sa tempe.

« Oui, je crois bien que oui. » Elle lui rendit son téléphone.

« Et maintenant, quoi ? » demanda-t-il en retrouvant progressivement une contenance.

Chloé prit son verre de vin et le porta calmement à ses lèvres. « Je veux divorcer. »

Chapitre 46

Les gens l'observaient. Heather en était sûre.

Toute la matinée, elle avait eu l'impression que tout le monde la regardait. En temps normal, elle aurait savouré l'attention qui lui était portée. Elle aurait imaginé que ses collègues admiraient en secret sa tenue ou la façon fantaisiste dont elle avait arrangé ses cheveux. Mais il n'y avait rien de nouveau, ni dans sa coiffure ni dans sa robe lilas, donc ça ne pouvait pas être ça. Et puis, il lui semblait avoir entendu des murmures, peut-être même des ricanements alors qu'elle se dirigeait vers son bureau après une pause prolongée aux toilettes. Elle avait rapidement vérifié ses chaussures pour s'assurer qu'elle ne traînait pas une bande de papier-toilette derrière elle.

Ce fut à ce moment-là qu'elle remarqua que Kendall l'observait de l'autre côté de la travée.

« Hé ! dit-elle, alors que Kendall se détournait.

– Excuse-moi ? demanda Kendall. C'est à moi que tu parles ?

– Tu vois quelqu'un d'autre ici ? »

Kendall s'éclaircit la gorge. « Quoi de neuf ?

– J'allais justement te demander la même chose. »

Kendall haussa les épaules.

« Marsha t'a-t-elle dit quelque chose ? demanda Heather.

– À quel sujet ?

– De mon travail », répondit Heather, de plus en plus impatiente. Elle avait passé son entretien d'évaluation lundi et, comme elle s'y attendait, ça ne s'était pas très bien passé. Elle avait un mois pour se reprendre ou commencer à chercher un autre travail.

Kendall remua la tête. « Non, Marsha n'a rien dit.

– Mais *quelqu'un* a parlé de quelque chose ? creusa Heather.

– Pas au sujet de ton travail, non.

– Au sujet de quoi, alors ? »

Kendall regarda rapidement autour d'elle, dans l'allée.

– Tu n'es vraiment pas au courant ?

– Bon sang, Kendall. Qu'est-ce qui se passe ? »

Kendall traversa l'allée en faisant rouler sa chaise jusqu'à Paige, devant son ordinateur. « Tu n'as pas vu ça ? » Elle cliqua sur YouTube.

« Vu quoi ? » Heather regarda les doigts de Kendall parcourir son clavier.

« J'ai d'abord cru que c'était *toi* », dit Kendall alors que l'image granuleuse de deux personnes enlacées dans la rue remplissait l'écran. « Mais j'ai vu que ce n'était pas ta nouvelle robe… »

Heather eut un hoquet de surprise. Malgré la faible qualité de l'image, il n'y avait aucune erreur possible quant à l'identité des deux personnes impliquées. Heather s'enfonça dans sa chaise et regarda les lèvres de Noah glisser du cou de Paige vers sa joue avant de se poser passionnément sur sa bouche. La preuve était irréfutable : Noah n'était en aucun cas la victime d'une attaque en traître ; ce baiser était tout sauf forcé.

En fait, on dirait que c'était Noah qui avait pris l'initiative.

Et soudain les voix se firent entendre sur les images humiliantes, même s'il était difficile de percevoir tout ce qui se disait. *« On traversait une mauvaise passe… Heather a commencé à venir… Cheveux étaient tellement… Ma faute ? pantalons de jogging. »* Puis, plus fort, plus distinctement : *« Alors tais-toi, espèce d'imbécile ! »*

Puis, quelques secondes plus tard une lourde gifle.

« Arrête ça ! » ordonna Heather.

Kendall quitta immédiatement le site. « Je suis désolée. J'étais persuadée que tu savais. Tout le monde en parle.

– Oh, mon dieu !

– Je suis désolée », répéta Kendall.

Malgré son ton compatissant, Heather décela une minuscule étincelle dans l'œil de sa collègue. Elle s'écarta de son bureau et se leva. « Va te faire foutre ! » dit-elle.

« Je voudrais voir Noah Sherman », déclara Heather à la réceptionniste dans l'indéfinissable bureau annexe de Whitman-Loughlin.

Elle essayait toujours de reprendre son souffle, elle avait couru sur plus de vingt pâtés de maisons depuis son bureau.

La séduisante jeune femme, derrière l'imposant bureau en acajou, consulta le carnet de rendez-vous puis dévisagea rapidement Heather. *A-t-elle vu la vidéo ?* se demanda celle-ci en ramenant ses cheveux derrière ses oreilles et redressant ses épaules, comme pour défier la réceptionniste de dire quoi que ce fût.

« Vous avez un rendez-vous ?

– Dites juste à M. Sherman que Heather est là pour le voir.

– Heather ?...

– Faites-moi confiance. Il saura de qui il s'agit.

– Est-ce qu'il vous attend ?

– Non. C'est une surprise. »

La réceptionniste sourit avec indulgence. « J'ai bien peur que M. Sherman soit en rendez-vous.

– Alors, faites-le sortir.

– Pardon ?

– Faites. Le. Sortir. » Heather prit une grande inspiration, et son dernier mot s'échappa dans un souffle. « Maintenant. »

L'inquiétude se dessina sur le visage de la réceptionniste. « Est-ce que c'est grave ? C'est une urgence ?

– Oui, aux deux questions.

– Je suis vraiment désolée. Puis-je vous redemander votre nom ?

– Heather », dit-elle, presque dans un cri, attirant l'attention d'un homme plus âgé aux cheveux gris qui feuilletait un numéro récent de *Vanity Fair* dans un fauteuil en cuir à proximité.

« Juste une minute. » La réceptionniste baissa la voix en parlant dans son téléphone. « Désolée de vous déranger, monsieur Whitman, mais il y a une personne du nom de Heather qui demande à voir M. Sherman. Elle dit que c'est une urgence. » Elle raccrocha. « M. Sherman arrive tout de suite. Si vous désirez vous asseoir... »

Heather jeta un coup d'œil vers la petite salle d'attente dans un coin de la pièce. L'homme aux cheveux gris la regardait l'air intrigué. *Est-ce qu'il a vu la vidéo ?* se demanda-t-elle. « Non, merci, je vais rester debout.

– Puis-je vous servir quelque chose ? demanda la réceptionniste. Du café ou de l'eau peut-être ?

– Rien que M. Sherman.

– Il devrait être là dans un instant. »

Et il arriva, entra dans la zone d'accueil depuis le couloir qui se trouvait derrière les ascenseurs, un véritable homme d'affaires dans son costume bleu avec sa cravate bleu marine rayée d'or. L'inquiétude le faisait loucher. « Heather… Qu'est-ce qui ne va pas ? Il est arrivé quelque chose ? Ton père ?…

– Mon père va très bien, espèce de fils de pute !

– Ouh là ! attends une sec…

– Ne me dis pas d'attendre, sale petite merde…

– Bon, très bien. Calme-toi ! dit-il en l'attrapant brutalement par les coudes, et la serrant très fort. Tu es en train de me faire une scène.

– Je croyais que tu aimais ça, répliqua Heather en dégageant ses bras. Espèce de merde…

– D'accord, arrête. Ça suffit ! Je ne sais pas ce qui se passe ou pourquoi tu es si furieuse, mais ce n'est ni le lieu ni le moment…

– Quoi ? Il n'y a pas assez de monde pour toi ?

– Y a-t-il un problème ? » demanda quelqu'un et Heather vit Colin Whitman en se retournant, un des associés fondateurs du cabinet, qui les regardait depuis le couloir.

« Aucun problème, monsieur », dit Noah, ses yeux bleu clair étincelant de rage. Rien qu'un léger malentendu.

– Peut-être pourriez-vous gérer ce malentendu dans votre bureau, dit Colin Whitman, acerbe.

– Ça ne sera pas nécessaire, monsieur. Mlle Hamilton allait partir.

– Mlle Hamilton ne va nulle part, dit Heather.

– Je travaille ici, lui rappela Noah d'une voix blanche. Tu me mets dans l'embarras.

– C'est *moi* qui *te* mets dans l'embarras ?

– Dois-je appeler la sécurité ? demanda la réceptionniste.

– Ce ne sera pas nécessaire, dit Noah.

– Absolument, appelez la sécurité », lui ordonna Heather en se tournant vers elle. La salle d'attente se remplissait de gens curieux de savoir d'où venait cette agitation. « Vous voulez savoir ce qui se passe ici ? leur demanda Heather. Ne soyez pas timides. Venez. Je vais vous dire ce qui se passe. Vous méritez de savoir avec quel genre d'homme vous travaillez.

– Heather, pour l'amour du ciel…

– C'est un enfoiré de menteur. Rien d'autre. Ça ne devrait même pas vous surprendre. Vous êtes avocats et vous êtes tous une bande d'enfoirés de menteurs, mais Noah détient la palme. Il a trompé la femme qui partageait sa vie avec sa cousine. » Elle entendit un hoquet. « Et comment est-ce que je le sais, me demanderez-vous ? Parce que je suis la cousine ! Oh, salut, Bryce », dit-elle en faisant un signe à Bryce Palmer qu'elle reconnaissait pour l'avoir rencontré lors de leur récente sortie au restaurant. « Comment vont Brianne et les enfants ? »

Bryce Palmer baissa les yeux et ne répondit pas.

« Bon, passe-leur bien mes amitiés », dit Heather, en se retournant de nouveau vers les autres. « Bref, on célébrait l'anniversaire de mon père samedi soir dernier et ma cousine, celle qu'il a trompée, était de la fête. Et il semble qu'elle et Noah aient fait les choses en grand pour leurs retrouvailles !

– Heather…

– Mais vous n'êtes pas obligés de me croire sur parole, poursuivit-elle malgré les objections de Noah. Regardez sur YouTube. La vérité est là, accessible à tout le monde. » Elle secoua la tête. « N'est-ce pas affreux ? On ne peut plus rien faire de nos jours sans que quelqu'un l'enregistre. La vie privée n'existe plus. On aurait pu penser qu'un enfoiré de menteur était au courant de ce genre de choses. »

La porte de l'ascenseur s'ouvrit et un vigile apparut, la main sur la crosse de son arme, le regard alarmé.

« Coucou, vous. Je termine et je suis à vous tout de suite, lui dit Heather. La raison pour laquelle je suis hors de moi, c'est que Noah, mon petit ami et votre très estimé collègue, m'a dit que c'était ma cousine qui s'était jetée sur lui. Mais la vidéo montre clairement que ce n'était pas le cas. Et puisque tous *mes* collègues en ont ri dans *mon* dos, je me suis dit que ce serait juste de lui rendre la pareille. Donc, nous y voilà. Toute la vérité et rien que la vérité. » Elle sourit et avança vers le vigile avant de lui prendre le bras, savourant le regard ébahi de l'assistance. « Passez une bonne journée. »

Chapitre 47

Ils s'échangeaient des messages depuis plusieurs jours.

Salut, Fleur Sauvage, commençait-il invariablement.

Salut, toi, avait pris l'habitude de répondre Paige.

Alors, j'ai fait quelques recherches.

À quel sujet ?

Au sujet de ce que fait une directrice de planification stratégique.

Et ?

Je suis impressionné.

Tout comme l'était Paige, même si elle ne l'avait pas laissé transparaître.

Tout ce que tu as à faire : la planification de la marque, celle du compte, le plan média, etc., etc., la façon de faire le lien, de trouver ce que veut le consommateur et comment l'atteindre, les cordes sensibles que tu dois faire vibrer.

Ça paraît un peu cynique.

Au contraire. Ça paraît être un bon plan pour avoir du succès dans la vie.

Sauf que je suis actuellement sans emploi.

Mais plus pour très longtemps.

J'espère que tu as raison.

Tu vas avoir ce poste. Je crois en toi.

Ça faisait du bien de savoir que quelqu'un avait foi en elle, se dit Paige. *Et toi ?* avait-elle demandé. *Qu'est-ce que tu fais ?*

Je suis courtier. En parlant de ça, le devoir m'appelle. On s'écrit plus tard.

Puis, le jour suivant :

Salut, Fleur Sauvage.

Salut, toi.

Désolé pour hier. Ça a été une journée de dingue.

Comment ça ?

Un client s'est mis à paniquer. Il a fallu le calmer, le convaincre de tenir sa position.

Comment as-tu fait ça ?

En lui rappelant que les temps sont incertains et qu'il ne fait pas bon vendre quand le marché plonge.

Et tu as réussi ?

Je sais être assez persuasif.

Je n'en doute pas, pensait maintenant Paige en posant son polar guère intéressant pour vérifier ses messages sur son téléphone. Rien. Presque vingt-quatre heures s'étaient écoulées depuis le dernier message de Monsieur Maintenant ou Jamais. Était-il vraiment débordé ou s'amusait-il avec elle ? Pourquoi n'avait-il pas fait une nouvelle suggestion de rencontre ? Peut-être qu'il la testait, qu'il attendait de voir si elle briserait leur protocole et ferait le premier pas. *Est-ce que je le ferai ?* se demanda-t-elle, quand le téléphone sonna dans sa main. « Salut, Chloé, dit-elle en répondant immédiatement. Comment vas-tu ?

– Très bien, répondit Chloé visiblement sincère. J'ai de grandes nouvelles. »

Oh oh ! pensa Paige en regardant par la fenêtre les lourds nuages s'accumuler. Chloé s'apprêtait-elle à faire de nouveau volte-face en acceptant de pardonner Matt et de le reprendre chez elle ? N'apprendrait-elle donc jamais ? Combien de fois faudrait-il qu'elle soit trahie ?

« Matt est d'accord avec tout, dit Chloé, interrompant ainsi la litanie silencieuse de Paige.

– Quoi ?

– Il a reçu les papiers du divorce ce matin et je me préparais à une grosse engueulade. Il a juste appelé pour dire, crois-le ou pas, qu'il n'allait pas se battre avec moi. Ni rien d'autre. Pour ce qui est de la maison, il a dit que quand elle serait vendue, eh bien, évidemment, il veut sa part et, bien sûr, il veut s'occuper de l'affaire. » Elle rit et continua avant que Paige puisse l'interrompre. « Mais il dit qu'on n'est pas pressés, qu'il a causé assez de problèmes, et que les enfants et moi pouvons rester aussi longtemps qu'on le voudra. Et il ne va pas contester la pension. Il dit que je suis plus que raisonnable dans ma demande. Et, le plus important, il renonce à la garde des enfants. Il ne va même pas demander de garde alternée. Il dit qu'il y a beaucoup réfléchi et que, comme les enfants sont très jeunes, ils seront mieux avec moi. Tant qu'il peut les voir quand il veut, il est heureux, ce qui, bien sûr, me réjouit. Il dit que, s'il a été un mufle quand nous étions mariés, rien ne l'oblige à le rester quand on sera divorcés. Tu arrives à y croire ? »

Non, pensa Paige. *Je n'y arrive pas.* « C'est vraiment génial, dit-elle.

– Pas vrai ? Je m'attendais à un retour de manivelle, à ce qu'il se mette à rire, qu'il me dise que c'était une blague, qu'il aurait préféré brûler en enfer que me verser un sou, mais il a continué de s'excuser pour tout. Il espère même, une fois que tout sera terminé, qu'on pourra devenir amis.

– Ouah, dit Paige. C'est un sacré revirement. » Peut-être Matt avait-il déjà une remplaçante sous le coude. Ou peut-être espérait-il que cette tactique convaincrait Chloé qu'il n'était pas un immense connard, que ça l'inciterait à retirer sa demande de divorce et à revenir avec lui.

En serait-elle capable ?

« Je ne changerai pas d'avis au sujet du divorce, continua Chloé comme si Paige avait exprimé ses pensées à haute voix. Je sais que tu t'inquiètes, mais...

– Hé ! dit Paige. Il faut que tu fasses ce qui est bon pour toi. Ce que je pense, ou ce que n'importe qui d'autre pense n'a aucune importance. Je suis avec toi, quoi que tu décides.

– Je sais. Merci. Tu es une amie formidable, et je t'aime.

– Je t'aime aussi.

– J'ai d'autres nouvelles », annonça Chloé.

Paige retint son souffle.

« J'ai un travail.

– Quoi ?

– Bon, juste un temps partiel. Trois jours par semaine, de dix heures à quatorze heures, alors ça n'empiète pas sur l'emploi du temps des enfants. Dans cette petite pâtisserie à Harvard Square. J'ai vu leur annonce dans une vitrine en rejoignant Matt au restaurant et j'ai appelé pour demander si la place était toujours libre, ils ont dit que oui, donc je suis allée les voir... et je commence lundi.

– C'est merveilleux.

– Ce n'est pas grand-chose. Salaire minimum et tout, mais je suis tout excitée.

– Et tu as raison. Félicitations.

– Merci. Et toi ? Quand est-ce que tu as ton prochain entretien ?

– Pas avant la fin de la semaine.

– Et ce type avec qui tu corresponds par messages ?

– On dirait bien que ça s'est calmé.

– Ça va repartir. J'y crois. »

C'est ce qu'il a dit, pensa Paige quand son téléphone bipa pour indiquer l'arrivée d'un message. « Oh, mon dieu ! c'est lui, dit-elle. Je n'y crois pas, il vient de m'envoyer un message à l'instant.

– Et voilà. Tu vois, quand on y croit un peu.

– Je te rappelle plus tard.

– Attends quelques heures avant de lui répondre », lui conseilla Chloé avant de raccrocher.

Sûrement une bonne idée, pensa Paige en ouvrant le message.

Salut, Fleur Sauvage.

Salut, toi, répondit-elle immédiatement. Elle l'avait suffisamment fait attendre.

Désolé d'avoir mis si longtemps à te répondre. Urgence familiale.

Est-ce que tout va bien ?

Ma mère a fait un malaise. J'ai bien peur de devoir rentrer en Floride pour quelques jours.

Je suis désolée. C'est grave ?

Difficile à dire. Elle a des problèmes de cœur depuis des années. J'en saurai plus quand j'aurai parlé aux médecins.

Tu es un bon fils.

Pas le choix. Elle n'a que moi.

Ton père ?

Mort l'an dernier. Et je suis fils unique. Et toi ?

J'ai un frère. Il est cardiologue dans le New Jersey. Peut-être qu'une fois que tu sauras ce qu'a ta mère, nous pourrons lui demander son avis.

Pas de réponse.

Bon sang ! se dit Paige quand cinq minutes devinrent dix. Elle l'avait encore fait. Être trop intime. Se montrer impatiente. C'était le « nous » qui l'avait effrayé. Elle n'aurait jamais dû dire « nous. »

« Et merde », dit-elle en refermant son téléphone avant de le lancer à côté de son livre sur la commode.

« Un problème ? demanda sa mère qui entrait dans le salon en ajustant son clou orné d'un diamant à l'oreille gauche.

– Non. C'est juste qu'on dirait bien que je suis incapable de dépasser le troisième chapitre de mon livre. Tu es belle. C'est un nouveau chemisier ?

– Oui, je l'ai acheté hier. » Elle tripota les boutons ciselés de sa chemise en soie blanche. « Tu aimes ?

– J'adore ! Tu vas quelque part ?

– J'ai un cours de bridge.

– Depuis quand joues-tu au bridge ?

– Depuis à peu près dans une heure. C'est ma première leçon. Je suis un peu nerveuse. Harry m'a prévenue que les joueurs de bridge peuvent être assez féroces. Mais il adore ce jeu, alors je me suis dit que je devrais essayer. »

Harry, répéta Paige en silence. Évidemment. Elle aurait dû le deviner. À part la nuit, sa mère avait passé quasiment tout son temps avec cet homme depuis leur premier rendez-vous, et si elle n'était pas avec lui, elle parlait de lui. Même si Paige souhaitait réellement être contente pour elle, elle ne pouvait s'empêcher de ressentir une pointe d'amertume. Elle n'en voulait pas à sa mère d'être heureuse, mais elle avait pris l'habitude d'être au centre de son univers, de l'avoir pour elle seule.

« Ma chérie ? Tout va bien ?

– À quelle heure rentres-tu ? Je me disais qu'on pourrait aller au cinéma...

– Oh, ma chérie. Je suis désolée. Harry vient me chercher après mon cours et m'emmène ensuite au restaurant. Je ne serai peut-être pas de retour avant tard dans la nuit. Est-ce que ça te dérange ? »

Oui, pensa Paige. *Je veux que tu restes ici avec moi.* « Pas du tout. » Elle se leva du canapé et avança vers sa mère pour se blottir dans ses bras et savourer son étreinte. *Ne me laisse pas*, pensa-t-elle. « Va, dit-elle. Profite de ton cours.

– Je n'y manquerai pas, dit sa mère en se levant pour aller vers la porte. Ne m'attends pas ! » lança-t-elle.

Ce qui voulait dire que sa mère allait faire l'amour. Encore. « Génial », dit Paige qui retourna dans le fauteuil et saisit son livre en espérant se perdre dans les malheurs de quelqu'un d'autre. Mais elle abandonna quand elle réalisa qu'elle avait lu presque dix chapitres supplémentaires sans avoir la moindre idée du sujet de ce roman. Elle le referma et regarda sa montre. Plus de deux heures s'étaient écoulées depuis le dernier message de Monsieur Maintenant ou Jamais. Elle regarda son téléphone comme pour susciter un nouveau message. Au moins, Chloé faisait le deuil de quelque chose de réel, alors qu'elle s'accrochait à une relation qui n'avait même pas commencé, avec un homme qu'elle n'avait jamais rencontré. Qu'est-ce qui ne tournait pas rond chez elle ? C'était une femme forte et indépendante. La dernière chose dont elle avait besoin était un homme qui avait peur du mot « nous ».

Et il arriva, comme s'il avait senti son impatience grandissante et testait sa détermination nouvelle : un message de Monsieur Maintenant ou Jamais.

Salut, Fleur Sauvage.

Paige se demanda si elle devait répondre. *On peut être deux à jouer à ce jeu-là*, pensa-t-elle, les doigts au-dessus du petit clavier du téléphone, l'esprit allant et venant entre l'envie de lui répondre immédiatement et celle de le faire attendre.

Désolé d'avoir de nouveau mis si longtemps à te répondre, se poursuivit le message avant qu'elle puisse se décider. *Je n'essaie pas de jouer les timides, je le jure. J'ai pu réserver un vol pour la Floride à la dernière minute. Je suis dans une voiture, là, en route pour l'aéroport. Je ne pense partir que quelques jours et j'espère vraiment que nous aurons dépassé le stade des messages et pourrons nous rencontrer la semaine prochaine. Enfin, voici mon numéro de téléphone. Appelle-moi n'importe quand pour fixer un rendez-vous. J'ai hâte de te rencontrer.*

Paige n'hésita pas. *Fais bon voyage*, répondit-elle. *J'espère que ça va aller pour ta mère.* Puis, oubliant toute prudence : *J'ai hâte de te rencontrer aussi.*

Chapitre 48

« Le bridge n'est pas un jeu de cartes comme les autres », disait la professeure depuis la petite pièce sans fenêtre, une des nombreuses salles de réunion du premier étage du Lenox Hotel. La professeure, dont le nom, Joy Boothe, était inscrit sur le tableau blanc derrière elle en lettres cursives vertes ostensiblement élaborées, avait à peu près cinquante ans. Grande et solidement bâtie, elle avait des cheveux auburn striés de mèches blondes qui pendaient en lourdes boucles sur ses larges épaules. Ses faux cils battaient en continu et elle portait un rouge à lèvres rose accentué d'un trait de crayon vermeil.

Harry l'avait avertie que tous les professeurs de bridge étaient plutôt excentriques, se souvint Joan en essayant de se concentrer sur les remarques introductives de la femme. Mais – était-ce à cause de la voix de fillette déconcertante de Joy Boothe, ou de la sensation étrange qu'elle ressentait à l'aine depuis qu'elle s'était assise ? – elle avait du mal à se concentrer. Elle jeta un coup d'œil aux cinq autres tables : autour de chacune quatre élèves, les femmes étant quatre fois plus nombreuses que les hommes. Seuls deux pouvaient généreusement être considérés entre deux âges. Les autres avaient dit au revoir à leurs soixante ans depuis longtemps.

« La plupart des jeux de cartes peuvent s'apprendre plutôt rapidement, poursuivit Joy Boothe. Ce n'est pas le cas du bridge. »

Pas vraiment rassurant, se dit Joan qui se tortilla sur sa chaise en souriant à la femme à l'air nerveux en face d'elle qui s'appelait Joan aussi. Une pièce pleine de Joan, Susan, Gail et Marilyn, pensa-t-elle. Pas de Tayden ni de Kayden en vue.

« Pour réussir au bridge, disait la formatrice, il vous faut trois choses : une bonne dose de patience, un minimum de sens du jeu et beaucoup de leçons. J'ai bien peur de ne pas pouvoir vous aider avec les deux premières, mais je *peux* vous donner assez d'outils dans ces cinq premières leçons pour vous permettre de jouer. Pour *bien* jouer… eh bien, il faut encore plus de patience, un meilleur sens du jeu et beaucoup plus de leçons. Il serait utile aussi de lire mon livre, *Le Plaisir du bridge* », dit-elle, en ayant le bon goût de paraître un peu gênée alors qu'un exemplaire du livre se matérialisait comme par magie dans ses mains. « Il est en vente pendant la pause pour seulement douze dollars, et je crois que vous le trouverez fort bénéfique. Très bien, commençons. »

Le livre entre ses mains fut remplacé par un paquet de cartes. « Normalement, je n'ai pas besoin de vous expliquer ce que c'est, ni qu'un jeu de cartes est constitué de quatre couleurs : trèfle, carreau, cœur et pique. Si vous ne le savez pas, les trois prochaines heures vont vous paraître très longues. Au bridge, les trèfles et les carreaux sont les couleurs les plus faibles, elles sont appelées couleurs mineures ; cœurs et piques sont les couleurs les plus fortes et sont les couleurs majeures. Vous me suivez jusque-là ? »

Joan acquiesça, tout en ressentant une crampe à l'estomac.

« Le donneur distribue treize cartes à chacun des joueurs qui les classent par couleur. Et c'est là que les choses deviennent intéressantes parce que, pour jouer, il faut d'abord annoncer une enchère. Le but de l'enchère est de définir qui joue la main et qui défend. Vous et votre partenaire – la personne assise en diagonale de vous – devez remporter l'enchère pour jouer la main. Et, pour ce faire, vous devez communiquer à votre partenaire ce que *vous* avez en main. Mais bien sûr, vous ne pouvez pas tout simplement dire cette information. Vous devez décrire vos cartes par un système élaboré appelé enchère. Et enchérir convenablement est la partie la plus difficile du bridge. C'est pourquoi je consacre les quatre premières leçons de cette série de cinq à passer en revue les vingt enchères d'ouverture possibles. » Joy marqua une pause pour laisser cette information s'imprimer dans les esprits.

Je suis déjà perdue, pensa Joan en essayant de se souvenir de ce qu'elle avait mangé plus tôt dans la journée qui pourrait avoir ainsi contrarié son estomac. Mais elle n'avait rien avalé qui sorte de l'ordinaire, rien que son œuf habituel, du pain grillé et du café au réveil et un sandwich au thon à midi. Elle avait préparé le sandwich elle-même, donc ses ennuis ne pouvaient pas venir de là. Et puis, ce n'était pas vraiment son estomac qui lui posait problème. C'était une sensation profonde légèrement plus bas, comme si ses tripes allaient se répandre.

Allons, ne sois pas bête, se dit-elle. *C'est l'anxiété, tout simplement. Tu es juste nerveuse à cause de ces cours. Ce n'est pas facile d'apprendre de nouvelles choses à ton âge et tu t'es aventurée un peu loin de ta zone de confort, c'est tout. Ça fait presque cinquante ans que tu n'as pas mis les pieds dans une salle de classe. Évidemment que tu allais être angoissée. Prends quelques grandes respirations et ça ira mieux.*

Elle s'exécuta.

Et se sentit plus mal encore.

« La première chose à faire après avoir regardé votre main et l'avoir classée par couleurs, continua Joy Boothe, est de compter vos points. Un as vaut quatre points, un roi, trois, une reine, deux, un valet, un. Un singleton – c'est-à-dire n'avoir qu'une seule carte d'une couleur – vaut deux points, un doubleton – deux cartes d'une couleur – vaut un point et l'absence d'une couleur dans votre main vaut cinq énormes points. À moins que ça soit la couleur dans laquelle votre partenaire enchérit. Mais nous verrons cela plus tard. Pour ouvrir les enchères il vous faut au moins douze points d'honneur. Tout le monde est toujours avec moi ? »

Joan sentit une goutte de transpiration descendre le long de son front alors qu'une violente douleur à l'entrejambe la poussa à s'agripper le côté. Était-elle en train de faire une crise d'appendicite ?

« Vous vous sentez bien ? lui chuchota la Joan en face d'elle.

– Il y a une question ? » demanda la professeure en regardant dans sa direction, ses lourds sourcils disparaissant sous sa frange.

Joan se leva. « Je suis désolée, mais pourriez-vous m'excuser un moment ?

– Bien sûr. Les toilettes sont dans le couloir, sur la gauche.

– Merci.

– Je vais distribuer des feuilles », disait Joy Boothe alors que Joan quittait la salle et se précipitait dans le couloir en direction des toilettes pour dames.

Était-elle en train de sentir passer un calcul biliaire ? se demanda-t-elle en trouvant un cabinet de toilettes vide pour se soulager. Ou peut-être un calcul rénal ? ajouta-t-elle en ne sentant aucun soulagement. Sauf qu'elle avait entendu dire que faire passer un calcul rénal était comme accoucher. Et bien que ce qu'elle ressentait fût véritablement douloureux, il n'y avait aucune comparaison possible avec les affres d'un accouchement.

Ce n'était pas non plus son appendice, concéda-t-elle en pressant son côté droit. Elle se souvint avoir lu quelque part que si une crise d'appendicite était sur le point de se déclarer, la douleur était plus aiguë quand on pressait dessus, or ce n'était pas le cas.

Et puis, elle s'était rendue deux fois aux urgences au cours des dernières semaines et elle avait été diagnostiquée en parfaite santé chaque fois. Tout allait bien chez elle à part son imagination débordante. *L'âge de l'hypocondrie, c'est ça* ! pensa-t-elle en se levant pour réajuster ses vêtements, soulagée que la douleur semblât s'atténuer pour ne devenir qu'une pointe intermittente plutôt que la descente totale de ses organes internes !

Elle regarda son reflet dans le miroir mural au-dessus des lavabos, retoucha son rouge à lèvres et se pinça les joues pour leur donner un semblant de couleur, puis sortit. « Un as vaut quatre points, un roi, trois, une reine, deux, et un valet, un », récita-t-elle en marchant dans le couloir. « Il faut au moins douze points d'honneur pour ouvrir les enchères. » Elle respira profondément avant de pousser la porte et d'entrer dans la salle. « Les doigts dans le nez ! » Elle n'avait absolument aucune raison de s'inquiéter.

« Alors, comment ça s'est passé ? demanda Harry en la retrouvant dans le hall de l'hôtel. Qu'est-ce que tu en as pensé ?

– Très intéressant, lui dit Joan, en essayant d'ignorer les crampes qui étaient de retour. Très stimulant. » Tout particulièrement après avoir manqué la moitié du cours parce qu'elle avait dû rester aux toilettes pendant quinze minutes. « On a appris le vocabulaire classique du bridge et les suites majeures et mineures. » Elle brandit un paquet de feuilles ainsi que le livre de Joy Boothe qu'elle avait acheté durant la pause dans un geste d'expiation pour avoir passé beaucoup de temps aux toilettes. « Nous sommes censés étudier le tableau d'enchères qui les classe de la plus faible à la plus forte, bien que nous n'ayons vu aujourd'hui que la première partie, l'ouverture et le premier niveau.

– Et alors ? Tu crois que ça va te plaire ?

– Mais oui, dit Joan, un spasme soudain la faisant grimacer.

– Tu ne sembles pas convaincue.

– Si, dit Joan, en se forçant à sourire. Je trouve que c'est un jeu fascinant et, en plus, je pense que je serai très bonne. »

Harry éclata de rire. « Alors, j'ai vraiment hâte d'être ton partenaire.

– J'ai encore quatre semaines de cours avant d'être prête pour ça.

– Je serai là », dit-il.

Joan ressentit une pointe d'excitation en entendant Harry. Cela voulait dire qu'il avait l'intention de rester avec elle, qu'ils éprouvaient tous les deux les mêmes choses.

Ce sentiment fut rapidement débordé par l'impression que quelque chose d'étranger avait envahi son corps et la comprimait de l'intérieur. « Où est-ce que nous allons souper ? demanda-t-elle, encaissant la douleur.

– Je pensais à Legal Sea Foods. Qu'est-ce que tu en dis ? »

Un autre coup de poignard s'enfonça dans son bas-ventre.

« Ou, si tu n'aimes pas les fruits de mer, dit Harry, interprétant mal l'expression de douleur sur son visage, on pourrait manger asiatique. Ou italien. Ou plus traditionnel, américain. Ce que tu préfères. Est-ce que tu vas bien ?

– Non, dit Joan en se tenant le ventre et s'efforçant de ne pas se plier en deux. Je crois qu'il faut que j'aille à l'hôpital.

– Mon dieu. Que se passe-t-il ?

– Je ne sais pas. Quelque chose ne va pas.

– Très bien », dit calmement Harry en l'enlaçant d'un bras alors qu'il faisait signe de l'autre au voiturier pour qu'il amène son véhicule. « Je vais appeler ta fille pour lui dire de nous rejoindre là-bas. »

Joan opina. Bien que la dernière chose qu'elle voulait fût d'inquiéter sa fille pour rien – une fois de plus – elle souffrait trop pour discuter. Elle avait l'impression que chacun de ses organes était en feu.

La pensée qu'elle allait peut-être mourir lui traversa l'esprit.

Maintenant ? pensa-t-elle. Alors qu'elle commençait tout juste à se sentir plus vivante qu'elle ne l'avait été depuis des années ? N'était-ce pas injuste ?

« Accroche-toi », lui dit Harry en l'aidant à s'installer dans son Audi avant d'attacher sa ceinture de sécurité. « Tout va très bien se passer. »

Elle voulait lui demander de ne pas s'inquiéter. Mais les mots ne venaient pas. « Tu le promets ? dit-elle à la place.

– Je te le promets », lui répondit-il.

Chapitre 49

Il a passé la journée à se préparer pour ce soir.

À la première heure, ce matin, il est allé chez le boucher du coin pour commander deux morceaux de longe de premier choix, ce que les restaurants appellent faux-filet, même s'il n'a pas la moindre idée pourquoi. Il pourrait chercher l'explication en ligne, suppose-t-il, pour trouver un moyen de la glisser, l'air de rien, dans la discussion de ce soir. C'est le genre d'informations inutiles qui séduisent et impressionnent les femmes. (« Comment sais-tu une chose pareille ? » demandent-elles invariablement.)

Les steaks ont coûté très cher. Davantage même, que la dernière fois. Il aurait probablement pu en trouver à moitié prix au magasin d'alimentation du centre commercial. Mais, comme disait sa mère, « la qualité se paye ».

Non qu'elle comprît quoi que ce fût à la qualité. Elle, pour qui le bifteck était un délice. Ce qui n'était pas plus mal, pense-t-il en se souvenant de sa propension à tout cuire à l'excès, à griller la viande jusqu'à ce qu'elle ressemble à une semelle. « Je n'aime pas voir le sang », se souvient-il qu'elle disait. « Ça me rappelle que la viande a un jour été une créature vivante. »

Il ricane. C'est exactement ça qu'il aime.

Cependant, pour ce qu'il va en faire, un morceau moins cher aurait largement suffi. Les femmes ne mangent jamais beaucoup. Pas plus d'une ou deux bouchées, et toujours sous la contrainte. Et elles ne pensent jamais à le complimenter pour ses efforts, ses talents de chef. Mais ce n'est pas grave. La viande est rarement perdue. Il récupère en général ce qu'elles ne mangent pas pour son repas du lendemain.

Il a payé les légumes extrêmement cher aussi. La petite échoppe spécialisée où il préfère acheter ses produits frais – il y a alignés sur Summer Street quatre magasins de ce genre que les gens du coin appellent affectueusement « les quatre voleurs » – escroque ses clients avec une fierté presque perverse, comme si les laisser pénétrer dans la boutique était déjà une faveur en soi. *Ils feront bientôt payer un droit d'entrée*, pense-t-il en riant.

Ça ne le gêne pas de payer cher. Il aime les belles choses, c'est plus fort que lui. Après des années passées à manger des fruits gâtés et des légumes à l'air anémique, il ne peut s'empêcher d'acheter la pastèque la plus juteuse pour sa salade de pastèque et de feta ou les plus grosses et appétissantes pommes de terre de l'Idaho pour accompagner son repas. Il n'utilise que les meilleurs ingrédients et les meilleurs vins pour sa marinade et seuls du vrai beurre et la meilleure crème fraîche sont dignes de napper ses pommes de terre en robe des champs.

Évidemment, tout cela échappe aux femmes avec lesquelles il se divertit.

Oh, elles sont très impressionnées au début. Il marque toujours un point au premier regard sur son appartement d'une propreté immaculé. Elles adorent la nappe en lin blanc, qui cache la modeste table en verre, ainsi que la vaisselle en porcelaine de Chine délicate. Elles admirent son goût en matière d'art, tombent en extase devant les piètres reproductions accrochées aux murs. Nadia, pauvre petite chose, avait même demandé si c'était lui qui avait peint ce qui était, sans aucune ambiguïté possible, une reproduction de *La Nuit étoilée* de Van Gogh. C'était une feuille imprimée, bon sang. Une simple photographie. Pas le moindre coup de pinceau en vue. Il avait dû batailler pour garder un visage impassible.

Ces prétendues œuvres d'art ne sont même pas à lui. Les reproductions – de Van Gogh, Renoir, Degas, Monet – étaient avant lui dans l'appartement. Dans un premier temps, il avait envisagé de les remplacer comme il l'avait fait pour la pauvre vaisselle Melmac et les sets de table en plastique fournis par Imogene, puis il y avait renoncé. Il valait mieux laisser certaines choses comme elles étaient et il ne voulait pas courir le risque de froisser Mme Lebowski qui s'était révélée être une propriétaire plus qu'idéale : vieille, en partie sourde, et plus qu'à moitié sénile. Qu'aurait-il pu demander de mieux ?

Et maintenant elle est partie chez sa fille en attendant d'être conduite en maison. Le locataire du premier a vidé les lieux deux jours plus tôt, ce qui fait de lui le dernier occupant de la maison.

Les choses pourraient-elles prendre meilleure tournure ?

Il prévoyait de partir bientôt de toute manière, et il a désormais tout son temps pour se délecter de ses dernières conquêtes. Il n'a pas à s'inquiéter de faire trop de bruit. Les femmes peuvent crier à s'en casser les cordes vocales. Personne ne les entendra. Il peut se livrer à ses fantasmes les plus monstrueux sans craindre de déranger le voisin d'en dessous ou de réveiller la pauvre Imogene. Ses deux derniers forfaits seront les meilleurs.

D'abord, il y a Audrey. Audrey qui aime les films à l'eau de rose et le sport.

Il pique avec une fourchette dans ses steaks en train de mariner en s'imaginant faire de même dans la chair souple d'Audrey. Il lui offrira une séance de sport qu'elle n'oubliera jamais.

Sauf, évidemment, qu'elle l'oubliera. Les morts ne se souviennent de rien. Il éclate de rire. Tout va très bien. Il est ravi de garder ses souvenirs bien vivants.

Son téléphone lui annonce la réception d'un nouveau message et il sourit. *Fleur Sauvage*, pense-t-il. Elle a adopté sa proposition de l'appeler n'importe quand, de prendre des nouvelles de sa mère, de s'organiser pour se rencontrer en personne. Les femmes sont si prévisibles, se dit-il, en sortant le téléphone de la poche de son jean. Même Fleur Sauvage a fini par prendre le pli.

Mais le message ne vient pas d'elle, ce qui l'ennuie et le réjouit à la fois.

Toujours ok pour ce soir ? dit le message d'Audrey.

Bien sûr, lui répond-il alors que ses épaules se raidissent. *Il y a un problème ?*

J'avais peur que tu aies dû retourner dans le Wisconsin.

Wisconsin ? Qu'est-ce qu'elle raconte ?

Tu as dit que tu devrais peut-être y retourner. Pour voir ton père.

Son père ? Merde. Bien sûr. Son père souffrant dans le Wisconsin. Pas sa mère malade en Floride. Merde.

Comment va-t-il ?

Il va beaucoup mieux, merci. Désolé. J'avais oublié que je t'avais parlé de mon père.

On dirait bien que mes prières ont marché.

On dirait bien.

Alors, on se voit chez Anthony's à dix-neuf heures ?

Pas de problème. Il se déconnecte et remet le téléphone dans sa poche, un peu secoué. Ce n'est pas son genre de se mélanger dans ses histoires. Il va devoir faire plus attention. Ce n'est pas le moment de tout gâcher.

C'est juste qu'il a été tellement préoccupé par Fleur Sauvage.

Celle qui lui a presque échappé.

Presque.

« Presque ne suffit pas », disait sa mère, encore une de ses expressions débiles. Qu'est-ce que ça voulait dire au fond ?

Il frissonne un instant quand il se souvient de l'indifférence initiale de Fleur Sauvage, son désintérêt spontané, la façon méprisante dont elle s'est détournée de lui dans ce bar, sans même un regard en arrière. Elle se croit tellement forte, tellement intelligente.

Et elle *est* intelligente. Plus intelligente que celles dont il a l'habitude, à bien des égards. Une planificatrice stratégique. Ce qui leur fait quelque chose en commun. Qu'est-il, après tout, si ce n'est un planificateur stratégique ?

« Et j'ai de grands projets pour toi, ma petite Fleur Sauvage. »

Ce soir, ce sera une sorte de répétition générale, une possibilité d'essayer quelques nouveautés, de tester les réactions d'Audrey avant de les mettre en œuvre avec Fleur Sauvage.

Il donne un dernier coup à ses steaks et sort du frigo la pastèque coupée en deux pour la débiter en dés. Il utilisera le même couteau sur Audrey plus tard, se dit-il en souriant. Il arrange les morceaux de pastèque sur quelques feuilles de laitue déjà déposées artistiquement dans de petites assiettes, puis découpe quelques tomates pour compléter le tableau, avant de généreusement garnir le tout de feta. L'assaisonnement d'huile et de vinaigre sera ajouté à la dernière minute. Vinaigre balsamique, bien sûr. Huile d'olive extra-vierge.

Il pouffe. C'est quoi une extra-vierge, merde ?

Les pommes de terre sont déjà dans leur habit d'aluminium et il les pique de sa fourchette pour faire une série de trous qui permettront à la chaleur de pénétrer la chair. Le four préchauffe déjà. L'expérience lui a appris qu'il est préférable que les pommes de terre soient précuites. Les grosses comme celles-ci nécessitent au moins une heure pour être prêtes. Rien de pire que des pommes de terre dures et trop crues. Il les passera au micro-ondes à la dernière minute pour les faire réchauffer pendant qu'il grillera les steaks. Comme ça, il ne perdra pas une heure en bavardages atroces. Ceux du bar suffiront largement. Devoir écouter une femme jacasser sur sa pathétique existence n'est intéressant que quand elle sait qu'elle est sur le point de mourir.

Il consulte sa montre. Déjà dix-sept heures passées. Plus que deux heures avant l'opération Audrey.

Il fredonne en allant dans sa chambre mais il lui faut une minute pour reconnaître l'air et se rappeler les paroles. Un truc qui raconte que les samedis soir sont les plus solitaires de la semaine. *Pas pour lui*, se dit-il dans un sourire, en se souvenant que sa mère adorait cette chanson. Elle la chantait pendant des heures de sa voix étonnamment jolie, jusqu'à ce que son père lui hurle de fermer sa gueule maintenant. Et si elle ne la fermait pas assez rapidement, eh bien, un coup de poing dans la mâchoire l'y contraignait assez vite.

Il fouille dans le tiroir du haut de la commode près de son lit et en sort les menottes en métal qui lui ont si bien servi pendant son séjour à Boston. Il s'en débarrassera avant de quitter la ville, il préfère commencer avec une paire toute neuve dans chaque ville qu'il visite. Une sorte de porte-bonheur. Il vérifie qu'elles ferment convenablement, pose la clé sur sa table de chevet et les lance sur le lit. Elles atterrissent à côté de la corde qui s'y trouve déjà. Il en apprécie de la main les fibres rêches. Il exécute un nœud avec dextérité et son érection grandit alors qu'il imagine le passer autour du cou d'Audrey.

Il déploie tant d'efforts dans cette phase préparatoire qu'il est presque déprimé de savoir avec quelle rapidité tout va se dérouler, avec quelle facilité il pourra refermer ces menottes sur les poignets délicats d'Audrey, passer le nœud fatal autour de son cou innocent et le resserrer jusqu'à ce qu'elle soit complètement sous son contrôle. « Assieds-toi », chuchotera-t-il langoureusement à son oreille, ses lèvres lui frôlant les cheveux quand il tirera la chaise. Puis, quand elle sera confortablement installée : « Ferme les yeux. J'ai une surprise pour toi. »

Au moment où elle les rouvrira, il sera trop tard.

Il jette de nouveau un coup d'œil à sa montre, épaté de constater que vingt minutes se sont écoulées depuis qu'il l'a regardée la dernière fois. Il retourne rapidement dans la cuisine et enfourne les pommes de terre afin qu'elles soient à point au moment où il partira. Puis il revient dans la chambre et sort la chemise en soie noire et le pantalon qu'il a décidé de porter pour son rendez-vous avec Audrey – il porte toujours du noir, pour ne pas se faire remarquer plus que nécessaire – ainsi que des sous-vêtements et des chaussettes propres. Il étale le tout sur le lit auprès des menottes et de la corde.

Il fredonne en se déshabillant pour se diriger vers la douche. Bien sûr, il devra se laver de nouveau, plus tard, quand il sera couvert du sang d'Audrey. Mais comme sa mère était si fière de dire : « la propreté est ce qu'il a de plus proche de la divinité ».

Il éclate de rire. Ce soir il ne sera pas seulement propre. Il sera dieu en personne.

Chapitre 50

« Maman ? lança Paige en direction de la chambre. Qu'est-ce que tu fais ? Tout va bien ?

– Tout va bien, ma chérie », dit Joan qui réajustait son châle en soie blanc sur sa robe en coton bleu clair. Elle venait d'entrer dans le salon où était assise Paige, toujours en train de lutter avec son roman. « Il faut que tu cesses de t'inquiéter pour moi.

– Tu ne m'en donnes pas l'occasion ! Trois visites aux urgences en quelques semaines seulement. C'est sûrement un genre de record. Tu as pris tes antibiotiques ?

– Oui, même si je ne pense pas que ce soit encore nécessaire. Je me sens beaucoup mieux.

– Tu dois les prendre jusqu'au bout, lui rappela Paige. Si tu arrêtes avant la fin du traitement, l'infection peut réapparaître et les antibiotiques seront moins efficaces. Tu n'as pas écouté ce que disait le docteur ?

– Pour être franche, c'est un peu flou. Je souffrais beaucoup.

– On ne néglige pas une infection urinaire. Tu as de la chance que ça n'ait pas atteint tes reins.

– Oui, ma chérie. » Joan exécuta un petit tour sur elle-même. « De quoi est-ce que j'ai l'air ?

– Tu es sublime. Comme d'habitude. Où est-ce que tu vas ce soir ?

– Il y a une croisière-buffet sur la Charles River. Crois-le ou pas, je ne suis jamais allée à une de ces soirées et Harry dit qu'elles sont assez magiques. » Elle marqua une pause et regarda Paige, comme dans l'attente d'une réponse.

« Quoi ? demanda Paige.

– Tu ne m'as jamais dit… ce que tu pensais de Harry.

– Eh bien, disons qu'on ne s'est pas rencontrés dans les meilleures conditions.

– Je sais, mais…

– Une salle des urgences bondée n'est pas vraiment le meilleur endroit pour apprendre à connaître quelqu'un.

– Tu ne l'aimes pas, décréta Joan.

– Je n'ai pas dit ça.

– Tu n'as rien dit du tout.

– Il a l'air très gentil, assura Paige. C'est juste que…

– Quoi ? »

Une pause embarrassante. « C'est à cause de lui que tu as atterri aux urgences.

– Qu'est-ce que tu veux dire par là ?

– Je crois que tu m'as comprise. »

Une autre pause embarrassante, plus longue que la première.

« Tu fais allusion au sexe, dit finalement sa mère.

– C'est à dire que, de toute évidence, tu as beaucoup pratiqué dernièrement… et comme l'a expliqué le docteur, les choses ont tendance à… *se fragiliser* quand les femmes prennent de l'âge, et ça fait longtemps que tu n'as pas été aussi… *active*. En additionnant deux et deux, on arrive à…

– … une infection urinaire.

– Exactement.

– Mais tu ne peux pas reprocher la fragilité de ma paroi utérine à Harry », argua sa mère pour le défendre.

Paige soupira. « Je sais.

– Et ce n'est pas comme si ça m'était imposé…

– Très bien. J'ai compris, maman. Je n'ai pas besoin d'un…

– Récit par le menu ? Je commence par les amuse-bouches ? demanda sa mère, ses yeux bleu profond scintillant de malice.

– Oh, mon dieu !

– Tu sais, ma chérie, tu es un petit peu prude.

– Oh, mon dieu ! » dit encore Paige. Sa mère avait raison. Elle *était* prude. Quand l'était-elle devenue ? « Je suis désolée. Harry a l'air d'être un très chic type. En fait, je l'aime bien.

– Vraiment ? Tu ne dis pas ça pour me faire plaisir ?

– Pas du tout. »

Le téléphone sonna.

« Ça doit être le concierge, dit Joan, en se précipitant dans la cuisine pour répondre. Harry est arrivé », annonça-t-elle quand elle revint quelques secondes plus tard. « J'ai dit que je descendais tout de suite. Tu as prévu quelque chose pour ce soir ?

– Rien de bien arrêté. » En fait, elle n'avait pas de plan du tout. Elle et Chloé avaient parlé de se voir, et puis Josh s'était plaint d'une otite, ce qui avait mis fin à leurs projets.

« Tu pourrais appeler Sam, suggéra sa mère.

– Je pourrais », accorda Paige. Elle avait beaucoup pensé à lui dernièrement. La vérité était qu'il lui manquait. « Mais ce n'est probablement pas une bonne idée.

– Peut-être pas. »

Sa mère marcha jusqu'à la porte et l'ouvrit.

« Maman… lança Paige.

– Oui ma chérie ?

– Pas de sexe ! Au moins jusqu'à ce que tu aies terminé les antibiotiques. Je ne veux plus recevoir d'appels de l'hôpital.

– Oui, ma chérie. » La porte se ferma derrière elle.

« Mon dieu ! » dit Paige. Elle reprit son livre pour lire quelques paragraphes ennuyeux puis alla dans la cuisine et jeta le livre dans la poubelle sous l'évier. « Assez avec ça. »

Devait-elle appeler Sam, lui avouer qu'il lui manquait ?

Ou était-ce la solitude qui lui pesait ?

Ce ne serait pas juste de l'appeler avant d'en être sûre.

D'ici là, il y avait Monsieur Maintenant ou Jamais. Paige tira son téléphone de sa poche et vérifia ses messages. Elle n'en avait pas reçu.

Elle se demanda s'il était revenu de Floride et si sa mère allait mieux. Et si elle était morte ? *Alors, je ne m'enverrai jamais en l'air,* pensa Paige avant d'éclater de rire. « Tu es quelqu'un d'horrible », dit-elle en revenant dans le salon pour allumer la télévision. Elle fit défiler les différentes chaînes sans but pendant la demi-heure qui suivit, en essayant de trouver quelque chose – n'importe quoi – d'intéressant. Il y avait *Nightmare Next Door*[1], suivi de *Fear Thy Neighbor* qui était diffusé en même temps

1. *Cauchemar à la porte à côté.* Cette émission ainsi que les suivantes, *Crains ton voisin* et *Des femmes avec des lames*, traitent de faits divers meurtriers dans la vie courante ou même au sein de couples.

qu'une émission appelée *Wives with Knives*. « Sérieux ? *Wives with Knives* ? »

Elle s'arrêta sur un vieil épisode de *CSI : Miami*, puis retourna dans la cuisine et se fit une tasse de thé. Elle terminait de boire et consultait son téléphone, sachant qu'elle n'y trouverait aucun message quand il se mit à sonner.

« Ma mère s'est mariée, annonça Chloé.

– Quoi ?

– Ouais. Je viens juste de recevoir un message de la jeune mariée elle-même. Apparemment, elle a rencontré ce type à une compétition de danse la semaine dernière et elle a tout de suite su que c'était Monsieur Parfait. Ils se sont envolés pour Las Vegas hier.

– Ouah. Ça fait combien de Monsieur Parfait ?

– Je crois que c'est Monsieur Parfait numéro quatre. Ou peut-être numéro cinq. Oh, et ce Monsieur Parfait est de Miami, donc elle va déménager là-bas à la fin du mois et, peut-être pourrais-je, si cela me sied, aller à son appartement cette semaine pour commencer à emballer ses affaires, ironisa-t-elle.

– Ouah », répéta Paige. Qu'y avait-il d'autre à dire ?

« Bon, Josh pleure encore. Je te rappelle plus tard. »

Paige retourna dans le salon et s'apprêtait à regarder un autre épisode de *CSI : Miami* quand elle prit sa décision : et puis pourquoi pas ? Si la mère de Chloé pouvait convoler à Las Vegas avec un homme qu'elle venait juste de rencontrer, si sa *propre* mère avait une vie sexuelle si enthousiaste que ça l'avait conduite aux urgences, alors quel était *son* problème ? Qu'est-ce qu'elle attendait ? Pourquoi avait-elle à supporter cet air pathétique simplement parce qu'on était samedi soir et qu'elle n'avait aucun rendez-vous ? Ne lui avait-il pas dit d'appeler n'importe quand ?

Et est-ce que *maintenant* n'était pas le moment parfait pour l'homme qui se faisait appeler Monsieur Maintenant ou Jamais ?

Elle vérifia le numéro qu'il lui avait laissé, prit une grande respiration et appela.

Il y eut deux sonneries avant qu'il réponde.

« Hé, bonjour toi », dit-il d'une voix basse.

Paige ressentit une décharge électrique. Il semblait avoir une voix presque aussi belle que son physique. « Salut, dit-elle. Est-ce… Monsieur Maintenant ou Jamais ? » Un gloussement embarrassé lui échappa avant qu'elle puisse le retenir. Elle fut soulagée qu'il rît avec elle.

« Oui, c'est moi. Est-ce... Fleur Sauvage ?

– Oui.

– Eh bien, Fleur Sauvage. Je suis bien content que tu aies appelé.

– Tu es toujours en Floride ? Est-ce que je tombe mal ?

– Non. C'est parfait. Je suis revenu il y a tout juste une heure.

– Comment va ta mère ?

– Beaucoup mieux. Merci de demander. Et toi, comment vas-tu ? »

Elle entendait le sourire dans sa voix. « Moi ? Je vais bien. » Elle hésita brièvement. « Je me disais que tu as peut-être raison. Il est peut-être temps de faire une nouvelle tentative.

– Il n'y a pas de peut-être. Du moins pas pour moi. Que dirais-tu de mercredi ?

– D'accord pour mercredi.

– Super. Connais-tu l'Anthony's Bar sur Boylston ? Je sais qu'en général c'est bondé et cela peut être assez bruyant, mais...

– Anthony's, ça me va.

– Disons dix-huit heures ?

– Dix-huit heures, c'est bien.

– Plus d'annulation à la dernière minute ?

– Je serai là à dix-huit heures pile. »

« Non ! entendit-elle crier. Ne... » Puis des sons étouffés qu'elle ne put pas tout à fait identifier, presque des bruits de lutte.

« Qu'est-ce que c'était ? interrogea-t-elle.

– Quoi donc ? » Sa voix était légère, imperturbable. « Oh, sûrement juste un gars à la télé qui se fait botter le cul. Pardon pour la grossièreté. »

Elle se demanda s'il regardait le même épisode de *CSI : Miami* qu'elle mais ne lui posa pas la question. « Vas-tu me dire ton vrai nom ?

– Je te le dis si tu me dis le tien, répondit-il astucieusement. Mais je dois avouer que j'aime bien Fleur Sauvage.

– Alors, restons-en là pour le moment.

– À mercredi, dit-il.

– À mercredi.

– J'ai hâte d'y être. »

Et il raccrocha.

« Bien, bien », dit Paige en poussant un profond soupir de soulagement. « Ce n'était pas si difficile, si ? » Peut-être que sa chance allait revenir. Sa recherche de travail s'annonçait bien. La suite avec Monsieur Maintenant ou Jamais, encore mieux.

Peut-être que la roue allait enfin tourner.

Chapitre 51

Heather entendait ses parents se disputer dans la pièce d'à côté. Elle n'avait pas besoin de tendre l'oreille pour savoir qu'ils se disputaient à son sujet.

Je n'aurais jamais dû rentrer à la maison, pensa-t-elle. Elle s'étira sur le lit double de son éternelle chambre d'adolescente et se couvrit la tête avec son oreiller. Pourtant, qu'aurait-elle dû faire ? Où aurait-elle dû aller ?

Après sa crise au bureau de Noah, elle était trop énervée pour retourner au travail, alors elle avait téléphoné pour se faire porter pâle et annoncer qu'elle ne reviendrait pas avant le lendemain matin. (« Une intoxication alimentaire ? » avait demandé Kendall d'une voix si évidemment incrédule que Heather put presque voir ses sourcils se lever.) Puis elle était allée voir un film au cinéma où elle avait avalé un seau entier de pop-corn au beurre et un Coca-Cola géant, tout en ruminant ce qu'elle allait dire à Noah en rentrant chez eux. (« Ça ne vous dérangerait pas de baisser d'un ton ? » lui avait murmuré une femme en se retournant vers elle. Ce à quoi Heather avait répondu : « Allez vous faire foutre. »)

Heather savait que Noah serait en colère, qu'elle devait se préparer. Oui, lui dirait-elle calmement, elle comprenait qu'elle l'avait mis dans l'embarras, et elle en était vraiment désolée. Mais lui aussi l'avait humiliée. Oui, elle était allée trop loin, mais lui aussi. Et oui, peut-être qu'on pouvait lui reprocher d'avoir exagéré. Mais c'était seulement parce qu'elle l'aimait à la folie et qu'il lui avait fait affreusement mal. Il pourrait sûrement réaliser qu'il était au moins en partie responsable de sa réaction. S'il n'avait pas embrassé sa cousine, s'il ne lui avait pas menti, si son geste n'avait pas été filmé, si ses collègues de travail n'avaient pas ri d'elle à cause de ça…

Elle s'attendait aux mots durs et au silence de plomb qui s'ensuivrait probablement, elle se doutait qu'il faudrait des jours, des semaines peut-être, avant qu'il ne comprenne sa façon de voir les choses ou qu'il soit suffisamment excité, pour que les choses entre eux reviennent à la normale.

Mais ce à quoi elle ne s'attendait pas était de trouver toutes ses affaires dans trois gigantesques sacs-poubelle devant la porte de leur appartement. Elle n'imaginait pas non plus la note épinglée à la porte qui lui disait en termes sans équivoque que leur relation était terminée et que, si elle osait entrer ou provoquer n'importe quel genre de scène, il appellerait la police.

Elle n'était pas davantage préparée à devoir passer la nuit dans un hôtel, fût-ce le Four Seasons, pour réfléchir à la suite des événements, ni à aller au bureau le lendemain matin uniquement pour être reconduite vers la sortie sans cérémonie. « Est-ce que je suis virée ? » avait-elle demandé pendant qu'un vigile attendait dans le couloir qu'elle termine de vider son bureau. « Je ne peux pas le croire !

– Et moi, je ne peux pas croire que tu sois surprise », avait rétorqué Kendall.

« Noah et toi avez rompu ? » s'exclama sa mère quand elle arriva un peu plus tard dans la journée chez ses parents à Weston, chargée de ses sacs-poubelle.

« Tu as perdu ton travail », dit son père, comme s'il avait su dès le début que ça arriverait.

« J'envisage de leur coller un procès », leur rétorqua Heather.

Ce à quoi ils ne répondirent rien.

Je n'aurais jamais dû rentrer à la maison, se répéta-t-elle. Sauf qu'elle ne pouvait pas rester éternellement au Four Seasons. Elle ne pouvait même pas s'offrir une nuit de plus. Ses cartes de crédit avaient déjà atteint leur plafond et elle venait juste de perdre son putain de boulot. Elle ne tiendrait pas bien longtemps avec le chèque d'indemnité qu'ils lui avaient remis lors de son licenciement. Bien sûr, elle pourrait s'inscrire à l'agence pour l'emploi mais ça prendrait des mois avant qu'elle ne touche des allocations. Et puis, la perspective de chercher un autre travail lui faisait aussi mal à la tête qu'au ventre. Elle avait besoin de temps pour se détendre, pour récupérer, pour se retrouver et décompresser. Peut-être des petites vacances ? Une plage ou un spa seraient l'idéal. Elle commencerait à chercher un emploi à la fin de l'été.

Son père n'avait montré aucun enthousiasme pour ses projets. Il lui avait donné une semaine – une semaine ! – pour se reprendre, et on était déjà mercredi. Est-ce qu'il irait au bout de sa menace et la mettrait dehors si elle ne faisait aucun effort pour chercher un travail ?

« Je travaille mon bronzage », lui avait-elle dit d'un air de défi. Elle jeta ses oreillers par terre et se leva, décidée au moins à sortir de son pyjama. Il était presque midi et le jardin derrière la maison l'attendait.

Elle vérifia si elle avait des messages sur son téléphone, mais il n'y avait toujours rien de la part de Noah et les seuls courriers qu'elle avait reçus venaient d'un revendeur Calvin Klein et de Walmart, elle les mit à la corbeille. « Merde. » Elle avait espéré que Noah aurait retrouvé ses esprits à présent. Non qu'elle se serait dépêchée de le reprendre – elle avait décidé de le laisser mariner un moment – mais quand même…

On frappa à la porte de sa chambre.

– Merde, dit-elle encore, sa tête s'affaissant sur sa poitrine.

– Heather ? appela sa mère. Tu es réveillée ?

– Oui, maman. Je m'apprête à aller prendre une douche.

– Bon, quand tu auras terminé, ton père aimerait te parler.

– Merde ! dit Heather, plus fort cette fois.

– Qu'est-ce que tu dis ? demanda sa mère.

– J'ai dit "pas de problème". Laissez-moi dix minutes.

– Nous serons au salon.

– J'ai hâte d'y être.

– Comment ?

– J'arrive. » Elle attendit que le bruit des pas de sa mère disparût dans le couloir avant de se rendre dans la salle de bains et d'ouvrir le robinet de la douche. « Merde », dit-elle de nouveau, sentant arriver un nouveau sermon. Elle se mit directement sous le jet d'eau brûlante et répéta à pleins poumons : « Merde, merde, merde, merde, *merde* ! »

« J'ai discuté avec Walt Simon », dit son père avant même que Heather entre dans la pièce. Il était assis, le dos raide, les jambes croisées, dans un des deux fauteuils en cuir marron devant la grande cheminée qui occupait presque tout un mur. Sa mère était assise dans l'autre fauteuil, les jambes croisées de la même façon. Ils étaient tous deux habillés comme s'ils allaient sortir, bien que Heather doutât qu'ils aillent quelque part. Elle aurait probablement dû mettre autre chose qu'un short blanc et un haut à épaules dénudées.

« Qui est Walt Simon ? » demanda-t-elle, son regard parcourant les bibliothèques encastrées. *Quelqu'un a-t-il lu le moindre de ces livres ?* se dit-elle.

« C'est le directeur de ma banque. »

Heather attendit. Elle se demandait ce que ça avait à voir avec elle.

« Je lui ai parlé de toi et j'ai demandé s'ils embauchaient. Il semblerait que ce soit le cas.

– De quel genre de travail s'agirait-il ? demanda Heather.

– Ils cherchent des guichetiers. Bien sûr, tu devras passer un entretien…

– Je ne comprends pas, dit-elle.

– Qu'est-ce que tu ne comprends pas ?

– Pourquoi tu penses que je pourrais être intéressée par un putain de poste de guichetier.

– Heather, franchement ! dit sa mère. Ton vocabulaire !

– Bev, s'il te plaît, dit son père dont le visage prenait une inquiétante couleur rouge. Je vais m'occuper de ça.

– T'occuper de quoi ? De moi ? » Heather se dandinait d'un pied sur l'autre, espérant que son père fasse une crise cardiaque et meure dans l'instant. D'abord, il lui avait donné une semaine pour se reprendre, et maintenant, il lui disait qu'il lui avait trouvé un boulot. Comme guichetière, bordel de merde ! « Je peux trouver toute seule, merci bien.

– Vraiment ? Je ne te vois pas beaucoup essayer.

– Qu'est-ce que tu crois que j'ai fait toute la semaine ? demanda Heather, l'air indigné.

– Tu veux dire à part dormir jusqu'à midi et prendre des bains de soleil ?

– Pour ton information, j'ai passé des heures sur mon ordinateur à chercher des places disponibles dans mon champ de compétences, à essayer de trouver quelque chose qui correspondrait à mes qualifications », mentit Heather en faisant semblant de ne pas voir son père lever les yeux au ciel. « Ça va prendre du temps. Il n'y a pas grand-chose pour le moment. Regarde Paige. Elle est sans emploi depuis des mois. Je ne t'entends pas te plaindre d'*elle*.

– Premièrement, Paige n'est pas ma fille, malheureusement !

– Génial, marmonna Heather, haïssant sa cousine plus que jamais.

– Deuxièmement, elle a été victime d'un rachat de sa société par une entreprise de New York, pas de sa propre irresponsabilité.

– Tu veux dire que je suis irresponsable ?

– C'est toi qui as quitté ton bureau en plein milieu de la journée.

– J'avais une très bonne raison de quitter le bureau cet après-midi-là, protesta Heather. Je venais de découvrir que Noah...

– Noah », railla son père en agitant les mains devant son visage comme pour chasser un insecte gênant. « Une autre de tes sages décisions. Comme si courir après le fiancé de ta cousine n'était pas suffisant. Est-ce que tu croyais vraiment qu'un homme capable de tromper quelqu'un comme Paige ne te tromperait pas toi aussi ? » Il secoua la tête. « Je n'arrive pas à croire que ma fille soit si idiote. »

Les yeux de Heather se remplirent de larmes de colère. « Je ne suis pas idiote.

– Alors prouve-le. Laisse-moi téléphoner à Walt Simon et lui dire que tu passeras l'entretien pour ce poste. »

Heather regarda son père, puis sa mère, avant de reporter son regard sur son père. « Il est hors de question que je fasse la putain de guichetière dans une putain de banque. Alors tu peux prendre ton putain de poste et le foutre dans ton putain de cul.

– Oh, Heather ! » s'exclama sa mère tandis que son mari devenait livide.

« Très bien, dit ce dernier avec un calme exaspérant. Je crains que tu ne nous laisses pas le choix. » Il s'interrompit, sans que Heather fût sûre de savoir si c'était pour rassembler ses pensées ou pour l'effet dramatique. « Je vais faire en sorte qu'un peu d'argent soit transféré sur ton compte, assez pour deux loyers, et pour que tu tiennes quelques mois. Avec un peu de chance, le temps que l'argent soit épuisé tu auras trouvé un travail qui *correspondra à tes qualifications.* »

Heather regarda sa mère. « Je n'arrive pas à croire que tu le laisses faire ça.

– Tu as jusqu'à la fin de la semaine, dit son père. Si tu n'as pas trouvé où loger d'ici là, eh bien, tu arriveras peut-être à convaincre un de tes frères de t'héberger le temps de te retourner.

– Je n'ai pas besoin d'attendre la fin de la semaine, répliqua Heather. Je serai partie cet après-midi. En fait, vous ne me reverrez jamais. Ça vous va ? » Elle tourna les talons, se précipita hors de la pièce, gravit les marches de l'escalier jusqu'à sa chambre et claqua la porte derrière elle. « Allez vous faire foutre ! » pleura-t-elle en maudissant son père, sa mère, Noah et Paige. Précieuse Paige. La fille que son père avait toujours voulue.

« Heather, s'il te plaît, entendit-elle dire sa mère. Sois raisonnable. »

Heather s'enfonça dans son lit, le corps tremblant de rage. Elle n'avait pas la moindre idée d'où elle irait ni de ce qu'elle ferait.

Une chose était certaine : elle était très loin du raisonnable.

Chapitre 52

Debout au milieu du chaos qu'était le petit meublé de sa mère, Chloé se demandait par où commencer. Des sous-vêtements épars jonchaient le parquet éraflé. Des costumes de danse scintillants étaient jetés sur le canapé convertible ouvert, telles des taies d'oreiller à paillettes. Des piles de dizaines de vieux magazines de mode grimpaient contre les murs comme de la vigne vierge. Des mouchoirs usagés et des morceaux de papier gisaient, froissés, dans tous les coins. Sur le comptoir de la cuisine, un sandwich à moitié mangé moisissait à côté d'une pile de vaisselle en plastique sale. « Juste ciel ! » s'était écrié le gérant de l'immeuble quand il avait ouvert la porte de l'appartement pour laisser entrer Chloé. « Le vide-ordures est au bout du couloir, avait-il ajouté sans traîner. Bonne chance. »

Sa première pensée avait été que des cambrioleurs s'étaient introduits dans l'appartement et l'avaient retourné avant de le vandaliser quand ils n'avaient trouvé aucun objet de valeur. Puis il lui vint à l'esprit, quand elle trébucha sur une bouteille de vodka vide, qu'il n'y avait besoin d'aucun cambrioleur. Sa mère était tout à fait capable de créer un désordre pareil toute seule.

Et de laisser à quelqu'un d'autre le soin de tout nettoyer.

Pourtant, Chloé ne se souvenait pas qu'un seul des endroits où elle avait grandi eût été *à ce point* dégradé. C'était comme si *tout avait été balayé par une tornade*, comme elle le décrivit à Paige en lui envoyant un message dès que le gérant fut parti, *j'en ai pour toute la nuit.*

Je viendrais bien t'aider, lui avait immédiatement répondu Paige. *Mais je vais donner encore une chance à ces rencontres en ligne et je suis en route pour le coiffeur à l'instant même, ensuite j'ai une manucure et une pédicure avant une épilation du maillot.*

Fonce, ma fille ! avait répondu Chloé. Peu après les avoir postés elle avait retiré sa photo et son profil du site de rencontre sur lequel elle s'était inscrite pour surveiller Matt. Peut-être qu'un jour, quand la procédure de divorce serait bouclée, elle trouverait le courage d'essayer. Pour le moment, la simple idée de rencontrer quelqu'un la terrifiait. Matt avait été le seul homme dans sa vie depuis ses quatorze ans, le seul amant qu'elle eût jamais connu. À quoi cela ressemblerait-il de ressentir les mains d'un autre homme sur son corps, de sentir un autre homme en elle ?

« Oh, mon dieu ! » dit Chloé en repoussant ces pensées et en se concentrant sur la tâche qui l'attendait. Elle commença par la cuisine, vida le frigo et les placards de leur contenu et jeta tout ce qui n'était pas recyclable dans un des grands sacs à ordures ultra-résistants qu'elle avait eu la présence d'esprit d'emmener avec elle, les sacs-poubelle semblant être une des rares choses que sa mère n'avait pas étalées par terre. Elle tira le sac jusqu'à la porte d'entrée qu'elle ouvrit.

La porte de l'appartement d'en face s'ouvrit presque simultanément. Chloé se retrouva face aux yeux pleins de sommeil d'un jeune homme maigre qui portait un pantalon de jogging dangereusement bas et pas de tee-shirt.

« Salut », articula-t-il avec un sourire en passant une main dans ses cheveux bruns qui lui arrivaient presque aux épaules.

« Salut. » Chloé estima qu'il avait une vingtaine d'années.

« Je me disais bien que j'avais entendu quelqu'un faire du bruit là-dedans, dit-il.

– Désolée si je vous ai dérangé.

– Ce n'est rien. Vous êtes une amie de Jennifer ?

– Pas vraiment. Je suis sa fille.

– Une mère et sa fille ne peuvent pas être amies ? demanda-t-il dans un sourire, sans attendre de réponse. Je vois la ressemblance maintenant que vous le dites. Je m'appelle Ethan.

– Chloé.

– Ravi de vous rencontrer, Chloé. J'adore vraiment votre maman. Elle est super. »

Chloé opina, ne sachant trop quoi répondre.

Il passa sa main sur sa poitrine imberbe. « Ça fait un moment que je ne l'ai pas vue.

– Elle est à Vegas.
– Ouais ? Encore une compétition de danse ?
– En fait, elle s'est mariée.
– Sans blague ! Ouah. Est-ce que ça veut dire qu'elle va déménager ? »
Chloé acquiesça. « Je suis ici pour emballer ses affaires. »
Ethan regarda dans l'appartement derrière elle. « On dirait que vous allez avoir pas mal de travail. »
Le téléphone de Chloé sonna. Elle le sortit de la poche de son jean et vérifia l'identité du correspondant. « Excusez-moi », dit-elle à Ethan. « Salut, Matt. » Il devait récupérer les enfants à la sortie du centre aéré cet après-midi et les garder pour la nuit. « Il y a un problème ?
– Aucun problème. Je voulais juste m'assurer que Josh allait bien.
– Oui, on dirait que son otite est terminée. » Elle sourit à Ethan pour lui dire au revoir en rentrant à reculons dans l'appartement de sa mère.
« Vous voulez que je vous aide ? demanda-t-il alors qu'elle refermait la porte.
– Vous êtes sérieux ? Ce serait génial. »
« À qui parles-tu ? » demanda Matt.
« Je vais mettre un tee-shirt. »
« Tu es avec un type à moitié nu ? »
Chloé rit. « Pas exactement.
– Alors quoi, exactement ? »
Chloé décida d'ignorer le ton autoritaire de Matt. Il ne servait à rien de mettre en péril la trêve délicate qu'ils avaient instaurée en lui rappelant que de telles choses ne le regardaient plus. Connaissant Matt, elle savait que son caractère reprendrait inéluctablement le dessus de temps en temps, mais il faisait vraiment des efforts. Il valait mieux plaisanter que l'énerver, particulièrement quand il n'y avait aucune raison de s'énerver. « Je suis chez ma mère, expliqua-t-elle. Crois-le ou pas, elle s'est barrée à Las Vegas et ce gamin qui vit en face de chez elle vient juste de me proposer de m'aider à rassembler ses affaires. » Elle s'interrompit quand elle réalisa qu'il n'était plus en ligne. « Matt ? Matt ? »
« Quelque chose ne va pas ? demanda Ethan, qui réapparut avec un tee-shirt marron flanqué d'un logo doré de Harvard.

– On dirait bien qu'il n'y a plus de réseau. » Chloé remit le téléphone dans sa poche. « Tu es allé à Harvard ?

– Je suis plus malin que j'en ai l'air », dit-il.

Chloé rit. « Je n'en suis pas si sûre ! Tu veux vraiment m'aider à faire ça ? »

Ethan haussa les épaules. « Je n'ai rien de mieux à faire.

– Très bien, alors. Allons-y. »

Ils passèrent les deux heures suivantes à emballer des choses et à en jeter d'autres.

« Ça a l'air beaucoup plus grand une fois qu'on a jeté tout le bazar », s'émerveilla Chloé en se laissant tomber sur le canapé-lit désormais débarrassé au milieu de la pièce. Elle se demandait que faire des draps. Elle pourrait les jeter ou les donner à Ethan. Il avait déjà proposé de récupérer la vaisselle, les serviettes de bain, et la vieille télévision portable. Il avait même offert d'emporter à une œuvre de charité les objets dont il ne voulait pas. « On dirait qu'on a presque fini », lui dit-elle, épatée par ce qu'ils avaient accompli en un laps de temps relativement court. « Vous êtes un cadeau du ciel. Je ne sais comment vous remercier. »

La porte de l'appartement était maintenue ouverte par une valise débordant de costumes et de vêtements de sa mère afin d'aérer l'appartement qui en avait bien besoin. Elle avait décidé de l'expédier par FedEx le lendemain. Elle était trop épuisée pour s'en occuper tout de suite. Aucune partie de son corps n'était épargnée par la douleur.

« Qu'est-ce que vous voulez faire de ça ? demanda Ethan en tirant un carton du placard avant d'en sortir plusieurs statuettes.

– Qu'est-ce que c'est ?

– Des trophées de danse, dit-il en les lui tendant. Il y en a une douzaine. Première place au tango ; deuxième place à la valse ; première place au jitterburg. Qu'est-ce que c'est que le jitterburg ? »

Chloé éclata de rire. « Croyez-le ou pas, mais ça date d'avant mon époque aussi. » Elle prit un des trophées des mains d'Ethan et l'examina. Des milliers et des milliers de dollars dépensés pour gagner un trophée qui valait tout au plus cinq dollars. Pourtant, à quand remontait la dernière fois où elle-même était arrivée première à quoi que ce soit ? « Je n'avais pas réalisé qu'elle était si douée.

– Elle est géniale, dit Ethan en la rejoignant sur le canapé.
– Comment le savez-vous ?
– Je suis allé la voir une fois.
– Vraiment ?
– Ouais, il y a quelques mois, une compétition au Park Plaza. Une danse espagnole. Elle m'a invité avec quelques amis. On s'est dit que ce serait une occasion de bien rire, vous savez. Mais elle a été vraiment bonne. J'étais impressionné. Vous ne l'avez jamais vue danser ?
– Non », dit Chloé qui tourna la tête dans un sens puis dans l'autre pour faire craquer ses vertèbres. Sa mère ne l'avait jamais invitée.
« Vous avez la nuque raide ? demanda-t-il.
– La nuque, les épaules, le dos.
– Tournez-vous, dit-il. Il paraît que je suis très doué. »
Chloé pivota sur le canapé et les mains d'Ethan glissèrent pour lui masser les omoplates. « Oh, mon dieu ! C'est sensationnel.
– J'ai un don », dit-il en riant.
Chloé sentit les muscles à la base de son cou réagir immédiatement à ses gestes fermes mais délicats. « Oh, mon dieu, répéta-t-elle. Vous ne savez pas à quel point ça fait du bien. »
« Toc, toc », dit une voix depuis le pas de la porte.
Ethan se leva d'un bond alors que Matt entrait dans la pièce.
« Matt », dit Chloé en se levant du canapé. Elle se sentait coupable sans savoir de quoi exactement. « Que fais-tu là ? » Elle regarda sa montre. « Tu dois aller chercher les enfants...
– J'ai le temps. Je me suis juste dit que j'allais passer par là et voir si je pouvais donner un coup de main. » Son regard alla lentement de Chloé à Ethan. « Mais je vois qu'on a déjà plus de mains que nécessaire. » Il sourit. « Je suis Matt, au fait. Le mari de Chloé.
– Ethan. Ravi de vous rencontrer. » Ethan regarda Chloé, comme s'il ignorait s'il devait se rasseoir ou se sauver. « Bon. Je rentre chez moi. Appelez quand vous voudrez que je vienne récupérer la télé et les affaires.
– Merci beaucoup, Ethan. Pour tout.
– Oh, et Ethan... lança Matt alors que le garçon sortait dans le couloir. ... tu peux refermer la porte derrière toi. »

Chapitre 53

Il était plus de dix-sept heures quand Paige rentra finalement chez elle. Ce qui voulait dire qu'elle avait moins d'une heure pour se changer, se maquiller et se rendre chez Anthony's pour son rendez-vous avec Monsieur Maintenant ou Jamais.

L'après-midi avait été une catastrophe. D'abord, le coiffeur l'avait fait poireauter une demi-heure avant de pouvoir s'occuper d'elle. Elle arriva donc avec quarante minutes de retard chez sa manucure-pédicure. La cliente suivante était alors passée avant elle et Paige avait dû attendre encore, la mettant vraiment très en retard pour sa séance d'épilation qui s'était avérée encore plus douloureuse que d'habitude. Puis la batterie de son téléphone l'avait lâchée, elle n'avait donc même pas pu envoyer de message à Monsieur Maintenant ou Jamais pour le prévenir qu'elle serait peut-être en retard en dépit de sa promesse d'être là « à dix-huit heures pile ».

Qu'est-ce qui pourrait encore aller de travers ? se demandait-elle en passant devant le concierge de l'immeuble pour filer vers les ascenseurs.

« Mademoiselle Hamilton ! lança-t-il dans son dos. Quelqu'un est ici pour vous voir…

– Quoi ? Qui ? demanda-t-elle en revenant dans l'entrée.

– Salut Paige », dit Heather en se levant de son fauteuil derrière un énorme pilier de marbre pour avancer vers elle, une odeur évidente de marijuana l'enveloppant comme un parfum vicié mais écrasant.

Merde, pensa Paige. *Cet après-midi ne va qu'en s'arrangeant !*

« Vous avez un air de famille, dit le concierge avec un sourire, conscient de la tension entre elles. Vous êtes jumelles ? J'imagine qu'on vous le dit tout le temps.

– Tout le temps, dit Heather.
– Quelque chose ne va pas ? demanda Paige. Tes parents…
– En pleine forme. Hélas ! » ajouta-t-elle, pas tout à fait à voix basse.

Ouah, se dit Paige. *Très bien*. « Tu es défoncée ?
– Ne sois pas ridicule, dit Heather, même si son regard trouble disait tout le contraire.
– Que fais-tu là ?
– Il faut qu'on parle. »

Paige regarda sa montre. « Je n'ai vraiment pas le temps, là.
– Prends un moment, dit Heather. Je suis sûre que tu n'as pas envie d'une scène déplaisante dans le hall, qui est glacial, au passage. Ils sont obligés d'en faire un putain de congélateur ? »

Paige regarda le concierge qui les observait avec curiosité, son sourire commençant à vaciller. « Bon. Très bien. Monte. » Elles se dirigèrent vers les ascenseurs. « Tu es bien sûre que c'est nécessaire ? » demanda Paige alors qu'elles entraient dans la cabine. « Je veux dire, si c'est au sujet de ce qui s'est passé avec Noah…
– Qui l'eût cru ? » dit Heather alors que les portes se refermaient et que l'ascenseur commençait à monter. « Ce n'est pas qu'une jolie poupée. »

Paige porta une main à son nez pour s'épargner l'odeur doucereuse qui émanait de la peau et des cheveux de Heather. Elle espérait qu'elle ne l'en imprégnerait pas. Elle n'avait pas le temps de prendre une douche. « Écoute, je suis sûre que tu as vu la vidéo. Elle est suffisamment éloquente.
– Elle ne me suffit pas, *à moi*, dit Heather.
– D'accord, bon, très bien. » Paige prit une bouffée d'air frais quand les portes s'ouvrirent au dixième étage. Les deux femmes avancèrent dans le couloir.

« Je n'arrive pas à croire que tu joues la moralisatrice, là, mais… peu importe. Essaie juste de ne pas énerver ma mère.
– Ta mère n'est pas là, dit Heather. Le concierge m'a dit qu'elle était partie depuis à peu près une heure. »

C'est curieux, pensa Paige. Sa mère lui avait dit que Harry gardait ses petits-enfants ce soir, et qu'elle resterait donc à la maison pour revoir ses notes de bridge. Bien sûr, les projets pouvaient changer et sa mère avait peut-être essayé de la joindre après que son téléphone se fut éteint. « OK, très bien. Entre. » Elle ouvrit la porte. « Mais je n'ai vraiment pas beaucoup de temps.

– Un rendez-vous important ? demanda Heather.

– En fait, oui. » Paige fila directement dans la cuisine pour brancher son téléphone sur le chargeur près de la ligne fixe.

« Avec Sam ? demanda Heather depuis le pas de la porte.

– Non. Pas avec Sam.

– Avec Noah ?

– Quoi ? Non, bien sûr que non, pas avec Noah.

– Tu prétends que tu ne l'as pas revu ?

– Pas depuis l'anniversaire de ton père.

– Tu ne lui as pas parlé ?

– Pourquoi l'aurais-je fait ? Je ne m'intéresse plus du tout à ce type, Heather. Je pensais que la vidéo le montrait bien. Il est tout à toi. »

Il y eut une longue pause.

« Nous avons rompu », dit Heather.

Paige poussa un soupir qui montrait qu'elle n'était pas surprise. « Et tu m'en rends responsable ?

– Qui d'autre le serait ?

– Peut-être bien Noah ? » suggéra Paige. *Et toi*, ajouta-t-elle silencieusement.

Ce fut au tour de Heather de soupirer. « Mon père dit que n'importe quel homme assez idiot pour tromper quelqu'un comme *toi* ferait, bien entendu, la même chose à quelqu'un comme *moi*, et que je suis plus qu'idiote de ne pas l'avoir compris.

– Tu n'es pas idiote, dit Paige, presque désolée pour sa cousine. Et pour un homme censé être intelligent, ton père dit un nombre effrayant de bêtises. »

Les yeux de Heather se remplirent de larmes.

« Écoute. Pour ce que ça vaut, reprit Paige, je suis désolée que tu sois blessée…

– Je n'ai pas besoin que tu sois désolée pour moi, répliqua immédiatement Heather.

– Ce n'est pas ça, clarifia Paige. Honnêtement, je pense que tu es ta pire ennemie. J'ai dit que j'étais désolée que tu sois blessée. Et je suis désolée que ton père soit si con. Et je suis désolée que Noah soit un tel salaud.

– C'est bien un salaud, hein ? demanda Heather en reniflant.

– Oui, c'en est un.

– Et mon père est un vrai con.

– Oui, un vrai. » Paige jeta un coup d'œil à sa montre. On approchait de dix-sept heures trente. « Écoute, Heather. Je suis attendue à dix-huit heures…

– J'ai été virée, dit Heather.

– Comment ? Pourquoi ?

– Aucune importance. Je détestais ce boulot stupide de toute façon.

– Bon, alors peut-être que c'est une bonne chose. Maintenant, tu peux commencer à chercher quelque chose que *tu* aimes.

– Et mon père m'a mise à la porte. »

Merde. Elle n'allait jamais pouvoir s'en sortir. Paige saisit son téléphone qui était en train de charger sur le comptoir de la cuisine. « Juste une seconde », dit-elle à sa cousine. Elle écrivit rapidement à Monsieur Maintenant ou Jamais qu'elle ne serait probablement pas chez Anthony's avant dix-huit heures trente malgré sa promesse. *Je t'expliquerai plus tard*, rédigea-t-elle. « Alors, qu'est-ce que tu vas faire ? demanda-t-elle à Heather en reposant son téléphone.

– Je ne suis pas sûre. Peut-être voyager.

– Voyager ?

J'ai assez d'argent pour tenir quelques mois. Je me disais que j'irais peut-être en Europe.

– Tu ne crois pas que tu devrais commencer par chercher un appartement et un autre travail ? » Paige regretta sa question à la seconde où elle la formula.

« Non, je ne crois pas que je devrais commencer par ça, répliqua Heather. Je sais que ça serait plus raisonnable. Je sais que c'est ce que *toi*, tu ferais. Mais, grand scoop !, je ne suis *pas* toi.

– Personne n'a dit que tu étais…

– J'en ai tellement marre d'être jugée et d'attendre…

– Personne ne te juge…

– Si tu es tellement parfaite, pourquoi est-ce que Noah t'a trompée ?

– Très bien », rétorqua Paige, ébahie par la vitesse à laquelle le ton de la discussion avait changé. « Je crois qu'on s'est dit tout ce qu'on avait à se dire.

– Et bien sûr, c'est *toi* qui décides ça.

– Oui, dit Paige. Oui, c'est moi. Maintenant, si tu veux bien m'excuser, il faut vraiment que je commence à me préparer.

– Pour ton grand rendez-vous.

– Oui, c'est cela. » Elle sortit de la cuisine, Heather sur ses talons. « Heather », dit Paige qui s'arrêta brusquement et se retourna. « Tu es défoncée. Tu es hors de toi. Il faut que tu rentres à la maison et que tu t'allonges.

– Je n'ai pas de maison, tu t'en souviens ? »

Paige leva les yeux au ciel. La tête lui tournait. « Donc, qu'est-ce que tu es en train de me dire ? Que tu veux rester ici ?

– Non. Tu es folle ? Je ne veux surtout pas rester ici.

– Alors *qu'est-ce* que tu veux ? En as-tu la moindre idée ? »

Les deux femmes s'observèrent en silence pendant de longues secondes.

Le téléphone fixe sonna.

Paige décrocha, reconnaissante pour cette interruption. N'importe quoi pour échapper à ce qui se passait actuellement. « Allô ? dit-elle.

– Oh, ma chérie. Dieu merci j'arrive à te joindre, répondit sa mère. J'ai essayé sur ton portable…

– Que se passe-t-il, maman ?

– Je suis à l'hôpital…

– Quoi ? Non ! Pas encore.

– Non, ma chérie. Ce n'est pas moi. Je vais bien.

– Je ne comprends pas. Il est arrivé quelque chose à Harry ?

– Non, mon cœur. Écoute. Je suis à l'hôpital Mount Auburn à Cambridge.

– À Cambridge ? Que fais-tu là-bas ? Oh, mon dieu, dit Paige, la terreur s'infiltrant dans chaque pore de sa peau. C'est Chloé, c'est ça ?

– Oui, ma chérie. » Sa mère retenait de toute évidence ses larmes.

« Quoi ? *Quoi ?*

– On lui a tiré dessus. »

Non, pensa Paige. *Ce n'est pas vrai.* « Comment est-ce possible ? Qui ?… demanda-t-elle, connaissant déjà la réponse.

– C'est Matt. Il lui a tiré dessus. La police est maintenant à sa recherche. Et… et… il a les enfants.

– Oh, mon dieu ! » Imaginer que Matt puisse faire quelque chose d'aussi horrible, penser que sa douce et chère Chloé était allongée dans un lit d'hôpital. Et puis, une pensée plus terrible encore. « Est-ce qu'elle… est-ce qu'elle est toujours vivante ? »

Il y eut une longue pause. « Il faut que tu viennes ici aussi vite que possible », dit sa mère.

Chapitre 54

Sa mère l'attendait juste derrière les portes d'entrée des urgences.

« Comment va-t-elle ? » demanda Paige en essuyant ses larmes du dos de la main. Il lui semblait qu'elle pleurait depuis des heures, alors qu'il ne s'était écoulé que trente minutes depuis l'appel de sa mère.

« Est-ce que vous allez bien ? » avait demandé le chauffeur de taxi après avoir passé dix minutes à l'écouter pleurer sur la banquette arrière. « Vous voulez un peu d'eau ?

– On a tiré sur mon amie », réussit-elle à lâcher.

Ce qui avait mis un terme à la discussion.

« Comment va-t-elle ? demandait maintenant Paige.

– Elle est toujours au bloc opératoire, lui répondit sa mère.

– C'est grave ?

– Elle a reçu trois balles. Une dans le ventre, deux dans la poitrine », dit sa mère comme si elle ne croyait pas aux mots qui sortaient de sa bouche. « Ça ne s'annonce pas bien, ma chérie.

– Je ne comprends pas. Comment est-ce arrivé ? »

Joan conduisit sa fille dans la grande salle d'attente et s'assit à côté d'elle. « D'après ce que j'ai compris, Chloé était à l'appartement de sa mère…

– Oui, l'interrompit Paige. Sa mère lui a demandé d'y aller pour emballer ses affaires.

– Oui, donc, apparemment c'était plutôt en désordre et le jeune homme qui vit dans l'appartement d'en face a proposé son aide à Chloé. Ils avaient presque terminé le travail quand Matt a débarqué. Le voisin – il s'appelle Ethan, un très gentil garçon – a dit que Matt n'avait pas l'air content de le voir là alors il est parti. Quelques instants plus tard il a entendu des cris et puis des coups de feu. Il a ouvert sa porte et a vu Matt détaler dans le couloir. Ethan est entré dans l'appartement et a trouvé Chloé par terre, inconsciente dans une mare de sang. Il a appelé la police et lui a fait un massage cardiaque jusqu'à l'arrivée des secours.

– Je ne comprends pas. Qui *t*'a appelée ? demanda Paige.

– Ethan. Il a consulté le téléphone de Chloé et trouvé notre numéro dans les contacts. J'ai essayé de te joindre mais il doit y avoir un problème avec ton...

– Merde », dit Paige en réalisant qu'elle avait laissé son portable à charger sur le comptoir de la cuisine et qu'elle n'avait aucun moyen de prévenir Monsieur Maintenant ou Jamais pour annuler leur soirée. Dès qu'elle avait appris la terrible nouvelle ; elle avait saisi son sac à main et quitté précipitamment son appartement en l'oubliant complètement.

« Que se passe-t-il ? avait crié Heather dans son dos. Où est-ce que tu vas ? »

Avec un peu de chance, sa cousine ne démolirait pas l'appartement, pensait maintenant Paige. Et Monsieur Maintenant ou Jamais comprendrait rapidement qu'elle ne viendrait pas. Elle devrait s'excuser demain, essayer d'expliquer, même si elle doutait qu'il la crût, ou qu'il en eût quelque chose à faire, même si c'était le cas. Elle avait sûrement définitivement raté cette occasion. Elle haussa les épaules. Certaines choses ne se réalisent jamais. « Des nouvelles de Matt ?

– Pas encore.

– Et on est sûr qu'il a les enfants ?

– Apparemment, il les a récupérés au centre aéré, en temps et en heure. Tout sourires. Rien qui laissait imaginer que quelque chose n'allait pas. Qu'il venait d'abattre sa femme. »

Paige ferma les yeux. « Oh, mon dieu, tu ne crois pas qu'il va leur faire du mal, si ? »

Le silence qui suivit était une réponse en soi. « La police a lancé l'alerte-enlèvement, dit sa mère après plusieurs secondes. Avec un peu de chance, ils vont bientôt les retrouver, sains et saufs. »

Paige perçut un mouvement et vit deux hommes approcher. Elle sut tout de suite que c'étaient des officiers de police. Costumes marron, chemises blanches, cravates rayées trop larges pour être élégantes. *On ne les appelle pas « civils » pour rien*, pensa-t-elle en se levant.

« Je suis l'inspecteur Gordon, dit le plus grand, le plus mince et le plus âgé des deux hommes pour se présenter. Voici mon partenaire, l'inspecteur McMillan. Vous êtes ?

– Paige Hamilton. Je suis une amie de Chloé. Comment va-t-elle ? Est-elle sortie du bloc ? Avez-vous retrouvé Matt ?

– Elle est toujours au bloc opératoire. Et non, nous ne l'avons pas encore retrouvé. Peut-être que vous pouvez nous aider. Avez-vous la moindre idée de l'endroit où il pourrait être allé ?

– Non, leur dit Paige. Lui et Chloé étaient séparés. Je ne sais même pas où il vivait. Vous devriez demander à son employeur. »

Elle leur donna le nom de l'agence immobilière pour qui il travaillait et l'inspecteur McMillan s'éloigna pour transmettre ces informations par téléphone.

« Est-ce qu'il a de la famille dans les environs ? demanda l'inspecteur Gordon.

– Je crois qu'ils sont tous un peu éparpillés.

– Et une maison de campagne ? »

Paige secoua la tête.

« De proches amis ?

– Ils n'avaient guère de vie sociale en dehors du travail de Matt. Mais Matt est un coureur…

– Un coureur ? demanda l'inspecteur Gordon.

– Vous savez bien ! Il avait… d'autres femmes, expliqua Paige. Beaucoup. Il était sur de nombreux sites de rencontre. Chloé l'a découvert. C'est pour ça qu'elle voulait divorcer.

– Quels sites de rencontre ?

– Match Stickes, Tinder, Parfaits Inconnus – n'importe lequel, il est inscrit partout. Du moins, il l'était. Il a peut-être retiré son profil parce qu'il essayait de reconquérir Chloé. » Elle regardait l'inspecteur noter ces informations dans son carnet.

« Sacrée manière de s'y prendre, remarqua l'inspecteur. Avez-vous d'autres informations qui pourraient nous aider à le retrouver ? »

Paige essaya de penser à quelque chose – à n'importe quoi – qui pourrait être utile aux inspecteurs. Mais son esprit était une jungle de pensées confuses à travers laquelle elle était incapable d'avancer. *Pendant qu'elle attendait pour se faire manucurer et épiler, sa meilleure amie se vidait de son sang et était en train de mourir peut-être, sur le sol de l'appartement de sa cinglée de mère, abattue par son mari psychopathe, un gars qui aurait baisé un trou de serrure s'il en avait eu le besoin urgent, un homme qui n'avait pas l'habitude que les femmes lui disent non, un homme qui avait préféré assassiner la mère de ses enfants que de la voir passer à autre chose. Si seulement elle était allée aider Chloé au lieu de se faire coiffer, peut-être que ça ne serait pas arrivé. Ou peut-être que Matt lui aurait tiré dessus aussi.* « Est-ce que quelqu'un a prévenu la mère de Chloé ? s'entendit-elle demander.

« Je vais aller vérifier, dit l'inspecteur Gordon en consultant ses notes. Nous avons appris du voisin que sa mère n'est pas en ville en ce moment.

– Oui. Elle est à Las Vegas. Elle y passe sa lune de miel.

– La mère de Chloé s'est mariée ? s'exclama Joan Hamilton.

– Le nom de sa mère est Jennifer Powadiuk. Est-ce exact ? demanda l'inspecteur McMillan.

– Oui. Quelqu'un devrait l'appeler. Je suis sûre que son numéro est dans le téléphone de Chloé. »

Les policiers s'éloignèrent un peu pour discuter.

« Et dire que Chloé était en train de nettoyer l'appartement de sa mère… » observa Joan.

Si seulement Jennifer Powadiuk ne s'était pas remariée. Si seulement elle n'avait pas appelé Chloé pour lui demander d'emballer ses affaires. Si seulement elle n'avait pas été une telle salope narcissique et égoïste, peut-être que sa fille n'aurait pas épousé un homme comme Matt. Elle ne serait pas allongée sur une table d'opération avec trois balles dans le corps. Sa vie ne serait pas suspendue à un fil.

On va vers ce qu'on connaît, réalisa Paige, peu importe si c'est déplaisant. On cherche toujours à bien faire les choses, pour que ça se termine bien.

On cherche quelqu'un de bien.

On trouve Monsieur Maintenant ou Jamais, pensa-t-elle, laissant échapper de ses lèvres un son à mi-chemin entre le rire et le pleur.

« Vous avez pensé à quelque chose ? » demanda l'inspecteur Gordon en revenant près d'elle, crayon et calepin en main.

Paige secoua la tête. « Avez-vous pu joindre la mère de Chloé ?

– Elle ne répond pas au téléphone. Nous avons laissé de nombreux messages pour l'informer qu'il y avait une urgence et lui avons demandé de nous contacter aussi vite que possible.

– Cela risque d'être assez long », dit Paige.

L'inspecteur leva un sourcil broussailleux. « Bien, si vous pensez à quoi que ce soit d'autre, aussi insignifiant que cela puisse vous sembler, n'hésitez pas à nous contacter s'il vous plaît.

– Et s'il y a des nouvelles… quelles qu'elles soient, dit Paige, eh bien, nous serons là. »

Les inspecteurs repartirent dans le couloir, et Paige et sa mère se rassirent sur leur chaise, main dans la main.

« Merci d'être là, dit Paige en appuyant sa tête sur l'épaule de sa mère.

– Pas besoin de me remercier.

– Tu crois que Chloé va s'en sortir ?

– Je ne sais pas, ma chérie, répondit sa mère en serrant fort sa fille. Je ne sais vraiment pas. »

Chapitre 55

Heather se tenait au milieu de la cuisine de sa tante et essayait de comprendre ce qui venait de se passer en se remémorant la discussion dont elle n'avait entendu que les répliques de Paige. Mais ce n'était pas facile quand on ne connaissait que la moitié d'un dialogue. Et qu'on était défoncée. Elle essaya de le décomposer, morceau par morceau, et de remplir les blancs.

« Que se passe-t-il, maman ? » entendit-elle dire Paige. *« Quoi ? Non ! Pas encore. »*

Très bien, donc il avait d'abord semblé que la mère de Paige avait quelques problèmes, et que ce n'était pas la première fois.

« Je ne comprends pas. Il est arrivé quelque chose à Harry ? »

Qui diable était donc Harry ?

« À Cambridge ? Que fais-tu là-bas ? Oh, mon dieu. C'est Chloé, c'est ça ? »

Très bien, donc tatie Joan allait bien, ainsi que son Harry, qui que ça pût être. C'était Chloé. Quelque chose de fâcheux lui était arrivé.

Donc, ce n'était pas si mal que ça, pensa Heather.

« *Quoi* ? Quoi ? » Paige avait insisté sur le second *quoi*. *« Comment est-ce possible ? Qui ?... Oh, mon dieu. Est-ce qu'elle... est-ce qu'elle est toujours vivante ? »*

Donc, quoi qu'il fût arrivé à Chloé, c'était tellement épouvantable que sa vie était en péril. Si grave que Paige avait saisi son sac et s'était enfuie de son appartement comme s'il était en feu, laissant Heather sans hésitation et sans la moindre explication.

« Que se passe-t-il ? avait lancé Heather dans son dos. Où est-ce que tu vas ? »

Mais la seule réponse qu'elle reçut fut le son d'une porte qui claquait.

Tellement grossier, songeait Heather à présent, comme elle l'avait pensé alors. Et qu'est-ce qui pouvait être si terrible, si urgent ? C'était forcément un accident ou quelque chose dans le genre. Peut-être que Chloé avait été percutée par une voiture en traversant la rue, ou qu'elle était entrée en collision avec un semi-remorque. Peut-être qu'elle avait été victime d'un vol à l'arraché qui avait mal tourné, ou d'un cambriolage chez elle. Peut-être qu'elle avait été agressée, battue, peut-être même violée…

Peu importe, pensa Heather en réprimant un inhabituel sentiment de compassion. Elle n'allait pas perdre de temps à s'inquiéter pour Chloé. Pas après le coup qu'elle lui avait fait en la faisant conduire jusqu'à Cambridge, en plein milieu d'une journée de travail, rien que pour l'humilier et l'envoyer balader. Elle était, de fait, au moins en partie responsable du licenciement de Heather. Il serait idiot de gaspiller ses larmes pour une amie si ingrate, pensa-t-elle, chassant rapidement celles qu'elle commençait à sentir monter.

Quelle que fût la gravité de la situation, Chloé s'en sortirait. Malgré ses airs délicats, cette femme était inébranlable. Elle survivrait. Il n'y avait aucune raison de s'inquiéter. Il y avait des choses plus pressantes dont il fallait se soucier.

Heather sentit son estomac gargouiller, lui rappelant qu'elle n'avait rien mangé de la journée. Elle était partie de la maison de ses parents presque aussi vite que Paige avait quitté son appartement, si on ne comptait pas les cinq minutes qui lui avaient été nécessaires pour fumer un joint. Et elle avait laissé toutes ses affaires derrière elle. Et puis merde, s'était-elle dit au volant de sa voiture en reculant pour quitter l'allée de ses parents, manquant de peu la clôture en fer forgé qui entourait la pelouse de la maison. Elle s'arrangerait pour que sa mère lui fasse parvenir ses affaires une fois qu'elle se serait installée quelque part. Ou mieux encore, elle s'offrirait peut-être une toute nouvelle garde-robe sur le compte de papa.

Après tout, comment pourrait-elle espérer faire bonne impression sur d'éventuels employeurs sans garde-robe adéquate ?

Et, même si Ted Hamilton était un connard sans cœur, si les choses allaient trop loin, il ne laisserait pas sa seule fille dormir dans la rue. Sa fierté, son nom et sa réputation ne le permettraient jamais.

Ni sa mère.

Si Heather était à court d'argent, elle savait qu'elle pouvait compter sur sa mère pour persuader son père de la secourir.

Alors, pensa-t-elle en allant vers le frigo, *pas si bête après tout.*

Elle y trouva un grand bol de myrtilles fraîches et un autre rempli d'appétissantes framboises sur l'étagère du milieu. Elle les emporta tous les deux, les posa sur le comptoir et mangea les fruits avec les doigts jusqu'au dernier. Ça devrait l'aider à tenir une heure de plus, se dit-elle. Puis elle réalisa qu'elle ne savait pas où passer la nuit. Peut-être retournerait-elle au Four Seasons, pour dîner dans sa chambre et profiter d'un massage dont elle avait bien besoin. Il était presque dix-huit heures. Elle avait passé la moitié de l'après-midi à conduire sans but, en essayant de réfléchir à ce qu'elle allait faire. Ensuite elle s'était arrêtée dans une ruelle, quelque part au sud de la ville pour fumer un peu plus d'herbe. Ce qui l'avait incitée à prendre la discutable décision de se rendre chez Paige. Ainsi elle était restée à geler presque une heure dans l'ambiance polaire de l'immeuble de sa tante dans l'attente du retour de sa cousine. Elle était épuisée. Demain, il serait bien assez tôt pour commencer à chercher un appartement.

Le plus important était de se souvenir où elle avait bien pu garer sa voiture. Peut-être qu'au lieu de chercher un appartement, elle irait dans une agence de voyages pour se renseigner au sujet de cette virée en Europe dont elle avait fait part à Paige. Non qu'elle eût un jour manifesté un quelconque intérêt pour l'Europe ou une envie profonde d'y aller. La vérité était qu'elle préférait aller s'étendre sur une plage quelque part, mais bon dieu, le regard de Paige quand elle avait dit ça ! Impayable !

« Tu ne crois pas que tu devrais commencer par chercher un appartement et un autre travail ? » avait-elle demandé, l'air aussi pincée et prompte à juger que son père. *Peut-être qu'on a vraiment été échangées à la naissance en fait,* pensa Heather.

« Je suis désolée que tu sois blessée », lui avait dit Paige.

« Bien sûr que tu l'es, disait Heather quand elle entendit le bip de réception de message du téléphone de Paige. Oh oh !, qu'avons-nous donc là ? Tu es partie tellement vite que tu as oublié ton stupide téléphone. » Elle alla jusqu'au comptoir sur lequel il était mis à charger. Elle le saisit avant de jeter un coup d'œil par-dessus son épaule, comme si Paige s'était de nouveau glissée dans l'appartement et se cachait dans un coin pour observer ce qu'elle faisait.

« Pas besoin de te cacher, dit-elle à voix haute, comme si Paige était dans la pièce. Ça ne me gêne pas de te montrer. » Heather regarda le téléphone pour y découvrir le début du message d'un certain Monsieur Maintenant ou Jamais.

Salut, Fleur Sauvage.

Monsieur Maintenant ou Jamais ? Fleur Sauvage ? « Dites-moi que c'est une blague. »

Pas de problème. Et pas de précipitation. J'attendrai chez Anthony's quand tu…

Le message était plus long mais Heather ne pouvait pas le lire. Pour accéder à la boîte de réception elle aurait eu besoin du mot de passe de sa cousine, et bien qu'il fût tentant de passer quelques minutes à essayer – son propre mot de passe était sa date de naissance –, elle put quasiment entendre son père la narguer en lui disant que Paige ne choisirait jamais quelque chose d'aussi évident.

« Fleur Sauvage, railla-t-elle. Monsieur Maintenant ou Jamais. » De toute évidence, leurs pseudonymes en ligne. Donc, le grand rendez-vous de Paige était avec quelqu'un qu'elle avait trouvé sur un site de rencontre, quelqu'un qu'elle allait voir vraisemblablement ce soir pour la première fois.

Heather saisit son propre téléphone dans sa poche et se connecta sur Match Sticks, le site de rencontre le plus populaire de Boston et fit défiler la liste apparemment interminable de profils et de photos d'hommes jusqu'à ce qu'elle trouve celui qu'elle cherchait. « Ouah, dit-elle en regardant la minuscule photo de l'homme qui se faisait appeler Monsieur Maintenant ou Jamais. Si ce n'est pas magnifique, ça ? Pas étonnant que Paige eût été si pressée.

« Eh bien. Tant pis pour elle. » Paige ne pourrait pas se rendre à son rendez-vous de toute façon. Elle ne pourrait pas non plus contacter le pauvre soupirant pour le prévenir de son empêchement. Il resterait planté à attendre en s'imaginant qu'elle lui avait posé un lapin. Bien qu'on pût, sans doute possible, imaginer qu'un homme avec son physique ne resterait pas seul très longtemps.

Heather sourit, le commencement d'une idée se formait dans son esprit, pour sûr, quelque peu confus.

Les gens disaient tout le temps qu'elle et sa cousine se ressemblaient assez pour être jumelles. Elle connaissait l'Anthony's Bar qui ne se trouvait pas très loin. En considérant que Monsieur Maintenant ou Jamais ressemblait à sa photo, elle n'aurait aucun mal à le repérer et, avec les lumières tamisées du bar, elle pourrait tout à fait se faire passer pour sa cousine. Alors, tout ce qu'elle aurait à faire serait de se présenter comme Fleur Sauvage et voir comment les choses tourneraient.

Elle éclata de rire. N'était-ce pas le plan parfait ? Elle n'aurait rien pu imaginer de mieux.

Mais pour commencer, bien sûr, il lui fallait trouver une tenue. Elle ne pouvait décemment pas rencontrer le potentiel homme idéal de Paige dans un short et un tee-shirt à épaules dénudées. Et puis elle était toujours frigorifiée à cause de l'air conditionné du hall de l'immeuble. « J'aurai de la chance si je n'attrape pas la mort à cause de ce froid », dit-elle à voix haute en riant. *Attraper la mort*, pensa-t-elle. Quelle drôle d'expression ! Comment est-ce qu'on pouvait « attraper la mort » ?

Oui, il lui fallait certainement quelque chose de plus habillé. Mais elle n'avait pas le temps de faire les magasins et puis, pour quoi faire quand il y avait toute une armoire remplie de vêtements au bout du couloir ? Elle et Paige faisaient la même taille et avaient des goûts similaires, même si Paige préférait en général les tenues plus classiques. Elle allait forcément trouver son bonheur.

Heather quitta tranquillement la cuisine et se rendit dans la chambre de Paige. « Ça doit être ici », gloussa-t-elle quand elle tomba sur le dressing et en ouvrit la porte. « Bien, bien. Voyons voir ce que nous avons là. » Ses mains parcoururent divers vêtements suspendus à des cintres, passèrent sur les chemisiers en soie, les jupes droites et les robes en coton que Paige devait porter au travail. « Mon dieu, tu es encore plus sinistre que je ne pensais. » Sa cousine n'avait-elle donc rien avec un décolleté plongeant ? Fallait-il que toutes ses robes lui descendent jusqu'aux genoux ? « Je mets ma tête à couper que tu as quelque chose dans quoi tu n'aimerais pas être enterrée ! » dit-elle avant de repartir dans une salve de ricanements.

Et ce fut à ce moment qu'elle la vit – la tenue parfaite pour rencontrer Monsieur Maintenant ou Jamais. Une robe gris perle ornée de dentelle avec un col en V qui, s'il n'était pas vraiment indécent, ressemblait au moins à un décolleté. Sexy sans être vulgaire. Le genre de robe qui disait « peut-être », pas « carrément » !

Heather retira son short et son haut, puis se tortilla pour entrer dans la robe. « Parfait », dit-elle en regardant parmi les chaussures de Paige pour en choisir une paire avec de hauts talons noirs. « Un peu serrées, mais supportables. » Elle se rendit dans la salle de bains et utilisa le fard à joues et le mascara de sa cousine, et démêla ses cheveux avant d'utiliser un des rouges à lèvres de Paige. « Hmm… jolie couleur. Je crois que je vais le garder. »

Elle jeta un dernier regard satisfait dans le miroir au-dessus du lavabo. « Très bien. Belle allure. » Elle rit, un sentiment de fierté parcourant son corps comme un courant électrique. *Encore un but pour Heather*, pensa-t-elle. « Monsieur Maintenant ou Jamais, me voilà ! »

Chapitre 56

Il la remarque à l'instant où elle passe la porte.

Quelque chose ne va pas, se dit-il depuis son point d'observation caché à une table dans un coin de la salle bondée, même s'il n'arrive pas à déterminer quoi. Elle ressemble à ce dont il se souvient : les cheveux sombres mi-longs, la silhouette fine, le joli visage. Plus de maquillage que la dernière fois qu'il l'a vue. Une poitrine un peu plus généreuse. Pas tout à fait aussi sophistiquée qu'il s'y attendait malgré la robe visiblement onéreuse qu'elle porte.

S'est-il leurré en pensant qu'elle était différente des femmes qu'il « rencontrait » d'habitude ? Est-ce le fait qu'elle ait une véritable carrière plutôt qu'un simple job, et que ses messages la faisaient paraître plus intelligente que tout juste maligne ? Avait-elle pu le tromper en l'amenant à s'imaginer qu'elle était plus mystérieuse qu'elle ne l'était vraiment, qu'elle lui offrirait une mort plus difficile, plus satisfaisante ?

De toute évidence, il avait surévalué ses messages.

De toute évidence, il en attendait trop.

Il prend une grande respiration dans l'espoir de calmer sa déception. Peut-être qu'il est juste irrité qu'elle soit en retard malgré sa promesse d'être là « à dix-huit heures pile ».

Ou peut-être est-il juste nerveux.

Ce qui est étrange, car il n'est jamais nerveux. Oh, il lui arrive d'être un peu anxieux, mais plus par anticipation que par peur. En général, il est impatient de repartir en tournée, ce qu'il fera, bien sûr, après la représentation finale à Boston, ce soir. Alors, peut-être que ça provoque son petit accès de nervosité. Le fait qu'il va clôturer le spectacle, le jouer dans une autre ville, un autre État.

Buffalo, a-t-il décidé après y avoir beaucoup réfléchi. Il a entendu dire que la ville s'est grandement améliorée ces dernières années, qu'elle est devenue beaucoup plus cosmopolite. Et puis, c'est proche des chutes du Niagara où, curieusement, il n'est jamais allé. Et le Baseball Hall of Fame n'est qu'à quatre heures de route et vaut probablement le détour. C'est toujours agréable d'inclure quelques visites touristiques au programme. Donc, quelques mois là-bas devraient être supportables avant qu'il passe au Canada à temps pour assister aux sublimes agonies de l'automne.

Il a passé la journée à préparer ses affaires. Non qu'il en ait beaucoup. Juste une valise pour ses vêtements et quelques cartons, deux qui sont encore vides, en attendant qu'il y mette sa vaisselle en porcelaine de Chine et ses couverts, ses verres à vin, sa belle nappe en lin d'Irlande et, bien sûr, son inégalable collection de couteaux qui ne peut pas être rangée avant d'avoir fait son office. Il ne peut pas non plus charger quoi que ce soit dans sa voiture avant le matin. À part Fleur Sauvage, évidemment. Il ricane intérieurement, son visage restant un masque imperturbable qui ne révèle rien d'autre que ses traits magnifiques. À en juger par la mince corpulence de Fleur Sauvage, il doute qu'elle ait besoin de beaucoup d'espace.

Mais l'expérience lui a appris qu'on ne pouvait pas beaucoup se fier aux cadavres. D'une part, ils prennent en général plus de place que ce qu'on pouvait imaginer, leurs membres têtus refusent souvent de se plier et de coopérer, de l'autre il n'a pas beaucoup de temps pour agir. Il a décidé que le mieux serait de s'occuper du corps de Fleur Sauvage au petit matin, quand il fait encore sombre, avant que la rigidité s'installe ou que Jenna Lebowski vienne fouiner dans les parages pour s'assurer qu'il aura vidé les lieux comme promis. Il se débarrassera de la corde et des menottes sur une aire de repos sur l'autoroute demain matin, quand il se dirigera vers Buffalo et le petit bungalow qu'il a loué *via* Airbnb.

Il s'occupera des changements de profil sur les sites de rencontre une fois qu'il sera installé. Il faudra qu'il choisisse un nouveau pseudonyme, même s'il a commencé à s'attacher à l'actuel. Monsieur Maintenant ou Jamais l'a remarquablement servi durant son séjour à Boston.

Pourtant, ce n'est jamais une bonne idée de trop s'attacher à quoi que ce soit – aux gens, aux endroits, aux choses ou aux noms – et une nouvelle ville mérite une nouvelle identité numérique. Il a déjà quelques identifiants en tête. Hamlet en est un. Prince Hal[1] un autre. Un clin d'œil à sa professeure de littérature du lycée, la glorieuse Mlle Brenda Williams. Pourvue d'une chevelure rousse, de lèvres couleur corail et d'une voix mélodieuse, elle n'était qu'amour pour toute l'œuvre de Shakespeare. *« N'est-ce pas splendide ? »* peut-il encore l'entendre soupirer après qu'elle eut récité plusieurs vers de la poésie du Barde à une classe pleine d'adolescents indifférents. Il avait souvent rêvé de lui faire réciter ces vers les mains autour de son cou. *« N'est-ce pas splendide ? »* aurait-il demandé en l'étranglant jusqu'à ce que mort s'ensuive.

Donc, peut-être Hamlet ou Prince Hal. Ou peut-être quelque chose de plus simple. Quelque chose comme Miller ou Smith. Oui, se dit-il, en se fixant sur ce dernier. Il aime Smith. Ça sonne joli et honnête. Alors, ce sera Smith.

« Salut », gazouille une petite voix quelque part à côté de lui.

Il sursaute en l'entendant.

« Désolée », dit-elle en accompagnant ce mot d'un ricanement immature désagréable. « Je ne voulais pas te faire peur. Monsieur Maintenant ou Jamais, je suppose ? » Elle penche la tête sur le côté, comme un chiot curieux.

Est-il vraiment possible qu'elle ne le reconnaisse pas après leur précédente rencontre ?

« Fleur Sauvage ? » demande-t-il, plus surpris encore qu'elle ait réussi à le désarçonner de la sorte. Il note que sa voix est plus banale, moins tentante, plus ouvertement aguicheuse que la voix qu'il a entendue au téléphone samedi dernier, la voix à laquelle il s'attendait ce soir.

« Oui, c'est moi, dit-elle avec un nouveau gloussement gênant. Ça fait longtemps que tu attends ? »

Il regarde sa montre. « Quarante-cinq minutes.

1. Référence au jeune Henri V dans la pièce *Henri IV*, de William Shakespeare. Le jeune prince aime alors s'encanailler avec de petits criminels et des gredins.

– Ouais, dit-elle. Désolée. »

Tu n'as pas l'air d'être désolée, pense-t-il. *Mais tu vas l'être.*

« Ma cousine a débarqué à l'improviste, et elle ne comprenait pas mes signaux. J'ai quasiment dû la mettre à la porte. »

C'est tout ? se demande-t-il. *C'est ça ta pauvre excuse pour me laisser planté là pendant presque une heure ?* « Eh bien, tu es là, maintenant. C'est ce qui compte. Qu'est-ce que tu bois ?

– Du champagne ?

– Une coupe de champagne pour la dame », lance-t-il à la serveuse qui passe, réprimant son envie de hurler : *Pourquoi un point d'interrogation ? Tu veux du champagne ou tu n'en veux pas ?*

« Alors, dit Fleur Sauvage en s'installant sur la chaise à côté de lui, qu'en penses-tu ? Je suis comme tu t'y attendais ?

– Mieux encore, ment-il. Ta photo ne te rend pas justice. » Inutile de lui rappeler qu'ils se sont déjà rencontrés puisque de toute évidence elle ne s'en souvient pas.

Son sourire montre que c'est exactement ce qu'elle voulait entendre. Elle se penche en avant, lui permettant un rapide coup d'œil sur le devant de sa robe. Il est furieux de la découvrir si transparente. Elle se révèle être une vraie déception et elle en sera sévèrement punie.

« Et moi ? demande-t-il.

– Beaucoup, beaucoup mieux, dit-elle avec un nouveau gloussement. Je pense que tu sais que tu es plutôt canon. »

Il baisse les yeux, comme embarrassé par le compliment.

« Alors, Monsieur Maintenant ou Jamais, dit-elle, prenant ainsi les commandes. Qu'est-ce que tu fais dans la vie ? »

La question le prend par surprise. Il lui a déjà dit comment il est censé gagner sa vie et le fait qu'elle ne s'en souvienne pas veut dire soit qu'elle n'a pas de mémoire soit qu'elle rencontre trop d'hommes en ligne pour ne pas perdre le fil, ce qui, de nouveau, est aussi exaspérant qu'inattendu. Mais ça n'a aucune importance. Il a l'intention d'être le *dernier* homme qu'elle rencontre, en ligne ou autrement. « Courtier. »

Si cela lui rappelle quelque chose, elle n'en montre rien. « Ça doit être intéressant.

– Il y a de bons moments. Et toi ? Des nouvelles de ton entretien ? »

L'expression de son visage se fige, presque comme si elle n'avait aucune idée de ce dont il parle. Il se demande si elle dit la vérité. Peut-être que c'est une bonne menteuse, une joueuse aussi habile que lui, un rebondissement inespéré qu'il trouve excitant.

Parce qu'à ce jeu, il sait qu'il ne peut y avoir qu'un gagnant.

Et, Fleur Sauvage, lui dit-il du regard, *il est en face de toi.*

« Rien pour le moment, déclare-t-elle en se reprenant. Bientôt, j'espère. Mais ne parlons pas de travail. C'est trop déprimant.

– Ça me va très bien. De quoi est-ce que tu aimerais parler ?

– Et si tu commençais par me dire ton nom ? Je veux dire, je ne peux pas continuer à t'appeler Monsieur Maintenant ou Jamais.

– C'est Smith », répond-il, décidé à essayer. Et puis quoi ? Ce n'est pas comme si elle aurait l'opportunité de le dire à quiconque.

« C'est ton prénom ? Smith ?

– C'était le nom de jeune fille de ma mère », explique-t-il. Encore un mensonge. Le nom de jeune fille de sa mère était ukrainien et pratiquement imprononçable.

« J'aime bien. C'est très sexy.

– Ravi que ça te plaise. Et toi ? »

Elle hésite. « C'est Heather », dit-elle finalement.

Heather ? Pourquoi, petite salope de menteuse ? se demande-t-il, réalisant qu'elle fera peut-être une adversaire à sa mesure finalement.

– Tu n'as pas l'air d'en être sûre, dit-il en souriant.

– Disons… que c'est compliqué.

– J'ai hâte de savoir pourquoi, avoue-t-il quand la serveuse approche avec la coupe de champagne.

– Plus tard, peut-être. Quand je te connaîtrai mieux.

– À plus tard. » Il trinque.

« À plus tard, répète-t-elle en prenant une longue gorgée. Hum. Il est bon. Mais je te préviens. Ça va sûrement me monter directement à la tête. Je n'ai rien mangé de la journée.

– Tu ne fais pas un de ces régimes de dingues au moins ?

– Mon dieu, non. *Non*… c'est…

– Compliqué ?

– Un peu. » Elle ricane et prend une nouvelle gorgée, plus longue encore.

« On dirait que nous allons avoir beaucoup de choses à nous dire… plus tard, susurre-t-il. Si tu n'as pas mangé de la journée, tu dois avoir faim.

– Je suis affamée.

– Tu aimes les steaks ?

– J'adore.

– Parce qu'il se trouve que je connais un endroit où ils préparent les meilleurs steaks de la ville.

– Vraiment ? Ce serait le paradis. Mais tu crois qu'on pourra avoir une table à cette heure ?

– Aucun problème. Il se trouve que le chef est un très bon ami à moi. »

Heather descend ce qu'il reste de son verre et se lève dans la foulée. « Alors qu'est-ce qu'on attend ? »

Il éclate de rire et enroule sa main autour de sa taille fine. « Exactement ce que je me disais. »

Chapitre 57

Elle paraissait si pâle, si petite, si vulnérable, allongée là.

Paige frissonna en s'approchant du lit, cherchant des yeux un signe de vie. Il lui fallut un moment mais elle finit par distinguer un subtil mouvement de respiration sous les draps blancs et raides de l'hôpital.

Elle avait failli mourir. Les docteurs disaient que c'était un miracle qu'elle s'en fût sortie. Ils ne lui avaient donné qu'une infime chance de survivre aux six heures d'opération et moins de cinquante pour cent de chances de passer cette première semaine critique, et pourtant elle était là, quinze jours après avoir reçu trois balles, et Chloé était sortie des soins intensifs en voie de guérison. On parlait même de la renvoyer chez elle la semaine suivante.

« Salut, toi, dit Chloé, les yeux toujours fermés.

– Comment as-tu su que j'étais là ? demanda Paige.

– Parce que tu es toujours là pour moi », dit Chloé. Ses paupières tressaillaient pour s'ouvrir et ses lèvres frémissaient pour sourire.

« Je t'ai réveillée ?

– Non. Je reposais juste mes yeux. Quelle heure est-il ?

– Presque treize heures. » Paige saisit la main de son amie sous les couvertures. « Comment te sens-tu ?

– Plutôt en forme tout bien considéré. Comment vont les enfants ?

– Parfaitement bien. Ma mère adore jouer à la grand-mère. Tu auras peut-être du mal à la convaincre de te les rendre.

– Je ne pourrai jamais assez vous…

– Oh, je t'en prie, dit Paige. Le fait que tu sois vivante est le seul remerciement dont nous avons besoin. »

Josh et Sasha étaient avec Paige et sa mère depuis l'arrestation de leur père. L'alerte-enlèvement avait provoqué un flot de signalements, et la voiture de Matt avait été repérée sur l'aire de stationnement d'un motel en périphérie de Pittsburgh aux environs de vingt-deux heures le soir même. Par chance, les enfants étaient endormis et indemnes. Ils avaient été ramenés à Boston, où Matt était actuellement incarcéré, détenu sans caution en attendant le procès pour enlèvement et tentative de meurtre.

Le téléphone sur la table de chevet sonna.

« Tu veux bien me le passer ? » demanda Chloé.

Paige tendit le bras au-dessus du sublime bouquet de roses blanches et jaunes que sa mère et Harry avaient fait livrer la veille et saisit le téléphone. « Allô. Ici la chambre de Chloé, Paige à l'appareil.

– Paige, comment vas-tu ? » Le croassement de Jennifer Powadiuk était reconnaissable entre mille.

« C'est ta mère », chuchota Paige. « Je vais bien, madame Powadiuk. Comment allez-vous ?

– On a connu mieux, répondit-elle. Et c'est Mme Girard désormais. Comment va Chloé ?

– Pourquoi ne pas lui demander directement ? » Paige tendit le téléphone à Chloé.

« Salut, maman. » Chloé tenait le combiné de manière à ce que Paige entende ce que disait sa mère. « Comment vas-tu ?

– Disons aussi bien que possible, il me semble. Tout ce souci que je me suis fait pour toi m'a retiré quelques années de vie. »

Paige leva les yeux au ciel. C'était bien dans le style de la mère de Chloé, faire de ce qui était arrivé à sa fille une affaire qui tournait autour d'elle.

« Comment ça va à Miami ?

– Toujours en train de m'installer. Il fait effroyablement chaud ici. Gerry dit que c'est bien plus vivable pendant les mois d'hiver, mais je ne sais pas… Nous partons à Chicago la semaine prochaine pour une compétition, ça devrait nous faire une bonne coupure. »

Tout ce que tu devrais te couper, c'est un bras, pensa Paige.

« Enfin, je vais y aller et te laisser te reposer. Comment vont les enfants ? demanda-t-elle, en y pensant de toute évidence après coup.

– Ils vont très bien. Paige et sa mère se sont occupées d'eux...

– Oui, enfin, tu sais que je serais là si je pouvais, l'interrompit Jennifer. C'est juste que, bon, ça ne pouvait pas tomber plus mal. »

Comme s'il y avait un bon moment pour se faire tirer dessus, pensa Paige.

« Les choses prennent une tournure folle ici, entre la lune de miel, le déménagement et la préparation pour la compétition...

– Je comprends.

– ... et puis tu sais à quel point je déteste les hôpitaux. »

Contrairement à nous tous qui les adorons, pensa Paige.

« Et une fois que j'ai su que tu étais hors de danger...

– Ça va, maman. Vraiment.

– Oui, bon. Je dois y aller, je te laisse te reposer. Souhaite-moi bonne chance pour Chicago.

– Bonne chance, se força à dire Chloé. Et... maman ?

– Oui ?

– Peut-être que quand j'irai mieux, les enfants et moi pourrions venir te voir danser. »

Il y eut un instant de silence.

« Ça serait très gentil », dit sa mère.

Un autre silence.

« Très bien, alors, reprit Chloé. Merci d'avoir appelé.

– Fais attention à toi.

– Ouah, dit Paige quand Chloé lui tendit le combiné pour raccrocher. C'était plutôt généreux de ta part.

– Je ne me fais aucune illusion, dit Chloé. Je sais qu'elle ne changera pas. Mais, merde, la vie est trop courte. Il faut aller voir sa mère danser tant qu'on en a l'occasion ! »

Paige éclata de rire. « Comment t'es-tu aussi bien remise ?

– C'est un miracle, dit Chloé.

– C'est *toi*, le miracle. »

Chloé sourit. « Oui, bon, assez avec Madame Miracle. Je veux de tes nouvelles. Tu dois être excitée pour ce nouveau travail !

– Tu n'as pas idée, dit Paige en prévision de la semaine suivante. Et un peu nerveuse. Ça fait bien longtemps.

– Ne sois pas nerveuse. Tu vas assurer. Ils ont de la chance de t'avoir. Et en parlant de t'avoir, il y a du neuf entre toi et Sam ? »

Paige sourit. « J'ai suivi ton conseil.
– Tu l'as appelé ?
– Je l'ai appelé.
– Et ?
– On se voit ce week-end. »
Chloé sourit. « C'est génial.
– Enfin, ce n'est qu'un début. On verra ce qui se passe.
– Toc, toc, est-ce qu'on peut entrer ? » Joan Hamilton passa la tête à travers l'encadrement de la porte. « J'ai quelques personnes ici qui sont très impatientes de te voir. »
« Maman ! » crièrent ensemble Josh et Sasha en courant vers le lit de leur mère.
« Doucement. Ne courez pas, les avertit Joan. On ne saute pas sur le lit.
– Oh, mes petits anges », pleurait Chloé alors qu'ils grimpaient dans ses bras.
« Doucement », insistèrent Paige et sa mère, leurs voix se chevauchant.
« Le docteur a dit qu'ils pouvaient venir te voir quelques minutes, expliqua Joan, à condition qu'ils soient très délicats avec maman.
– Est-ce qu'on est délicats, maman ? demanda Sasha. Est-ce que tu vas bien ?
– Je vais bien maintenant que vous êtes là.
– Quand est-ce que tu rentres à la maison ? demanda Josh.
– Bientôt, j'espère.
– Paige et mamie Joan s'occupent bien de nous jusqu'à ce que tu ailles mieux, dit Sasha à sa mère.
– J'en suis tellement heureuse.
– Pourquoi est-ce que papa ne s'occupe pas de nous ? » demanda Josh avec son regard noisette incisif.
« Nous ne savions pas quoi leur dire », murmura Paige.
Chloé opina. « Je crois que c'est un travail pour Madame Miracle, dit-elle. Si vous voulez bien nous donner une minute.
– Tu es sûre que tu es prête pour ça ? demanda Paige.
– J'en suis sûre.
– Nous serons dans le couloir, dit Joan.
– Votre papa a fait une vilaine chose », commença Chloé alors que la porte se refermait derrière ses amies.

Paige s'adossa au mur alors que sa mère commençait à faire les cent pas devant elle. « Un problème ? demanda Paige.

– Je ne sais pas.

– Comment ça, tu ne sais pas ? Dis-moi que tu te sens bien, je t'en prie.

– Je vais bien, ma chérie. C'est Bev. Elle a appelé tout à l'heure…

– Et ?

– Tu as parlé à Heather dernièrement ?

– Pas depuis le jour où Matt a tiré sur Chloé. Pourquoi ?

– Ted et Bev non plus, dit Joan.

– Eh bien, ils l'ont chassée, alors ils ne devraient pas être très surpris. Heather a plutôt la réputation d'être rancunière.

– J'imagine.

– Et souviens-toi, elle m'a parlé de partir en voyage, peut-être d'aller en Europe.

– Je l'ai dit à Bev mais elle ne peut pas croire que Heather soit partie sans le lui faire savoir, peu importe à quel point elle était en colère. Elle pense que Heather n'a même pas de passeport.

– Bon, il y a sûrement beaucoup de choses au sujet de Heather que sa mère ignore. Je ne m'inquiéterais pas trop.

– C'est ce que je lui ai dit. Mais ensuite elle a ajouté que Ted avait appelé la banque ce matin et avait appris que Heather n'avait pas touché à l'argent qu'il a transféré sur son compte. Bev dit que, s'ils n'ont pas de nouvelles avant la fin de la semaine, ils appelleront la police. »

Paige haussa les épaules. « Elle a sûrement rencontré un type. Elle se montrera quand elle se sentira prête. Oh…

– Quoi ?

– Je viens de penser à quelque chose. Non, c'est trop fou.

– Quoi ?

– Tu te souviens de ce type, Monsieur Maintenant ou Jamais, l'homme que j'étais supposée voir le soir où Chloé a été blessée ?…

– Celui qui a disparu de la surface de la terre ? » demanda sa mère.

Paige hocha la tête. Elle avait essayé de l'appeler et de lui envoyer des messages pour s'excuser, mais le numéro qu'il lui avait donné n'était plus valable et son profil avait été retiré des sites de rencontre. « J'avais laissé mon téléphone à charger sur le comptoir », poursuivit Paige qui réfléchissait à voix haute. « Quand nous sommes rentrés à la maison, j'ai vu qu'il m'avait envoyé un message pour me dire qu'il attendrait. Peut-être que Heather a lu le message et décidé d'aller le rencontrer.

– Tu crois qu'elle s'est enfuie avec Monsieur Maintenant ou Jamais ?

– Je ne peux pas dire que ça me surprendrait de sa part.

– Moi non plus, acquiesça Joan. Je le dirai à Bev et Ted. Qui sait ? Si elle ne les appelle pas bientôt, ça peut valoir la peine de le signaler à la police. »

Josh ouvrit la porte de la chambre de Chloé. « Maman dit que vous pouvez revenir maintenant. »

Joan entra.

« Maman ? Attends. » Paige prit une grande inspiration. « Je me disais que nous pourrions peut-être inviter Harry à souper un de ces soirs.

– Vraiment ? »

Paige glissa sa main sous le bras de sa mère. Harry avait rallumé l'étincelle dans ses yeux. Les mots de Chloé résonnèrent à ses oreilles. « *La vie est trop courte. Il faut aller voir sa mère danser tant qu'on en a l'occasion.* » « Vraiment, dit-elle.

– Je suis sûre que Harry sera ravi.

– Alors c'est réglé.

– Merci, ma chérie. Ça compte beaucoup pour moi.

– *Tu* comptes beaucoup pour moi, lui dit Paige. Et juste au cas où je ne le dirais pas assez… J'espère que tu sais à quel point je t'aime. »

Joan se pencha pour embrasser la joue de sa fille. « Je sais, ma chérie. Je t'aime aussi. »

Remerciements

C'est probablement la partie la plus difficile quand on écrit un livre : essayer de se rappeler – et de convenablement remercier – tous les gens qui ont aidé à façonner mes efforts et m'ont supporté pendant les périodes de doute et de chaos généralisé. Comme toujours, je veux remercier ma famille : mon mari, Warren, depuis (oups !) quarante-cinq ans ; mes filles magnifiques, Shannon et Annie ; mon gendre, Courtney ; mes deux extraordinaires petits-enfants, Hayden et Skylar ; et ma sœur, Renee. Je vous aime et vous chéris tous.

Comme toujours, je tiens à remercier mes fidèles premiers lecteurs : Larry Mirkin, Beverley Slopen et Robin Stone. Vos conseils se sont encore une fois révélés inestimables et, honnêtement, je ne suis pas sûre de ce que je ferais sans vous.

Merci à Tracy Fisher, ma sage et merveilleuse agente chez William Morris Endeavor, et à son assistante Alyssa Earthely. Merci aussi à son assistante précédente, Fiona Smith.

De profonds remerciements à mon éditrice chez Ballantine, Anne Speyer qui est patiente, diplomate, et avec qui c'est une vraie joie de travailler. Je savais depuis notre précédente expérience sur *Si tu t'éloignes de moi* que nous ferions une bonne équipe, et je suis heureuse de dire que mon instinct ne m'avait pas trompée.

J'aimerais aussi remercier l'équipe qui a travaillé si dur à mes côtés chez Ballantine : Jennifer Hershey, Kim Hovey, Kara Welsh, Cindy Murray, Allison Schuster, Steve Messina et Scott Biel. (C'est Scott qui a dessiné la somptueuse couverture.)

Toute ma gratitude à tous les gens qui travaillent chez Doubleday, de Penguin Random House au Canada, pour leur soutien continu durant toutes ces années. Je voudrais remercier en particulier Amy Black, Kaitlin Smith, Val Gow, Robin Thomas, Susan Burns et Emma Ingram. Un salut aussi à Kristin Cochrane et Brad Martin (désormais retraité) pour leur fidélité indéfectible au fil des ans.

Merci à tous mes éditeurs à travers le monde – tu vas beaucoup me manquer, Georg – et à tous les traducteurs qui font un si bon travail à interpréter mes histoires.

Merci à Corinne Assayag, qui s'occupe de la mise en page et du suivi de mon site web – joyfielding.com – et à Peter Baraian, dont le nom a été écorché dans mes précédents remerciements – je suis désolée ! – pour venir souvent à mon secours quand je suis en crise avec mon ordinateur.

Pour terminer, merci à Aurora et à Mary de me rendre la vie plus facile.

Et, bien sûr, tous mes remerciements à mes lecteurs. Que puis-je dire ? Vous êtes les meilleurs.

Achevé d'imprimer
à Noyelles-sous-Lens
en mars 2021

Imprimé en France

Dépôt légal : février 2021
N° d'édition : 2163663